La fiancée fugitive

*

Un garde du corps pour Katie

PAULA GRAVES

La fiancée fugitive

Traduction française de
ISABEL ROVAREY

BLACK ROSE

HARLEQUIN

Collection : BLACK ROSE

Titre original :
FUGITIVE BRIDE

Ce roman a déjà été publié en 2018

HARPERCOLLINS FRANCE
83-85, boulevard Vincent-Auriol, 75646 PARIS CEDEX 13
Service Lectrices — Tél. : 01 45 82 47 47 - www.harlequin.fr
ISBN 978-2-2804-9793-0 — ISSN 1950-2753

Composé et édité par HarperCollins France.
Imprimé en septembre 2023 par CPI Black Print (Barcelone)
en utilisant 100% d'électricité renouvelable.
Dépôt légal : octobre 2023.

FSC
www.fsc.org
MIXTE
Papier issu de sources responsables
FSC® C159065

Pour limiter l'empreinte environnementale de ses livres, HarperCollins France s'engage à n'utiliser que du papier fabriqué à partir de bois provenant de forêts gérées durablement et de manière responsable.

1

C'était un après-midi doux et ensoleillé — le temps rêvé pour un mariage. D'après le bulletin météo, pas la moindre goutte de pluie n'était à redouter d'ici à la fin de la cérémonie. Depuis la fenêtre de la pièce réservée à la mariée, Tara Bentley regarda les cornouillers en fleur qui bordaient la pelouse, autour du temple, refrénant l'envie de vérifier sur sa liste de choses à faire si les mots « réussir une journée parfaite » y étaient inscrits.

Tout ce qu'elle avait si minutieusement planifié s'était mis en place sans le moindre accroc. Sa robe lui allait à la perfection. Le bouquet de tulipes blanches rappelait le délicat motif floral qui ornait la dentelle de son voile. Ses cheveux ondulés, pour une fois, ne s'étaient pas montrés récalcitrants lorsque le coiffeur les avait lissés avant de les enrouler en un élégant chignon à l'arrière de sa tête, formant un saisissant contraste avec la blancheur immaculée du voile. Et Tara avait dix minutes d'avance sur le programme, ce qui lui laissait le temps de souffler un moment et de réfléchir à la suite des événements.

Et la suite… C'était Robert. Robert James Mallory, troisième du nom, jeune et brillant avocat, parfait à tout point de vue. Littéralement.

Deux ans plus tôt, comme la trentaine approchait, Tara avait dressé la liste des caractéristiques qu'elle souhaitait trouver chez un partenaire potentiel. Oh ! ce n'avait pas été une liste particulièrement longue — elle avait beau être hyper organisée et avoir tendance à toujours tout prévoir, elle n'en était pas pour autant un robot. Personne n'était absolument et totalement parfait, donc sa liste n'avait inclus que les attributs sur lesquels elle ne transigerait pas.

Comme l'honnêteté. Le goût du travail. Le respect de son opinion. L'ambition. Et, tout de même, quelques souhaits additionnels : l'homme idéal, de surcroît, serait séduisant, en bonne santé et amusant.

Au bout de trois rendez-vous avec Robert Mallory, Tara s'était dit qu'elle avait rencontré l'homme qui remplissait tous les critères. Et elle se retrouvait donc aujourd'hui à moins d'une heure de l'échange de vœux.

— Je suis si heureuse, dit-elle à la femme aux yeux verts dont le miroir en pied, à côté de la coiffeuse, lui renvoyait l'image.

Mais son reflet semblait sceptique.

Mince.

Elle se détourna de la psyché et s'assit sur le tabouret, devant la coiffeuse, prenant soin de ne pas froisser sa robe de mariée. Sans même y penser, elle tendit la main pour prendre le téléphone posé à côté de sa trousse de maquillage. Son doigt glissa sur l'écran pour le déverrouiller et elle appuya sur la touche numéro un de la mémoire de composition abrégée.

Une voix grave, familière répondit à la deuxième sonnerie. Le seul fait d'entendre son accent traînant du sud la réchauffa instantanément, aussi sûrement que l'aurait fait une couverture moelleuse par une froide nuit dans les montagnes du Kentucky.

— Tu ne devrais pas plutôt être en train de répéter tes vœux ?

— Owen... Est-ce que tu crois que je commets une erreur ?

Owen Stiles garda le silence pendant une seconde. Lorsqu'il parla, toute légèreté avait disparu de son intonation.

— Que s'est-il passé ?

Le sérieux de sa voix lui comprima l'estomac. Que lui avait-il pris, de mêler ainsi Owen aux soudains doutes qui l'assaillaient ? Il avait été pendant la moitié de sa vie sa planche de salut et une épaule sur laquelle pleurer... Cela suffisait, non ?

— Rien... Rien du tout. Oublie ça. À tout à l'heure.

Elle coupa la communication et reposa le téléphone.

Quelques secondes plus tard, l'appareil se mettait à sonner, se déplaçant légèrement sur le plateau sous l'effet des vibrations. Tara ne consulta même pas l'écran. Elle savait qui c'était. Elle décrocha.

— Owen, je t'ai dit que ce n'était rien. Ne fais pas attention.

— Se demander si on est en train de commettre une erreur à quelques minutes de son mariage, ce n'est pas rien. Tu es dans la pièce de la mariée ?

— Écoute...

Sa voix grave se fit plus basse encore.

— J'arrive. Je serai là dans deux minutes.

— Non, je t'assure... Inutile de venir. Je ne sais pas ce qui m'a pris. Tout va bien.

Il y eut une longue pause puis il s'enquit :

— Tu es sûre ?

— Absolument. Toutes les conditions idéales sont réunies. Il fait beau, le temple est splendidement décoré, ma robe me va à merveille et je vais épouser l'homme le plus parfait du monde. Comment quelque chose pourrait-il aller mal par une journée pareille ?

Elle contempla la mariée sur le petit miroir de la coiffeuse, une expression de défi luisant au fond de son regard vert.

— Si tu en es sûre, déclara Owen d'un ton dubitatif.

— On se retrouve tout à l'heure, dans le temple.

Elle raccrocha de nouveau et posa le téléphone, laissant la paume de sa main à plat sur l'écran.

— Rien ne peut aller de travers, murmura-t-elle à l'adresse de la femme en robe blanche qui lui faisait face.

La mariée la dévisageait, l'air peu convaincu.

Elle avait le trac, voilà tout. *Tout le monde* avait le trac à ce moment-là, non ?

C'était dans ces circonstances que la présence d'une mère aurait été bien utile. Être orpheline, même à son âge, c'était vraiment... nul. Sa mère était morte lorsqu'elle était petite et son père ne s'était jamais remarié — jusqu'à son décès, trois ans plus tôt. Mais, de toute façon, ce n'était pas Dale Bentley qui aurait pu lui être d'un grand secours un jour comme celui-ci.

— Reprends-toi, soldat, grommela-t-elle, imitant la voix rocailleuse de son père. Tu as pris ta décision, tu t'y tiens.

Pourtant, le vieux sergent lui manquait. Il aurait su ce qu'il en était. Il aurait su si Tara aimait vraiment Robert ou si elle aimait *l'idée* de l'aimer parce qu'il représentait tout ce qu'elle avait désiré.

Car c'était bien là, le point d'achoppement, non ? Elle n'était pas sûre d'aimer l'homme qu'elle allait épouser dans quarante minutes.

Elle se leva d'un bond. Que diable était-elle en train de faire, si elle n'était pas sûre d'aimer Robert ? Avait-elle perdu la tête ? Était-elle accro à ses maudites listes au point de se fier davantage à elles qu'à son propre cœur ?

Il fallait qu'elle aille voir Robert, qu'elle lui parle. Il s'évertuerait à la dissuader... Et alors, elle saurait de façon certaine où elle en était.

Mais tu le sais déjà, Tara. Écoute ton instinct.

Raison de plus pour prévenir Robert au plus vite.

Elle se dirigeait vers la porte lorsqu'on frappa. Elle s'approcha et colla l'oreille au battant.

— Oui ?

Une voix masculine inconnue lui répondit.

— Mademoiselle Bentley ? Il y a un paquet pour vous. Il faudrait signer le récépissé.

— Un paquet ? Envoyé ici, au temple ? s'étonna-t-elle. Je n'attends rien.

— Je ne sais pas, m'dame. Mais c'est pour vous et il me faut une signature. Vous voulez que je leur dise que vous le refusez ?

— Non, s'empressa-t-elle de répondre, la curiosité l'emportant sur l'impatience.

Après tout, cette distraction inopinée l'empêcherait au moins de se regarder le nombril pendant quelques minutes. Robert devait toujours être à l'autre bout du temple, dans le fief du marié, avec ses garçons d'honneur, donc, il ne risquait pas de la voir dans sa robe avant le mariage...

Si mariage il y avait.

Stop. Chaque chose en son temps. Occupe-toi de ce colis.

Elle ouvrit la porte et vit un homme grand et solidement bâti en T-shirt bleu et pantalon kaki.

— Bonjour, dit-elle, se sentant un peu penaude comme l'homme contemplait la robe semée de perles, la dentelle et le tulle. C'est le jour de mon mariage.

— C'est ce que je vois, répondit-il avant de désigner du menton la porte, au fond du couloir, qui menait au parking. C'est par là...

Elle lui emboîta donc le pas, franchit la porte, veillant à ne pas accrocher le bas de sa robe. Comme elle relevait la tête, s'apprêtant à reporter son attention sur le livreur, quelque chose s'abattit sur sa tête, lui obturant subitement la vue.

Instinctivement, elle ouvrit la bouche et prit une inspiration, inhalant une grande goulée de quelque chose de fort et d'entêtant. Ses poumons se bloquèrent. Luttant contre la panique, elle essaya d'arracher ce qu'elle avait sur la tête mais des bras puissants s'enroulèrent autour de son corps, l'empêchant de bouger. La tête se mit à lui tourner, sa gorge se ferma tandis qu'elle essayait de respirer. Elle avait l'impression de flotter, tout à coup, ce qui n'était pas possible... n'est-ce pas ? Elle ne *pouvait* pas flotter.

Il lui sembla entendre crier son nom, non loin, mais son esprit ne fonctionnait plus normalement. Puis il y eut un bruit sourd et la voix familière se tut.

Un cliquètement métallique... et, soudain, elle cessa de flotter pour atterrir durement sur une surface dure et froide. L'odeur médicinale persistait, pénétrant sa conscience de ses effluves toxiques. Il y eut un nouveau bruit sourd et quelque chose de volumineux et de chaud vint heurter son dos. Elle lutta contre les ténèbres qui envahissaient son esprit, vaguement consciente qu'il se passait quelque chose de grave. Elle était censée se marier aujourd'hui, même si elle en était venue à se dire que ce n'était pas ce qu'elle souhaitait.

Elle aurait dû être en train de s'ouvrir de ses doutes à Robert… Il fallait prévenir les invités que le mariage était annulé. Appeler les fleuristes pour qu'ils retirent les magnifiques roses qui ornaient le chœur du temple.

Il y avait tant à faire… Elle ne pouvait pas se laisser glisser dans l'obscurité qui menaçait de tout engloutir. Mais, quelques secondes plus tard, elle luttait pour se souvenir de tout ce dont elle devait s'occuper.

Lentement, inexorablement, elle sombra dans le noir.

Owen Stiles s'éveilla dans l'obscurité. Il essaya de porter ses mains à l'arrière de la tête, qui l'élançait, mais s'aperçut que ses bras ne pouvaient pas bouger. Il était attaché, s'avisa-t-il, une panique animale s'emparant de lui. Il s'obligea à se calmer, s'efforçant de se rappeler ce qu'il avait appris à Campbell Cove Academy.

Première chose : savoir où il se trouvait et identifier le danger.

Pour la première proposition, c'était facile. Il était dans la camionnette blanche qu'il avait vue, garée sur le parking, en cherchant Tara.

Il n'avait pas aimé le son de sa voix, au téléphone. Et, pour être tout à fait honnête, il n'avait pu s'empêcher de nourrir le fol espoir qu'elle soit, peut-être, sur le point de revenir sur sa décision et d'annuler le mariage.

Il n'y avait pas de quoi en être fier, bien sûr. Son amour pour Tara était inconditionnel. Son bonheur passait avant tout à ses yeux.

Mais il ne pouvait nier qu'il aurait voulu qu'elle soit heureuse avec *lui*, et non avec un diplômé de Harvard au brushing impeccable, habillé en Armani, doté d'un physique à faire pâlir d'envie un jeune premier et d'un travail bien rémunéré dans le plus grand cabinet d'avocats de Louisville.

Passant outre sa requête, il était donc parti à sa recherche.

Il tournait le coin du couloir qui conduisait à la pièce de la mariée lorsqu'il avait vu un morceau de tulle disparaître à l'autre bout, par la porte donnant sur le parking.

Pressant le pas, il était arrivé juste à temps pour voir un homme lui mettre une taie d'oreiller sur la tête et la jeter sans ménagement dans une camionnette garée devant la porte. Il avait crié, l'émoi l'emportant sur le bon sens, ce qui lui avait valu un violent coup qui l'avait envoyé s'écraser contre la carrosserie. C'était la dernière chose dont il se souvenait.

OK. Il savait donc où il était. Pour ce qui était du danger, le fait qu'ils l'aient hissé à bord de la fourgonnette n'augurait rien de bon.

Heureusement, l'arrière du véhicule où on les avait jetés l'un après l'autre était séparé de la cabine par une paroi métallique. C'était un avantage — en même temps qu'un inconvénient puisque cela l'empêchait de voir à qui il avait affaire. Mais il n'avait aperçu que deux types, costauds tous les deux. Il ne devait pas y avoir de place à l'avant pour un troisième.

Bien... Donc, ils étaient deux. Et, la cabine étant isolée du reste du véhicule, il pouvait se mouvoir sans être vu, ce qui lui laissait une chance de trouver le moyen de s'échapper.

Tout à coup, une sensation de chaleur derrière lui attira son attention. Tara ?

Avec une grimace de douleur, il roula sur lui-même, s'efforçant de percer l'obscurité. Il avisa une masse plus claire — un amoncellement de soie, de dentelle et de tulle à côté de lui. Elle avait toujours la taie d'oreiller sur la tête et un relent vaguement médicinal émanait de l'endroit où elle gisait, sur le plancher de la camionnette.

Il se tortilla pour s'approcher, ignorant la douleur lancinante de sa tête jusqu'à ce que son visage soit tout proche de la taie. L'odeur était beaucoup plus forte, soudain, et les effluves du produit qui imbibait la taie lui firent tourner la tête.

De l'éther.

Les imbéciles ! Ne savaient-ils donc pas que l'éther pouvait être mortel lorsqu'il était mal utilisé, ou en trop grande quantité ? Et ils ne se souciaient même pas de la surveiller !

Il tira sur les liens qui entravaient ses poignets dans son dos mais sans succès. Nom d'un chien... Il allait avoir du mal à s'en débarrasser. Mais, d'abord, il fallait retirer cette taie qui continuait à intoxiquer Tara...

Se rapprochant au maximum, il tourna la tête vers l'arrière, prit une profonde inspiration, puis tendit le visage en avant et saisit le bord de la taie entre ses dents. Retenant son souffle, il la tira tant bien que mal vers le haut. Il dut s'y reprendre à plusieurs fois mais, finalement, centimètre par centimètre, il la remonta jusqu'au sommet de sa tête et réussit enfin à l'en libérer.

Il souffla, cracha pour chasser le goût de l'éther puis, le cœur serré d'angoisse, se pencha vers elle pour s'assurer qu'elle respirait. Quelques terrifiantes secondes s'écoulèrent avant qu'il ne sente son souffle sur sa joue. Tremblant de soulagement, il déposa un baiser sur son front.

— Ça va aller, ma belle. Allez, Tara, reviens à toi... Réveille-toi.

Tout en attendant qu'elle reprenne conscience, Owen se remit à tirer sur le ruban adhésif qui lui ligotait les mains. Ses yeux s'étaient accoutumés à l'obscurité et il arrivait un peu mieux à distinguer ce qu'il y avait autour d'eux.

L'intérieur du fourgon était presque vide. Et ce qu'il avait pris pour une paroi pleine séparant l'arrière du véhicule de l'avant était en fait percé d'une fenêtre en filet qui aurait dû lui permettre de voir leurs ravisseurs — si ceux-ci ne l'avaient bouchée avec ce qui semblait être un panneau d'Isorel ou de contreplaqué.

Avec le bruit du moteur, il ne parvenait pas à entendre ce qu'ils se disaient. Le bon côté de la chose, c'était que cela valait dans l'autre sens et que les deux types ne pouvaient pas non plus savoir ce qui se passait à l'arrière.

Il chercha du regard un angle aigu, quelque chose contre quoi déchirer le ruban adhésif, et avisa les boulons de fixation qui maintenaient les caches des passages de roue. Ils semblaient plutôt vieux et émoussés mais il tenta quand même sa chance.

La camionnette avait dû quitter l'autoroute de Mercerville, songea-t-il, se rendant compte un moment plus tard que le véhicule prenait des virages, l'obligeant à se caler avec les talons sur le plancher pour ne pas basculer à chaque tournant. Mais il ne pouvait empêcher Tara de rouler d'un côté puis de l'autre. Quelques instants plus tard, sa tête heurta sa hanche.

— Aïe, murmura-t-elle d'une voix somnolente.

— Ah, tu reviens à toi, ma belle, dit-il doucement, se contorsionnant pour pouvoir toucher sa joue. Tara... Tu m'entends ?

Il la sentit remuer.

— Owen ?

Il se retourna comme il put. Ses cheveux et les restes de son voile de tulle et de dentelle masquaient en partie son visage.

— Oui, c'est moi. Attention, ajouta-t-il, voyant qu'elle essayait de s'asseoir.

Elle réussit à se stabiliser, dos contre la paroi latérale, et repoussa les mèches de cheveux et le voile de son visage avec des mouvements maladroits. Elle avait les mains liées, elle aussi, mais devant elle. Elle prit conscience à cet instant qu'elles étaient attachées. Elle contempla ses poignets.

— Que... Qu'est-ce qui se passe ?

— On a été enlevés, dit-il.

La question était : pourquoi ? Ce ne pouvait pas être pour réclamer une rançon ; ni l'un ni l'autre ne roulaient sur l'or. Le fiancé de Tara était certes à l'aise financièrement mais il n'était pas ce qu'on appelle riche — en tout cas pas encore.

Alors, pourquoi ces types avaient-ils enlevé Tara ?

— C'est insensé, marmonna-t-elle, bataillant toujours avec son voile. Pourquoi est-ce que je me sens aussi vaseuse ?

— Ils t'ont couvert la tête avec une taie d'oreiller imbibée d'éther.

Tara réussit enfin à arracher son voile et le laissa tomber à côté d'elle. La fourgonnette amorça une nouvelle courbe, s'inclinant de nouveau sur un côté, forçant Owen à se tenir à la paroi. Tara n'ayant pas encore récupéré, elle tomba contre son épaule.

— Oh...

Elle se redressa difficilement et remarqua les mains d'Owen, liées dans le dos.

— Toi aussi, ils t'ont ligoté ?

— Tu crois que tu peux détacher mes mains ? Si tu y arrives, je pourrai ensuite te libérer, toi.

— Je vais essayer... mais j'ai les doigts tout engourdis, le prévint-elle comme il lui tournait le dos.

Elle se mit à tirer sur le ruban adhésif mais ses gestes étaient gauches, ralentis par l'anesthésique inhalé. Il lui fallut bien deux minutes pour trouver l'extrémité du ruban et commencer à le dérouler. Enfin, elle arracha le dernier morceau. La peau le brûlait, mais il avait les mains libres.

Il remua les doigts, étira ses bras endoloris, grimaçant de douleur. Au bout d'un moment, il appuya sur le bouton de sa montre pour éclairer l'écran.

— Il est 16 h 10, observa-t-il.

Ils se regardèrent dans la pénombre.

— Tu devais te marier à 16 heures.

Elle hocha la tête.

— Oui. Je devais.

Il prit ses mains attachées dans les siennes.

— On va te ramener là-bas, Tara. On va sortir de cette camionnette et trouver un téléphone pour que tu puisses appeler Robert. Et, ensuite, on retournera au temple et...

— J'étais sur le point d'annuler le mariage.

Il s'immobilisa.

— Quoi ?

Il ne discernait pas bien ses traits dans l'obscurité mais le ton de sa voix était mi-triste mi-embarrassé.

— J'allais annuler le mariage, répéta-t-elle. Juste au moment où ce type a frappé et m'a dit qu'il y avait un colis pour moi.

— C'est comme ça qu'il t'a entraînée jusqu'à la fourgonnette ?

— Oui.

Elle remua les doigts.

— Tu enlèves ça, s'il te plaît ?

Il entreprit de décoller le ruban adhésif aussi doucement que possible. Lorsque ce fut fait, il enroula les deux morceaux de ruban et les fourra dans sa poche. Cela pourrait peut-être leur être utile s'ils arrivaient à sortir vivants de cette prison sur roues.

Délivrée de ses entraves, Tara se recroquevilla sur elle-même, à côté de lui, les bras refermés autour de ses genoux. La jupe bouffante de sa robe de mariée, presque phosphorescente de blancheur dans la pénombre, était gonflée autour d'elle, la faisant ressembler à un énorme morceau de pop-corn.

Owen eut la présence d'esprit de ne pas en faire la remarque à voix haute.

Il passa un bras autour de ses épaules, s'efforçant de ne pas surinterpréter la façon dont elle se pelotonnait contre lui. Ils avaient été kidnappés. Il était normal qu'elle cherche un peu de réconfort auprès de celui qui était son meilleur ami depuis l'entrée au collège.

— Qu'est-ce qu'ils peuvent bien vouloir ?

— Je ne sais pas, dit-il. J'imagine que Robert n'est pas multimillionnaire ? Ni sur le point de toucher un gros héritage ?

— Pas que je sache, non.

Elle émit un faible gémissement.

— Seigneur, je me sens complètement vaseuse...

— C'est l'éther.

Elle leva la tête vers lui.

— Comment peux-tu être si sûr que c'était de l'éther ?

— J'ai reconnu l'odeur. En arrivant à l'université, j'ai suivi un cours d'histoire de la médecine quand j'hésitais encore sur la voie que j'allais choisir.

— Et ils t'ont fait respirer de l'éther ? grommela-t-elle.

Le scepticisme qui perçait dans sa voix tira un sourire à Owen. Elle commençait à redevenir elle-même, ce qui signifiait que l'effet de l'anesthésique se dissipait.

Il jeta un coup d'œil à la taie d'oreiller qui gisait par terre, contre la paroi de la camionnette. Dans cet espace confiné, les effluves du produit continuaient peut-être à les affecter, songea-t-il.

— Dommage qu'on n'ait pas un sac-poubelle pour y enfermer cette taie, observa-t-il en regardant autour de lui.

— Je suppose que tu n'en as pas un sur toi ?

— Non, bêtement, j'ai oublié d'en glisser un dans la poche de mon smoking de location, répondit-il avec un sourire en coin, un peu plus confiant dans leurs chances de survie maintenant que sa Tara avait repris du poil de la bête.

Il retira sa veste.

— Je peux l'envelopper là-dedans mais je crains que ça ne suffise pas.

— C'est l'agence de location de costumes qui va être contente, souligna Tara. Attends... J'ai une idée. J'ai sur moi au moins quinze mètres de soie, de tulle et de dentelle qui ne servent plus à rien.

Se tenant à son épaule, elle se leva et se mit à tirer sur les coutures de sa robe jusqu'à ce que l'étoffe cède. Dans l'obscurité, Owen vit une nébuleuse masse claire se détacher de son corps. Tara roula le tissu en boule et le lui tendit.

— Ça devrait suffire, je pense.

Il se leva à son tour pour aller ramasser la taie d'oreiller, conscient qu'il titubait un peu, ce qu'il mit sur le compte de la camionnette en mouvement. Mais il avait tout de même reçu un coup à la tête, se rappela-t-il. Un coup suffisamment violent pour lui faire perdre conscience le temps que ses ravisseurs le jettent à l'arrière du véhicule. Il avait peut-être une commotion cérébrale. Ou pire.

Mais, pour l'instant, il ne se sentait pas trop mal. Et c'était le moment ou jamais de s'activer.

Plissant le nez, il enveloppa donc consciencieusement la taie sous des couches et des couches de soie, de tulle et de dentelle et coinça le paquet tout au fond de la camionnette, près des portes. Déjà, l'odeur avait presque totalement disparu.

Il revint auprès de Tara, assise sur le coffre d'un passage de roue.

Au même moment, le véhicule bifurqua soudainement, lui faisant perdre l'équilibre. Il atterrit durement sur le côté et une douleur fusa dans sa cage thoracique et sa hanche.

— Owen ! Ça va ? s'enquit Tara en l'aidant à se redresser en position assise.

— Ça va, répondit-il en se frictionnant le côté, soulagé de n'avoir rien de cassé. Je...

Il s'interrompit brutalement. Plus de vibrations sous leurs pieds, plus de bruit de moteur.

La fourgonnette venait de s'arrêter.

2

Les dernières vapeurs d'éther qui lui embrumaient encore l'esprit achevèrent de se dissiper lorsqu'elle sentit qu'ils étaient à l'arrêt.

— On ne roule plus, souffla-t-elle en levant les yeux vers Owen, regrettant de ne distinguer qu'une ombre.

Parfois, le seul fait de le voir, si sérieux, si maître de lui, lui donnait l'impression que tout ne pourrait qu'aller bien tant qu'elle serait auprès de lui. Mais au moins entendait-elle sa voix... Ce timbre grave, avec son accent traînant du Kentucky, qui avait toujours eu le pouvoir de l'apaiser, de lui faire reprendre pied quand elle se sentait ballottée par la folie de la vie.

— Qu'est-ce qu'ils vont nous faire, maintenant ?

— Je ne sais pas. Peut-être rien, dit-il d'un ton peu convaincu.

Elle saisit sa main.

— Il faut vite qu'on échafaude un plan.

— On n'a pas d'arme, Tara.

— Si, objecta-t-elle, on en a une.

Elle alla ramasser la grosse boule de tissu enroulée autour de la taie d'oreiller.

Dans la pénombre, elle vit luire une petite étincelle au fond de son regard.

— Bien vu. Bravo, ma belle, tu as raison.

— Ils étaient deux, reprit-elle à voix basse. Ils nous croient toujours ligotés.

De nouveau, elle attrapa sa main.

— On va jouer sur l'effet de surprise. On enfonce la taie d'oreiller sur le premier qui ouvre la porte.

— Et on le pousse contre le deuxième, qui ne s'y attendra pas.

Elle regarda intensément Owen, cherchant à percer la pénombre, regrettant de ne pas mieux voir ses traits.

— Tu crois que ça peut marcher ?

— Je ne sais pas, mais comme c'est notre seule chance, on va tout faire pour.

Tout en parlant, il déroulait les mètres de tissu. L'odeur entêtante emplit de nouveau l'atmosphère, retournant l'estomac de Tara, mais, au prix d'un effort sur elle-même, elle se maîtrisa. Ils ne pouvaient pas se permettre d'échouer.

Au moins n'était-elle pas seule. Owen était là, avec elle, la taie d'oreiller fermement en main, et s'il était une chose dont elle était sûre, c'était qu'il mettrait tout en œuvre pour assurer sa sécurité. Il n'avait jamais agi autrement depuis leurs années de collège.

Ils se mirent en position, prêts à passer à l'action, près des portes.

Certes, il avait suivi une formation de défense à Campbell Cove Academy, l'école intégrée à la société de sécurité pour laquelle il travaillait désormais, mais Tara ne savait pas exactement ce qu'il y avait appris. Après tout, le domaine d'Owen était l'informatique. Et un spécialiste en informatique n'avait pas besoin des compétences d'un combattant ninja, n'est-ce pas ?

On avait souvent brocardé Owen dans sa jeunesse parce que ses aptitudes le destinaient davantage aux études supérieures qu'au sport. Son propre père l'avait durement critiqué parce qu'il ne voulait pas tenter d'intégrer l'équipe de football du lycée.

Tara aurait bien voulu qu'ils le voient, tous, maintenant, prêt à en découdre avec deux hommes possiblement armés pour la protéger !

Un raclement métallique annonça l'ouverture de la porte. La lumière pénétra à l'arrière de la camionnette, aveuglant Tara l'espace d'une seconde, mais elle discerna le mouvement d'Owen jaillissant depuis l'autre côté du véhicule. Ses yeux s'accoutumèrent à la luminosité juste à temps pour le voir abattre la taie sur la tête de l'homme et le pousser d'une violente bourrade. Les bras de l'homme battirent l'air et il tomba à la renverse comme une quille de bowling, renversant son acolyte dans sa chute.

Owen saisit la main de Tara.

— Vite ! Saute ! cria-t-il, l'entraînant à sa suite hors de la fourgonnette.

Elle vit leurs deux ravisseurs remuer, à terre. Il ne leur faudrait pas longtemps pour se remettre debout. Cette pensée l'aiguillonna et sa foulée s'allongea d'elle-même. Heureusement qu'elle n'avait pas opté pour des escarpins à talons hauts, songea-t-elle tandis qu'ils quittaient l'asphalte de la petite route pour s'enfoncer dans les bois.

Petits talons ou pas, les escarpins s'avérèrent aussitôt plus problématiques sur le sol meuble de la forêt. Derrière elle, les hommes auxquels ils venaient de fausser compagnie criaient, leur commandant de s'arrêter, ponctuant leurs appels de coups de feu qui glacèrent le sang de Tara. Mais ils devaient être dissimulés par les broussailles car les tirs passèrent apparemment à bonne distance d'eux.

— Allez, l'encouragea Owen, la tirant par la main tout en zigzaguant entre les arbres.

Elle se rendit compte au bout d'un moment qu'il ne se contentait pas de courir au hasard le plus vite possible. Il y avait une méthode à leur course folle. Ils se déplaçaient d'arbre en arbre afin d'être toujours à couvert, protégés des tirs de leurs poursuivants.

Ce qui restait de sa robe de mariage constituait un vrai handicap, songea-t-elle. Le tissu blanc devait briller comme un phare dans l'ombre du sous-bois. Owen avait plus de chance avec son smoking noir.

— C'est moi qu'ils veulent, haleta-t-elle sans ralentir l'allure. Avec ma robe blanche, on ne doit voir que moi. Pars devant pour appeler les secours...

Owen la regarda comme si elle avait perdu la tête.

— Pas question. Je reste avec toi, gronda-t-il.

L'envie soudaine de jeter les bras autour de son cou la prit complètement au dépourvu. Elle avait depuis bien longtemps refoulé l'attraction naissante qu'elle avait un temps éprouvée pour Owen, accordant plus de prix à sa loyale amitié qu'à une quelconque attirance sexuelle. Que celle-ci resurgisse de façon aussi inopportune, dans cette situation angoissante, était proprement déconcertant.

— Maintenant... On y va ! gronda Owen, l'entraînant à travers le sous-bois jusqu'à leur prochain abri.

Derrière eux, leurs poursuivants les talonnaient d'assez près pour leur donner des ailes. Mais, d'un autre côté, songea Tara, ils n'avaient pas réussi à réduire la distance qui les séparait. Owen et elle, jusque-là, étaient parvenus à maintenir l'écart.

Mais qu'arriverait-il s'ils émergeaient soudain de la forêt, en terrain découvert ?

Un vent frais s'était levé, agitant les branches. Dieu merci, c'était le printemps ; deux mois plus tôt, les arbres auraient été nus et l'absence de feuillage ne leur aurait pas permis de se cacher. Mais, même ici, dans les montagnes du Kentucky, ce bois ne pouvait être sans fin — ce qui pouvait se révéler être un inconvénient... ou un avantage : s'ils tombaient sur un village à l'orée de la forêt, ils seraient hors de danger.

Si, en revanche, ils débouchaient sur une étendue dégagée, sans personne alentour...

— Tu crois qu'ils vont finir par renoncer à nous rattraper ? questionna-t-elle, essoufflée, tandis qu'ils s'accroupissaient de nouveau derrière un arbre.

— Je n'en sais rien, admit Owen. Tu n'as vraiment aucune idée de la raison pour laquelle ils t'ont enlevée ? Ils n'ont rien dit qui ait pu te mettre sur la voie ?

— Non, rien. Tout ce que je sais, c'est que l'un est venu me chercher en se faisant passer pour un livreur et que l'autre m'a enfoncé ce capuchon sur la tête avant que j'aie eu le temps de voir son visage. Mais ils connaissaient mon nom.

Elle s'inclina prudemment sur le côté pour risquer un coup d'œil, toujours tapie derrière le gros tronc d'arbre.

— Je ne les vois plus.

— Mieux vaut ne pas bouger. C'est peut-être une ruse. Ils attendent peut-être, embusqués derrière un arbre, qu'on sorte de notre cachette.

Tara fronça les sourcils.

— On reste là ? Mais... combien de temps ?

— Je ne sais pas. Une heure ou deux...

Elle grimaça.

— Je suppose que le moment est mal choisi pour signaler que j'ai envie d'aller aux toilettes.

Owen rit tout bas.

— Tu peux te retenir un moment ?

— J'ai le choix ?

— Non.

— Bon, donc, inutile que je réponde.

Au regard compatissant qu'Owen coula dans sa direction, elle se sentit fondre intérieurement. Certes, elle avait décidé une bonne fois pour toutes voilà bien longtemps qu'elle préférait rester sa meilleure amie plutôt que risquer de le perdre en ajoutant une dimension sexuelle à leur relation, mais elle n'en avait pas moins conscience qu'il la trouvait attirante, lui aussi.

Et la façon dont il la contemplait en cet instant...

Oh ! pour l'amour de Dieu, Tara ! Des ravisseurs fous sont à tes trousses et c'est le moment que tu choisis pour penser... à ça ?

Le silence s'installa entre eux.

— Je crois que je sais où nous sommes, reprit Owen au bout de quelques minutes.

Ne bougeant que les yeux, Tara balaya les alentours du regard. Des arbres, des arbres... et encore des arbres.

— Comment est-ce possible ? murmura-t-elle finalement.

— Parce que, pendant que tu suivais le stage de pom-pom girl, j'étais, moi, en camp de boy-scouts et que j'ai passé des heures dans une cabane avec cinq camarades... Je dirais, à environ deux cents mètres d'ici, sur notre gauche.

Elle lui jeta un regard suspicieux.

— Comment peux-tu être sûr de ce que tu avances ?

— Tu vois ce grand arbre, là-bas ? Celui dont le tronc est marqué d'une espèce de croissant de lune ?

Elle plissa les yeux et suivit son regard.

— Je vois des tas de grands arbres. Je ne vois même que ça.

— Fais-moi confiance : il est là. Ce croissant de lune, c'est Billy Turley et moi qui l'avons gravé pour relever un défi. Notre moniteur n'a jamais voulu croire que nous tentions, tel l'explorateur Daniel Boone avant nous, de mettre en pratique les techniques d'orientation qu'on nous avait enseignées.

Jamais de toute sa vie elle n'avait eu aussi peu de raisons de sourire et pourtant, à l'évocation des images que faisaient naître les paroles d'Owen dans son esprit, elle sentit ses lèvres s'incurver malgré elle. Owen et elle s'étaient rencontrés à leur entrée en sixième. Elle se souvenait de la participation d'Owen à ce camp de scouts parce qu'elle-même était tout excitée, à l'époque, d'avoir été invitée à rejoindre le camp préparatoire de pom-pom girls — qui était la voie royale pour espérer pouvoir entrer dans l'équipe du lycée.

Une vague de nostalgie l'assaillit à cette idée. Seigneur, comme ils étaient loin, les jours où sa plus grande inquiétude était de rater un saut ou un rétablissement sous l'œil critique d'une vingtaine de condisciples préadolescentes !

— Je sais que tu n'en peux plus de rester immobile, déclara posément Owen à voix basse en glissant sa main dans la sienne. Mais prends ton mal en patience… J'ai un plan.

Elle referma ses doigts autour des siens.

— D'accord. Lequel ?

— Dès que j'aurai acquis la certitude que nos ravisseurs sont repartis, nous nous dirigerons vers cette cabane.

Elle le regarda, les yeux plissés.

— Tu veux dire… Celle qui vous a servi de refuge, à tes copains scouts et toi, il y a *vingt ans* ?

— Oui. Je suppose qu'elle est toujours là.

— Mais dans quel état ?

Il pinça les lèvres d'exaspération. Elle sentit sa main se relâcher.

— Tu es obligée d'être toujours aussi... négative ?

Elle resserra ses doigts autour des siens.

— Oui. Désolée.

Il leur imprima une brève pression.

— Ça fait partie de ton charme, j'imagine.

— C'est ça... Baratineur, va, grommela-t-elle.

— Alors, c'est d'accord, pour la cabane ?

— À *supposer* qu'elle soit toujours debout.

Elle lui jeta un regard en biais.

— Mon côté négatif, désolée.

— OK, à supposer qu'elle soit toujours debout. Mais prions le ciel qu'elle le soit.

Son intonation solennelle l'interpella.

— Pourquoi ?

— Tu n'as pas remarqué que le vent s'était levé ?

— Si.

— Eh bien, je pense que la pluie annoncée va arriver plus tôt que prévu.

Owen ne s'était pas trompé. Quelques minutes plus tard, les bourrasques forcirent, apportant les premières gouttes que le feuillage printanier peinait à stopper. Owen s'efforça d'abriter Tara sous sa veste, mais la pluie se fit de plus en plus drue au fur et à mesure que la clarté du jour baissait, le plafond de nuages bas obscurcissant le ciel prématurément.

Tara essuya l'écran de sa montre. Presque 18 heures. Si le mariage avait eu lieu comme prévu, la cérémonie aurait depuis longtemps été terminée. Robert devait être fou d'inquiétude. Il avait dû trouver sa voiture, toujours dans le parking, son sac à main et ses affaires dans la pièce de la mariée... Ne manquaient que la mariée elle-même et son encombrante robe blanche.

Avait-on compris qu'il s'était passé quelque chose de grave ? Ou pensait-on que Tara avait changé d'avis et lâchement pris la fuite sans avertir personne ?

Robert se disait-il qu'il l'avait échappé belle ? Qu'il avait failli commettre l'erreur de sa vie en épousant une folle ?

Stop, Tara. Ce qui s'est passé n'est pas ta faute.

Owen avait raison. Elle était par trop négative. Elle ajouta mentalement cet élément à la liste de choses auxquelles elle devait s'atteler — juste après « éliminer la cellulite de ses cuisses » et — ah oui, c'est vrai ! — « semer les fous dangereux qui l'avaient kidnappée ».

— Tu es en train de réfléchir, n'est-ce pas ? s'enquit Owen. Je m'inquiète toujours quand tu réfléchis.

— Je me disais qu'on n'a pas entendu nos poursuivants depuis un bon moment. Que je commence à avoir des fourmis dans les jambes. Et que, si je reste recroquevillée ici, trempée jusqu'aux os, une minute de plus, je vais me mettre à courir en hurlant à pleins poumons : « Je me rends ! Venez me chercher ! »

Owen se tourna vers elle et prit son visage entre ses mains. Il avait les doigts froids, mais son regard était brûlant.

— Je sais que tu as peur. Que, si tu râles et que tu donnes dans le sarcasme et la raillerie, c'est pour tenir la peur à distance. Tu as raison. On n'a rien entendu depuis un bon moment. Je pense que la pluie a dû les dissuader de continuer à te traquer à travers bois alors qu'ils savent qui tu es et qu'ils peuvent refaire une nouvelle tentative plus tard.

Elle le contempla.

— Tu crois vraiment qu'ils vont recommencer ? Mais enfin, pourquoi ? Je ne suis pas riche. Et Robert non plus — pas vraiment... Enfin, pas *à ce point-là*.

— Je sais. Mais, même si tu ne vois pas quelle elle peut être, ils doivent avoir une raison.

Il laissa retomber ses mains.

— C'est le moment d'y aller. Tu es prête ?

— Parée.

Elle lui décocha un sourire confiant, même si, intérieurement, elle se sentait au bord des larmes. Cela lui valut en retour l'un des sourires délicieusement sexy dont Owen avait le secret. Il effleura brièvement sa joue et une sensation de chaleur envahit Tara malgré la fraîcheur de ses doigts.

Puis il la prit par la main et s'élança à travers la forêt.

Elle avait beau s'être persuadée que ses ravisseurs avaient rebroussé chemin, tous ses sens étaient aux aguets tandis qu'elle slalomait, le cœur battant à tout va, entre les arbres, à la suite d'Owen. Chaque brindille qui craquait sous ses pas résonnait à ses oreilles comme une déflagration fracassante malgré le martèlement continu de la pluie.

Deux cents mètres, avait dit Owen. Ils avaient bien couru le double de cette distance, non ?

Sans prévenir, Owen dévia subitement de la trajectoire de sa course, manquant lui faire perdre l'équilibre. Il la rattrapa de justesse par la taille comme elle dérapait sur le sol boueux.

— Voilà, nous y sommes, dit-il d'une voix teintée de satisfaction.

Tara suivit son regard et vit émerger de la végétation ce qui semblait être un porche en bois complètement délabré.

— Dis-moi que c'est une blague, grommela-t-elle.

Il serra les lèvres.

— Un abri vaut mieux que pas d'abri du tout, Tara.

Il lâcha sa main et s'avança d'un pas décidé vers la petite construction.

Elle le contempla pendant quelques instants, prise de remords. Il lui avait sauvé la vie et elle se comportait comme une enfant gâtée — une ingrate.

Un éclair zébra le ciel au-dessus des arbres, aussitôt suivi d'un roulement de tonnerre retentissant qui la sortit de son accablement et la projeta en avant, pataugeant dans la boue aussi vite que ses escarpins désormais bons à jeter la portaient. Elle s'arrêta dans une glissade au pied des marches du porche et regarda ce qu'Owen appelait une cabane.

Elle était si petite qu'elle se demanda comment ils avaient pu tenir à cinq dedans. Les trois marches branlantes qui menaient au porche donnaient l'impression qu'elles pouvaient céder à tout instant, mais elles avaient apparemment réussi à supporter le poids d'Owen puisqu'il était déjà devant la porte.

— Elle était plus grande dans mon souvenir, nota-t-il.

— Tu avais onze ans.

Elle gravit prudemment les marches, plus solides qu'elles ne le paraissaient. Au moins la balustrade ne bougeait-elle pas, songea-t-elle, la main agrippée à la rampe. Elle le rejoignit devant l'entrée.

Il était clair qu'aucun boy-scout ne s'était réfugié là depuis belle lurette, se dit-elle en contemplant l'intérieur de la petite structure. Une odeur d'humidité et de renfermé lui sauta au visage sitôt franchi le seuil.

— Il doit y avoir des fuites sur le toit, souligna-t-elle en levant les yeux.

Tout à coup, Owen, qui se tenait devant elle, fit un bond en arrière, bousculant Tara. Elle dut le retenir par la taille pour l'empêcher de tomber.

Une forme grise passa à côté d'eux et détala par la porte ouverte.

— Un opossum, maugréa Owen.

Tara fit la grimace.

— Ah, c'est donc ça, cette odeur.

Il se retourna pour lui faire face.

— Désolé de te décevoir — une fois de plus.

Elle attrapa sa main.

— Tu m'as sauvée. Je n'aurais jamais pu m'évader si tu n'avais pas été là.

Il imprima une brève pression à sa main avant de la lâcher.

— Sans toi, je n'aurais jamais pu me débarrasser de ce ruban adhésif.

À ceci près qu'il ne se serait jamais retrouvé dans cette situation si elle ne l'avait pas appelé pour lui faire part de ses doutes sur son mariage — doutes qu'elle n'aurait peut-être jamais eus si elle n'avait pas trouvé Owen toujours aussi attirant.

À ce petit jeu-là, ils pouvaient remonter jusqu'à la classe de sixième quand elle avait tiré Owen des griffes d'un harceleur et qu'il l'avait payée de retour en l'aidant dans ses devoirs de mathématiques.

Leur relation avait toujours été quasi symbiotique.

— Tu recommences à réfléchir, observa Owen.

— Oui, acquiesça-t-elle. J'étais en train de me dire que, si on doit rester ici jusqu'à ce qu'il cesse de pleuvoir, je préférerais m'assurer qu'aucun opossum ne viendra nous rendre visite. Tu crois qu'on a une chance de trouver des bougies dans cette ruine ?

— Peut-être.

Owen s'avança dans la pénombre. Quelques instants plus tard, elle l'entendit pousser une exclamation tandis qu'il fourrageait dans un tiroir.

— Ah !

Il plongea la main dans sa poche et en sortit quelque chose. Une seconde plus tard, une petite flamme tremblota dans l'obscurité.

— Tu avais un briquet dans la poche de ton pantalon ?

— Je voulais être sûr que rien ne clocherait au moment d'allumer les bougies de ton gâteau de mariage, avoua-t-il avec un sourire penaud. Je prenais ma mission de garçon d'honneur très au sérieux.

Elle se sentit fondre. Comblant la distance qui les séparait, elle le rejoignit, passa les bras autour de sa taille et posa la tête contre son torse.

— Il n'y a pas meilleur garçon d'honneur que toi.

Il promena sa main libre sur son bras.

— Oh ! Tara... Tu es gelée. Il faut que tu enlèves ces vêtements trempés.

— Et pour mettre quoi ? releva-t-elle d'une voix plus suave qu'elle n'en avait eu l'intention.

Il la contempla sans un mot, le regard brûlant d'une flamme plus vive que celle de la bougie dans sa main. Les secondes s'égrenèrent entre eux, électriques, chargées de danger.

Et de désirs inavoués...

Ce fut à cet instant qu'on frappa un coup sonore à la porte. En un éclair, Owen éteignit la bougie et pressa Tara contre lui.

Deux nouveaux coups.

Quelqu'un savait qu'ils étaient là.

3

Owen fit passer Tara derrière lui et carra les épaules pour paraître plus imposant qu'il n'était. Que n'aurait-il donné en cet instant pour avoir les pectoraux et les deltoïdes de Mike Strong, son instructeur de combat rapproché pendant ses premières éprouvantes semaines de formation à Campbell Cove Security Services ! Strong l'avait assuré que sa constitution sèche et nerveuse n'était pas un inconvénient face à un adversaire plus athlétique mais il n'avait encore jamais eu l'occasion de tester cette théorie en situation réelle.

Et étant donné la façon dont s'était soldée sa tentative pour sauver Tara devant le temple...

La voix de son père résonna dans sa tête :

« Tu es faible, Owen. La vie n'est pas tendre pour les faibles. »

Chassant l'écho de ce murmure cruel de son esprit, il balaya du regard la cabane, cherchant quelque chose pour se défendre, mais l'endroit avait été presque totalement vidé depuis bien longtemps. Il ne restait qu'un vieux lit de camp dans un coin et un matelas posé à même le sol, à côté. Si seulement il avait eu ne serait-ce qu'un petit arc et des flèches, comme ceux que ses camarades boy-scouts et lui utilisaient, vingt ans plus tôt...

Encore qu'il n'aurait plus su s'en servir.

Il entendait des pas aller et venir sur le porche. Ils lui parurent étrangement légers, à des années-lumière de la démarche pesante des deux costauds qui l'avaient poussé à l'arrière de la camionnette.

L'instant suivant, la porte délabrée s'entrouvrit, laissant apparaître un petit visage, blême, parsemé de taches de rousseur — apeuré.

C'était un enfant — de dix ou onze ans, pas plus, le visage encadré par le capuchon rouge d'un vêtement de pluie. Une seconde plus tard, un second visage apparut, féminin, celui-là. La petite fille avait de grands yeux sombres et des cheveux frisés qui dépassaient de la capuche rose de son imperméable.

Owen sortit de l'ombre.

— Bonjour...

Le garçon poussa un « oh ! » de surprise mêlée d'effroi, aussitôt imité par sa camarade. Ils détalèrent à toutes jambes vers les bois, leurs cris de peur se muant en gloussements hystériques au fur et à mesure qu'ils s'éloignaient de la cabane.

Owen sentit le front de Tara calé contre son dos.

— Des gamins ?

— Comme nous, il y a vingt ans, acquiesça-t-il en se retournant. Quand on épiait la cabane du vieux Ridley pour le prendre sur le fait, en train de commettre un meurtre.

La tension se dissipa peu à peu des traits de Tara, supplantée par un petit sourire.

— Tu te rappelles l'été où il a failli nous attraper ?

— Tu parles si je m'en souviens ! Ça a été l'un des moments les plus terrifiants de ma vie, confirma-t-il en riant doucement.

— Tu crois que ces gamins vont revenir avec des adultes ?

— Ça m'étonnerait. Ils auront trop peur de se faire gronder pour être venus traîner dans les bois jusqu'à cette vieille cabane.

Il sortit son briquet et ralluma la bougie.

— Allez, essayons de nous installer au mieux.

L'endroit était crasseux et rempli de courants d'air, mais le toit de tôle ondulée semblait avoir relativement bien supporté les outrages du temps. Le lit de camp et le matelas étaient en piteux état, mais Owen découvrit des couvertures dans une grosse cantine militaire à demi dissimulée sous le lit. Le coffre métallique les avait préservées de l'humidité.

— Je voudrais bien pouvoir allumer un feu dans cette

cheminée, dit-il en montrant l'âtre en galets de rivière. Mais le conduit doit être bouché. Qui plus est, la fumée risquerait d'alerter quelqu'un.

Elle se pelotonna contre lui, tel un chaton cherchant la chaleur.

— Tiens-moi serrée contre toi une minute, tu veux bien ? Il n'y a pas mieux que la chaleur humaine pour se réchauffer, paraît-il.

Owen réprima la réaction instantanée de son corps à la proximité de Tara, talent qu'il avait eu tout le loisir de perfectionner depuis leur jeunesse, à l'époque où le corps de Tara s'était épanoui et où ses propres hormones s'étaient mises à fonctionner à plein régime. Elle avait clairement marqué les limites entre eux, de façon détournée d'abord, puis avec des mots sans équivoque, plus tard, lorsqu'il avait tenté de franchir cette barrière invisible.

— Je n'ai jamais eu d'ami comme toi, Owen, avait-elle déclaré ce soir là, après le match de football, au lycée, comme il se penchait pour l'embrasser dans la voiture après l'avoir raccompagnée chez elle. Tu es mon meilleur ami et je veux que tu le restes. On ne peut pas courir le risque de gâcher notre amitié, tu comprends ? Les petits amis, les relations amoureuses, c'est compliqué. Ça peut être tellement... volatile. J'ai suffisamment d'instabilité comme ça dans ma vie.

Il n'avait rien eu à répondre à cela. Ayant perdu sa mère juste avant qu'ils ne se rencontrent, Tara luttait déjà pour se rapprocher de son père, militaire rugueux aux entournures, rigide et peu démonstratif, qui avait dû renoncer à la vie qu'il aimait pour s'occuper de sa fille. Tara avait eu l'impression qu'il lui en voulait, qu'il la tenait pour responsable de la fin de sa carrière dans le corps des marines, ce qui était venu s'ajouter aux frictions existantes, déjà nombreuses, entre eux. Il en avait été ainsi jusqu'à sa mort.

Owen avait donc fait taire ses pulsions pour donner à Tara ce qu'elle attendait de lui, même s'il lui en avait beaucoup coûté. Mais le désir ne s'était jamais émoussé, indissociable qu'il était de l'amour qu'il vouait à sa meilleure amie.

Et, dans des moments comme celui-ci, lorsque le corps

mince de Tara était pressé aussi étroitement contre lui, habillé du peu de vêtements qu'il lui restait, le refréner exigeait de lui un effort herculéen.

— Peut-être que la pluie va bientôt s'arrêter, marmonna-t-elle contre sa clavicule, son souffle chaud caressant la base de son cou.

— Peut-être, convint-il. Ces gamins doivent habiter dans le coin, ce qui est encourageant parce que ça veut dire qu'on n'est pas très loin de la civilisation. À l'époque où ces bois servaient de camp aux scouts, il n'y avait pas de maisons à proximité.

Toujours blottie contre lui, elle grommela :

— Je me demande bien comment je vais expliquer que j'ai crapahuté à travers bois vêtue d'un slip, d'une moitié de robe de mariée et d'escarpins en soie complètement fichus.

— Je serais tenté de répondre : « avec moult précautions », répondit-il pour la faire rire.

Le son cristallin de son rire se répercuta en lui, faisant naître un frisson de pure convoitise masculine.

— Je ne crois pas que la pluie cesse avant demain matin, reprit-elle, soupirant contre sa gorge. Il va falloir qu'on trouve le moyen de dormir. Et j'avoue qu'utiliser le matelas où un opossum a fait son nid ne m'emballe guère.

— Ces couvertures qui étaient rangées dans la cantine sont propres. On pourrait en recouvrir les matelas.

— *Le* matelas, corrigea-t-elle.

— *Le* matelas ?

Elle leva la tête, le contemplant d'un air très sérieux.

— Il fait trop froid pour qu'on dorme séparément, non ?

Il lui retourna son regard, le cœur battant la chamade dans sa cage thoracique. Il dut forcer les mots à franchir ses lèvres :

— Si. La chaleur humaine, il n'y a que ça de vrai.

Voilà, c'était dit.

Il était dans de beaux draps, maintenant.

L'enquêteur du bureau du shérif de Bagley County, Archer Trask, entra lentement dans la salle du temple qui avait été mise à disposition du futur marié, relevant tous les détails de la scène de crime. Premier constat, il y avait moins de sang qu'il ne l'aurait pensé. La victime avait été abattue de deux balles à la base du crâne — un tir doublé, comme disaient les flics de la ville. La signature d'un professionnel.

Mais qui pouvait bien avoir assassiné ce jeune avocat le jour de son mariage ?

— Le nom de la victime est Robert Mallory. Troisième du nom, annonça le shérif adjoint avant de tourner une page de son calepin. Mallory Sr. travaille au bureau du procureur de Lexington. Il réclame déjà à cor et à cri qu'on transmette l'affaire à la police d'État du Kentucky.

— Des témoins ?

— Non, mais la mariée a disparu. Ainsi que son garçon d'honneur.

Trask coula un regard en biais au shérif adjoint.

— C'est une blague ?

— Personne ne les a vus depuis environ une heure avant la cérémonie.

— Comment s'appelle-t-elle ?

— Tara Bentley.

Le nom ne lui était pas familier.

— Est-ce que tu as parlé aux parents de la mariée ?

— Elle est orpheline, semble-t-il.

L'adjoint fit la grimace.

— Les rangs auraient été plutôt clairsemés dans le temple, du côté de la famille de la mariée.

Trask se passa une main sur le front, où un mal de tête commençait à pulser sourdement. Une affaire nette et claire, aurait-ce été trop demander ? pesta-t-il intérieurement. Il n'avait pas été servi, ces derniers temps.

— Je veux que les parents du marié soient placés dans des salles différentes. Je veux les interroger séparément. Ainsi que tous les invités à la cérémonie qui auraient pu voir quelque chose. Est-ce qu'on a une idée de l'heure de la mort ?

— La dernière fois qu'il a été vu vivant, il était 15 heures, une heure avant le début de la cérémonie. Pareil pour la mariée.

Trask fronça les sourcils. Une mariée évaporée dans les airs, un marié abattu par balle, vraisemblablement par un tueur professionnel — rien de tout cela ne semblait faire sens.

— Tu as parlé d'un garçon d'honneur... ?

L'adjoint revint à la page précédente, sur son carnet.

— Owen Stiles. Le meilleur ami de la mariée. Ami d'enfance, apparemment.

Stiles. Ce nom lui disait quelque chose.

— Qu'est-ce qu'on sait de lui ?

— Pas grand-chose. Sa mère est ici. C'est elle qui nous a dit qu'elle ne le trouvait pas. Au fait, d'après elle, la voiture de son fils et celle de la mariée sont toujours dans le parking.

— La mariée et son meilleur ami auraient pris le large en laissant leurs voitures ici ?

— On dirait bien.

Ça, ce n'était pas banal.

— Lance un avis de recherche pour tous les deux. En tant que témoins dans une affaire de meurtre — pour le moment. Il faut aussi vérifier que l'un ou l'autre ne disposait pas d'un autre véhicule.

L'adjoint griffonna quelques mots sur son calepin.

— D'accord, c'est noté.

Trask baissa les yeux et contempla la forme inerte gisant à plat ventre sur le sol. Pauvre garçon, songea-t-il. Vêtu en tenue de cérémonie alors qu'il n'irait plus jamais nulle part.

« Tara, voulez-vous prendre pour époux Robert ici présent pour l'aimer fidèlement dans le bonheur ou dans les épreuves, tout au long de votre vie ? »

Les mots prononcés d'un ton solennel par le pasteur résonnaient en boucle dans la tête de Tara, lui donnant envie de prendre ses jambes à son cou. Mais elle restait clouée sur place comme si ses chaussures étaient fixées au sol. Elle essaya de sortir les pieds de ses escarpins... Ils refusèrent de bouger.

Elle avait de plus en plus de mal à respirer sous son voile, qui se plaquait à chacune de ses inspirations contre sa bouche. Elle voulut l'arracher, mais plus elle tirait, plus il l'empêchait de trouver son souffle.

— Owen ! gémit-elle d'une voix étranglée.

Il devait être là, quelque part. Forcément. Il ne laisserait jamais rien de mal lui arriver.

— Je suis là, murmura sa voix rassurante à son oreille.

— Owen... S'il te plaît !

Ses bras s'enroulèrent autour de son corps. Des bras forts, réconfortants. Le voile libéra enfin sa bouche et elle retrouva son souffle. Ses pieds se détachèrent du sol et elle se retourna pour faire face à son sauveur.

Owen la contemplait, dans la pénombre.

— Ça y est ? Tu es réveillée ?

Les ombres refluèrent et elle se souvint où elle était. Dans la cabane des boy-scouts, dans les bois. La nuit tirait à sa fin, et la pluie aussi. Un soleil brumeux filtrait au travers du feuillage des arbres, au-dehors, et pénétrait par les fenêtres poussiéreuses.

Et elle était pelotonnée dans les bras de son ami sur le matelas qu'ils avaient partagé.

— Oui.

— Tu as fait un rêve. Plutôt effrayant, apparemment.

Elle se força à sourire tandis que les vestiges de son cauchemar se dissipaient.

— C'était juste un de ces rêves d'angoisse... La peur d'arriver en retard en classe, tu sais... Ce genre de chose.

— Tu m'appelais au secours.

Elle s'écarta de lui et s'assit.

— Je devais avoir besoin de ton aide pour résoudre une équation algébrique.

Il se redressa, lui aussi. La couverture couvrait le bas de

son corps, révélant son torse mince. Elle n'avait eu que rarement l'occasion de le voir torse nu. Owen n'était peut-être pas bâti comme un culturiste, mais il avait les épaules larges, le ventre plat et un buste tonique. Il lui avait souvent parlé des installations de sport de Campbell Cove Security, mais elle avait été tellement absorbée par les préparatifs du mariage qu'elle n'avait pas prêté autant d'attention qu'elle l'aurait dû à ses explications.

— Tu as entendu, toi aussi ? reprit-il dans un murmure, la voix soudain altérée.

Cela la tira brutalement de sa rêverie éveillée.

— Entendu quoi ? répondit-elle sur le même ton.

— Des voix. Je crois que quelqu'un approche.

Tara tendit l'oreille. Il avait raison.

— Il y a une femme et un homme, mais je n'arrive pas à saisir ce qu'ils se disent.

— Peut-être que les gamins ont parlé de nous à leurs parents, en fin de compte, dit-il en se levant et en ramassant sa chemise, qu'il enfila avant de se diriger vers la fenêtre.

Tara remarqua que l'étoffe blanc neige était désormais maculée de larges auréoles grises.

— Tu vois quelqu'un ? chuchota-t-elle.

Il hocha la tête.

— Ils ont l'air tout ce qu'il y a de normal.

— Par « normal », je suppose que tu veux dire qu'ils n'ont pas des têtes d'assassins ?

Il se retourna pour lui décocher un bref sourire.

— Exactement.

— On devrait aller à leur rencontre. Ça paraîtra moins suspect.

— Bonne idée, répondit-il. Roule une couverture autour de tes hanches. Ce sera difficile d'expliquer pourquoi tu te promènes avec une demi-robe de mariée.

Bien vu, songea Tara. Elle sauta sur ses pieds, s'enroula dans la couverture et le rejoignit à la porte.

— OK. Tu es prêt ?

Il prit sa main.

— Oui, mais on ne va pas leur dire ce qui s'est réellement passé. C'est trop compliqué. Je vais simplement expliquer que nous sommes des jeunes mariés et que notre voiture est tombée en panne en pleine tempête.

— D'accord.

Elle entremêla ses doigts aux siens et le suivit sur le porche. Le couple qui approchait, pris de court, s'arrêta net.

— Oh ! s'écria la femme. Alors, c'était vrai. Il y avait bel et bien quelqu'un à la cabane.

— Je suppose que vous êtes les parents d'un des enfants que nous avons effrayés hier soir ? commença Owen avec un sourire engageant. Désolé de lui avoir fait peur.

La femme, une brune replète au sourire amical, agita la main.

— Ne vous inquiétez pas pour ça. Ils n'avaient rien à faire ici sous une pluie battante, de toute façon. Mais on s'est dit qu'il valait mieux venir nous assurer que vous n'aviez pas besoin d'aide.

L'homme fit la grimace en désignant la cabane du menton.

— Vous avez dormi ici ?

— Malheureusement, nous y avons été obligés, répondit Owen. Notre voiture nous a lâchés hier en fin d'après-midi et comme il s'est mis à pleuvoir à verse, nous avons dû trouver un abri. Et, une fois ici, nous nous sommes rendu compte que nos téléphones portables étaient restés au temple. Donc, on n'a même pas pu appeler une dépanneuse.

Le regard de la femme s'arrêta alors sur leur tenue — le bustier blanc de Tara rebrodé de perles, la chemise blanche et le pantalon de smoking d'Owen — et sauta à la conclusion qui s'imposait.

— Vous êtes de jeunes mariés, c'est ça ? Oh ! Seigneur... Et vous avez dû passer votre nuit de noces dans cette bicoque en ruines ?

Owen se mit à rire, serrant Tara contre lui.

— Ma foi... Ça nous fera une anecdote amusante à raconter

pour nos noces d'or. Je ne voudrais pas abuser, mais pourrions-nous vous emprunter un téléphone pour passer un appel ?

— Mais bien entendu.

La femme plongea la main dans la poche de son jean et lui tendit son appareil.

— Merci, vous êtes très aimable, dit Owen. Je vous le rapporte dans un instant.

Il rentra dans la cabane, laissant Tara faire la conversation à l'obligeant couple.

— Vous habitez près d'ici ? questionna Tara.

— Oui, à huit cents mètres, à peine. Si ç'avait été l'hiver, vous auriez probablement vu les maisons, dit le mari. Je m'appelle Frank Tyler. Et voici ma femme, Elaine.

— Tara B... Tara Stiles, et mon mari s'appelle Owen, répondit Tara que le fait de mentir à ce sympathique couple commençait à ennuyer.

Mais Owen avait raison : aussi farfelue que paraisse l'histoire des jeunes mariés tombant en panne de voiture en pleine forêt, la vérité était plus abracadabrante encore.

Owen reparut sur le porche, le sourire aux lèvres. Mais Tara le connaissait suffisamment bien pour voir que son expression détendue masquait une vive anxiété.

— Merci mille fois. J'ai appelé une dépanneuse, donc tout est arrangé.

— Heureux d'avoir pu vous rendre service. Si vous voulez, nous pouvons vous conduire jusqu'à l'endroit où se trouve votre voiture ?

— Je vous remercie, mais ce ne sera pas nécessaire. Un ami va venir nous chercher à Old Camp Road. Ce n'est pas loin d'ici.

Owen serra chaleureusement la main de Frank, puis d'Elaine.

— Merci encore de vous être inquiétés de nous.

— Oui, merci beaucoup, renchérit Tara en leur décochant un large sourire pour dissimuler son appréhension grandissante.

Qui Owen avait-il appelé ?

Quand les Tyler furent hors de portée de voix, elle se rapprocha d'Owen.

— Qu'est-ce qui ne va pas ?

Il prit sa main et la regarda d'un air douloureux.

— Tara, je ne sais pas comment t'annoncer ça... Robert est mort.

Elle le dévisagea sans comprendre.

— Quoi ?

— Il est mort. Il a été tué, d'après ce que m'a dit mon patron.

Elle se couvrit la bouche d'une main tremblante, incapable de déterminer ce qu'elle ressentait. Son fiancé était mort. L'homme qu'elle avait été sur le point d'épouser. Même si, au dernier moment, elle avait eu des doutes quant à ce mariage, cela ne signifiait pas qu'elle n'éprouvait pas une profonde affection pour lui.

Et maintenant... Il était parti. Pour toujours.

Ça n'avait pas de sens. Owen avait dû mal comprendre.

— Il doit y avoir une erreur, dit-elle, les jambes en coton, tout à coup.

Owen la fit asseoir sur la dernière marche de l'escalier. Sans même remarquer le contact désagréable du bois encore humide, elle se tourna vers lui comme il prenait place à côté d'elle et passait un bras autour d'elle.

— Je suis vraiment, vraiment désolé, ma belle.

Elle posa sa tête sur son épaule.

— Tu ne m'as pas tout dit, n'est-ce pas ?

Il attendit une seconde puis secoua la tête.

Elle poussa un soupir.

— Vas-y. Je t'écoute.

— Robert a été assassiné au temple à peu près à l'heure où nous avons été enlevés. Comme personne ne savait où nous étions passés...

— Nous sommes les principaux suspects, acheva-t-elle à sa place.

4

— Dans combien de temps ton patron arrivera-t-il, à ton avis ?

Quittant des yeux la route déserte, Owen regarda les traits tirés de Tara.

— Il ne devrait pas tarder. Il ne faut pas longtemps pour venir du bureau jusqu'ici.

Ayant lui-même les nerfs en pelote, il ne savait comment la réconforter. En quelques heures, de victimes d'un enlèvement, ils étaient devenus les principaux suspects d'un meurtre. Comment pourraient-ils prouver leur bonne foi ? La seule pièce à conviction qu'ils détenaient, c'étaient les deux morceaux de ruban adhésif qui avaient servi à les attacher, roulés au fond de sa poche. Il ne devait plus y avoir la moindre trace de l'éther qu'avait inhalé Tara dans son organisme — pas plus que sur ses cheveux ou ses vêtements. La pluie l'avait certainement fait disparaître.

— Qu'est-ce qu'on va faire, Owen ?

Tara avait l'air si fragile, roulée dans cette vilaine couverture de camping.

— Qu'en pense ton patron ? Faut-il que nous nous rendions à la police ?

— Il m'a simplement dit de l'attendre ici et de le laisser chercher une solution.

Même s'il répugnait à l'admettre, lui non plus n'avait pas la moindre idée de ce qu'il convenait de faire mais, évidemment, se retrouver suspecté de meurtre, c'était une situation totalement inédite.

— Tu as confiance en lui ?

Comment répondre à cette question ? En réalité, Campbell Cove Security Services était dirigé par trois anciens employés fédéraux : Alexander Quinn, Rebecca Cameron et Maddox Heller. Cameron, ancienne diplomate, et Heller, ancien marine, semblaient assez bienveillants, mais le service d'Owen, la cybersécurité, était supervisé par Quinn, ex-agent secret, insaisissable, qui avait la réputation bien établie de n'obéir qu'à un seul axiome : la fin justifie les moyens.

Owen ne savait pas s'il était vraiment judicieux de s'en remettre à un homme comme Quinn, qui faisait passer la sécurité du pays qu'il avait servi pendant plus de deux décennies avant toute autre chose — y compris celle de ses employés, probablement. Cependant, il était une chose dont il était certain : c'était que Quinn était tout entier dévoué à la cause de la justice. Et si Tara et lui finissaient en prison pour un crime qu'ils n'avaient pas commis... Où était la justice ?

— Je pense qu'il ne veut pas voir des innocents accusés du meurtre de Robert, dit-il finalement.

Les yeux de Tara se plissèrent, indiquant qu'elle n'était pas tout à fait rassurée par sa réponse.

— Eh bien, mieux vaudrait qu'il arrive rapidement parce qu'il ne se passera pas longtemps, à mon avis, avant que le charmant couple dont nous avons fait la connaissance ce matin entende la nouvelle du meurtre de Robert aux informations et qu'il fasse le lien avec cette jeune mariée en robe déchirée et son soi-disant mari terrés dans une cabane au fond des bois.

Elle avait raison. Owen consulta sa montre, impatienté.

— Si seulement j'avais mon téléphone...

— Regarde... C'est lui ? fit Tara en montrant un point noir au loin, sur l'étroite route.

Le point grossit comme le véhicule approchait et se transforma en un gros 4x4 bleu foncé. Il s'arrêta à une quarantaine de mètres de la borne près de laquelle ils s'étaient dissimulés et un homme aux cheveux blond pâle en sortit.

Ce n'était pas Quinn, mais Maddox Heller. Owen se demanda s'il devait s'en féliciter ou s'en inquiéter.

Ils émergèrent des taillis et Heller leur fit signe d'approcher. Owen s'avança en faisant la grimace. La pluie avait rétréci le cuir de ses chaussures, lesquelles, désormais, lui comprimaient les pieds. Tara n'avait pas plus fière allure, clopinant à son côté dans ses escarpins sales en veillant à ne pas marcher sur les pans de la couverture de camping.

— Désolé, dit Maddox lorsqu'ils l'eurent rejoint. Je voulais m'assurer qu'on ne se servait pas de vous comme appâts pour m'attirer dans une embuscade.

Tara s'assit à l'avant du 4x4 et poussa un profond soupir.

— Il y a vingt-quatre heures, ma vie était si simple.

Heller lui adressa un regard compatissant.

— Désolé pour votre fiancé. Vous avez dû avoir froid. Je vais monter le chauffage.

Owen s'assit sur la banquette arrière et referma la main sur l'épaule gauche de Tara. Il la sentit tressaillir à son contact mais, comme il s'apprêtait à la retirer, elle la retint.

— Pour l'instant, je vais vous conduire jusqu'à une cache sûre. On va vous fournir des vêtements, de quoi manger et vous pourrez vous reposer. J'imagine que vous n'avez pas dû dormir beaucoup dans cette cabane, au fond des bois.

— On ne prévient pas la police ? demanda Tara.

— Quinn veut réfléchir avant de prendre une décision. Pour le moment, il vous demande d'attendre.

En ce qui concernait Owen, cela lui convenait. Il mourait d'envie de manger un repas chaud, d'enfiler des vêtements propres et secs et il lui semblait qu'il aurait pu dormir deux jours entiers d'affilée.

— Owen m'a dit que Robert avait été tué par balle… Est-ce que vous en savez plus ? s'enquit Tara comme Maddox faisait demi-tour.

— Pas beaucoup plus. Nous avons des contacts au bureau

du shérif mais ils sont occupés, comme vous pouvez l'imaginer, avec la presse et la famille de votre fiancé.

Tara porta une main à son front.

— Mon Dieu... Ses pauvres parents. Qui a bien pu faire une chose pareille ? Et pourquoi ?

Owen lui pressa l'épaule.

— On va le découvrir, je te le promets.

Elle lui jeta un coup d'œil par-dessus son épaule.

— Tu ne devrais pas. Tu n'es pas sûr de pouvoir tenir parole.

— Je te promets de faire mon possible pour y parvenir et pour veiller à ta sécurité.

Elle eut un sourire désenchanté.

— Je sais... Merci.

Le trajet jusqu'à la cache prit une vingtaine de minutes, durant lesquelles ils émergèrent des bois et empruntèrent une petite route de campagne traversant un paysage verdoyant parsemé ici et là de fermes et de prés dans lesquels paissaient placidement des chevaux sous le soleil matinal. À mi-parcours, Heller alluma la radio et la régla sur une station locale d'informations qui relatait le meurtre de Robert avec une excitation presque indécente.

Ils n'apprirent cependant rien de nouveau et Tara ne tarda pas à demander à Heller d'éteindre la radio.

La cache était une jolie petite ferme nichée au bout d'une route bordée de pommiers. Il n'y avait aucune autre maison alentour, ce qui était vraisemblablement le but recherché. Même la maison en elle-même était protégée sur trois côtés par de grands chênes aux larges frondaisons qui cachaient presque totalement le bâtiment à la vue des automobilistes, sur la route.

— C'est assez rustique, les avertit Heller en les précédant le long du petit chemin dallé qui menait au porche en galets de rivière. Mais vous aurez tout le nécessaire et la propriété est dotée d'un système de sécurité ultra-perfectionné.

— Est-ce que quelqu'un gardera la maison ? s'enquit Tara.

Je veux dire, si ces types qui nous ont agressés essaient de nous retrouver...

Heller jeta un coup d'œil à Owen.

— Owen a reçu une formation de base. Le système de sécurité fera le reste. Et nous chargerons un de nos agents de vérifier régulièrement que tout va bien jusqu'à ce que Quinn ait décidé de la conduite à tenir. Vous ne devriez pas rester ici bien longtemps.

Tara regarda Owen, qui se demanda si elle cherchait à se rassurer ou si elle exprimait son scepticisme. Il lui sourit, espérant que ce serait une réponse suffisante dans un cas comme dans l'autre.

Heller leur montra comment activer et désactiver l'alarme.

— Vous pouvez modifier le code et en définir un de votre choix ou conserver celui qui est en place. De toute façon, en cas de problème, un code prioritaire prend le pas, que seuls Quinn, Cameron et moi-même connaissons, donc vous êtes bien protégés.

Il les précéda à l'intérieur de la maison. L'ameublement était rustique, effectivement, mais tout était en parfait état de fonctionnement. Du bois était rangé près de l'âtre et la cuisine était équipée d'un électroménager moderne.

— Nous avons rempli le réfrigérateur et le congélateur, donc vous devriez avoir de quoi manger pour plusieurs jours si les choses ne sont pas rentrées dans l'ordre avant, indiqua Heller tandis qu'ils sortaient de la cuisine et s'engageaient dans un petit couloir desservant deux grandes chambres, sur l'arrière de la maison.

Il guida Tara vers celle de droite.

— Il y a des vêtements de plusieurs tailles dans le placard. On a dû faire vite pour réunir cette garde-robe mais je pense que vous devriez trouver votre bonheur. Faites-nous savoir s'il vous manque quelque chose.

Retournant dans le couloir, il désigna l'autre pièce du menton.

— J'ai apporté les quelques vêtements que tu avais laissés au bureau et j'ai demandé à ceux de nos employés qui sont aussi grands que toi de t'en prêter quelques autres, dit-il à Owen en le suivant à l'intérieur de la chambre et en refermant la porte derrière lui.

— Ça va ? Quinn m'a dit que tu avais reçu un coup sur la tête. Est-ce que tu as perdu conscience ?

— Brièvement, confirma Owen. Mais ça va.

— Je peux envoyer Eric t'examiner, si c'est nécessaire, mais Quinn pense qu'il vaut mieux que le moins de personnes possible connaissent le lieu où vous vous cachez — du moins, le temps qu'il se soit fait une idée plus précise de la situation.

— Je n'ai pas eu d'étourdissements ni de symptômes inquiétants, donc je pense que c'est inutile. J'ai seulement un peu mal à l'endroit où j'ai été frappé.

Heller examina la bosse à l'arrière de sa tête.

— OK, mais n'hésite pas à nous prévenir si tu ne te sentais pas bien. Un coup sur la tête ne doit jamais être pris à la légère… Et Tara ? L'exposition à l'éther ne lui a pas laissé d'effets persistants ?

— Je ne crois pas. Mais je serai vigilant.

Heller ouvrit ensuite le tiroir supérieur de la commode, près de la porte, et en extirpa un petit coffre-fort. Il le posa sur le lit, sortit une clé de la poche de son pantalon et le déverrouilla. À l'intérieur, rangé sur un rembourrage de mousse, se trouvait un Smith & Wesson M&P .380.

— Il y a des munitions dans le tiroir. Quinn m'a dit que c'était avec cette arme que tu avais appris à tirer.

Owen contempla le pistolet, s'efforçant de dissimuler le malaise qui s'était emparé de lui à sa vue.

— Oui, mais…

— Il n'y a pas de mais. Tu as appris à t'en servir. Ce qui signifie que tu sais aussi quand *ne pas* l'utiliser. Garde en tête ce qu'on t'a enseigné et fie-toi à ton bon sens, assena Heller en lui tendant la clé du boîtier. Par ailleurs, Quinn a dépêché une équipe de ton service pour installer un ordinateur. Tu devrais donc pouvoir accéder au serveur du bureau grâce à un logiciel de connexion à distance sécurisé. Il paraît que c'est toi qui as créé ce système, donc je n'ai pas besoin de t'expliquer son fonctionnement.

Owen réussit à lui retourner un sourire un peu crispé, son regard revenant sur la boîte métallique contenant l'arme.

— Pour les ordinateurs, ça va, je maîtrise.

Heller lui assena une tape amicale sur l'épaule.

— Pour le reste aussi. Garde à l'esprit ce que tu as appris pendant ta formation et ça ira tout seul.

Owen raccompagna Heller jusqu'à la porte d'entrée.

— Quand Quinn ou toi, ou je ne sais qui, nous appellerez-vous ? Tu en as une idée ?

— Bientôt. Je ne peux pas être plus précis tant que Quinn n'a pas mené son enquête.

Le sourire qui creusa des fossettes dans les joues hâlées de Heller le rajeunit de dix ans.

— On est de ton côté, Stiles. Essaie de te détendre. On reprend prochainement contact.

Owen poussa un long soupir après avoir refermé la porte derrière Heller, le cœur cognant dans la poitrine.

Dans quel guêpier Tara et lui étaient-ils tombés ? Et comment diable était-il censé la protéger alors que lui-même était mort de peur ?

— Il y a une arme sur ton lit.

La voix de Tara le fit sursauter. Il se retourna.

— Oui, Heller me l'a laissée… Par mesure de précaution.

Les yeux verts se rétrécirent.

— Tu sais t'en servir ?

— Oui.

L'air un peu ébranlée, elle referma les bras autour d'elle. Toujours vêtue de sa robe en lambeaux, elle semblait petite et vulnérable — deux mots qu'en temps normal il n'aurait jamais eu l'idée d'associer à Tara. La Tara qu'il connaissait avait du répondant, elle était farouche — invincible. La voir aussi incertaine, aussi fragile lui serrait le cœur.

— Tu devrais aller prendre une douche et dormir un peu.

Il s'avança jusqu'à elle et se mit à lui frictionner doucement les bras.

— Allez, viens. Allons voir si nous trouvons la salle de bains.

Subitement, elle jeta les bras autour de son cou, pressant son visage contre son torse.

— Merci.

Il l'enlaça, espérant parvenir à calmer ses tremblements.

— De quoi ?

— D'être venu alors que je t'avais dit que ce n'était pas la peine.

Elle leva les yeux vers lui.

— Comme tu le fais toujours.

— Et comme je continuerai à le faire, assura-t-il.

Elle sonda son expression comme si elle essayait d'y déceler quelque chose. Du réconfort ? L'assurance qu'elle pourrait toujours et en toutes circonstances compter sur lui ?

Tu n'as qu'à dire ce que tu veux, Tara, et je te le donnerai.

— En tout cas, tu as raison sur un point. J'ai besoin de passer sous la douche et de dormir au moins une semaine, déclara-t-elle en se détachant de lui.

Lui aussi était impatient de se doucher mais, pour le reste... Il n'avait plus du tout sommeil maintenant — comme si la réalité de leur dilemme avait gorgé ses veines d'un flot d'adrénaline. Il fallait qu'il découvre pourquoi Robert avait été assassiné et en quoi son meurtre était lié au kidnapping de Tara.

Quelques instants après que Tara eut disparu dans sa chambre, le bruit d'un robinet qui coulait lui indiqua qu'elle devait disposer d'une salle de bains attenante. Ce qui n'était pas le cas de sa chambre, à lui. Mais la salle de bains, juste au bout du couloir, lui allait très bien.

Sa douche terminée, il enfila un jean propre, un épais sweat-shirt et s'assit devant le bureau niché dans un coin de sa chambre, où ses collègues de la cybersécurité lui avaient aménagé une installation informatique dernier cri.

La station de travail étant prête à fonctionner, il se connecta au système de Campbell Cove Security et trouva rapidement les fichiers concernant le meurtre de Robert. Les détails étaient encore parcellaires, mais l'agent à qui Quinn avait assigné la tâche de compiler les éléments d'information, Steve Barlett, avait établi une chronologie des événements incluant les informations qu'Owen avait fournies à Quinn par téléphone.

L'examen du médecin légiste permettrait de préciser l'heure de la mort, mais les différents témoignages indiquaient que le crime avait eu lieu entre 14 h 30, heure à laquelle son père avait échangé quelques mots avec lui pendant qu'il était en train de se préparer, et environ 15 h 30, quand son témoin de mariage, passé le voir avant la cérémonie, l'avait trouvé mort.

Tara avait été enlevée à 15 h 10, ce qui ne lui procurait qu'un alibi partiel — sauf si le médecin légiste était en mesure d'affirmer que Robert avait été tué *après* cette heure-là. Le kidnapping et le meurtre faisaient-ils partie d'un seul et même plan ? Mais *pourquoi* l'avoir enlevée ? Il en revenait toujours à la même question.

Owen se frotta les yeux. L'adrénaline avait beau le maintenir éveillé, son corps accusait la fatigue. Il avait besoin de dormir. De mettre son esprit au repos pour pouvoir ensuite tout reprendre du début en ayant les idées claires.

La seule chose dont il était absolument sûr portait sur sa propre implication dans l'enchaînement des événements. Il n'aurait pas été kidnappé, lui aussi, si Tara ne lui avait pas passé cet appel. Il s'était trouvé dans le vestibule du temple, avec les demoiselles d'honneur, et il aurait dû y rester jusqu'à ce que Tara arrive pour le commencement de la cérémonie.

Il avait été un *dommage collatéral*. La véritable cible, c'était Tara.

Mais pour quelle raison ?

— Je n'arrivais pas à dormir.

Les nerfs tendus à craquer, il sursauta violemment en entendant la voix de Tara derrière lui. Pivotant sur sa chaise, il se retourna pour la regarder et éprouva un choc.

Ses cheveux foncés, encore humides de la douche, tombaient en vagues désordonnées sur ses épaules. Elle avait revêtu un

T-shirt à manches longues moulant dont l'étoffe fine laissait deviner qu'elle ne portait pas de soutien-gorge.

Il s'obligea à baisser les yeux jusqu'au caleçon de yoga qui épousait le reste de ses courbes — des cuisses galbées jusqu'aux mollets fins. Elle se plaignait toujours d'avoir un peu trop de formes mais il la trouvait parfaite, avec juste ce qu'il en fallait aux bons endroits.

— Moi non plus, répondit-il, l'air de rien, habitué de longue date à réprimer le désir qu'elle lui inspirait.

Il mit à contribution sa longue pratique pour ignorer la soudaine sensation de constriction dans son jean et se concentra sur les expressions qui passaient sur le visage de Tara.

Elle n'avait jamais été du genre à afficher ses sentiments et, au fil des années, elle en était arrivée à savoir dissimuler ses pensées — même vis-à-vis de lui. Il n'était pas sûr en cet instant de lire clairement en elle mais une chose était certaine : il y avait de la tristesse dans son regard vert.

Il se leva et se dirigea vers elle, attendant un signe de sa part. Si elle voulait qu'il la réconforte, elle le lui montrerait.

Elle prit sa main, brièvement, puis la relâcha.

— Je me demande si l'affaire fait la une des informations locales, murmura-t-elle en retournant vers le couloir.

Il la suivit jusque dans le salon, où elle s'assit sur le sofa, saisit la télécommande sur la table basse et alluma le téléviseur. Il s'installa à côté d'elle tandis qu'elle zappait de chaîne en chaîne.

Il n'osa pas faire observer qu'elle devait désormais faire aussi celle des médias nationaux. Les faits étaient suffisamment sensationnels pour avoir attiré l'attention des directeurs de l'information toujours en quête d'histoires croustillantes susceptibles d'alimenter leurs grilles d'information en continu.

Il ne s'était pas trompé. Elle s'arrêta sur une chaîne câblée sur laquelle son visage apparaissait en gros plan, occupant tout l'écran.

« LA MARIÉE EN FUITE », indiquait la légende en grosses lettres d'imprimerie.

— Oh ! merveilleux, grommela-t-elle.

Malheureusement, la chaîne n'apportait aucun élément d'information nouveau concernant le meurtre, ce qui n'empêcha pas le présentateur de multiplier les sous-entendus en faisant état de « l'intempestive » disparition de la mariée, qualifiée d'« incompréhensible et étrange coïncidence », n'hésitant pas à flirter avec les limites de la diffamation.

Comme le peu scrupuleux journaliste passait au sujet suivant, Tara éteignit la télévision et se prit la tête dans les mains.

— Les parents de Robert doivent être complètement effondrés. Ils doivent croire que c'est moi qui l'ai tué. C'est ce que *tout le monde* doit croire.

— Non... Tous ceux qui te connaissent savent que c'est impossible.

— Mais ceux qui me connaissent vraiment ne sont pas si nombreux.

Il ouvrit la bouche pour la contredire mais c'était vrai. Tara ne se laissait pas facilement percer à jour. Même par lui, qui était pourtant son meilleur ami depuis toujours. Il avait bien conscience qu'il était des pans de son monde intérieur dont elle ne s'ouvrait pas à lui — et dont elle ne s'ouvrirait probablement jamais. Certains aspects de sa personnalité lui demeureraient sans doute toujours inaccessibles.

Elle travaillait comme analyste pour un institut de conseil et de réflexion sur la sécurité globale basé à Brody, en Virginie, juste de l'autre côté de la frontière de l'État. Mais combien de ses collègues pouvaient se targuer de la connaître véritablement ? Ils savaient quelles étaient ses qualifications, les études qu'elle avait suivies, savaient qu'elle avait acquis son expérience en matière d'analyse de sécurité en travaillant pour une entreprise de défense pendant plusieurs années, juste après l'obtention de son diplôme.

Mais savaient-ils ce qu'elle aimait faire, durant son temps libre, seule chez elle ? Savaient-ils qu'elle adorait les chatons, le chocolat noir et les pyjamas en pilou ? Connaissaient-ils sa manie des listes, qu'elle ne jetait jamais avant d'avoir consciencieusement coché tous les points énumérés ?

Savaient-ils qu'il était absolument impossible — impensable ! — qu'elle ait tué Robert Mallory ?

— Pourquoi a-t-on bien pu vouloir tuer Robert et te kidnapper, toi ? demanda-t-il à voix haute.

— Je n'en sais rien.

— C'est bizarre, tu ne trouves pas ? Te kidnapper pourrait avoir un sens s'il y avait une rançon à la clé. Tu m'as dit que Robert n'était pas assez riche pour que cette hypothèse soit envisageable, je le sais, mais... ses parents ? Ils le sont, eux. J'imagine bien les ravisseurs faisant pression sur Robert pour le forcer à payer pour ta libération, s'ils savaient qu'il pouvait se tourner vers ses parents.

— Mais ce n'est pas ce qui s'est passé. Robert a été tué. S'il s'agissait de leur extorquer de l'argent par le biais de Robert, pourquoi diable l'ont-ils tué ?

— Je n'en sais rien, reconnut Owen, se tournant pour lui faire face. Peut-être qu'il s'est rebellé, que les choses ont mal tourné ? Mais je te promets qu'on va le découvrir. Et qu'on va se sortir de ce pétrin.

Elle lui décocha un regard à mi-chemin entre amour et pitié avant de libérer ses mains et de se lever. Elle alla se poster devant la fenêtre et contempla l'étendue d'herbe jaunie par le soleil qui allait du côté de la maison jusqu'aux grands chênes qui abritaient la ferme des regards.

Elle lui parut à cet instant terriblement, tragiquement seule. Et Owen se demanda si elle permettrait jamais à quiconque de l'approcher réellement, d'entrer dans ce jardin secret qu'elle gardait jalousement.

Le mandat de perquisition autorisait Archer Trask et son équipe à fouiller le pavillon de Tara Jane Bentley afin de découvrir si elle possédait une arme à feu.

Comme elle était déjà recherchée en tant que témoin dans une affaire de meurtre, il n'était pas tenu d'annoncer sa venue, ceci pour éviter que cela ne lui laisse le temps de s'échapper si elle était présente. Mais, dès que la porte fut ouverte, il comprit qu'elle n'était pas là.

L'endroit avait été dévasté de fond en comble et, à en juger par l'odeur qui se dégageait du contenu du réfrigérateur répandu sur le sol carrelé de la cuisine, cela ne datait pas de ces dernières heures.

À côté de lui, l'un des shérifs adjoints proféra un bref juron.

Trask demanda par radio qu'une équipe de scène de crime le rejoigne au domicile de Tara Bentley. Il ne savait pas si ce saccage était lié au meurtre de Robert Mallory, mais celui qui avait mis cette maison sens dessus dessous cherchait manifestement quelque chose.

Mais quoi ? Quels secrets Mlle Bentley cachait-elle ? Et ces secrets avaient-ils un rapport avec la mort de Mallory ?

Il traversa rapidement le séjour pour revenir vers l'avant de la maison, mais stoppa net en chemin, son attention attirée par une photo encadrée gisant sur le sol. Il s'accroupit. Le verre était brisé, mais la photographie intacte. Tara Bentley, jolie jeune femme aux cheveux bruns, souriait à l'objectif, tête contre tête avec un homme brun au regard bleu et vif. Son sourire était un peu moins épanoui que celui de Tara, mais il était clairement heureux d'être avec elle.

— Owen Stiles, murmura Trask.

— Vous disiez ? questionna le jeune shérif ajdoint qui se tenait à proximité.

— Stiles, répéta-t-il plus fort en montrant la photographie. Le complice de Bentley.

— Vous croyez qu'elle a tué son futur mari et qu'elle s'est enfuie avec son témoin de mariage ?

— Son garçon d'honneur, rectifia Trask en se redressant et en faisant signe aux autres adjoints de le suivre à l'extérieur.

Ils rejoignirent leurs véhicules pour attendre l'arrivée de l'équipe scientifique.

Calé contre le capot de sa berline banalisée, Trask tira son téléphone de sa poche et composa un numéro. Une voix profonde avec un accent du sud caractéristique répondit à la deuxième sonnerie.

— Heller.

— Monsieur Heller, c'est Archer Trask. Nous nous sommes rencontrés en décembre dernier quand j'enquêtais à propos des menaces qui pesaient sur Charlie Winters.

— Je me souviens, observa Heller, sur la réserve.

— J'aimerais vous parler à propos d'un de vos employés, Owen Stiles. Je peux passer à votre bureau dans l'après-midi... si vous avez un moment pour me recevoir ?

Il y eut une courte pause.

— Bien sûr. Disons, à 15 heures ?

— Entendu. J'y serai. À tout à l'heure.

Il rempocha le téléphone et regarda autour de lui, essayant de se représenter Tara Bentley dans ce cadre. Le jardin était petit mais bien entretenu. Il songea qu'il en aurait été de même à l'intérieur de la maison si elle n'avait été vandalisée.

— Qu'est-ce qu'ils pouvaient bien chercher, Tara ? murmura-t-il tout haut.

Et où pouvez-vous bien être ?

5

Le bloc-notes vierge, sur le bureau, lui faisait de l'œil. Avec une grimace, Tara prit un stylo et écrivit au milieu de la page blanche :

« Pourquoi ? »

C'était le maître mot dans toute cette histoire, en tout cas celui qui lui venait le premier à l'esprit. *Pourquoi* ces deux hommes l'avaient-ils kidnappée ? *Pourquoi* avait-on tué Robert ? Y avait-il un lien entre les deux agressions ?

Vraisemblablement. Ce ne pouvait pas être une coïncidence. Conclusions qu'elle inscrivit au-dessous de l'en-tête.

À la ligne suivante, elle nota au milieu de la feuille :

« Quoi ? »

Qu'espéraient obtenir d'elle les ravisseurs ? Qu'avaient-ils prévu de faire d'elle ? Demander une rançon ? L'échanger contre une autre personne ? Et si oui, qui ?

Un petit coup frappé à la porte la tira en sursaut de ses réflexions.

— Entre, lança-t-elle en se retournant pour regarder Owen.

— Je croyais que tu devais dormir un peu ?

— J'ai essayé mais je n'y suis pas arrivée, mentit-elle.

Le regard que lui jeta Owen indiquait qu'il n'était pas dupe, mais il n'insista pas. Il s'assit au bord du lit et se pencha en avant vers le bureau.

— Tu fais une liste ?

— Eh oui, tu sais bien que c'est ma manie.

Les lèvres d'Owen s'étirèrent en un demi-sourire qui suffit à illuminer ses traits distingués. Il ne se rendait pas compte à quel point il était beau, mais *elle* le savait. Il s'était épanoui tardivement, songea Tara. Le gamin de dix ans s'était peu à peu mué en un adolescent grand et svelte, avec un visage mince à l'expression sérieuse. Puis la promesse naissante de beauté, qui n'apparaissait que ponctuellement pendant la période compliquée de l'adolescence, s'était affirmée avec l'âge adulte. Quant à son tempérament calme et réservé, il avait déjà marqué sa personnalité d'une empreinte indélébile.

Il était brillant dans son travail, un vrai génie de l'informatique, peut-être justement à cause de sa tendance naturelle à se cacher derrière l'écran de son ordinateur, où il était le roi de son petit monde. Son cercle d'amis était plus restreint encore que celui de Tara — et Dieu sait pourtant que le sien n'était pas étendu ! En fait, Robert Mallory avait été la première personne avec qui elle avait noué un lien étroit depuis des années. Et maintenant qu'il n'était plus là, elle s'en voulait affreusement de l'avoir involontairement trompé quant à la réalité de l'amour qu'elle lui portait.

Owen tendit le bras pour soulever le bloc-notes et lire ce qu'elle y avait écrit.

— Tu crois que ton enlèvement et le meurtre de Robert sont liés ?

— Tu crois qu'ils ne le sont pas ? rétorqua-t-elle.

Il réfléchit pendant quelques secondes avant de répondre.

— Non. Mais de là à saisir le rapport qu'il y a entre les deux...

Tara se frotta les yeux avec lassitude.

— C'est là que je cale, moi aussi. Je n'ai pas la moindre idée de la raison pour laquelle quelqu'un a voulu m'enlever. Une rançon semble être le seul mobile logique, mais comme la personne potentiellement susceptible de pouvoir en verser une a été tuée à peu près au même moment qu'on a été kidnappés...

Les yeux d'Owen se rétrécirent.

— C'est ça qui t'empêche de trouver le sommeil ?

Elle fronça les sourcils.

— Il y a de quoi, non ?

— Oui, mais je pense que tu évites de penser à la véritable cause de ton insomnie.

Ça y est, pensa-t-elle. Owen s'apprêtait à se lancer dans une séance de psychanalyse. Comme toujours. Elle se renfonça contre le dossier de son siège et croisa les bras.

— Et je suppose que tu vas me dire ce que c'est ?

Il pinça les lèvres de contrariété, exactement ainsi qu'elle s'y était attendue. Mais son agacement ne l'arrêta pas.

— Écoute, tu as appris aujourd'hui que ton fiancé avait été assassiné. Tu as été kidnappée, brutalisée — il suffit de voir les bleus sur tes bras pour s'en rendre compte. Et, au lieu de prendre le temps de surmonter la frayeur et le chagrin, toi, que fais-tu ? Tu fais des listes !

Il prit le bloc-notes et l'envoya valser sur le lit, à côté de lui.

— Tu réagis toujours comme ça. Comme si c'était la solution à tout.

Elle désigna le bloc-notes du menton.

— Et toi, voilà comment tu réagis, riposta-t-elle en reprenant le bloc-notes pour le reposer devant elle, sur le bureau. Tu crois savoir ce que j'éprouve et, quand je te dis que tu te trompes, tu t'imagines que je sublime mes émotions ou je ne sais quoi.

— Parce que c'est le cas.

— Que tu dis !

— Oui, absolument, insista-t-il posément.

Seigneur, qu'il était agaçant ! Elle se tourna ostensiblement vers le bureau et empoigna son stylo, décidée à ne plus faire cas de lui et de l'avis qu'elle ne lui avait pas demandé.

— Pardonne-moi, dit-il au bout d'un moment tandis qu'elle cherchait en vain un nouvel élément à ajouter à sa liste. Je te connais depuis si longtemps que j'ai tendance à m'imaginer que je sais ce que tu penses ou ce que tu ressens, c'est vrai. Mais, de toute évidence, ce n'est pas le cas, alors... parle-moi un peu de cette liste.

Elle soupçonnait fort ses excuses de n'être qu'une façon détournée de pouvoir poursuivre l'analyse de son état émotionnel mais, comme elle détestait se fâcher avec Owen, elle lui tendit le bloc-notes.

— Comme je disais, je crois que mon enlèvement et le meurtre de Robert sont liés d'une manière ou d'une autre... Seulement, je ne sais pas laquelle.

Il parcourut ses notes.

— Questions judicieuses, souligna-t-il avec un petit claquement de lèvres. Tu veux que je te dise ce qui me saute aux yeux ?

Elle inclina la tête.

— Je t'en prie.

— Qu'est-ce qu'ils cherchaient à obtenir en t'enlevant ? Si, comme on le pense tous les deux, le meurtre de Robert et le kidnapping sont liés, je ne crois pas à la thèse de la rançon.

— D'accord avec toi.

— Alors, qu'est-ce que ça peut être ? continua-t-il. Tu n'as pas de fortune, tu n'es pas une rivale qu'une femme pourrait vouloir chercher à éliminer — si une cinglée avait jeté son dévolu sur Robert, elle s'en serait prise directement à toi. Une harceleuse obsessionnelle n'engage pas deux gros bras pour faire le sale travail à sa place. Et elle n'aurait sûrement pas fait abattre Robert — du moins pas à ce stade-là.

— Tu sais que la façon dont fonctionne ton esprit me fait peur, parfois ?

Il lui décocha un sourire un peu plus large, cette fois.

— Ça fait partie de mon charme.

— OK. Donc, exit le motif de la rançon et celui de la rivale maladivement jalouse.

— Il y a bien quelque chose qui pourrait intéresser quelqu'un, reprit pensivement Owen après une courte pause. C'est ton travail.

Elle fronça les sourcils.

— Mais combien de personnes savent réellement ce que je fais ? La plupart de mes connaissances pensent que je suis analyste système et cela leur suffit. Ils ne cherchent pas à en savoir plus.

— Analyste système, oui, mais pour l'un des principaux instituts de sécurité et de renseignement du pays — du monde, en fait. Et puis, surtout, tu as une habilitation de sécurité incroyablement élevée pour un prestataire de service civil. Moi-même, qui suis le meilleur ami que tu aies au monde, je ne sais pas exactement sur quoi toi et ton institut travaillez en ce moment, à ceci près que ce doit être sacrément important pour que tu n'aies pas pu prendre deux semaines de congé afin de partir en voyage de noces.

Owen avait raison. Le projet sur lequel elle travaillait actuellement était de la plus haute importance et classé « très confidentiel » par l'institut. Seuls quelques rares collègues triés sur le volet connaissaient la nature véritable de son travail, ce qui était intentionnel puisqu'elle avait été chargée d'organiser un symposium ultrasecret sur la sécurité internationale, auquel devaient assister les plus hauts responsables de la sécurité et du renseignement des nations amies du globe — et même d'une poignée d'autres qui l'étaient moins. Robert lui-même, pourtant d'une insatiable curiosité concernant tout ce qui la touchait, n'avait pas été au courant.

Un pli soucieux barra son front comme une pensée lui traversait l'esprit.

— Et si Robert avait été tué parce que quelqu'un tentait de découvrir ce que je faisais, à l'institut ?

— Tu veux dire qu'ils auraient essayé de lui soutirer des informations et que ça aurait mal tourné ?

Elle déglutit avec difficulté.

— Ou qu'ils se seraient aperçus qu'il ne savait rien et qu'ils se seraient débarrassés de lui, suggéra Owen à sa place. C'est possible, j'imagine, si c'est réellement ton travail qui est derrière tout ça.

Elle se massa la nuque, où une tension douloureuse commençait à se faire sentir.

— Je suis tellement épuisée que je n'arrive plus à réfléchir, mais je ne peux pas empêcher les idées de se bousculer dans ma tête.

Owen tendit le bras et attrapa sa main.

— Viens. Je vais te masser... ça t'aidera à te détendre, non ?

Elle croisa son regard et n'y vit aucune malice. Owen n'était pas comme la plupart des hommes. S'il lui offrait son aide, c'était par gentillesse, sans arrière-pensée. C'était l'une des raisons pour lesquelles elle lui faisait confiance comme elle n'avait jamais fait confiance à personne d'autre — pas même à Robert. Pour Owen, un massage, c'était un massage, point.

Elle changea de position afin de lui présenter son dos. L'élastique qui retenait ses cheveux en queue-de-cheval ayant glissé, elle le rajusta afin qu'il ait accès à sa nuque.

Un moment s'écoula avant que ses mains ne touchent son cou. Elles étaient agréablement tièdes. Il se mit à malaxer ses muscles contractés, doucement d'abord, puis avec plus de force, faisant naître en elle un délicieux frisson.

Un massage de la nuque n'était peut-être qu'un massage de la nuque pour Owen, s'avisa-t-elle, mais cela n'avait jamais été — et ne serait jamais — tout à fait le cas pour elle.

Il était loin d'être l'homme parfait dont sa liste brossait le portrait. Il était trop introverti, trop prompt à se couper du monde extérieur pour s'enfermer dans son univers lorsqu'il se passionnait pour un projet. Et puis il n'était pas habité par l'ambition dévorante qui aurait pu faire de lui un Steve Jobs ou un Elon Musk. Quant à la gaucherie qu'il montrait parfois en société, toujours au plus mauvais moment, elle contrastait tellement avec l'aisance et le charme de Robert Mallory que cela l'avait d'office disqualifié.

Et, pourtant, il était délicieusement sexy, à la façon dont un homme à l'intelligence aiguisée, un homme vraiment bien pouvait l'être. Avec son humour mordant et son sens de l'absurde, il réussissait toujours à la faire rire et à lui remonter le moral, quand le poids de la vie lui semblait insupportable. L'intensité de son regard bleu la fascinait lorsqu'il se mettait à parler d'un sujet qui le captivait, qu'il s'agisse d'une difficulté technique en informatique qui la dépassait ou de son amour du base-ball, passion qu'ils avaient en commun.

Et ses mains... Il avait des mains merveilleuses, avec des doigts à la fois effilés et puissants qui avaient le pouvoir d'élever un simple massage de la nuque au rang d'art de la séduction.

— Tu te montres gentil avec moi pour te rattraper de m'avoir contrariée tout à l'heure, c'est ça ? observa-t-elle d'un ton volontairement léger pour combattre l'effet ensorcelant qu'opéraient sur elle les mouvements de ses doigts.

Le murmure grave de sa voix résonna tout près de son oreille.

— Et... ça fonctionne ?

De façon spectaculaire, songea-t-elle à part soi.

— Si je dis « oui », tu vas relâcher tes efforts.

— N'importe quoi. Je fais toujours de mon mieux.

S'il ne s'était pas agi d'Owen, au point où elle en était, elle aurait sérieusement envisagé de transformer ce massage en rapport sexuel. Mais c'était bel et bien Owen, son *ami*, et c'était donc hors de question. Elle remua la tête et les épaules et s'écarta délibérément.

— Merci... C'était juste ce dont j'avais besoin. Je vais peut-être réussir à dormir un peu, maintenant.

Comme elle l'avait anticipé, Owen se leva du lit.

— Bonne idée. Je vais en faire autant, moi aussi. Après ça, si tu es réveillée dans une heure ou deux, nous préparerons quelque chose à manger pour le dîner.

Sur une impulsion, elle attrapa sa main comme il se détournait pour partir et l'attira à elle pour lui donner une brève accolade. Les bras d'Owen l'encerclèrent, étonnamment forts et protecteurs par comparaison avec la vulnérabilité qu'elle éprouvait.

— Ça va aller, murmura-t-il contre sa tempe. On va se sortir de ce pétrin, je te le promets.

Elle le lâcha et dissimula son émotion par un petit rire.

— Et on s'y connaît, tous les deux, en la matière, hein ?

Il tira sur sa queue-de-cheval.

— Tara et Owen, les terreurs de Mercerville.

— Oui, enfin... Surtout moi, railla-t-elle.

Il sourit.

— C'est vrai.

Elle le regarda sortir de la pièce et fermer la porte derrière lui, se sentant tout à coup infiniment seule.

Maddox Heller n'était pas seul dans son bureau quand Archer Trask se présenta, à l'heure du rendez-vous. Il regarda les trois personnes qui étaient assises avec une nervosité assez inhabituelle car il n'était pas homme à se laisser facilement impressionner. Mais Heller avait apparemment convoqué à la réunion les deux autres patrons de Campbell Cove Security, l'énigmatique Alexander Quinn, ancien agent de la CIA, entouré de l'aura de mystère qui, inexplicablement, ne faisait que s'intensifier à chacune des révélations concernant son passé, et Rebecca Cameron, qu'Archer Trask connaissait surtout par sa réputation de diplomate accomplie et brillante historienne. Ce fut elle qui se leva la première pour le saluer, tendant une main fine et gracieuse pour serrer la sienne.

— J'espère que vous ne voyez pas d'inconvénient à ce que nous nous joignions, Alexander et moi, à votre entretien, dit-elle en guise d'entrée en matière, avec un sourire amical qui illumina son regard sombre et sculpta joliment son visage sans âge.

Elle sentait bon, nota Trask. Son parfum était délicat, mais enivrant. Elle devait être plus âgée que lui de cinq ou six ans, mais il y avait en elle une grâce juvénile qui le fit aussitôt se sentir beaucoup vieux qu'il n'était.

— Nous nous sommes dit que cela vous éviterait de nous interroger séparément, souligna Maddox de sa voix traînante en lui décochant un bref sourire qui ne convainquit pas tout à fait Trask.

Ça m'empêchera surtout de vous voir individuellement et de relever une éventuelle contradiction dans vos déclarations, songea-t-il en s'asseyant sur le siège que lui indiquait Maddox de la main, situé en face des leurs, subtilement disposés en éventail autour de lui.

Comme si c'était lui qui allait être mis sur la sellette.

— Depuis combien de temps Owen Stiles travaille-t-il pour votre société ? demanda-t-il avant que quelqu'un ne lui propose un café ou ne le détourne d'une façon ou d'une autre de son objectif.

— Presque un an maintenant, répondit Quinn. Et il nous donne entière satisfaction.

— Il travaille dans votre service informatique, c'est bien ça ? continua Trask.

La question était moins innocente qu'elle ne le paraissait. Il savait déjà que Stiles travaillait dans le domaine de la cybersécurité, mais, malgré les renseignements qu'il avait pris, il n'avait pas réussi à déterminer ce que le concept de cybersécurité recouvrait exactement pour une société comme Campbell Cove Security. S'occupait-il de la sécurité du système de l'entreprise en tant qu'analyste ? Ou était-il un hacker, l'un de ces pirates « éthiques » qui mettaient leur savoir-faire au service des entreprises pour pointer les failles de sécurité ou réaliser des tests d'intrusion dans les systèmes informatiques ?

À moins qu'il ne soit les deux ?

— Il s'occupe de la cybersécurité, répondit Quinn d'un ton suave. Il analyse les menaces de sécurité des réseaux gouvernementaux et des réseaux d'entreprise et élabore des solutions pour corriger les failles de sécurité qui pourraient être exploitées par des terroristes.

Quinn donnait l'impression de se montrer ouvert et honnête, mais Trask n'en demeura pas moins sur ses gardes. Quinn pouvait très bien dire vrai comme il pouvait omettre de signaler quelque chose d'important. Cela, Trask était incapable de le déterminer.

— Est-ce que vous avez une idée de l'endroit où il se trouve, actuellement ?

— Non, répondit Quinn. Nous avons essayé de le joindre,

comme vous l'imaginez. Il est essentiel ici et sa disparition nous pose problème.

Trask plissa les yeux, son regard glissant de Quinn à Rebecca Cameron. Son expression était aussi placide que l'étendue lisse d'un lac par une belle journée, reflétant tel un miroir ce qui se trouvait en face d'elle au lieu de révéler ce qui se cachait sous la surface de ce visage à la peau café au lait. Quant à Maddox Heller, il le considérait avec un petit sourire mi-figue mi-raisin, comme s'il devinait à quel point cet entretien était frustrant pour Trask.

De toute évidence, ils serraient les rangs derrière leur employé et rien de ce que Trask pourrait dire ne les ferait changer de tactique. Il opta donc pour modifier son angle d'attaque.

— Connaissez-vous Tara Bentley ?

Il remarqua une fugace hésitation dans l'expression de Heller avant que le sourire gentiment condescendant ne reparaisse.

— Elle a demandé à Owen d'être son garçon d'honneur à son mariage, donc je sais qu'ils sont bons amis.

— Je crois qu'ils se connaissent depuis l'enfance, précisa Quinn de son ton doucereux.

— Depuis leur entrée au collège, d'après ce qu'a dit Owen, non ? renchérit Cameron. C'est une chance de rester amis pendant aussi longtemps, vous ne trouvez pas ?

— Est-ce que l'un d'entre vous l'a déjà rencontrée ?

— « Croisée » serait plus juste. Elle est passée une fois ou deux le prendre pour déjeuner, non ? intervint de nouveau Cameron, souriante, en cherchant confirmation du regard auprès de ses associés.

— Et, à part ça, vous ne savez rien d'elle ?

Alexander Quinn ne marqua pas la moindre hésitation.

— Non. Rien du tout.

Owen était allé dans sa chambre avec la ferme intention de dormir mais, après être resté étendu sur son lit pendant un moment, l'appel de son ordinateur finit par l'emporter sur la fatigue. Se plantant devant sa station de travail, il soupesa les possibilités qui se présentaient à lui.

Quelque chose le tracassait depuis que Maddox Heller était venu les récupérer sur la route, Tara et lui, près de l'ancien camp de boy-scouts. Sur le moment, mouillé, épuisé et ébranlé comme il l'était, il n'avait pas pensé à poser des questions mais, maintenant qu'il était au sec et au chaud, l'estomac encore calé par le déjeuner léger qu'ils avaient pris, il se rendait compte que quelque chose ne cadrait pas.

D'une part, Maddox Heller ne lui avait presque pas posé de questions sur ce qui leur était arrivé. Il avait pris pour argent comptant les explications sommaires que lui avait fournies Owen par téléphone, comme s'il allait de soi qu'Owen et Tara disaient vrai, alors que les circonstances de leur enlèvement étaient pour le moins étranges et qu'ils n'avaient pas l'ombre d'une preuve pour étayer leur récit.

Certes, il travaillait pour eux depuis un an maintenant, mais si l'un des employés du service de cybersécurité qui étaient sous ses ordres était venu lui raconter une histoire aussi farfelue, il l'aurait accueilli avec plus de réserve.

Alors, pourquoi Heller n'avait-il pas cherché à en savoir plus ?

Il évita de passer par l'accès à distance lui donnant normalement accès à son poste de travail et opta pour utiliser la porte dérobée qu'il avait créée afin de pouvoir, en cas de nécessité, prendre le contrôle de l'activité informatique de la société de façon anonyme. Mais, à sa grande surprise, il découvrit qu'il ne pouvait pas prendre la main. Son accès avait été bloqué.

Nom d'un chien, qu'est-ce que ça signifie ? Quinn avait-il ordonné la révocation de son autorisation d'accès au réseau ? Pourquoi ? Suspectait-il Owen de s'être rendu coupable de quelque chose d'infamant, en fin de compte ?

Peut-être était-ce pour cela que Heller n'avait pas posé de questions. Peut-être qu'ils voulaient simplement contenir Owen et Tara, en les gardant sous contrôle dans cette cache, le temps qu'ils mènent l'enquête ?

Il continua néanmoins à essayer de s'introduire dans le

système, testant plusieurs points d'entrée jusqu'à ce qu'il finisse par parvenir à ses fins en se servant d'une minuscule faille de sécurité. Il ne se passerait pas longtemps avant que quelqu'un remarque l'intrusion dans le réseau, donc il s'agissait de travailler vite, avant qu'elle ne soit détectée.

Il accéda directement à la source la plus probable d'information — Alexander Quinn. Si quelque chose d'important se passait à Campbell Cove Security, Alexander Quinn serait au courant.

Plusieurs minutes s'étaient déjà écoulées lorsqu'il tomba enfin sur un fichier caché au cinquième degré de profondeur dans l'arborescence du répertoire utilisateur. Il était dissimulé parmi les éléments téléchargés par Quinn, mais le fichier en lui-même semblait avoir été créé dans le dossier qui le contenait plutôt que téléchargé.

Ce qui retint l'attention d'Owen était son nom : Jane0216.

Jane était le deuxième prénom de Tara, et le 16 février, sa date d'anniversaire.

Avec une conscience aiguisée de la rapidité avec laquelle les secondes s'égrenaient, Owen s'empressa de copier le fichier dans son espace personnel de stockage en ligne et quitta le réseau. Il était à peu près certain que son intrusion était passée inaperçue, n'ayant observé aucune tentative de blocage. Il prit mentalement note de corriger la faille de sécurité qu'il avait exploitée pour pénétrer le système dès qu'il le pourrait. Et il lui faudrait aussi découvrir comment l'équipe de cybersécurité de Campbell Cove Security s'y était prise pour bloquer son accès habituel.

Mais, pour l'heure, il s'agissait d'ouvrir ce mystérieux fichier.

Son accès était protégé par un mot de passe, évidemment. Mais l'un des cours que dispensait Owen à Campbell Cove Academy à destination des organes de sécurité civile et des forces de l'ordre portait sur le cassage des mots de passe. En fait, Owen avait écrit à cet effet un programme qui utilisait une série de requêtes aidant à créer une liste de mots de passe probables en fonction des connexions et statistiques personnelles d'un utilisateur donné. Bien sûr, Quinn posait un problème particulier étant donné le mystère qui entourait son passé — et son présent, d'ailleurs. Owen maîtrisait trop son sujet pour perdre son temps à essayer les formules les plus courantes mais, avec un peu de réflexion et de créativité, combinées à ce qu'il savait des exploits passés de Quinn, il réussit à découvrir le mot de passe défini par son patron en deux heures.

— *Eurêka !* murmura-t-il avec un sourire satisfait lorsque la combinaison de caractères DaresSalaamNairobi-070898 activa l'ouverture du fichier.

Malgré les précautions maniaques dont il s'entourait, le patron avait commis une erreur, finalement, en utilisant comme protection un moment clé de son passé d'agent de la CIA. Quinn avait dit un jour à Owen que c'était le 7 août 1998, et non le 11 septembre 2001, qu'Oussama ben Laden avait véritablement déclaré la guerre aux Etats-Unis.

— Lui et Zawahiri ont tué plus de deux cents personnes, dont des amis à moi, dans les attentats contre nos ambassades en Tanzanie et au Kenya, ce jour-là. Mais cela se passait à l'autre bout du monde, donc les gens n'ont pas mesuré la gravité de la situation, même si toute la communauté du renseignement les exhortait, littéralement à cor et à cri, à ouvrir les yeux.

Retenant son souffle, Owen se pencha sur le fichier.

C'était un rapport complet et détaillé sur les antécédents de Tara Bentley ; une véritable intrusion dans sa vie privée, remontant jusqu'à son enfance. Il rassemblait l'ensemble de ce qu'Owen savait de son amie, avec en outre quelques détails dont lui-même n'avait pas eu connaissance.

— Qu'est-ce que c'est que ça ?

La voix de Tara, toute proche de lui, le fit sursauter. Il pivota sur sa chaise et la vit, les yeux rivés à l'écran, l'air horrifié.

— Tu as un dossier sur moi ? se récria-t-elle, son regard profondément meurtri se plantant dans le sien.

— Non, Tara, ce n'est pas moi, répondit-il en lui prenant vivement la main, mû par le besoin de la toucher avant qu'elle ne se rétracte complètement dans sa coquille, qu'elle lui devienne inaccessible. Ce fichier n'est pas à moi, je l'ai trouvé sur le réseau de Campbell Cove Security. Plus précisément, dans les documents de mon patron.

— Maddox Heller ? demanda-t-elle, l'air toujours ulcéré.

Elle avait le sentiment qu'on avait violé sa vie privée et, franchement, il la comprenait.

— Non. Alexander Quinn.

— Le type de la CIA ? Mais pourquoi a-t-il un dossier sur moi ?

— Ça, c'est ce qu'on ne va pas tarder à savoir, déclara Owen.

6

Les week-ends n'étaient pas exactement des jours de congé à Campbell Cove Security. La plupart des experts en sécurité savaient, en signant leurs contrats, qu'ils seraient d'astreinte vingt-quatre heures sur vingt-quatre, sept jours sur sept. Mais Alexander Quinn n'était pas inhumain, en dépit de sa réputation. Il savait que plusieurs de ses agents avaient des conjoints, et certains, des enfants, et il avait déjà vu trop de couples se désunir à cause de l'univers sombre et trouble dans lequel lui et ses agents évoluaient. Après l'entretien avec Archer Trask, il avait renvoyé Heller à sa belle épouse et ses adorables enfants et même Becky Cameron était partie faire... ma foi, ce que bon lui semblait de faire durant son temps libre.

La partie du bâtiment dans lequel se trouvait son bureau était très calme même s'il n'ignorait pas que quelques cours se tenaient au centre de formation et que certains employés célibataires préféraient travailler le week-end et prendre leurs jours de liberté en semaine. De temps à autre, il entendait un bruit de pas dans un couloir, au loin, ou un cri étouffé venant de l'aile du centre de formation, mais, mis à part cela, il semblait avoir l'ensemble des bureaux de la direction à lui tout seul.

Ce qui expliquait que le son d'un « ding » sur l'ordinateur, derrière lui, l'ait instantanément alerté.

Il se tourna pour regarder le moniteur et vit une boîte de dialogue qui clignotait au milieu de l'écran.

Pourquoi détiens-tu un fichier sur Tara Bentley ?

Plissant les yeux, il frappa rapidement sa réponse.

Parce que c'est quelqu'un d'important pour toi.

Il y eut une longue pause avant qu'un autre message ne s'affiche.

Sais-tu pourquoi on l'a kidnappée ?

Comment pouvait-il répondre à cela ? En vérité, si Quinn en avait bien une idée, il n'avait pas de certitude. Le travail de Tara à Security Solutions était en partie classifié et requérait un certain niveau d'habilitation de sécurité, niveau que Quinn, compte tenu du partenariat qui liait sa société au gouvernement, possédait, mais il aurait fallu respecter le protocole de transmission des informations et cela aurait pris un temps fou. Sans compter que Security Solutions pouvait toujours refuser — sauf si le gouvernement jugeait la situation de nature à présenter un risque pour la sécurité nationale.

J'ai certaines idées.

Tu ne nous as pas fourni de téléphone. Pourquoi ?

Aucune chance qu'Owen le croie s'il répondait que c'était un oubli. Il opta donc pour la vérité.

Je ne voulais pas que vous puissiez tenter de joindre quelqu'un à l'extérieur.

Dans son message suivant, Owen n'y alla pas par quatre chemins.

Pourquoi ? Parce que tu n'as pas encore décidé quoi faire de nous ?

Exactement. Mais Owen marquait un point. La communication par messagerie électronique n'était pas aussi instructive qu'un échange avec un interlocuteur en chair et en os. Il n'entendait pas le ton de la voix d'Owen, ne voyait pas ses réactions.

Je vais venir vous voir en personne. Je vous expliquerai tout et nous discuterons des mesures à prendre. Je serai là-bas dans une heure. Maintenant, sors de mon ordinateur.

Il attendit une réponse mais plus aucune boîte de dialogue ne s'afficha. Il fit pivoter son fauteuil et empoigna son téléphone portable.

Becky Cameron répondit à la deuxième sonnerie.

— Tu tombes au mauvais moment.

— Je pars voir nos invités. Je suppose que tu ne veux pas te joindre à moi ?

Il y eut une pause prolongée qui s'acheva par un soupir.

— À vrai dire, j'aimerais venir. Mais c'est impossible. Je suis occupée et dans l'incapacité de me libérer. Mais je suis curieuse de connaître tes impressions sur la situation. Peut-être pourrions-nous nous retrouver demain soir ? Je pensais justement tester ce nouveau restaurant grec à Whitesburg...

Quinn arqua un sourcil. Becky était une vieille amie, l'une de ses plus proches, en fait, mais elle protégeait jalousement sa vie privée. Peut-être son invitation à dîner n'était-elle qu'une façon de combiner travail et nécessité de se nourrir, mais le fait qu'elle se propose d'aller jusqu'à Whitesburg lui donnait à penser que c'était un peu plus personnel que cela.

— OK. Je te retrouverai là-bas, répondit-il, plus intrigué qu'il ne voulait l'admettre. À 19 heures ?

— Parfait. À demain, alors. Tu pourras me raconter comment s'est passée l'entrevue.

Elle savait bien qu'ils ne pouvaient pas parler librement d'Owen Stiles et de Tara Bentley dans un lieu public. Que pouvait-elle bien avoir en tête ?

En dépit de la réputation qui lui collait à la peau, Quinn n'aimait guère les mystères, surtout lorsqu'ils concernaient l'une de ses plus proches collègues.

— Tu as confiance en lui ?

Tara résista à l'envie de ronger l'ongle de son pouce en attendant la réponse d'Owen. Elle avait passé près de dix ans de sa jeunesse à se battre pour se départir de cette vilaine habitude, ce n'était pas pour recommencer aujourd'hui — et qu'elle soit recherchée à la fois par des tueurs et par la police n'y changeait rien.

— Je ne sais pas trop.

Owen était en train de nettoyer les plans de travail de la cuisine bien qu'ils soient immaculés. C'était sa façon à lui de se ronger les ongles, songea-t-elle, même si, en général, il procédait plutôt au réglage des paramètres de son ordinateur pour tromper sa nervosité.

— Ce n'est pas rassurant, répondit-elle.

Il cessa de briquer le comptoir le temps de lui adresser un sourire hésitant.

— Je sais.

— Il a travaillé pour la CIA. Ce qui peut être une bonne ou une mauvaise chose.

— Le problème avec Quinn, selon mon expérience limitée, c'est qu'il considère toujours une situation dans son ensemble. Il prend en compte en priorité l'intérêt du pays, ensuite, celui de sa société, et les individus arrivent ensuite. C'est ce qui m'a conduit à me dire que Quinn pensait peut-être que ce qui nous était arrivé était en lien avec quelque chose de beaucoup plus grande envergure.

Comme le symposium qu'elle était censée organiser. Un événement si important qu'elle et Robert avaient dû différer leur voyage de noces.

Tara se percha sur le tabouret haut, devant le comptoir qu'Owen s'était remis à astiquer, prenant soin de ne pas laisser de traces de doigts sur la surface reluisante.

— Il y a un projet auquel je me consacre entièrement depuis des mois, déclara-t-elle. Personne n'est au courant de tous les détails, exception faite de moi et des responsables opérationnels de l'institut. Maintenant, je ne suis plus là. En quoi cela va-t-il changer la donne ?

— À toi de me le dire.

Owen s'interrompit de nouveau dans sa tâche et posa son chiffon sur le bord de l'évier.

— Au cas où il te serait arrivé quelque chose, qui devait reprendre le flambeau ?

— L'un des trois responsables en question, je suppose. Ils ont scrupuleusement veillé à ce qu'aucune information ne filtre concernant mon projet — et à juste raison.

La curiosité brilla dans le regard bleu d'Owen, mais il ne lui demanda pas d'éclaircissements.

— C'est pour ça que tu avais reporté ton voyage de noces à la fin de l'été ?

— Oui.

— Est-il possible que quelqu'un, en dehors de ta société, ait été au courant de ce sur quoi tu travaillais ? questionna-t-il.

— Oui, évidemment. Cela implique d'autres personnes, en dehors de l'institut, et il peut toujours y avoir eu une fuite. C'est précisément pour cette raison que les détails du projet ont été tenus secrets, l'idée étant que, même si quelqu'un découvrait ce qui était en préparation, il ne pourrait rien faire de cette information puisque les détails ne seront fixés qu'environ une semaine avant l'aboutissement du projet.

— Donc, il s'agit d'un événement.

— Owen, je ne peux rien te dire de plus. Je suis désolée.

Il sourit.

— Compris. Mais, si c'est d'un événement qu'il s'agit, alors peut-être que quelqu'un veut le saboter d'une façon ou d'une autre. Est-ce que c'est possible ?

Elle ne répondit pas mais, à voir l'expression d'Owen, il avait dû lire la réponse sur son visage.

— Peut-être que c'était ça, le motif de l'enlèvement ? suggéra-t-il. Te soutirer les indications manquantes ? Je dramatise ou c'est une éventualité envisageable ?

— C'est possible, admit-elle. Sans entrer dans les détails, il est très possible que quelqu'un veuille mettre la main sur les informations qui sont en ma possession. Je suis une cible plus vulnérable que les directeurs de l'institut et comme personne d'autre que nous ne les connaît...

Quand les dirigeants de l'institut l'avaient approchée pour

prendre en charge la gestion de ce projet, elle s'était réjouie de se voir confier une telle responsabilité ; cela signifiait qu'on reconnaissait ses compétences en matière d'analyse et d'organisation ainsi que sa fiabilité et sa discrétion. Même si elle en avait référé régulièrement à ses supérieurs, ils lui avaient donné carte blanche pour organiser toute la logistique du symposium. Elle avait été l'interlocutrice de référence de tous les pays et de tous les dignitaires invités, le visage de leur très prestigieux institut.

Mais elle commençait à comprendre que le prix à payer pour un poste à aussi haute responsabilité pouvait être extrêmement élevé. Cette mission avait fait d'elle une cible potentielle.

Une cible qu'elle était peut-être toujours. Car sa disparition et le mystère qui entourait le meurtre de Robert allaient inciter ses patrons à renforcer leurs mesures de sécurité. Ses kidnappeurs allaient avoir bien du mal à déjouer ces protections...

Alors qu'elle... Elle était pratiquement sans défense. Si Owen n'avait pas volé à son secours, elle n'aurait probablement pas pu échapper à ses ravisseurs. Et même avec son aide, ils avaient eu de la chance que les deux types les aient sous-estimés et aient commis l'erreur de lui attacher les mains non pas dans le dos mais devant. Ils ne se montreraient certainement pas aussi négligents la prochaine fois.

Pendant qu'elle réfléchissait à la vulnérabilité qui était désormais la sienne, Owen avait rangé son matériel de nettoyage et s'était lavé les mains. Il la contemplait tout en séchant ses mains sur un morceau de papier absorbant, les yeux plissés. C'était son regard « Je me demande bien à quoi tu penses ». Elle s'avisa qu'elle était beaucoup plus tentée tout à coup de tout lui raconter sur son projet ultrasecret qu'elle ne l'avait jamais été, avec Robert.

Sans doute la différence entre une romance échevelée et vingt années de profonde et indissoluble amitié résidait-elle là, songea-t-elle. Ce fait, à lui seul, la conforta dans sa conviction qu'elle avait fait le bon choix lorsqu'elle s'était rendu compte qu'elle commençait à éprouver de l'attirance pour Owen. À en juger par son expérience, les petits amis étaient imprévisibles — et surtout, ils n'étaient pas fiables.

Alors qu'Owen était son roc. Et on ne couchait pas avec son roc...

N'est-ce pas ?

Un petit coup frappé à la porte lui étrilla les nerfs. Owen jeta son papier absorbant à la poubelle et se dirigea vers la porte. Tara le suivit, le cœur battant d'anxiété.

Approchant son œil du judas, il annonça :

— C'est Quinn. Tu es prête ?

Tara prit une profonde inspiration et hocha la tête.

— Oui.

Il ouvrit le battant et un homme à la large carrure apparut, avec des cheveux blonds et des yeux intelligents couleur de mousse sèche. Son visage s'ornait d'un bouc court, bien taillé, plus foncé que ses cheveux et strié d'argent. Il pouvait avoir environ quarante-cinq ans, songea Tara, mais quelque chose, dans son regard, donnait l'impression qu'il avait beaucoup vécu et que sa vie n'avait été qu'une suite de combats. Tout le poids du monde se reflétait, non pas dans ses traits acérés, mais dans les profondeurs ténébreuses de ce regard vert noisette.

Et elle voyait autre chose aussi...

Cet homme était dangereux, s'avisa-t-elle non sans un sentiment d'alarme. Mais, en même temps, ce devait être un allié inestimable lorsqu'il s'agissait de livrer bataille — pourvu qu'on soit du même côté que lui.

En un mot comme en cent, le genre d'homme qu'il valait mieux ne pas avoir comme ennemi.

— Vous devez être Tara Bentley.

Quinn lui serra la main d'une poigne ferme et brève.

— J'ai beaucoup entendu parler de vous.

— Vous voulez dire que vous vous êtes renseigné sur mon compte et en avez découvert beaucoup à mon sujet, rectifia-t-elle d'une voix où perçait la désapprobation.

— J'avoue.

D'un signe de tête, Quinn indiqua le salon, derrière eux.

— Pouvons-nous nous asseoir pour discuter ?

Tara prit place dans le fauteuil, laissant Quinn et Owen s'installer sur le sofa. Cela la plaçait dans une position légèrement surélevée par rapport aux deux hommes, ce qui lui donnait l'impression de mieux maîtriser la situation.

— Savez-vous pourquoi on nous a enlevés ? commença-t-elle sans détour.

Les lèvres de Quinn remuèrent imperceptiblement. Ce n'était pas tout à fait un sourire, mais il y avait un soupçon d'amusement dans ses yeux.

— Je pense que ce pourrait être en rapport avec votre travail à Security Solutions.

— Et pourquoi Robert a-t-il été tué ?

— Je ne sais pas, dit-il d'une voix plus douce. Je vous présente mes condoléances.

— Merci.

— Que savez-vous de mon travail ? s'enquit Tara.

— J'ai pris contact avec les dirigeants de votre institut pour leur faire part de mes craintes concernant la disparition du superviseur de mon service cybersécurité et de celle de leur meilleure analyste. Nous avons eu une discussion très instructive quant à la nature de votre travail.

— Vraiment ? Et pour quelle raison auraient-ils jugé bon de vous instruire ? demanda Tara, redoutant qu'il ne s'agisse d'une ruse pour l'amener à en révéler plus qu'elle ne l'aurait dû.

— Parce que j'ai une habilitation de sécurité du même niveau que la leur étant donné que ma société travaille sous contrat pour le gouvernement. Je connais certaines choses concernant le dispositif de sécurité du gouvernement que peu d'employés fédéraux connaissent.

— Mieux vaut, peut-être, que j'aille faire un tour pendant que vous vous entretenez, suggéra Owen en commençant à se lever.

— Non, l'arrêta Quinn. Ton propre niveau d'habilitation est assez élevé pour que tu puisses entendre ce que Mlle Bentley et moi-même avons à dire.

— Je vous écoute, dit Tara comme Owen se rasseyait.

Les commissures des lèvres de Quinn frémirent de nouveau, de façon un peu plus nette cette fois. C'était donc bien un sourire, songea Tara. Il se pencha légèrement en avant avant de prendre la parole.

— Vos patrons, bien entendu, ne m'ont pas donné les détails du projet dont vous vous occupiez pour d'évidentes raisons de sécurité. Mais je sais que vous étiez chargée de l'organisation d'un symposium international portant sur les nouvelles tactiques et stratégies de terrorisme et les méthodes à mettre en œuvre pour les contrer. Vous avez convié plus de soixante-dix nations à participer à cet événement. Je ne connais ni le lieu ni la date de la conférence mais je sais qu'elle doit se tenir sur le sol américain et que quelqu'un est prêt à tout pour obtenir ces informations.

— D'où l'enlèvement de Tara, murmura Owen.

— Oui, confirma Quinn, l'expression indéchiffrable. De par la mission qui vous a été assignée, vous vous retrouvez dans le viseur de pays qui appuient le terrorisme. Un certain nombre de groupes, étrangers et nationaux, n'aimeraient rien tant que mettre la main sur les informations que vous détenez. Vos patrons, à Security Solutions, ne savent ni pourquoi ni comment vous avez disparu, donc ils sont évidemment très inquiets. Il n'y a pas que les autorités locales qui vous recherchent.

— Alors, il faut que je me rende, dit Tara

Quinn s'éclaircit la gorge.

— Je pense que c'est la solution la plus sage, en effet.

— Je n'ai pas tué Robert.

— Je le sais. Et aucune preuve matérielle ne vous incrimine. Je pense que, à ce stade, ils veulent vous interroger, savoir pourquoi vous avez disparu et où vous étiez cachée.

— Mais nous ne pouvons apporter aucune preuve de ce qui nous est arrivé, rappela Owen. Nous n'avons que notre parole.

— Et tu n'es pas un témoin désintéressé, accorda Quinn. Tu es partie prenante puisque tu as disparu avec elle. Mais vous n'aviez ni l'un ni l'autre de raison de tuer Robert. Le mariage n'ayant pas eu lieu, il n'y a aucun bénéfice financier pour Mlle Bentley. Il n'y avait pas l'ombre d'un conflit entre son fiancé et elle, d'après la famille de Robert et vos amis. Ce n'est pas comme si Owen et vous aviez été amants et que vous vous étiez débarrassés de Robert pour partir ensemble.

Tara jeta un coup d'œil à Owen.

— Non.

Une lueur indéfinissable brilla au fond des yeux de Quinn comme son regard allait de l'un à l'autre.

— Il y a une chose, tout de même, reprit-elle. Owen et moi sommes seuls à le savoir, mais je m'apprêtais à annuler le mariage quand j'ai été enlevée.

— Je vois.

— Owen n'était pas au courant, ajouta-t-elle. Je ne le lui ai dit que plus tard, après avoir réussi à nous échapper.

— Mais je m'en suis douté, intervint Owen. Quand elle...

— Moins j'en saurai à ce sujet, mieux ce sera, l'interrompit Quinn. Si vous n'avez pas d'avocat, Campbell Cove Security peut vous en fournir un.

— Merci. Ce serait une bonne chose, en effet, dit Tara. Comment les choses vont-elles se passer ?

— Étant donné les menaces qui pèsent sur vous, je pense qu'il vaut mieux ne pas annoncer que vous allez vous rendre. Owen, vous-même et votre avocat vous présenterez spontanément au bureau du shérif de Bagley County et demanderez Archer Trask, l'investigateur en charge de l'enquête sur l'homicide de Robert Mallory. L'effet de surprise sera votre meilleure protection pour éviter une répétition de ce qui s'est passé hier.

Tara échangea un regard avec Owen. Il inclina imperceptiblement la tête.

— OK. Ça semble être la meilleure solution.

— Nous pouvons prévoir cela pour demain matin. Cela vous laissera le temps de passer une bonne nuit de sommeil et de vous préparer afin de vous présenter tous les deux sous votre meilleur jour. Gardez bien en tête que vous êtes les victimes, pas les coupables. Il faudra vous montrer confiants, à l'aise. Je reviendrai demain matin avec votre avocat. Nous préparerons vos déclarations et ensuite, nous vous conduirons en ville.

— D'accord, acquiesça Owen sans grand enthousiasme.

Quinn lui décocha son étrange demi-sourire.

— Tu t'en es très bien sorti compte tenu de ces circonstances difficiles. On va vous tirer de là, tous les deux.

— Merci.

Owen et Tara reconduisirent Quinn jusqu'à la porte. Sur le seuil, il se retourna, ses traits masqués par le soleil de l'après-midi contre lequel se détachait sa haute silhouette.

— Nous ferons tout ce qui est en notre pouvoir pour vous protéger, mademoiselle Bentley. Sachez-le.

— Merci. J'apprécie votre aide.

Elle le regarda, le cœur battant la chamade dans sa poitrine, comme si ses mots avaient été une mise en garde plutôt qu'une promesse.

Elle était une cible. Bien sûr, elle s'en était doutée, mais le fait que Quinn l'ait clairement formulé rendait tout à coup la chose bien réelle, et effrayante. D'une éventualité, c'était devenu une certitude.

Désormais, la menace était suspendue au-dessus de sa tête telle une épée de Damoclès, prête à s'abattre sur elle à tout moment.

La main d'Owen se posant sur son épaule la fit sursauter. Elle se tourna pour le regarder et croisa le regard bleu vif.

— On va s'en sortir. Demain, on va se rendre et tu seras mise sous protection par la police.

— Et s'ils ne peuvent pas ? C'est un petit comté, dans un petit État. Ils n'ont ni l'entraînement ni les moyens d'assurer ma protection contre des terroristes déterminés.

— Quinn te l'a dit : Campbell Cove Security s'en chargera.

La visite de son patron avait apparemment rassuré Owen. Il semblait rasséréné et confiant, et la fermeté de son bras enserrant ses épaules dut lui communiquer un peu de sa force car, lorsqu'elle fit demi-tour pour revenir vers le salon, elle se sentait elle aussi un peu apaisée.

Peut-être qu'il avait raison... Peut-être que les choses allaient s'arranger.

Owen se tenait devant la porte du vestiaire du marié, s'efforçant de trouver le courage de pousser le battant. De l'autre côté de cette porte, se trouvait l'homme qui allait lui enlever Tara et il était censé lui souhaiter bonne chance et lui présenter ses félicitations.

Comment pouvait-il faire une chose pareille ? Serrer la main de Robert, l'engager à prendre bien soin de celle qu'il aimait, *lui* ?

Tu vas le faire, parce que Tara te l'a demandé. Parce que c'est le seul moyen de rester présent dans sa vie.

Son cœur battait trop vite. Il avait les mains moites. Bien qu'il ait rencontré Robert des douzaines de fois depuis que Tara et lui sortaient ensemble, il était resté pour lui une simple connaissance. Une distance prudente s'était installée entre eux, comme si Robert savait qu'Owen ne s'accommoderait jamais de sa présence dans la vie de Tara. Et comme si lui, Robert, ne s'accommoderait jamais de l'importance que revêtait Owen aux yeux de Tara.

Mais, s'ils voulaient tous deux avoir leur place dans sa vie, ils allaient devoir instaurer une sorte de statu quo, si fragile et circonspect soit-il.

Il prit une profonde inspiration et posa la main sur la poignée de la porte.

Mais une sorte de grattement provenant de l'intérieur de la pièce l'immobilisa. Le monde parut se désintégrer autour de lui et il se retrouva subitement allongé sur le dos, oppressé par l'obscurité environnante, en sueur, le cœur battant.

Il lui fallut un moment pour se rendre compte qu'il était dans un lit, dans un cadre qui ne lui était pas familier.

La cache. Il avait fait un rêve. Cherchant à tâtons le petit réveil digital sur la table de chevet, il plissa les yeux pour lire l'heure. Un peu plus de 8 heures, découvrit-il avec surprise.

Un nouveau grincement métallique le fit se redresser sur son lit. Cela semblait venir de l'avant de la maison.

Tara ? Peut-être qu'elle n'avait pas réussi à s'endormir.

Par précaution, il sortit tout de même le Smith & Wesson .380 qu'il avait placé dans le tiroir de sa table de nuit et alla chercher les munitions dans la commode. *Toujours ranger les munitions séparément de l'arme.* Cette règle lui avait d'emblée paru raisonnable puisqu'elle visait à éviter qu'un intrus puisse charger l'arme si jamais il parvenait à s'en emparer.

C'était son rôle de protéger Tara, songea-t-il, même s'il devait se retrouver, l'arme au poing, nez à nez avec un adversaire inconnu.

Un filet de sueur coulant le long de sa tempe, le cœur cognant follement dans sa cage thoracique, il ouvrit la porte.

7

Un son furtif tira Tara du sommeil. Elle s'assit d'un bond dans le lit, le sang battant dans ses oreilles. Elle écouta, immobile. Qu'avait-elle entendu ? Un grattement ? Un frottement suspect ?

C'était une vieille maison, s'efforça-t-elle de se raisonner. Il y avait toujours des bruits bizarres dans les vieilles maisons.

Puis le son se reproduisit, lui faisant dresser les cheveux sur la nuque. Une sorte de crissement métallique, qui semblait provenir du bout du couloir, sur l'avant de la maison.

Quelqu'un essayait-il de s'introduire dans la cache ?

Owen avait une arme. Il fallait aller le prévenir.

Sans bruit, elle se leva et ouvrit doucement la porte, retenant son souffle de peur que les charnières ne grincent. Au loin, il y eut un roulement de tonnerre. Il allait y avoir de l'orage. Tara se demanda si ce n'était pas tout simplement le vent qui l'avait réveillée. Quoi qu'il en soit, mieux valait s'en assurer.

Elle se glissa dans le couloir, sentant le froid des lattes du parquet sous ses pieds nus. La température avait fraîchi avec la tombée de la nuit et un frisson la parcourut.

Parvenue devant la chambre d'Owen, elle posa la main sur la poignée de la porte et... la sentit tourner toute seule dans sa main. Elle retint un cri de frayeur.

Dans l'obscurité, elle se sentit sombrer dans un abysse, le monde basculant tout autour d'elle.

Deux bras forts l'attrapèrent aux épaules, la stoppant dans

sa chute. Owen ! Elle aurait reconnu son odeur entre mille. Il la serra contre son torse nu, son cœur tambourinant contre le sien.

Le moment s'étira à l'infini, comme si tous les sens de Tara convergeaient pour se muer en une onde de désir — une lame de fond qui balayait tout, jusqu'à son effroi. Elle sentit sa peau, soyeuse et tiède, sous ses mains agrippées à ses bras et son odeur... Ce mélange de savon et de parfum frais, masculin qui n'était associé qu'à lui et la faisait toujours se sentir en sécurité, heureuse, même lorsque plus rien n'allait autour d'elle. Le frôlement de la toison qui recouvrait son torse fit se dresser les pointes de ses seins, sous le mince tissu de son T-shirt.

Elle s'obligea à refouler toutes ces sensations, ainsi qu'elle l'avait toujours fait depuis ce jour de ses quinze ans où elle avait pris conscience que le garçon dégingandé qui était son meilleur ami était en train de se transformer en séduisant jeune homme.

— Toi aussi, tu as entendu un bruit ?

Elle hocha la tête en silence.

Il l'écarta de lui et, dans le flash de l'éclair qui illumina le couloir, elle aperçut le scintillement métallique d'un pistolet dans sa main tandis qu'il se dirigeait à pas de loup vers l'entrée.

Elle le suivit de près, ne voulant pas le laisser affronter seul le danger qui, peut-être, s'embusquait dans le noir. Elle n'avait pas été entraînée comme lui à y faire face mais elle était en bonne condition physique, pleine de ressources et, de plus, terriblement en colère, il fallait bien le reconnaître.

Elle n'avait peut-être pas aimé Robert de l'amour qu'une femme porte à celui qu'elle entend prendre pour époux, mais c'était quelqu'un de bien. Il ne méritait pas ce qui lui était arrivé. Et la pensée qu'il avait été tué à cause d'elle la rendait folle de rage, lui donnait envie de tout casser, à commencer par la tête de son assassin.

Owen marqua une pause à l'entrée du salon, si bien que Tara dut s'arrêter net pour ne pas le télescoper. Sans se retourner, il tendit son bras libre en arrière et saisit sa main, qu'il pressa brièvement avant de s'avancer dans la pièce.

Le grincement retentit de nouveau, plus fort cette fois. Il provenait de l'extérieur.

— Reste là, murmura Owen d'un ton pressant. Il faut que je sois sûr que tu ne risques pas de te trouver dans ma ligne de tir.

Son instinct lui cria d'ignorer sa demande, mais elle s'obligea à rester immobile, le dos plaqué contre le mur du salon, tandis qu'il approchait de la porte d'entrée et collait son œil au judas.

Il se retourna et fit un signe de dénégation de la tête.

Dehors, le vent forcissait, gémissant autour des gouttières. Les premières gouttes de pluie s'écrasèrent sur le sol, ajoutant encore à la tension de Tara. Owen revint sans bruit vers elle et lui frotta doucement les épaules.

— Je crois que c'est simplement le vent qui fait bouger quelque chose au-dehors. Je n'ai rien vu d'anormal.

— S'il y a quelqu'un, il ne doit pas se tenir à découvert.

— Non, c'est vrai, mais...

Il laissa sa phrase en suspens et jeta un nouveau coup d'œil en direction de la porte.

Elle suivit son regard. C'était une porte en bois, tout ce qu'il y a d'ordinaire, mais, dans la pénombre, le stress aidant, elle lui parut être un portique inquiétant ouvrant sur un royaume inconnu rempli de menaces.

— Peut-être que quelqu'un essaie de nous attirer à l'extérieur.

— Ou peut-être que nous nous laissons emporter par notre imagination... Tu sais, comme quand nous étions enfants et que nous allions fureter autour de la cabane du vieux Riley, contra-t-il. Je crois vraiment que ce n'est que le vent. Et puis, d'ailleurs, rappelle-toi ce qu'a dit Heller : la maison est équipée d'un système d'alarme ultra-sophistiqué.

Elle laissa échapper un petit rire nerveux.

— Oui... Tu as probablement raison. Je suis une froussarde, voilà tout.

— Tu veux retourner dormir ? Tu y arriveras, malgré les craquements et les grincements ?

— Je ne crois pas, non. Est-ce qu'on ne peut pas plutôt allumer un feu et camper dans le salon ?

Les lèvres d'Owen s'incurvèrent.

— C'est ce que j'avais en tête. Je vais chercher un T-shirt et une couverture.

— Et moi, je vais faire du pop-corn, dit-elle, commençant enfin à se décontracter un peu.

Elle le regarda s'éloigner, se disant qu'Owen avait le don de tout rendre plus facile.

Owen s'éveilla par étapes, d'abord vaguement conscient qu'il y avait de la lumière derrière ses paupières closes, puis il sentit un corps chaud blotti contre lui. Tara, songea-t-il, les yeux toujours fermés. Il sentait le parfum de son shampooing mêlé à son insaisissable odeur de femme. Son corps pesait agréablement contre lui, comme... s'il était à sa place — une présence parfaite, indispensable. Comme s'il était une extension de lui-même sans laquelle il n'aurait pas supporté de vivre.

Il ouvrit les yeux et vit que la lumière matinale entrait à flots par les fenêtres de la façade, orientée à l'est. Sa montre était restée dans sa chambre mais, s'il faisait grand jour, la matinée devait déjà être avancée.

Secouant doucement Tara, il murmura :

— Tara... Réveille-toi, ma belle.

Elle marmonna quelque chose d'incompréhensible et se rencogna confortablement dans le cocon que formaient le corps d'Owen et le sofa.

Il rit sous cape.

— Ma parole, tu es une vraie marmotte, observa-t-il doucement. Il doit être au moins 8 heures, Tara... Quinn et l'avocat ne vont pas tarder à arriver.

Elle poussa un grognement étouffé contre son épaule.

— Je faisais un rêve super agréable, se plaignit-elle d'une voix ensommeillée en relevant la tête et en le regardant au travers des mèches qui lui barraient le visage.

Même sans maquillage et avec ses cheveux bruns tout emmêlés, elle restait quand même la femme la plus désirable qu'il ait jamais connue. Son érection matinale s'intensifia au point d’en être presque douloureuse dans son pantalon de pyjama.

Elle repoussa les cheveux de son visage et le contempla, trop étroitement pressée contre lui pour n’avoir rien remarqué. Il attendit qu’elle lance une plaisanterie et roule sur le côté pour se lever et filer vers sa chambre, mais elle ne bougea pas d’un pouce et il vit ses yeux s’obscurcir tandis qu’une exquise tension s’installait entre eux.

— Je ne sais pas ce que je ferais si je ne t’avais pas, murmura-t-elle.

C’était le moment de lancer une boutade et de s’éloigner. Mais il était coincé entre elle et le sofa. Et, d’ailleurs, même si ce n’avait pas été le cas, sans doute n’aurait-il pas eu le cœur de s’arracher à la douce chaleur de son corps, d’autant qu’elle avait tendu la main et lui effleurait maintenant la mâchoire.

Il était incapable de prononcer un mot tant il avait peur de dire quelque chose qui vienne rompre la magie du moment. C’était un peu comme s’il se tenait au bord d’une falaise, prêt à sauter dans un vide aussi mystérieux qu’attirant. Au-dessous de lui s’étendait peut-être une mer cristalline, limpide et pure, dont la surface bleue recelait un monde de merveilles. Mais peut-être s’écraserait-il sur des rochers, durs et tranchants...

À quoi devait-il s’attendre ?

Dans les profondeurs de la maison, tout à coup, deux réveils se mirent à retentir, leurs sonneries fortes et discordantes se déclenchant presque simultanément.

Tara et Owen éclatèrent de rire et le moment de tension se dissipa.

— On ferait bien de se dépêcher, suggéra-t-elle en se mettant sur ses pieds et en rajustant son T-shirt et son short.

Jugeant préférable d’attendre quelques instants avant de se lever à son tour, il demanda :

— Que veux-tu manger, pour le petit déjeuner ? Des œufs brouillés ?

Elle se retourna dans l’entrée du couloir qui menait aux chambres.

— Et pourquoi pas quelque chose d'un peu plus gourmand ? J'ai une idée : je vais préparer du pain perdu.

Compte tenu des circonstances dans lesquelles il s'était réveillé, le mot « gourmand » lui évoquait tout autre chose que du pain perdu, mais il opina du chef.

Lorsqu'il sortit de la douche, l'alléchante odeur de la préparation en train de cuire flotta jusqu'à ses narines depuis l'autre bout du couloir. Il avait étalé sur son lit l'un des costumes qui semblaient à sa taille mais, par crainte de le salir, il se dirigea vers la cuisine, vêtu d'un boxer et d'une robe de chambre en soie noire qui lui arrivait au genou.

— Est-ce que tu t'inquiètes à propos de la façon dont les choses vont se passer aujourd'hui ? s'enquit-elle en faisant glisser le pain perdu doré sur un plat de service qu'elle lui tendit.

— Un peu, dit-il en posant le plat sur le comptoir du petit déjeuner et en allant chercher la bouteille de sirop d'érable dans le réfrigérateur.

Elle apporta deux assiettes et ils s'installèrent de part et d'autre du comptoir.

— On a beau être innocents, on n'a rien pour le prouver.

Elle mâcha une bouchée puis répondit :

— Il y a ma demi-robe de mariée.

— Qui aurait pu être déchirée pour toutes sortes de raisons, souligna-t-il en lui tendant le sirop d'érable. Mais l'important, c'est que tu n'avais aucun motif de tuer Robert.

— Oui, mais s'ils pensent que, toi, tu en avais un ?

La fourchette qu'il était en train de porter à sa bouche s'arrêta à mi-course.

— Parce que nous sommes inséparables ?

— Meilleurs amis pour la vie, dit-elle avec un sourire un peu soucieux. Les gens nous ont souvent pris pour un couple, tu sais bien. Au lycée, déjà...

C'était vrai. Leur proximité avait été la cause de plusieurs ruptures avec ses petites amies, au fil des années. Pas tout à fait sans raison.

— Il n'y a jamais rien eu entre nous, objecta-t-il faiblement.

— Parce que nous avons fait le choix d'être amis. Mais tu sais aussi bien que moi qu'il y a de l'attirance entre nous. Robert s'en était rendu compte. Seulement, il avait compris que je ne courrais jamais le risque de perdre ton amitié de cette façon, donc il ne se sentait pas menacé.

Une ombre passa dans son regard.

— Il était extraordinairement compréhensif.

Contrairement à Tara, Owen n'était pas certain que cette magnanimité aurait tenu la distance. Ni que Robert aurait permis à leur relation de perdurer sous la même forme après le mariage.

Ce qui fait de moi un suspect potentiel de meurtre.

L'avocat que Quinn avait amené était plus jeune que Tara ne l'avait imaginé. Anthony Giattina était grand, blond, bel homme. Il s'exprimait avec un léger accent du sud et elle nota qu'une étincelle brillait dans son regard noisette acéré lorsqu'il lui serra la main, comme Quinn faisait les présentations.

— Appelez-moi Tony, dit-il. Je pense que nous devrions parvenir à régler cette affaire sans faire trop de vagues.

— M. Quinn vous a-t-il expliqué ce qui s'était passé ?

— Pas en détail. Je préférais vous entendre, vous, d'abord. Je sais ce qui a été relaté par les médias, bien sûr — en gros, que votre fiancé a été assassiné et que vous avez disparu.

Ses yeux s'adoucirent.

— Je vous présente mes condoléances.

— Merci.

— Il est temps de nous mettre en route, intervint Quinn. Vous monterez avec Tony et vous lui expliquerez tout en chemin. Moi, je vous suivrai.

Indiquant du menton les deux véhicules garés devant la maison, derrière eux, il se tourna et se dirigea vers le gros 4x4 noir tandis que Tony Giattina les précédait jusqu'à l'élégante Mercedes argent qui était rangée à côté.

Owen fit signe à Tara de s'asseoir à l'avant tandis que lui-même prenait place à l'arrière.

— Donc, commençons par le début, déclara Tony en se mettant à rouler. L'un de vous a-t-il été témoin de quoi que ce soit concernant le meurtre de Robert Mallory ?

— Non, répondit Tara.

— Moi non plus, dit Owen.

Dans le rétroviseur, le regard aiguisé de Tony croisa celui d'Owen.

— Vous n'avez pas l'air très sûr de vous.

— En fait, je l'ai aperçu brièvement quand je suis arrivé au temple, précisa Owen d'un ton prudent qui fit se retourner Tara. Je voulais passer le voir avant la cérémonie. Pour lui souhaiter le meilleur, ce genre de chose. Mais il y a eu cet appel de Tara avant que je n'entre dans la pièce où il se préparait.

— L'appel de Tara ?

— Oui. En fait, j'étais prise de doutes, confessa-t-elle. J'ai appelé Owen parce que je me demandais si je n'étais pas en train de commettre une erreur. Et comme il est ma planche de salut...

— Et qu'avez-vous décidé, tous les deux ?

— En ce qui me concerne, strictement rien, interrompit Owen. Elle s'est reprise au bout de deux secondes, m'a assuré que tout allait bien et a raccroché avant que j'aie eu le temps de dire « ouf ». C'est pour ça que je me rendais dans la pièce de la mariée quand je l'ai aperçue au bout du couloir, en train de sortir dans le parking.

— Vous preniez la fuite ? questionna Tony.

— Non. Un soi-disant livreur venait de frapper à ma porte pour m'annoncer qu'il y avait un colis pour moi et que je devais aller signer le bon de livraison.

— Et vous l'avez suivi ?

— J'ai pensé que ce devait être un cadeau de mariage qui avait atterri là par erreur... Mais, dès que j'ai franchi la porte, on m'a fourré une taie d'oreiller imbibée d'éther sur la tête et jetée dans une camionnette. J'ai perdu connaissance.

Il y eut un long silence, puis Tony s'éclaircit la gorge.

— Continuez.

Zut, songea-t-elle. Il ne la croyait pas. Mais n'avaient-ils pas su depuis le début que personne ne croirait à une histoire aussi rocambolesque ?

Heureusement, Owen prit le relais.

— C'est à ce moment-là que j'entre en jeu, enchaîna-t-il. Comme je tentais de la rejoindre, j'ai vu deux hommes la pousser dans une camionnette. J'ai voulu m'interposer mais l'un d'eux m'a mis K-O. Quand j'ai repris conscience, j'étais à l'arrière du véhicule qui roulait, les mains attachées derrière le dos, avec Tara, ligotée elle aussi, à côté de moi.

— Je vois, fit Tony d'un ton qui tendait à indiquer qu'il ne voyait rien du tout. Combien de temps êtes-vous restés dans ce véhicule ?

— C'est difficile à dire. Peut-être une heure ? Ou plus ? Mais quand on a réussi à s'échapper, on était à une vingtaine de minutes du temple. Je pense qu'ils ont dû prendre des chemins de traverse pour ne pas être remarqués...

— Vous pensez.

— Oui. Comment voulez-vous que j'en sois sûr ? rétorqua Owen d'un ton coupant. Écoutez, je vois bien que vous ne nous croyez pas... Vous n'êtes peut-être pas l'avocat qu'il nous faut.

— Vous allez devoir vendre votre histoire à des gens beaucoup plus sceptiques que moi, je vous le garantis. Et, pour votre gouverne, je n'ai jamais dit que je ne vous croyais pas.

Tara jeta un coup d'œil à Owen, qui fronçait les sourcils.

— Comment avez-vous fait pour vous libérer de vos liens ?

Ils lui relatèrent la suite de leur mésaventure et, lorsqu'ils eurent terminé, Tony demanda :

— Avez-vous la moindre idée de l'identité de vos ravisseurs et de la raison pour laquelle ils vous ont enlevés ?

— On n'en est pas certains, déclara vivement Tara. Mais on en est venus à se dire que ce devait être lié au meurtre de Robert.

Tony coula un regard en biais dans sa direction.

— Vous prenez sa mort plutôt bien.

Elle baissa les yeux et regarda ses mains, qu'elle serrait sur ses genoux.

— Je crois que je n'arrive pas à réaliser. Je n'ai pas vu son corps. Et puis, on a été embarqués dans ce tourbillon…

— La police va s'interroger sur votre attitude.

Elle regarda l'avocat.

— Je ne vais pas faire semblant d'être hystérique ?

— Non, bien sûr que non.

Il laissa passer quelques instants.

— Vous avez dit que vous aviez été saisie de doutes… ?

Elle prit une profonde inspiration.

— Oui… Je m'apprêtais à annuler le mariage.

— Pourquoi ?

— Parce que j'ai compris que je n'étais pas amoureuse de lui. Je l'aimais énormément mais…

— Est-ce qu'il le savait ?

— Non. Je n'ai pas eu le temps d'aller le lui dire. J'ai été enlevée avant.

— Je vois, dit Tony en pianotant du pouce sur son volant. Pourquoi pensez-vous qu'ils aient chargé Owen dans la camionnette au lieu de le tuer dans le parking ?

— Je ne sais pas, répondit-elle. Peut-être afin de l'utiliser pour faire pression sur moi…

— Faire pression ? releva Tony, intrigué.

— Oui… Pour me forcer la main.

— Afin d'obtenir quoi ?

— Si je le savais ! Ce qu'ils cherchaient à obtenir en me kidnappant ? Nous étions inséparables, Owen et moi. Depuis le collège. Tout le monde le sait.

Owen se taisait, observant attentivement Tara pour voir jusqu'où elle était prête à aller dans ses révélations.

— Et vous n'avez vraiment pas la moindre idée de ce que cela pourrait être ? insista Tony, l'air peu convaincu.

— Pas la moindre, non, répondit Tara. Je n'y comprends rien.

Tony garda le silence après cela, mais Tara soupçonna que les cellules grises, derrière ces yeux noisette, tournaient à plein régime, s'efforçant d'envisager tous les angles d'approche juridiques du problème.

Elle espéra que cela suffirait.

Quelques minutes plus tard, ils entraient dans Mercerville, le chef-lieu du comté de Bagley. Le bureau du shérif se trouvait dans l'aile est du bâtiment de la mairie, mais il disposait de sa propre entrée et de son parking. Tony rangea la Mercedes sur un emplacement réservé aux visiteurs et coupa le moteur.

— Bien. Je vais appeler l'investigateur en charge de cette affaire et lui demander de venir nous chercher à l'entrée. Je ne veux pas que nous entrions sans nous être annoncés.

— Selon Quinn, il valait mieux ne pas les prévenir de notre arrivée.

— Jusque-là, oui. Mais, maintenant que nous sommes là, il faut nous assurer que nous allons bien être entendus par le bon interlocuteur. Entrer de façon impromptue pourrait nous exposer à être reçus par un sous-fifre si jamais il n'était pas là.

Il passa son appel. D'après ce que comprirent Tara et Owen, l'enquêteur principal était bien là et allait venir les accueillir. Tony mit fin à la communication et se tourna pour leur faire face.

— Une fois que vous aurez exposé ce que vous m'avez raconté, contentez-vous de répondre aux questions. Ne fournissez aucune information si on ne vous a rien demandé, d'accord ? Si une question vous pose problème, faites-moi signe et nous interromprons la déposition le temps que nous nous concertions. Si j'estime que l'interrogatoire prend une tournure qui peut vous être préjudiciable, j'interviendrai. Nous sommes d'accord ?

— Oui, dit Owen.

— D'accord.

Elle regarda Owen qui lui retourna un petit sourire d'encouragement. Mais elle voyait bien l'anxiété, dans son regard. Une bouffée de culpabilité la submergea. C'était sa faute s'il se retrouvait dans cette situation. Si elle n'avait pas été assez sotte pour suivre un inconnu quand…

Un mouvement attira son attention, sur le côté de la voiture.

Elle tourna la tête et vit un homme revêtu de l'uniforme beige des shérifs adjoints de Bagley County. Il était grand, large d'épaules, avec une petite bedaine et une démarche légèrement claudicante qui lui parut familière. L'homme leur tournait le dos mais, comme il arrivait près de l'entrée, il tourna la tête vers le parking.

Elle retint vivement son souffle. Les deux hommes se retournèrent.

Owen posa la main sur son épaule.

— Quoi ? Qu'y a-t-il ?

— Cet adjoint... là-bas..., dit-elle d'une voix frémissante.

— Eh bien ? s'enquit Tony.

— C'est l'homme qui s'est fait passer pour le livreur.

8

Owen n'avait eu le temps d'apercevoir qu'une mâchoire carrée et un long nez droit avant que l'homme ne s'engouffre dans le bâtiment, mais cela avait suffi à déclencher en lui une poussée d'adrénaline. Que faire ? s'interrogea-t-il, éperdu. Poursuivre le plan comme prévu ou tout arrêter ? L'alternative était simple : *Rester ou se sauver*, songea-t-il, se souvenant du cours sur la réponse aux menaces, à Campbell Cove Academy.

« Se sauver », lui commanda son instinct. La situation n'était pas à leur avantage. Il était désarmé, et sur la défensive.

— Filons tout de suite d'ici, gronda-t-il à l'adresse de Tony.

— Quoi ? Vous êtes fou ? riposta l'avocat en se tournant vers lui. Vous êtes venu vous rendre aux autorités. Vous raviser maintenant ne fera qu'empirer les choses.

— Owen a raison, assena Tara d'une voix profonde, intense. Si ce type est policier, nous n'avons aucune chance. Que vaudra notre parole face à la sienne ? Vous savez mieux que moi comment ça fonctionne.

— Soyez raisonnables. Vous ne...

Owen déboucla sa ceinture et voulut ouvrir la portière, mais la sécurité enfant était activée.

— Déverrouillez la portière, enjoignit-il à l'avocat.

Tony secoua la tête.

— Écoutez, c'est l'avocat qui vous parle. Ne faites pas ça, c'est de la folie.

— Considérez que vous êtes viré.

Détendant vivement le bras, Tara saisit le porte-clés accroché au contact. Avant que Tony Giattina n'ait eu le temps de l'en empêcher, elle appuya sur un bouton. Il y eut un déclic.

Owen jaillit de la voiture et aspira une grande goulée d'air printanier, chassant la sensation de claustrophobie qu'il avait éprouvée, bloqué sur ce siège arrière. Tara était déjà dehors, elle aussi. Elle le regarda, les yeux agrandis par l'angoisse.

— Qu'est-ce qu'on fait maintenant ?

Owen chercha du regard le 4x4 noir qui les avait suivis. Quinn était debout à côté de son véhicule, comme s'il avait senti qu'il se passait quelque chose d'anormal. Si quelqu'un pouvait comprendre la situation impossible dans laquelle ils se trouvaient, c'était bien lui. Et il fallait faire vite. L'enquêteur allait venir les chercher d'une minute à l'autre.

Attrapant Tara par la main, il s'élança résolument vers le 4x4.

Les yeux de Quinn se rétrécirent à leur approche. Lorsque Owen fut à portée de voix, il grommela :

— Vas-y, frappe-moi.

Owen le considéra, ébahi.

— Quoi ?

— Frappe-moi, répéta Quinn d'un ton pressant en avançant d'un pas pour se planter sous son nez. Vite. Je ne peux pas vous aider ouvertement, mais il ne faut surtout pas que vous entriez dans ces locaux. Vous allez vous enfuir avec ma voiture.

— Mais..., balbutia Owen. Comment sais-tu... ?

— Tape, bon sang, grinça Quinn, les dents serrées.

Sans plus perdre une seconde, Owen envoya son poing dans la mâchoire de son patron aussi fort qu'il l'osa pour que le coup n'ait pas l'air truqué. Quinn trébucha et tomba à la renverse, son trousseau de clés lui échappant des mains dans sa chute.

Comme Owen se penchait pour le ramasser, Quinn murmura :

— N'allez pas à la cache. Elle est compromise maintenant. Il y a de l'argent dans la boîte à gants. Sers-t'en et essaie de nous joindre dès que tu le pourras.

Tony Giattina était sorti de sa Mercedes, lui aussi, et il avait le téléphone à l'oreille. Probablement pour prévenir de l'agression et de la tentative d'évasion de ses clients, s'avisa soudain Owen.

— Allons-y ! gronda-t-il en sautant sur le siège conducteur tandis que Tara grimpait à côté de lui.

— Et si je me suis trompée ? dit-elle, soudain hésitante.

— Non, tu ne t'es pas trompée, assura-t-il en reculant.

Il sortit en trombe du parking, coupant la route à une voiture qui arrivait sur sa gauche, ce qui lui valut un coup de klaxon furieux, et fila vers l'est sur Old Cumberland Road. En empruntant des routes secondaires sinueuses, il pourrait franchir Murlow Mountain et atteindre la frontière de la Virginie en une petite heure.

Mais ensuite ?

— Ils vont lancer un avis de recherche, diffuser le numéro d'immatriculation de la voiture et, en un rien de temps, on sera coincés, grommela Tara en bouclant sa ceinture.

Elle avait raison. Il fallait troquer les plaques minéralogiques contre celles d'un autre véhicule. Mais, dans l'immédiat, il s'agissait de mettre le plus de distance possible entre le bureau du shérif et eux.

Le 4x4 gravit la petite route en lacets qui s'élançait à l'assaut de Murlow Mountain, puis serpentait à travers la forêt, en direction de la frontière de l'État. Il s'était rendu en Virginie avec son frère, quelques années plus tôt, et avait découvert avec surprise que les voyageurs, là-bas, avaient la possibilité de passer la nuit dans leurs véhicules sur les aires de repos. Cela leur laisserait au moins le temps de se retourner.

Mais, d'abord, il devait trouver un centre commercial où acheter du ravitaillement.

— Tu crois qu'on nous suit ? demanda Tara en grignotant l'ongle de son pouce, les yeux rivés sur la route, devant eux.

— Non, je ne crois pas, mais je ne suis pas expert en matière de filature.

Tara le regarda.

— Tu as un plan ?

— Oui, mais je ne suis pas sûr qu'il te plaise.

— Alors, autant annoncer la couleur tout de suite. Je t'écoute.

— Sais-tu que la Virginie autorise les automobilistes à dormir dans leur véhicule sur les aires de repos ?

— Fais-moi plaisir, dis-moi que c'est une plaisanterie.

— Non. Je vais continuer à rouler sur le réseau secondaire pendant encore environ une heure et, ensuite, j'approcherai d'Abingdon. Je crois qu'il y a un centre commercial là-bas. On y achètera de la nourriture, des couvertures, de l'eau, enfin, bref, tout le nécessaire.

— Mieux vaudra les choisir très épaisses, maugréa-t-elle.

— En revanche, je ne sais pas quoi faire, pour les plaques d'immatriculation.

— Ton patron était un ex-espion… Il en a peut-être un jeu de rechange dans le coffre, suggéra-t-elle d'un ton hésitant. Tu crois que c'est possible ?

— Je n'en sais rien. Qu'en penses-tu ?

— C'est ton patron.

Mais, même s'il travaillait depuis un an à Campbell Cove Security, Owen ne savait que peu de chose de ses trois patrons. Maddox Heller était un livre ouvert, extraverti et amical. Sa jolie femme et ses deux charmants bambins venaient lui rendre visite de temps en temps. L'été précédent, Heller avait invité tous les cadres de la société à un barbecue dans le jardin de sa maison de Mercer Lake.

Rebecca Cameron, elle, était très secrète en dépit de ses manières avenantes. Quant à Alexander Quinn, c'était une énigme insondable.

Toutefois, s'il était une chose qu'Owen savait de lui, c'était que Quinn n'était jamais pris en défaut et qu'il semblait toujours paré pour toute éventualité. Y compris celle de devoir prendre la tangente sans préavis.

La route sur laquelle ils roulaient depuis un moment comportait peu de croisements mais, au bout de quelques minutes, il avisa une piste de terre sur la droite. Il ralentit et s'y engagea.

— Qu'est-ce que tu fais ? s'enquit Tara.

— Je vais vérifier qu'Alexander Quinn est bien aussi rusé qu'il semble l'être.

Presque aussitôt après qu'ils eurent emprunté le chemin,

celui-ci obliqua à angle droit sur la droite et le 4x4 se retrouva encerclé par les bois. Il n'était plus visible de la route.

Owen roula encore sur quelques dizaines de mètres et s'arrêta. Il se tourna vers Tara.

— Si tu devais dissimuler quelque chose dans ce véhicule, où le mettrais-tu ?

— Je présume que le compartiment à gants est un peu trop évident, nota-t-elle au bout de quelques secondes.

— Quinn m'a dit qu'il y avait rangé une somme d'argent, répondit-il.

Tara l'ouvrit. Elle y trouva un portefeuille épais, au cuir usé, qu'elle sortit.

— Des reçus et encore des reçus, déclara-t-elle en examinant son contenu. Et un billet de dix dollars. Je ne connais pas bien ton patron mais je doute que ce soit cela qu'il appelle « une somme d'argent ».

Owen déboucla sa ceinture et se pencha pour inspecter à son tour la boîte à gants. Le parfum de Tara lui emplit les narines, manquant lui faire perdre de vue ce qu'il recherchait, mais il réussit à reprendre ses esprits et à se concentrer sur le contenu du compartiment. Outre le portefeuille, il y trouva les papiers du véhicule, la carte d'assurance et le manuel d'entretien du 4x4.

Quinn avait pourtant bien dit que l'argent était là. Était-ce une sorte de piège ? Avait-il voulu le soumettre à un test ?

Il se redressa sur son siège et réfléchit. Non. La situation ne s'y prêtait guère. Alors, si Quinn avait joué franc-jeu, pourquoi aurait-il dit que l'argent était caché là si ce n'était pas le cas ?

De nouveau, il s'inclina sur le côté et son regard s'arrêta sur le manuel. Il semblait sacrément épais.

— Qu'est-ce que tu fais ? interrogea Tara, se penchant elle aussi en avant, jusqu'à ce que sa tête touche presque la sienne.

Le souffle se bloqua dans la gorge d'Owen. Il tourna la tête vers elle. Ses grands yeux verts le contemplaient, lumineux, sous des sourcils haussés en deux délicats arcs de cercle.

Il reporta son regard sur l'intérieur de la boîte à gants et en sortit le gros livret, maintenu fermé par un large élastique.

Reprenant sa position initiale, il ôta l'élastique et l'ouvrit, tourna la première page...

Exposant un billet de cinquante dollars.

Il continua à feuilleter le manuel, découvrant un deuxième billet, puis un troisième. Presque toutes les pages prenaient en sandwich un nouveau billet. Principalement des coupures de cinquante dollars, mais aussi quelques-unes de vingt et même une poignée de cent dollars. Au total, il y avait près de cinq mille dollars, songea Owen après un rapide calcul mental.

— Il garde toujours autant d'argent dans sa voiture ?

— Je ne sais pas.

Il lui tendit le manuel.

— Laissons l'argent où il est pour le moment. Je vais voir ce qu'il y a d'autre dans le véhicule.

— Je vais fouiller à l'avant, proposa Tara en ouvrant sa portière. Toi, cherche s'il n'y a pas des compartiments cachés dans le plancher.

Un quart d'heure plus tard, ils avaient découvert un jeu de plaques minéralogiques du Tennessee, cinquante dollars supplémentaires en petite monnaie disséminés en divers endroits du 4x4, une batte de base-ball Louisville Slugger, un petit téléphone avec une carte prépayée scotchée au dos de l'appareil, un sac de sport rempli de vêtements et de matériel de survie et une douzaine de rations militaires — repas pouvant être préparés sans ustensiles de cuisine.

— Eh bien ! C'est ce qui s'appelle être prévoyant, observa Tara en contemplant leur butin.

— Je vais changer les plaques, annonça Owen. Ensuite, on regardera s'il reste des minutes de communication sur cette carte de téléphone.

— Tu crois que c'est raisonnable ?

— C'est un appareil jetable. Quinn m'a dit de prendre contact dès que je le pourrais. J'imagine qu'il pensait à ce portable.

Tara secoua la tête.

— Si tôt ? La police l'a peut-être à l'œil. Attendons un jour ou deux avant de l'appeler.

Owen la considéra d'un air pénétrant.

— OK. Tu as raison.

Elle lui adressa un bref sourire.

— N'aie pas l'air si étonné. Moi aussi, j'ai de la ressource. Va changer les plaques. Moi, je vais voir si je déniche encore d'autres trésors.

Owen prit un tournevis dans la petite trousse à outils qui faisait partie du kit de survie et remplaça les plaques du Kentucky par celles du Tennessee.

— Et maintenant ? demanda Tara.

— Je serais tenté de voir où mène cette piste, déclara Owen, regardant le chemin qui s'enfonçait en serpentant dans la forêt.

— Non, tu n'es pas sérieux ?

— Au moins personne ne viendra nous chercher ici. On a de quoi manger, donc…

— Je me demande ce que tu entends exactement par « ici » ?

Elle s'inclina en avant pour scruter la route, comme si le fait de se pencher pouvait miraculeusement révéler où elle conduisait, puis elle se redressa et le regarda.

— Je crois que je préfère encore la solution des aires de repos. Au moins il y aura des toilettes et des distributeurs de boissons chaudes et de nourriture.

— On a ces repas prêts-à-consommer, des barres protéinées et plusieurs bouteilles d'eau dans le kit de survie, souligna-t-il.

— Peut-être mais, pour autant que je sache, il ne comporte pas de toilettes ni de lavabo pliable !

Il soupira.

— Tu étais plus aventureuse, par le passé.

— Et toi, moins intrépide. Quand as-tu changé ?

Quand je me suis rendu compte qu'une trop grande prudence ne m'avait mené à rien, songea-t-il. *Quand tu as rencontré Robert et que tu t'es jetée à sa tête parce qu'il répondait à tous les critères de ta liste.*

— Si tu veux qu'on aille en Virginie et qu'on s'arrête sur une de ces aires, c'est ce qu'on fera. Mais attendons au moins ici que la nuit tombe. Nous passerons plus facilement inaperçus dans l'obscurité.

Elle le considéra, sourcils arqués, puis inclina la tête sur le côté, se rendant à ses arguments.

— Très juste. Tu marques un point.

— N'aie pas l'air si étonnée, riposta-t-il avec un petit sourire entendu.

L'écho de la boutade qu'elle lui avait adressée un moment plus tôt lui valut un bref éclat de rire.

— Je ne devrais pas me réjouir que tu te sois trouvé entraîné dans cette histoire, je le sais, mais je suis vraiment contente que tu sois avec moi. Je te dois une fière chandelle. Si tu n'avais pas été là quand j'ai repris conscience...

Il tendit la main et écarta doucement une mèche de sa joue.

— Tu aurais fait ce que tu fais toujours. Tu aurais trouvé un moyen de t'en sortir.

Le sourire de Tara s'estompa.

— Je n'ai pas du tout l'impression d'en être sortie.

— On n'est pas au bout de nos peines, c'est sûr, admit-il en secouant la tête. Heureusement que tu as reconnu cet adjoint ; ça nous a au moins évité de nous jeter dans la gueule du loup.

Il aurait dû retirer sa main au lieu de laisser ses doigts s'attarder sur sa joue. Mais, comme cela ne semblait pas mettre Tara mal à l'aise, il n'arrivait pas à se décider. Il aimait le contact de sa peau, si douce, si chaude, palpitante de vie.

— Je sais que le moment est mal choisi, mais j'aimerais vraiment pouvoir utiliser des toilettes, reprit Tara en lui jetant un regard contrit.

Il consulta sa montre.

— Inutile de te demander si tu peux patienter encore, disons... trois ou quatre petites heures ?

Elle secoua la tête.

Adieu l'idée d'attendre la nuit ici, se dit-il.

— OK. Une heure, c'est possible ? Je voulais passer par Abingdon pour acheter deux ou trois choses, de toute façon. On peut y être d'ici environ une heure. Ça ira ?

— Oui.

— Si on trouve un magasin d'articles d'occasion, on pourra s'acheter des vêtements sans trop entamer notre pécule.

— Bonne idée. Ce ne sera pas désagréable de pouvoir s'habiller de nouveau avec des vêtements à la bonne taille, souligna-t-elle en tirant sur son T-shirt un peu trop ajusté.

Il se força à détourner son regard de ses seins.

— Peut-être que je pourrais même trouver un ordinateur portable à un prix raisonnable.

Elle lui jeta un coup d'œil.

— C'est indispensable ? Nos cinq mille dollars vont fondre comme neige au soleil si on commence à faire de gros achats.

— On est coupés du monde. Il faut que je puisse savoir ce qui se passe pendant qu'on est en cavale.

— Ce qui veut dire qu'il te faudra une connexion Internet ?

— Oui, mais il existe des façons de se connecter au réseau sans être trop repérable.

Il manœuvra pour faire demi-tour sur l'étroite piste, espérant que leur halte n'avait pas permis à leurs poursuivants de les rattraper. Au moins les plaques n'étaient-elles plus celles du véhicule recherché par la police.

— Tu sais ce que je pense ? dit-il au bout d'un moment. On devrait modifier notre apparence… Tu pourrais te couper les cheveux, les teindre. Et moi, laisser pousser cette barbe, m'acheter des lunettes de *gamer*.

— Des lunettes de *gamer* ? Qu'est-ce que c'est ?

— Des lunettes teintées pour joueurs en ligne qui réduisent la fatigue oculaire due à la lumière bleue des écrans. Elles sont aussi utiles à tous ceux qui passent beaucoup de temps devant leur écran d'ordinateur. J'en trouverai sûrement dans un magasin d'informatique ou de jeux vidéo.

— Excellente idée. Mais on devrait inverser les rôles pour brouiller les pistes. Pour le cas où quelqu'un se rappellerait nous avoir vus. Tu iras acheter la teinture et, moi, je m'occuperai de tes lunettes.

— Bien raisonné.

Ils avaient maintenant rejoint la route principale.

— J'entrerai dans le magasin pour choisir les articles d'informatique qu'il me faut et, ensuite, je te laisserai aller payer. On procédera de la même façon pour ta teinture. Tu me montres ce que tu veux, puis c'est moi qui vais régler les achats.

— Entendu, décréta-t-elle avec un sourire en coin. Tout ce que tu veux *pourvu* que tu t'arrêtes d'abord devant des toilettes.

— Donc, vous êtes en train de me dire que votre véhicule n'est même pas protégé par un système antivol ? dit Archer Trask en jetant à Quinn un regard incrédule. Avec le travail qui est le vôtre ?

L'air un peu déconfit, Quinn haussa les épaules.

— Vous savez ce que c'est : ce sont toujours les cordonniers les plus mal chaussés. Je suppose que c'est un défaut assez courant dans la profession — nous sommes tellement obnubilés par la sécurité de nos clients que nous en oublions la nôtre.

Trask ne parut guère convaincu, mais Quinn n'en avait cure. L'important, c'était que Trask ne pouvait rien prouver et que Quinn disposait de suffisamment d'appuis dans le milieu judiciaire pour empêcher le bureau du shérif de Bagley County de leur mettre des bâtons dans les roues.

Ce qu'il fallait maintenant, c'était rentrer au plus vite au bureau afin de mettre sur pied un groupe de travail spécialement affecté à l'affaire Tara Bentley. Première ligne d'attaque : trouver le nom de l'adjoint qui était mêlé à l'enlèvement de Tara et d'Owen. Si lui avait pu voir l'homme en question, Tony Giattina, qui était garé plus près de l'entrée, avait dû le voir, lui aussi. Sitôt qu'il sortirait de cet entretien inutile avec Trask, il irait le trouver afin de « comparer leurs notes ». Il avait déjà prévenu l'avocat qu'il ne devait en aucun cas communiquer à la police les informations que Tara et Owen lui avaient fournies. Comme Tony ne badinait pas avec le secret professionnel, Quinn n'avait pas d'inquiétude de ce côté-là. Il n'aurait rien dit aux policiers qui l'avaient interrogé.

Trask lui tendit sa déclaration pour qu'il la signe.

— Nous avons diffusé le numéro de votre plaque d'immatriculation. On ne tardera pas à retrouver Owen Stiles et Tara Bentley.

Trask fronça les sourcils.

— S'ils tentent de vous joindre, je suis certain que vous leur ferez savoir que leur fuite ne fait qu'aggraver leur situation.

Quinn apposa sa signature au bas du document.

— Bien entendu. Est-ce que je peux m'en aller ?

— Je compte sur vous pour m'avertir si vous avez des nouvelles des fugitifs ?

— Bien sûr, mentit Quinn.

Sur le parking, il avisa Tony Giattina debout à côté de sa Mercedes, le téléphone collé à l'oreille. Le regard sombre de l'avocat croisa le sien. Il parla rapidement à son interlocuteur, puis raccrocha.

— Vous pouvez me dire quelle mouche vous a piqué d'aider des fugitifs ? lança-t-il comme Quinn approchait.

Quinn indiqua la Mercedes du menton. Avec un soupir, Tony ouvrit la portière et s'installa sur le siège conducteur, à côté de Quinn.

— Vous *saviez* ce qui se passait, assena Tony. Vous avez fait poser des micros dans ma voiture ?

Quinn se pencha, passa la main sous le tableau de bord et en sortit un petit dispositif d'écoute.

— Désolé. Il fallait que je sache ce qu'ils allaient vous dire.

— Vous avez violé le secret professionnel.

— Je ne suis pas avocat.

— Non, confirma Tony en faisant la grimace. Vous êtes un fichu espion.

— Un fichu *ancien* espion.

— Ancien, mon œil. Vous...

— Ils ont des ennuis, coupa Quinn. Et je les crois quand ils affirment avoir reconnu l'homme qui les a enlevés.

— Vous pensez vraiment que les flics sont mêlés à ce kidnapping ?

— Pas *les* flics. *Un* shérif adjoint. Qui a peut-être des complices parmi les forces de l'ordre.

— Alors, pourquoi ne sont-ils pas restés pour l'identifier au lieu de prendre le maquis après vous avoir mis K-O — ou, plutôt, avoir fait mine de vous mettre K-O ?

— Parce que, comme ils vous l'ont dit, qui les aurait crus ?

Il désigna d'un signe de tête le petit micro posé sur la console, entre eux.

— Vous-même, qui êtes leur avocat, vous n'avez pas cru à leur histoire.

Tony garda le silence pendant un moment.

— Bien. Alors, qu'attendez-vous de moi désormais ?

— Que vous vous taisiez. Ils vous ont révélé sous le sceau du secret professionnel qu'un de leurs ravisseurs était un shérif adjoint. Vous ne devez pas divulguer cette information tant qu'ils ne vous ont pas autorisé à le faire.

— Vous vous rendez compte de ce que vous me demandez ? Si vous et mes clients avez raison, il y a un criminel au sein du bureau du shérif de Bagley County et je suis censé me taire ?

— Pour l'instant, oui.

Tony secoua la tête.

— C'est insensé.

Quinn prit le micro et le glissa dans sa poche.

— À votre avis, que se passerait-il si nous disions ce que nous savons ? Admettons que Trask nous croie. Il vous demanderait d'identifier l'adjoint en question et se mettrait à l'interroger. Ce qui serait un désastre.

— Pourquoi ?

— Parce que j'en suis venu à penser que cet enlèvement cache autre chose... Quelque chose de plus grande ampleur. En dévoilant notre jeu, nous risquerions de compromettre nos chances de découvrir ce que c'est — ou de ne le découvrir que lorsqu'il sera trop tard.

9

— Waouh. C'est toi ?

Tara leva les yeux en entendant la voix d'Owen, mais il lui fallut un moment pour se rendre compte que le hipster à la tête couverte d'un bonnet gris informe qui s'avançait vers elle d'une démarche traînante était son meilleur ami. Le bonnet avait l'air très usagé, ce qui s'accordait bien avec l'ensemble de sa tenue — du jean délavé tire-bouchonnant sur les baskets au sweat-shirt à capuche surtaillé avec une inscription à l'effigie d'un obscur groupe de métal des années 1980 sur le devant. Et, pour parachever le tout, une paire de grosses lunettes aux verres ambrés était perchée sur l'arête de son nez long et fin.

— J'ai bien failli ne pas te reconnaître, dit-elle tandis qu'il posait un gros sac de courses sur le capot du 4x4.

— Je te retourne le compliment, répliqua-t-il en montrant ses cheveux. Le violet te va bien.

Elle tapota la coupe courte que lui avait faite un salon de coiffure à bas prix dans le centre commercial. Désormais, ses cheveux se dressaient en épis autour de sa tête. Quant à la couleur, c'était la touche personnelle qu'elle avait ajoutée — à des années-lumière de ses goûts — à l'aide d'un spray.

— Il va falloir qu'on se mette en route mais j'ai eu une idée, pour la voiture.

Owen tira de la poche intérieure de sa veste en cuir avachie une pochette dont il vida le contenu sur le capot.

— Aide-moi. On va coller ces stickers sur l'arrière de la

carrosserie. Il n'y a pas de raison que la voiture ne soit pas déguisée, elle aussi.

Les autocollants qu'il avait achetés embrassaient toutes les causes possibles et imaginables, dont certaines, d'ailleurs, se contredisaient les unes les autres.

— Pour que ce soit crédible, il aurait mieux valu qu'on ait un van Volkswagen, grommela-t-elle tandis qu'il rangeait son nouvel ordinateur dans l'habitacle.

— Nécessité fait loi, répondit Owen avec un haussement d'épaules fataliste, tout à fait dans le personnage. On est bien obligés de s'accommoder de ce qu'on a. L'important, c'est que la voiture ne ressemble plus au 4x4 qui a quitté le Kentucky ce matin.

De nouveau, elle porta la main à ses cheveux.

— Nous non plus, on ne ressemble plus aux fugitifs de ce matin.

— Plus du tout, confirma-t-il.

Il pencha la tête sur le côté, l'air pensif.

— Je suppose que tu n'as pas envie de te faire percer le nez ?

Elle lui assena une petite tape sur le bras.

— Non !

— Ni le nombril ?

— Tais-toi et monte dans la voiture.

Avant de quitter Abingdon, Owen s'arrêta pour acheter des sandwichs pour leur dîner, puis ils prirent l'autoroute I-81 en direction du nord, avec l'intention de faire halte sur la première aire de repos indiquée.

Lorsqu'ils l'atteignirent enfin, l'après-midi glissait doucement vers le crépuscule. Owen trouva une place de stationnement relativement isolée des autres voitures et y rangea le 4x4.

— *Home sweet home*, murmura-t-il.

— Allons faire un tour à l'intérieur. Je vais aller voir à quoi ressemblent les installations sanitaires et on en profitera pour acheter des boissons pour le repas.

Les toilettes étaient parfaitement propres et l'affluence dans le bâtiment, juste assez nombreuse pour que Tara et Owen puissent se fondre parmi les autres voyageurs. Elle acheta les boissons et prit sur un présentoir quelques brochures recensant les terrains de camping et les différentes attractions de Virginie.

Ils les passèrent en revue pendant qu'ils mangeaient.

— Ce camping est à deux heures d'ici, à l'est. L'emplacement n'est pas très cher et il est équipé d'une station de charge pour les appareils électroniques et d'un accès wi-fi.

Owen examina la brochure, les sourcils froncés.

— Il y a une tente dans le coffre de la voiture...

— Justement, c'est parfait. On reste ici ce soir et, demain, on s'installera là-bas. Tu pourras te servir de l'ordinateur que tu as acheté.

— Comment est le saumon ? demanda Becky Cameron.

— Délicieux.

Quinn s'efforça de conserver une expression neutre, pas certain de vouloir laisser voir à son associée que sa soudaine envie de socialisation commençait à le mettre mal à l'aise. Il était passé maître dans l'art de tenir les autres à distance, Becky était mieux placée que quiconque pour le savoir puisqu'elle avait travaillé avec lui — par intermittence — pendant plus de quinze ans.

— Vas-tu enfin me parler de tes aventures de ce matin ? demanda-t-elle, piquant délicatement du bout de sa fourchette un morceau de sa truite poêlée.

— Il n'y a pas grand-chose à en dire.

Elle pointa un long doigt effilé vers la trace bleuâtre qui ornait sa mâchoire et commenta sans s'émouvoir :

— Owen Stiles semble avoir une jolie droite.

— C'est que nous l'avons bien formé.

— Tu n'as pas l'air particulièrement contrarié que ton véhicule ait été volé par un employé en qui tu avais confiance.

— La vie est pleine de surprises.

Bekcy sourit, découvrant une rangée de dents blanches parfaitement alignées.

— Oublions ce sujet.

— Oui, ça vaut mieux, confirma-t-il, balayant du regard la salle bondée du restaurant. Du moins, pour le moment.

Elle hocha la tête et dégusta un petit morceau de truite.

— Tu m'expliqueras ça au bureau, demain matin.

Le silence retomba entre eux, que Becky rompit au bout d'une minute :

— Tu te demandes pourquoi je t'ai invité ici ce soir, alors que je sais pertinemment qu'il est certains sujets que nous ne pouvons pas aborder en public.

— J'avoue que la question m'a traversé l'esprit.

Becky lui adressa un sourire compatissant.

— Mon intention n'était pas de faire des mystères. C'est ton domaine réservé.

Il réussit à sourire.

— Mais tu avais pourtant une raison.

— Passer une agréable soirée à discuter au restaurant ne te suffit pas comme raison ?

Il se borna à arquer un sourcil. Elle sourit.

— OK, dit-elle, son expression redevenant sérieuse. Je voulais te parler de quelque chose qui n'est pas en rapport avec le travail. Et je craignais de perdre mon sang-froid si j'y faisais allusion au bureau.

Désormais franchement intrigué, il souligna :

— Je ne t'imagine pas perdant ton sang-froid à propos de quoi que ce soit, Becky.

— C'est à propos de Mitch.

Tout à coup, son demi-filet de saumon lui parut peser une tonne dans son estomac. Il posa sa fourchette et but une gorgée d'eau pour masquer le fait qu'il était soudain mal à l'aise.

— Il y a du nouveau ?

— Peut-être…

Un pli barra son front.

— Il semblerait qu'il ne soit peut-être pas mort dans cet accident d'hélicoptère à Tablis.

Quinn se figea.

— J'ai assisté au crash. Nous avons passé toute la zone au

crible pendant une semaine. Les hommes dont j'étais responsable sont morts en tentant de récupérer les corps. Mais c'était la saison des pluies et les eaux de la rivière étaient gonflées, le courant, très fort. Plusieurs corps ont été emportés et n'ont jamais pu être retrouvés.

— J'ai vu la vidéo du crash. Je sais qu'il est extrêmement improbable qu'il s'en soit sorti.

Quinn posa sa main sur la sienne.

— Je comprends que tu veuilles croire qu'il y ait une chance qu'il ait survécu.

— Je ne sais pas ce que je veux croire, Quinn. C'était il y a près de dix ans. S'il a survécu, pourquoi n'a-t-il jamais tenté de donner signe de vie à quelqu'un ? Je me rends bien compte que les chances sont extrêmement minces qu'il soit en vie. Mais... S'il était là-bas ? Peut-être qu'il souffre d'amnésie et ne sait plus qui il est ni ce qui s'est passé ? Peut-être que le fait de voir un visage connu lui ferait retrouver la mémoire.

Il pressa sa main brièvement avant de la relâcher.

— Je ne pense pas que ça fonctionne ainsi. Mais si tu veux que j'essaie de me renseigner auprès de mes anciens contacts au Kaziristan...

— J'apprécierais que tu le fasses, dit-elle avec un sourire reconnaissant.

Elle regarda son assiette.

— Je ne sais pas ce qu'il en est pour toi mais, moi, je n'ai plus faim.

— Tu veux qu'on s'en aille ? On peut aller au bureau et discuter du sujet dont nous étions censés parler ?

Elle hocha la tête.

— Pars devant. Je vais régler l'addition et je te rejoins.

— Je t'attends, dit-il, éprouvant soudain l'envie inopinée de la protéger.

Il n'avait jamais considéré Becky comme quelqu'un ayant besoin d'une quelconque protection. Même la relation qu'elle avait eue avec le colonel de marine, Mitch Talbot, rencontré alors qu'elle était en poste à l'ambassade américaine de Tablis, au Kaziristan, avait paru curieusement déséquilibrée. Elle, la diplomate cultivée, avec un haut niveau d'éducation et de pouvoir, et Mitch, le marine bourru, qui n'était jamais autant dans son élément que lorsqu'il était en treillis, sur le terrain, menant ses hommes au combat.

Mais il ne faisait pas de doute qu'elle l'avait aimé profondément si elle était prête à mettre sa réputation et ses relations en jeu pour le retrouver dix ans après sa mort présumée. Était-elle en train de commettre une erreur et de se disposer à avoir une seconde fois le cœur brisé ?

Il était clair qu'elle irait jusqu'au bout, que Quinn lui apporte ou non son aide. Et même si remuer cette vieille histoire le mettait positivement mal à l'aise, c'était le moins qu'il puisse faire pour elle.

Après tout, c'était lui qui avait envoyé Mitch Talbot à la mort.

Le matin n'était encore qu'une promesse rosée à l'horizon est lorsque Owen s'éveilla d'un sommeil agité. La veille, Tara et lui avaient essayé de s'endormir sur les sièges avant mais, Tara ayant glissé deux fois sur le sol, ils avaient jugé qu'il valait mieux rabattre les sièges et utiliser l'espace arrière pour déplier les sacs de couchage. Compte tenu de la baisse de la température extérieure, ils avaient décidé d'attacher les deux sacs pour n'en faire qu'un seul, double. En chien de fusil, dos contre dos, ils s'étaient endormis sinon dans le confort, du moins dans une relative chaleur.

Mais ils avaient dû bouger au cours de la nuit et ils avaient fini par se retrouver face à face, leurs membres emmêlés sous l'épaisseur du duvet.

L'espace de quelques grisants instants, Owen ne souhaita qu'une chose : rester là où il était pour le restant de ses jours, peau contre peau avec Tara, enveloppé par sa chaleur, savourant ce moment d'absolue perfection qu'il n'avait jamais connu avec une autre.

Ç'aurait été tellement plus simple s'il avait pu connaître ce sentiment d'accomplissement avec une autre femme. Ce n'était pas faute d'avoir essayé, au fil des années. À plus d'une reprise, il avait tenté d'aller de l'avant, de nouer une relation, de se forger une vie dont Tara Bentley n'aurait pas été l'élément central. Il lui avait fallu longtemps pour se rendre à l'évidence : tant que Tara ferait partie de sa vie, elle y occuperait la place la plus importante.

Ce qui signifiait que la seule façon d'aller de l'avant aurait été de se séparer d'elle totalement.

Avec mille précautions, il se dégagea de ses bras pour se lever. Elle émit un léger grognement désapprobateur qui résonna jusqu'au plus profond de son cœur, mais il s'obligea à se redresser plutôt que de retourner se lover contre sa chaleur. S'efforçant de ne pas la réveiller, il ouvrit la fermeture Éclair de son côté et frissonna. Attrapant sa veste sur le dossier du siège conducteur, il l'enfila par-dessus son jean et son sweat-shirt avant d'ouvrir la portière et de sortir dans la fraîcheur du matin.

De l'autre côté de l'aire de repos, une poignée de voyageurs étaient déjà debout, qui se rendant aux sanitaires, qui revenant des distributeurs. L'un d'eux proposait du café car il vit plusieurs personnes ressortir du bâtiment, des tasses fumantes à la main.

Il remonta le col de sa veste et enfonça le bonnet sur sa tête, faisant la grimace à l'idée d'être forcé de se déguiser. Il faisait encore trop sombre pour pouvoir chausser les lunettes, donc il les laissa au fond de sa poche tandis qu'il s'avançait vers la porte.

Après un passage par les toilettes, l'arôme du café l'attira, tel un chant des sirènes, vers les distributeurs de boissons. Il commanda deux tasses et examina la sélection du distributeur d'aliments. Salé ou sucré ? Tara n'ayant jamais beaucoup apprécié le petit déjeuner — sauf s'il était gourmand — il opta pour du salé. Il leur fallait des protéines. Après tout, ils ne savaient pas quand ils mangeraient leur prochain vrai repas. Le choix étant réduit, il se décida pour un sachet de cacahuètes et des crackers au fromage.

Perdu dans ses pensées, il n'avait pas remarqué le nouvel arrivant qui était entré dans l'espace de repos, si bien qu'il éprouva un choc lorsque, se retournant, il aperçut un officier de la police d'État de Virginie à deux mètres de lui.

Il marqua un temps d'arrêt et les cafés s'agitèrent dans les tasses, manquant éclabousser son sweat-shirt.

Se détournant aussi naturellement qu'il le put, il s'orienta vers la partie de la salle où quelques personnes consultaient les présentoirs chargés de brochures à l'usage des touristes.

Il jeta un discret coup d'œil en direction du policier qui semblait chercher quelque chose…

Ou quelqu'un ?

Finalement, Owen se dirigea vers la porte, encombré de ses achats, espérant qu'il n'allait pas attirer l'attention sur lui en trébuchant ou en renversant ses cafés. Et dire que Tara dormait tranquillement dans la voiture sans se douter qu'ils étaient à deux doigts d'être retrouvés…

Un pas, puis un autre… Pas de précipitation, surtout. Il franchit la porte.

— Veuillez m'excuser, monsieur… Auriez-vous vu cette femme ?

La voix, toute proche, derrière lui, le fit sursauter. Un peu de café déborda d'une tasse et s'étala en une tache sombre sur les dalles de pierre, devant l'entrée.

Comme au ralenti, il pivota sur lui-même pour faire face au policier. L'homme lui présentait un imprimé avec la photo d'une femme. Owen manqua défaillir de soulagement lorsqu'il se rendit compte que ce n'était pas Tara.

— Non, je suis désolé, répondit-il en prenant l'accent du Midwest. Je suis simplement en transit.

— Si jamais vous voyiez cette personne, prévenez-nous, dit le policier en lui tendant une carte.

S'avisant après coup qu'Owen avait les mains pleines, il glissa la carte dans la poche poitrine de sa veste.

— Faites bonne route, monsieur.

— Merci.

Owen le salua d'un signe de tête et retraversa rapidement le parking en direction du 4x4.

Tara était éveillée lorsqu'il ouvrit la portière. Il posa leur petit déjeuner sur le plancher du véhicule et jeta un coup d'œil derrière lui. Le policier était toujours devant l'entrée du bâtiment, parlant aux voyageurs qui entraient et sortaient.

Suivant son regard, Tara nota avec appréhension :

— Il y a la police ?

— Juste cet officier. Apparemment, il recherche une femme qui a disparu. J'ai failli avoir une crise cardiaque quand il m'a apostrophé.

— Mais il ne t'a pas reconnu ?

— Non, je ne crois pas... Arrête de te retourner, tu vas éveiller ses soupçons.

Elle baissa les yeux.

— Oh. Tu as rapporté du café... Dieu soit loué.

— Et de quoi manger. Il faut que tu avales quelque chose. J'ai pris des cacahuètes, pour les protéines.

— Oui, maman.

Elle déchira le paquet.

— Tu en veux ?

Mais la rencontre avec le policier lui avait coupé l'appétit. Même le café ne lui faisait plus envie.

— Mange, toi. Moi, je vais ranger la voiture pour que nous puissions nous en aller.

Ils avaient fait le plein d'essence à Abingdon, donc ils pouvaient prendre la route sans avoir à s'inquiéter de trouver une station-service. Il vérifia tous les niveaux du véhicule, contrôla les pneus. Tout allait bien. Il s'installa au volant, recouvrant enfin un peu de son calme.

— Je crois qu'il s'est passé suffisamment de temps pour que nous puissions partir sans avoir l'air de nous enfuir, maintenant, déclara-t-il en jetant un coup d'œil à Tara.

Elle lécha le sel sur le bout de ses doigts et lui retourna son regard.

— Même si c'est exactement ce qu'on s'apprête à faire.

— Tu as une meilleure idée ?
Elle secoua la tête.
— Non. En route.
— Tu peux rester à l'arrière et dormir encore, si tu veux.
— Non, je suis tout à fait réveillée. Attends une seconde, je passe à l'avant.
Elle ouvrit la portière arrière et revint s'asseoir sur le siège passager.
— Ton café va être froid, nota-t-elle.
— Tu peux le boire, si tu veux.
— Puisque tu insistes...
Sans se faire prier, elle prit la tasse.
Ils gardèrent le silence tandis qu'ils sortaient de l'aire de repos et reprenaient l'autoroute I-81 en direction de l'est. Comme ils passaient à proximité de la bourgade pittoresque de Rural Retreat, Tara reposa sa tasse vide et se tourna vers lui.
— Peut-être que tu devrais appeler ton patron, maintenant ?
Il dodelina de la tête.
— Je me demande si ce n'est pas risqué.
— Ah oui ? Tu es sûr ? Ne serait-ce pas plutôt que tu répugnes à lui demander son aide ?
Il coula une brève œillade dans sa direction. Elle soutint son regard avec une expression entendue au fond de ses yeux verts qui lui donna l'impression d'être un livre ouvert.
— Tu n'aimes pas demander de l'aide, je le sais bien, reprit-elle d'un ton plus doux. Je sais pourquoi.
— Je n'hésiterai pas à faire appel à Quinn si nous avons besoin de lui.
— Mais tu as peur qu'il pense que tu es faible si tu l'appelles maintenant. Parce que c'était ce que ton père te serinait constamment.
Il pinça les lèvres avec irritation.
— Les décisions que je prends dans la vie ne sont pas toutes influencées par ce que disait mon père quand j'avais quatorze ans.
— Alors, appelle Quinn. C'est bien ce qu'il a demandé, non ?

— Oui, mais...

— Il n'y a pas de mais.

Elle prit le téléphone portable sur le support où ils l'avaient mis en charge depuis qu'ils roulaient.

— Tiens.

— Je ne peux pas. Je conduis.

— Pas de problème. Je vais composer le numéro.

Avec un soupir résigné, il lui dicta le numéro du mobile de Quinn.

— Il est encore tôt, plaida-t-il.

— Tu ne m'as pas dit un jour que Quinn ne dormait jamais ?

Elle actionna le haut-parleur et tint l'appareil près de la bouche d'Owen.

Quinn répondit à la première sonnerie.

— Ne donne pas le nom de l'endroit où vous vous trouvez. Dis-moi si tout va bien.

— Oui, tout va bien, répondit Owen, désarçonné par la réactivité de son patron et immensément soulagé d'entendre sa voix.

Il n'était pas proche de Quinn. Depuis son entrée dans la société, ils avaient dû se parler en tout et pour tout une quinzaine de fois. Mais savoir qu'il avait, outre Tara, quelqu'un comme lui pour le soutenir, suffisait à lui remonter le moral.

— Nous avons modifié notre apparence et celle du 4x4 et nous essayons de trouver un endroit où nous cacher jusqu'à ce que nous ayons élaboré un plan pour la suite.

— Je pense que vous devriez chercher qui pourrait être intéressé par les informations qui sont en possession de Tara et qui ne peuvent pas être obtenues autrement que par son intermédiaire.

— C'est là que nous avons besoin de votre aide, intervint Tara. Je sais ce qu'ils veulent, mais pas quels groupes peuvent être à la manœuvre. Est-ce que vous avez un dossier sur ceux qui seraient le plus susceptibles de vouloir tenter une démonstration de force au symposium ?

— Ça ne fait pas *un* dossier, ça en fait plusieurs, la prévint-il.

— Et concernant l'adjoint ? reprit Owen. Si nous connaissions son identité, nous pourrions creuser de ce côté-là et découvrir avec qui il est de mèche ?

— J'y travaille. Le bureau du shérif de Bagley County n'a pas de site Internet, malheureusement, mais Archer Trask a coopéré avec nous sur une affaire dans laquelle il enquêtait, donc je vais voir ce que je parviens à tirer de lui sans lui mettre la puce à l'oreille.

— Vous comptez tromper la vigilance d'un flic ? souligna Tara sans cacher son scepticisme.

— Nous avons nos méthodes, répondit Quinn avec une pointe d'amusement dans la voix. Je m'occupe de ça. Pendant ce temps, faites-vous invisibles. Est-ce que vous avez trouvé l'argent et le matériel ?

— Oui, dit Owen.

— Vous êtes impressionnant de prévoyance, Alexander Quinn, nota Tara.

— J'aime bien être paré, répliqua-t-il d'un ton bref. Je rappellerai dans quatre heures. Si tout va bien, dites que vous avez des ennuis. S'il y a un problème, répondez que tout va bien. On est d'accord ?

Owen échangea un regard perplexe avec Tara. Elle le contemplait, l'air stupéfait, mais elle acquiesça.

Quinn raccrocha sans un mot de plus et elle replaça le téléphone dans son support, sur la console.

— Alors, concrètement, qu'est-ce qu'on fait ?

— On file se terrer dans ce camping dont je t'ai parlé.

Plus vite ils auraient quitté la route, moins le risque serait grand que quelqu'un se demande si ce gros 4x4 n'était pas celui qui était recherché, avec deux fugitifs à son bord.

10

— Je n'arrive pas à croire que tu aies acheté des marshmallows, s'exclama Owen.

Tara leva les yeux du sac de provisions qu'elle était en train de vider et contempla Owen, le sachet de bonbons à la main.

— Le camping sans marshmallows ni hot-dogs, ce n'est pas du camping, décréta-t-elle sentencieusement en sortant un paquet de saucisses.

Owen soupira mais elle vit passer l'ombre d'un sourire sur ses lèvres.

— J'espère que tu as aussi pensé à la moutarde, alors.

Elle agita le pot sous son nez.

— Et au ketchup, pour moi.

Il fit la grimace.

— J'apprécie le fait que tu essaies de transformer ça en sympathique partie de camping...

— J'essaie surtout de traverser cette épreuve sans devenir folle, se rebiffa-t-elle, sa voix montant d'un cran sous le coup de l'émotion. Si je fais comme s'il s'agissait d'une des nuits où nous partions camper à Kingdom Come Park, peut-être qu'on n'aura pas à m'enfermer une fois que tout ceci sera terminé.

Un silence pesant retomba entre eux avant qu'Owen se décide finalement à le rompre.

— Pardon. Je suis désolé.

Elle secoua la tête.

— Tu n'as pas à l'être. Tu es embarqué dans cette histoire de fous à cause de moi.

— Non, je voulais dire que j'étais désolé pour Robert et pour tout ce qui est arrivé. Je sais que tu avais beaucoup d'affection pour lui, même si tu ne l'aimais pas suffisamment pour l'épouser. Et tu n'as même pas eu un moment à toi pour te recueillir... Faire ton deuil.

— Je n'ai pas le temps de me recueillir. Il faut que je comprenne ce qui se passe. C'est *moi* qui suis concernée. Moi et les informations que *je* détiens. Donc, c'est à moi de m'en charger.

Abandonnant le feu de camp qu'il était en train d'attiser, Owen se leva et se dirigea vers le 4x4, près duquel elle se tenait. Il prit son visage entre ses mains et l'émotion submergea Tara, si forte qu'elle sentit son cœur se dilater dans sa poitrine. Elle refoula les sentiments qui bouillonnaient en elle et se força à croiser son regard bienveillant.

— Mais tu n'es pas seule pour affronter ça.

Réprimant les larmes qui menaçaient, elle lui sourit.

— Je sais. Tu es avec moi. Tu l'es toujours.

Quelque chose passa dans les yeux d'Owen, une émotion qu'elle ne parvint pas tout à fait à interpréter, et il laissa retomber ses mains.

— Je vais mettre les hot-dogs dans la glacière.

Il prit le paquet de saucisses et s'éloigna.

Même s'il n'était qu'à quelques mètres d'elle, elle se sentit soudain seule, coupée de tout ce qui était important à ses yeux. Un terrible sentiment de vide s'empara d'elle.

Elle se secoua. Non, elle n'était pas seule. Elle ne l'avait jamais été depuis son arrivée au collège, quand Owen Stiles était entré dans sa vie, littéralement, en faisant tomber son plateau-repas sur ses pieds, salissant sa paire de baskets préférée. Passé le premier instant, où elle avait eu envie de l'étrangler, elle s'était découvert un ami pour la vie — un ami qui, jamais, ne lui avait fait faux bond.

Il n'allait pas commencer maintenant. S'il était une constante dans sa vie, c'était bien la présence, fiable et inconditionnelle, d'Owen Stiles auprès d'elle. Son amitié lui était précieuse, indispensable, et c'était bien pourquoi elle entendait veiller à ce que rien, jamais, ne vienne s'interposer entre eux — sa libido y compris.

Pendant qu'elle faisait les courses dans la petite ville voisine de Weatherby, Owen s'était occupé de préparer leur campement. La tente qu'il avait trouvée dans le coffre du 4x4 était maintenant plantée près du feu.

— Est-ce que tu as trouvé des appâts ? demanda-t-il, de nouveau accroupi devant le feu de camp, comme elle rangeait le reste des provisions.

— Bien sûr. Toute épicerie qui se respecte se doit d'avoir un rayon d'articles de pêche si elle est située près d'un cours d'eau et d'un camping.

Elle vint s'asseoir à côté de lui, avec à la main deux boîtes en plastique au couvercle piqué de petits trous.

— D'après la carte que j'ai consultée en ligne, la rivière est toute proche.

Il tira son téléphone de sa poche et l'agita en l'air, un petit sourire aux lèvres.

— Je ne sais pas comment Daniel Boone parvenait à s'orienter en pleine nature sans Google.

Une bourrasque fit voler les mèches courtes de Tara. Elle leva la tête et s'aperçut que le soleil qui les avait accueillis à leur arrivée, au matin, avait disparu, masqué par de gros nuages gris qui filaient dans le ciel, poussés par le vent.

— Si tu veux mon avis, les hot-dogs et les marshmallows grillés au feu de bois, ce ne sera pas pour ce soir, nota-t-elle avec un soupir. Heureusement, j'ai acheté des boîtes de soupe. On devrait peut-être en mettre une à chauffer avant la pluie.

— Voilà ce qui s'appelle savoir faire contre mauvaise fortune bon cœur, commenta Owen en rassemblant son matériel. Je sais à quel point tu aimes avoir ton confort.

— C'est bien le moins que je puisse faire. C'est à cause de moi que nous sommes coincés là.

Il acheva de ranger l'équipement de camping dans le sac imperméable et plaça le tout, à l'abri, sous l'auvent, ne gardant que le réchaud et une petite casserole.

— Je pense qu'il nous reste environ un quart d'heure avant que le ciel ne nous tombe sur la tête. Donc, qu'est-ce qu'on a comme soupe ?

Elle lui montra trois boîtes.

— Chinoise, avec nouilles et poulet, soupe au bœuf et aux légumes ou chaudrée maïs poulet.

— Va pour la chaudrée, décréta-t-il. Ce sera nourrissant.

Elle rangea les deux autres boîtes et ouvrit celle qu'ils avaient retenue.

— J'espère qu'il n'y a pas d'ours ici.

— Moi aussi.

Owen ajusta la cartouche sur le brûleur et alluma le réchaud. Après avoir réglé la puissance des flammes, il y posa la casserole remplie de soupe.

— J'ai oublié d'acheter des assiettes en plastique, observa-t-elle, déconfite.

— Il y a des bols et des couverts dans le sac qui était dans la voiture.

Elle les sortit et s'installa à côté de lui, devant le feu.

— Je persiste à croire que ton patron est un peu dérangé. Mais j'avoue que son obsession pathologique de tout anticiper a vraiment de bons côtés.

— Venant de quelqu'un qui passe son temps à dresser des listes, cette réflexion ne me surprend pas, riposta-t-il en dissimulant un sourire. Mais, plaisanterie mise à part, je pense que c'est l'expérience qui parle. Il a appris à ses dépens qu'il vaut mieux se tenir toujours prêt. J'ai eu vent de certaines de ses aventures quand il était agent secret — évoquées sous le manteau, bien sûr…

— Et tu crois qu'elles sont vraies ?

— On ne se forge pas une réputation comme la sienne en passant ses années de CIA tranquillement planqué derrière un bureau, dans une ambassade.

L'arrivée des nuages avait chassé la tiédeur de l'air et le vent était de plus en plus frais. Tara se serra contre Owen. La soupe commençait à frémir.

— On ferait peut-être mieux de manger dans la tente, suggéra-t-elle. Il va se mettre à pleuvoir d'une minute à l'autre.

Il leva les yeux.

— Oui, ça vaut mieux. Passe-moi les bols, je vais nous servir. Tu les apporteras à l'intérieur pendant que je nettoierai le matériel.

Tara prit les bols qu'il lui tendait et rentra sous la tente. Elle s'assit sur le bord des deux duvets qu'ils avaient comme la veille attachés l'un à l'autre afin d'avoir plus chaud. Ce qui, compte tenu de la baisse subite de la température, ne serait pas superflu, songea-t-elle.

Au bout de quelques minutes, la porte de toile remua, livrant passage à Owen tenant la casserole, lavée et séchée, dans une main, et le réchaud, dans l'autre. Il posa celui-ci dans l'entrée et rangea la casserole avant de venir s'asseoir à côté d'elle.

Ils commencèrent à manger la consistante chaudrée — plutôt bonne pour un plat en boîte.

— Je suppose que Quinn ne t'a pas encore envoyé les dossiers que je lui ai demandés ?

Owen sortit le téléphone de sa poche.

— Pour être franc, je n'ai pas encore regardé. Je m'efforce d'économiser la charge pour ne pas risquer d'épuiser la batterie du 4x4 étant donné qu'on ne roule pas.

Ils avaient opté pour ne pas s'installer trop près des commodités principales du camping afin d'éviter de croiser d'autres campeurs. Il y avait un bloc de sanitaires à une centaine de mètres, caché sous les arbres, mais le bureau d'accueil où se trouvaient les stations de charge pour appareils électroniques était plus distant.

— OK, j'arrive à capter le wi-fi. Le signal est faible d'ici, mais c'est mieux que rien.

— Tu crois que ça suffira pour télécharger un fichier ?

— Un mail est en cours de chargement. Ce doit être le fichier de Quinn. C'est lent, il va falloir patienter un peu. Finissons notre repas, dit-il en rempochant le téléphone. Je regarderai quand nous aurons terminé.

Mais, soudain, Tara n'avait plus le cœur à manger. Elle se força néanmoins à avaler bouchée après bouchée. Ils ne savaient pas ce que l'avenir leur réservait ; mieux valait prendre des forces. Elle réussit à ronger son frein jusqu'à ce que son bol soit vide puis elle le posa prestement à côté d'elle et regarda Owen.

— Tu peux revérifier, s'il te plaît ?

Il lui jeta un regard empreint de sympathie et reprit le téléphone.

— Téléchargement réussi, annonça-t-il au bout de quelques instants. Voyons ce que contient ce fichier.

Elle se rapprocha de lui pour mieux voir. Le fichier joint au message semblait être au format PDF. Owen cliqua dessus et le sommaire apparut. Tara parcourut rapidement les lignes qui les informaient que le document contenait non seulement ce qu'elle avait sollicité mais aussi des renseignements concernant les employés de Security Solutions. Quinn avait recherché l'existence de liens potentiels entre Security Solutions et le bureau du shérif, et tenté de relier des membres du personnel de ce dernier à l'un des groupes terroristes connus qui auraient eu à la fois des raisons et les moyens matériels d'organiser un attentat de grande ampleur sur le sol américain.

— Qu'est-ce que tu espères trouver dans ces dossiers ? s'enquit Owen.

— Une connexion. Quelque chose qui fasse tilt. Je me disais que le coupable est forcément quelqu'un qui est en position de traiter l'information que j'aurais pu fournir aux ravisseurs, d'en faire quelque chose.

— Qui cela pourrait-il être ? Tu as une assistante ?

— Oui, mais ce n'est pas Karen qui reprendrait le flambeau si je disparaissais subitement.

— Mais ne pourrait-elle pas *utiliser* les informations ?

Tara réfléchit.

— Peut-être. Cela dit, elles ne présentent plus grand

intérêt désormais. Il y a fort à parier que mes patrons ont déjà modifié les détails logistiques de l'événement. Décalé la date ou changé le lieu.

— Mais alors... Tu ne cours peut-être plus de danger ?

La même idée venait de lui traverser l'esprit.

— C'est ce que j'étais en train de penser, moi aussi. Et, pourtant, j'ai l'étrange sentiment que rien n'a changé, que je suis toujours traquée.

— De toute évidence, c'est également l'avis de Quinn.

Il lui jeta un regard acéré.

— On va lui demander ce qu'il en est.

— Il a précisé qu'il appellerait, lui. Souviens-toi de ses mises en garde : fais attention à ce que tu dis.

— Je vais ruser.

Tara s'inclina vers lui pour pouvoir entendre la conversation. Une voix traînante, aux inflexions un peu vulgaires, répondit à la deuxième sonnerie.

— Garage Roy, j'écoute ?

Owen arqua les sourcils et regarda Tara.

— J'appelle à propos de la Cutlass GT verte, improvisa-t-il.

— Ne quittez pas, m'sieur... Je vais voir.

Après une courte pause, la voix se fit de nouveau entendre.

— Elle est sur le pont, m'sieur. On vous préviendra dès qu'elle sera prête. Mais Roy m'a dit de vous demander comment ça allait, aujourd'hui.

— Pas fort, répondit Owen, suivant à la lettre les instructions.

— Navré de l'apprendre...

La voix de Quinn, subitement, redevint normale.

— Je croyais t'avoir dit que j'appellerais, moi.

— Oui mais nous avons une question.

— Vas-y.

Owen alla droit au but.

— Pourquoi penses-tu que Tara est toujours en danger alors que tu sais probablement aussi bien que nous que ses patrons ont déjà changé les données critiques du projet ?

Sheffield Tavern était un restaurant plutôt qu'un bar mais on servait les clients qui venaient simplement boire un verre au comptoir, dans la salle du fond. En ce tout début de soirée de lundi, l'affluence était peu nombreuse, d'un côté comme de l'autre.

Archer Trask avait accepté de venir retrouver Maddox Heller pour dîner à la taverne plus par curiosité que par réel désir de s'entretenir avec l'agent de Campbell Cove Security, compte tenu du fiasco auquel avait abouti la prétendue reddition des deux fugitifs, la veille. Mais Heller pouvait peut-être lui fournir des informations quant aux raisons qui avaient poussé Tara Bentley et Owen Stiles à prendre de nouveau la fuite et il ne voulait pas passer à côté. Cela valait bien l'effort de s'accommoder d'un snack insipide arrosé de bière standard.

À sa grande surprise, il découvrit que Maddox Heller était venu accompagné de son épouse, Iris. C'était une grande femme mince, aux cheveux noirs ondulés et aux yeux couleur caramel. Heller fit les présentations et elle sourit à Trask, tendant la main.

Comme Trask serrait la main d'Iris, il éprouva un étrange fourmillement au niveau de sa paume, comme une petite décharge d'électricité statique. Si Iris l'avait également senti, elle n'en montra rien.

Trask s'assit en face de Heller et de sa charmante épouse, les regardant tour à tour avec curiosité.

— Je vous avoue que je m'interroge quant à l'objet de cette rencontre.

— Alexander Quinn m'a demandé de prendre contact avec vous au sujet d'un élément concernant le meurtre de Robert Mallory. Il était occupé ailleurs, sinon il serait venu vous voir lui-même.

Il y avait quelque chose de bizarre dans cette rencontre, mais Trask décida de faire comme si de rien n'était.

— Je ne suis pas sûr que cet entretien serve à grand-chose, étant donné que vous n'étiez pas présents sur les lieux..., commença-t-il.

— En fait, je pense que si.

Heller se pencha pour ramasser la sacoche en cuir qui était calée contre le pied de la table. Il appuya sur le fermoir et souleva le rabat.

— Voyez-vous, ma femme, entre autres talents, est une artiste. Et il nous arrive de faire appel à ses dons pour les affaires dans lesquelles nous travaillons avec des témoins...

— Elle est dessinatrice, vous voulez dire, traduisit Trask, commençant à perdre patience.

Il avait déjà eu une mauvaise journée et le restant de la semaine s'annonçait à l'avenant : une succession annoncée de déconvenues et d'impasses.

— Mais, à moins qu'elle n'ait vu la personne qui a tué Robert Mallory, je ne vois pas en quoi elle peut nous être utile.

— Quelqu'un vous a-t-il informé de ce qui est arrivé à Tara Bentley — d'après ses dires — le jour de son mariage ?

Trask s'efforça de dissimuler sa soudaine lueur d'intérêt, mais il ne put s'empêcher de se redresser légèrement sur son siège.

— Non. Je présume qu'elle et son complice se sont expliqués auprès de leur avocat, mais celui-ci a fait jouer le secret professionnel et nous a laissés dans le noir. Ce qui, entre nous soit dit, est un sacré handicap. Difficile de faire du bon travail dans ces conditions.

— Elle a été kidnappée, déclara Heller tout de go. Par deux hommes, dans une camionnette blanche. Owen Stiles est arrivé sur les lieux au moment où cela se produisait. Il a été frappé et embarqué avec elle dans le véhicule.

Trask le dévisagea, incrédule.

— Vous vous moquez de moi ?

— Voilà. C'est exactement la réaction à laquelle s'attendaient Owen et Tara, commenta Heller en secouant la tête, l'air tellement désabusé que Trask culpabilisa d'avoir eu cette réaction instinctive.

Aussitôt après, il se reprocha d'avoir culpabilisé.

— Enfin, c'est ridicule. C'est une histoire à dormir debout. Vous ont-ils dit pourquoi quelqu'un aurait voulu enlever une mariée le jour de ses noces alors que, comme par hasard, le marié, lui, a été retrouvé baignant dans son sang, face contre terre ?

— Ils n'en savent rien. C'est bien là que le bât blesse.

— Comment ont-ils pu s'échapper ?

— Leurs ravisseurs ont commis l'erreur de lier les mains de Tara *devant* elle. Elle a pu arracher le scotch qui entravait les poignets d'Owen. Il l'a alors délivrée à son tour et ils ont attaqué par surprise les kidnappeurs quand ils ont ouvert les portes de la fourgonnette.

— Et ensuite ? questionna Trask, jetant un coup d'œil à la femme de Heller pour voir comment elle réagissait à ce récit invraisemblable.

Elle écoutait d'un air placide, avec au fond des yeux une expression un peu blasée qui suggérait qu'elle avait vu et entendu des choses autrement plus extravagantes dans sa vie.

— Les ravisseurs les ont poursuivis, mais ils ont réussi à les distancer à travers bois. Finalement, au bout de plusieurs heures de traque, leurs poursuivants ont renoncé et Tara et Owen ont trouvé refuge dans une vieille cabane abandonnée.

— C'est tout ? souligna Trask d'un ton où perçait une ironie à peine déguisée.

— Oui. Ensuite, ils ont pris contact avec nous. Nous leur avons trouvé un avocat. Vous connaissez la suite.

L'expression de Heller était totalement neutre, ce qui, chez lui, n'était pas habituel. L'histoire devait être un peu plus compliquée que cela, Trask en était sûr. Mais, au point où il en était, ça n'avait sans doute pas grande importance. Ce qu'il voulait savoir, c'était ce qui les avait fait changer d'avis à la dernière minute.

— Pourquoi se sont-ils ravisés alors qu'ils avaient décidé de se rendre ? questionna-t-il sans préambule.

— Parce que, hier matin, en arrivant dans le parking du bureau du shérif, ils ont vu l'un des hommes qui les avait kidnappés entrer dans le bâtiment. Alexander Quinn aussi l'a vu et il l'a décrit de façon détaillée à Iris. Elle a fait ce croquis, acheva Heller en posant une feuille sur la table, devant lui.

Trask baissa les yeux. Le portrait était très bien dessiné, avec une multitude de détails et de nuances. Il reconnut instantanément le visage.

— Vous le connaissez, n'est-ce pas ? dit Heller d'un ton pressant.

Trask releva la tête, trop abasourdi pour dissimuler sa réaction.

— Oui.

— Qui est-ce ?

Trask repoussa le croquis de l'autre côté de la table, l'estomac affreusement contracté.

— Ce sont des foutaises. Exactement comme cette histoire sans queue ni tête que Bentley et Stiles vous ont servie.

— Qui est l'homme représenté sur ce dessin ? insista Heller.

— Maddox, souffla Iris sur un ton d'avertissement en posant la main sur son avant-bras.

Quelque chose passa entre Heller et sa femme et l'attitude de bouledogue de l'agent s'estompa. Lorsqu'il reprit la parole, ce fut d'une voix plus conciliante, teintée de compassion.

— De toute évidence, vous connaissez cet homme. Même en admettant que le récit de Tara et Owen soit pure invention, comme vous le pensez, ils n'ont pas désigné cet homme sans raison. Qui est-ce ?

— C'est mon frère, gronda Trask, la douleur lui tordant maintenant les entrailles. D'accord ? C'est mon frère.

11

La longue pause qui suivit sa question, à l'autre bout de la ligne, conforta Owen dans son idée que Tara et lui avaient raison. Quinn avait ses propres motivations, comme toujours. Tara et lui étaient des pions dans la partie d'échecs qui se jouait. Des pions de valeur, peut-être, mais des pions quand même.

— Que ses patrons aient ou non apporté des changements au projet importe peu, dit finalement Quinn. Ce qui compte, c'est que votre adversaire continue à croire que vous êtes mieux armés que lui.

— Je ne comprends rien à ce que tu dis, rétorqua Owen, s'efforçant de ne pas s'énerver.

Ce n'était pas en se mettant en colère qu'il découvrirait ce que Quinn avait derrière la tête.

Tara posa la main sur le bras d'Owen.

— Ce que veut dire M. Quinn, c'est qu'il veut que les gens qui nous ont kidnappés pensent que j'ai de bonnes raisons de ne pas refaire surface pour raconter partout mon histoire.

— Il y a *une* bonne raison, contra Owen. Le fait que l'un de nos ravisseurs travaille au bureau du shérif.

— Ils vont se demander quelle information nous tentons de protéger en vous gardant à l'abri, expliqua Quinn. Ils voudront savoir de quoi il s'agit et ils prendront des risques pour le découvrir.

— Mais en quoi cela nous aide-t-il si nous ne savons pas qui ils sont ? interrogea Tara.

— Nous en connaissons au moins un désormais, rectifia Quinn après une brève pause. Je viens à l'instant de recevoir un message de Maddox Heller. Je ne pense pas que tu le saches, Owen, mais sa femme travaille en free-lance pour nous comme dessinatrice. Je lui ai décrit l'adjoint que Tara a reconnu.

— Vous l'avez vu, vous aussi ? l'interrompit Tara.

— Oui.

— Incroyable, marmonna Owen. C'est à peine si, moi, j'ai eu le temps de l'apercevoir. Comment as-tu pu le décrire de façon assez précise pour qu'elle puisse en faire le portrait ?

— L'observation fine, c'est mon travail — depuis des décennies, répliqua Quinn d'un ton abrupt. Là où je voulais en venir, c'est que Heller a montré le croquis d'Iris à Archer Trask et que, désormais, nous avons le nom d'un des hommes qui vous a enlevés.

— Et comment s'appelle-t-il ? s'enquit Owen.

— Virgil Trask. Le frère aîné d'Archer Trask.

— Quoi ? s'exclama Tara en regardant Owen, les yeux agrandis par la surprise. Et Trask l'a identifié ?

— À son corps défendant, d'après Heller.

— C'est incroyable, murmura Tara. Notre ravisseur est le frère du policier à qui nous allions nous rendre.

— Cela pourrait tourner à notre avantage, observa Quinn. Leur lien de parenté va obliger Trask à mener l'enquête de façon rigoureuse sous peine de se voir accuser de couvrir son frère. Il le sait, et il sait que nous le savons aussi.

— Mais prendra-t-il au sérieux la possibilité que son propre frère, shérif adjoint, soit mêlé à un projet terroriste ? souligna Owen.

— Peu importe. Il sait que, nous, nous la prenons très au sérieux et que nous avons le pouvoir de faire des vagues si nous flairons la moindre entourloupe.

— Et s'il demande à être dessaisi de l'affaire ? N'est-ce pas l'usage dans ce genre de situation ?

— Si c'était une structure importante, oui. Mais le bureau

du shérif de Bagley County n'a que trois investigateurs. L'une d'elles est en congé de maternité et l'autre est Virgil Trask.

— Super. Il est enquêteur, lui aussi.

— On s'occupe de ça, répliqua Quinn d'un ton ferme et, sembla-t-il à Owen, quelque peu impatient. Je vous appelle avant 10 heures. Vous, vous continuez à faire profil bas.

Clic. Il avait coupé la communication.

— Ton patron est un amour, persifla Tara.

Owen regarda l'écran du téléphone. L'indicateur de charge de la batterie était bas. Sortant l'une des deux batteries externes que Quinn avait pris soin de placer dans le sac de sport, il éleva le boîtier et l'agita devant lui avant d'y raccorder le téléphone.

— *Voilà* pourquoi on peut et on doit lui faire confiance. Il pense à tout. Quel que soit le problème qui puisse survenir, il a toujours une longueur d'avance.

— À t'entendre, on croirait avoir affaire à un super-héros.

— Non. Simplement à un homme qui a connu le pire de ce monde et qui sait comment y faire face.

Owen posa le téléphone et se tourna pour regarder Tara. Dans l'espace exigu de la tente, leurs genoux se touchèrent. Une impression de déjà-vu lui tira un sourire.

— Tu te souviens de la dernière fois qu'on a campé ensemble ?

Les lignes de tension se relâchèrent quelque peu sur les traits de Tara.

— C'était l'été avant d'entrer au lycée. On était assis comme maintenant dans notre tente et on s'est juré de rester amis pour toujours.

Il lui sourit.

— La transition vers le lycée aurait dû nous poser problème : toi, la jolie pom-pom girl dont tous les garçons populaires étaient amoureux et moi, le geek introverti et mal dans sa peau...

Elle tendit le bras et prit sa main.

— Toi, l'ami brillant, généreux, drôle qui ne m'as jamais, jamais laissée tomber.

Il mêla ses doigts aux siens, son pouls s'emballant et se

mettant à cogner dans ses oreilles, éclipsant presque le martèlement régulier de la pluie sur la toile de tente.

— Alors, pourquoi es-tu tellement persuadée que je te laisserais tomber si les choses changeaient entre nous ?

Elle le contempla avec une expression interdite, comme s'il l'avait giflée. Puis elle dégagea sa main.

— Tu connais mon avis sur la question.

— Je sais que cette perspective te fait peur.

— Toi aussi, elle devrait te faire peur.

Ses épaules s'affaissèrent.

— Owen, je ne sais pas ce que je ferais sans toi.

— Tu ne ferais pas *sans* moi. Tu serais simplement avec moi... d'une autre façon. Nous serions plus étroitement liés encore.

Elle lui jeta un bref regard.

— Tu n'en sais rien. Tu ne sais pas comment ça se passerait. Et si nous découvrions que nous ne nous entendons pas bien... sur d'autres plans ?

Elle secoua la tête avec obstination.

— Je ne veux pas courir ce risque.

Owen n'insista pas. Tant qu'elle serait complètement fermée à l'idée que leur amitié puisse évoluer vers autre chose, ce serait peine perdue.

Il enfila sa veste, l'utilisant comme une armure pour se protéger à la fois de la baisse de la température extérieure et du soudain refroidissement de l'atmosphère dans la tente depuis qu'il avait, timidement, tenté d'évoquer l'attirance sexuelle qui sous-tendait leur relation.

Mais combien de temps encore pourrait-il faire semblant ? Nier ce qu'il éprouvait pour elle ? Peut-être se satisfaisait-elle de cette vie incomplète, mais le moment approchait où lui n'y tiendrait plus.

Archer Trask se servit deux doigts de bourbon Maker's Mark et considéra longuement le liquide ambré, le cœur serré. S'il avait pu simplement rire de ces allégations contre Virgil, les choses auraient été différentes. Mais ce n'était pas tout à fait le cas. Virgil portait peut-être un badge de shérif adjoint aujourd'hui, mais il avait passé sa jeunesse à être mêlé à des histoires louches.

L'argent de leur père lui avait évité les conséquences les plus graves de sa conduite inconsidérée mais, même une fois les tumultueuses années d'adolescence de Virgil terminées, il y avait eu des rumeurs concernant son comportement... Des plaintes de mauvais traitements de la part de plusieurs prisonniers... Une tendance marquée à hérisser systématiquement le poil de ses collègues.

Mais de là à être impliqué dans un *enlèvement* ?

D'un geste rotatif de la main, Archer remua le bourbon dans son verre à whisky, la bouche soudain sèche. Une gorgée ne pourrait pas lui faire de mal, n'est-ce pas ? Une seule gorgée, et la brûlure du whisky descendant dans son tube digestif chasserait le froid qui semblait s'être insinué jusqu'au plus profond de lui.

Mais, Tammy Sloan étant en congé de maternité, il était encore d'astreinte. Il ne pouvait pas se permettre de répondre à un appel en ayant bu de l'alcool.

Il reposa le verre et sortit son téléphone. Le numéro de Virgil n'était pas exactement en tête de sa liste de numéros privilégiés. En fait, ils ne se ressemblaient pas du tout, tous les deux. Trask avait toujours mis cela sur le fait qu'ils n'avaient pas la même mère — la première femme de son père étant morte subitement d'une rupture d'anévrisme quand Virgil était petit. Peut-être cette perte survenue si prématurément dans sa vie était-elle la cause de l'inconséquence de son comportement, à l'adolescence ? À moins que Virgil n'ait tout simplement fait partie de ces personnes qui n'apprennent les leçons qu'en commettant erreur après erreur ?

Trask appuya sur la touche pour appeler son frère et attendit. Au bout de trois sonneries, la voix rauque de Virgil résonna à l'autre bout de la ligne.

— Salut, Archie. Qu'est-ce qui se passe ?

Trask grinça des dents en entendant ce surnom.

— Rien de particulier. Je me suis dit qu'il y avait longtemps que je n'avais pas bavardé avec toi. On dirait qu'on n'arrive jamais à se croiser, au bureau.

— La faute à qui tu sais. Si Tammy Sloan n'avait pas eu la mauvaise idée de pondre encore un gamin en nous laissant tout le travail sur les bras...

— Sur quoi travailles-tu en ce moment ?

— Une filière de vol de voitures à Campbell Cove, principalement. Et toi, tu as écopé du meurtre de ce gosse de riches, n'est-ce pas ?

— Oui. D'ailleurs, je me suis demandé pourquoi ce n'était pas toi qui avais pris l'affaire. De nous deux, c'est toi qui as le grade le plus élevé.

— Je n'étais pas en ville ce week-end.

— Oh ? Tu es allé où ?

— J'étais parti camper près de Kingdom Come, avec Ty Miller, histoire de taquiner la truite arc-en-ciel dans la rivière Looney Creek. Mais on n'a pas eu de chance : on est rentrés bredouille.

— Le lâcher de truites arc-en-ciel dans Looney Creek n'aura lieu que dans un mois.

— Alors, je suppose que ceci explique cela.

Virgil se mit à rire.

— Mais pourquoi ce soudain intérêt pour mes occupations du week-end ?

— Je me demandais simplement pourquoi ce n'était pas toi qui avais été appelé pour ce meurtre. Cette affaire se présente mal... Un vrai casse-tête, ajouta Trask pour faire bonne mesure.

— Il paraît. Le bruit court que la fille et son compagnon sont venus pour se rendre au bureau mais qu'ils sont repartis ? Tu as su ce qui s'était passé ?

— Non, mentit Trask, faisant taire la douleur qui lui comprimait l'estomac. Pas la moindre.

— Si tu as besoin d'un coup de main, fais-le-moi savoir. Mon affaire de filière de vols de voiture n'est pas près d'aboutir, donc je peux bien consacrer un peu de temps à aider mon petit frère.

— J'y penserai, dit Trask, se rendant compte qu'il agrippait l'appareil si fort qu'il en avait mal aux phalanges.

Il desserra les doigts.

— Il faut qu'on déjeune ensemble un de ces jours... Histoire d'avoir le temps de parler un peu.

— Bonne idée. Je t'appellerai demain pour fixer une date. Désolé, vieux, mais je vais devoir raccrocher... J'ai pas mal de paperasse en retard, alors...

— D'accord. À demain.

Trask coupa la communication, la boule au ventre. Son regard tomba sur le verre de whisky, toujours posé sur le bureau. Pris d'une impulsion subite, il saisit le verre, se leva et alla le vider dans l'évier. De vagues effluves de réglisse et de caramel montèrent à ses narines.

Il n'était peut-être pas certain de ce qu'avait fait son frère le jour où Robert Mallory avait été tué mais il était à peu près sûr que Virgil avait menti concernant sa partie de pêche avec Ty Miller.

La question était : pourquoi ? Pour se forger un alibi ou pour en procurer un à Ty Miller, son meilleur ami de toujours et ex-complice ?

Dans un cas comme dans l'autre, Trask devait en avoir le cœur net.

C'était bête et puéril d'en vouloir à sa mère d'être morte. Il n'y avait qu'une gamine écervelée pour s'asseoir sur le lit de sa mère et maudire intérieurement une femme parce qu'elle avait eu le malheur de croiser la route d'un camion fou. Et Tara ne pouvait plus se permettre d'être une gamine écervelée maintenant. Maintenant, c'était elle la maîtresse de maison — du moins autant qu'on pouvait l'être à dix ans et demi.

Elle entrait au collège cette année et c'était bien sûr maman qui devait l'accompagner à l'entretien d'orientation. Papa n'aurait été d'aucune utilité, il n'aurait fait que grommeler des choses comme « à quoi bon chouchouter les enfants de cette façon ? » ou « à son âge, je travaillais aux champs toute la journée, école ou pas ».

Maintenant, la rencontre d'orientation allait être une vraie catastrophe. Et tout ça, à cause de maman.

Elle se leva du lit et alla se planter devant la fenêtre pour regarder la maison d'en face. Une nouvelle famille venait d'y emménager, lui avait appris son père. Les Stiles. Papa avait été membre du corps des marines en même temps que le capitaine Stiles et il disait que « pour un fichu officier, c'était quelqu'un de bien ».

Ce n'était pas ses mots exacts, mais maman n'aimait pas les gros mots et, même si Tara était vraiment très, très en colère que maman soit partie juste avant son entrée en sixième, elle n'en respectait pas moins les règles d'éducation que maman lui avait inculquées.

Un garçon sortit de la maison, de l'autre côté de la route. Grand et maigre, avec des cheveux sombres qui lui retombaient sur le front et un appareil dentaire qui scintilla sous le soleil comme il disait quelque chose en passant devant son père.

Celui-ci aboya quelques mots en retour, suffisamment fort pour que Tara entende sa voix malgré la distance et la fenêtre fermée, mais elle ne distingua pas ses paroles. En tout cas, ce ne devait pas être très gentil parce que le garçon baissa le nez et regarda ses chaussures jusqu'à ce que son père rentre dans la maison, portant un enfant plus jeune dans ses bras.

Alors seulement, le garçon redressa la tête et, l'espace d'un moment, Tara fut certaine qu'il regardait droit dans sa direction.

Un étrange sentiment lui serra la poitrine et elle recula, pas très sûre de savoir ce qu'elle venait de ressentir.

Tara s'éveilla en sursaut. Il faisait froid et, instinctivement, elle se pelotonna contre le corps tiède pressé contre le sien. Owen, songea-t-elle. Bien sûr que c'était Owen. Ç'avait *toujours* été Owen, depuis le jour où elle avait croisé son regard pour la première fois, à l'enterrement de sa mère.

La constante immuable de sa vie.

Il grogna dans son sommeil et son bras s'enroula autour

d'elle, l'attirant plus près. Une trépidation la parcourut, en même temps qu'une vague de chaleur et de désir, en égales proportions, la submergeait. Comme ce serait facile, songea-t-elle, d'y céder et de laisser cette tension sous-jacente entre eux s'épanouir et se concrétiser.

Quelque chose lui soufflait que ce serait fantastique, parce qu'Owen *était* fantastique, à la fois d'une grande force et d'une grande douceur. Sous son extérieur calme, il était animé d'une passion qu'elle voyait à l'œuvre dans son travail, dans ses loisirs — et oui, vis-à-vis d'elle aussi, de temps à autre, lorsqu'il baissait sa garde et qu'elle la voyait flamber au fond de ses yeux, aussi ardente que la flamme bleue d'un chalumeau.

Veiller à ce que leur relation demeure platonique n'était pas aisé, mais c'était nécessaire — vital. Parce que le sentiment de perte... Tara ne l'avait que trop connu dans sa vie. Elle n'était pas quelqu'un de timoré, ni de lâche — elle savait prendre des risques calculés si cela devait lui permettre d'en retirer un bénéfice.

Mais perdre Owen ? Non. Cela, c'était au-dessus de ses forces. Les choses devaient donc rester telles qu'elles étaient entre eux.

Même si elle avait physiquement envie de lui, comme c'était le cas en cet instant même ; même si son corps s'amollissait irrépressiblement contre le sien, si chaud, si dur.

La main d'Owen, tout à coup, se mit à remonter lentement le long de son torse, suivant les contours de sa cage thoracique avant de s'arrêter sur le renflement d'un sein. L'extrémité d'un doigt en rencontra la pointe, qui se contracta instantanément à son contact sous son T-shirt.

Était-il éveillé ? se demanda-t-elle, la gorge subitement sèche. Sa respiration était régulière, quoiqu'un peu rapide. Peut-être la séduisait-il dans son sommeil ? Peut-être donnait-il libre cours en rêve aux pulsions que sa raison réprimait durant les heures de veille ?

S'il dormait, ça ne comptait pas vraiment, n'est-ce pas ?

Ses doigts s'attardèrent encore un moment, puis sa paume se referma fermement sur le globe de son sein, qu'elle malaxa doucement, puis sa main entreprit de descendre centimètre par centimètre le long de son ventre. Ses doigts plongèrent sous la ceinture de son jean, se promenèrent d'une hanche à l'autre avant de glisser plus bas.

Plus près, toujours plus près.

Puis, subitement, il retira sa main, exhalant un souffle bref qui agita ses cheveux, dans sa nuque. Il roula de l'autre côté du duvet, emportant avec lui sa chaleur.

Sa respiration était saccadée maintenant, saccadée et inégale, signe évident qu'il ne dormait plus.

— Tara ? murmura-t-il.

Elle demeura immobile, le corps palpitant toujours d'un désir plus incandescent que jamais. Un désir qui ne serait jamais assouvi. Tel était le prix à payer, songea-t-elle non sans un douloureux sentiment de tristesse, si elle voulait que sa relation avec Owen demeure ce qu'elle avait toujours été : une amitié solide. Indéfectible.

Mais elle pouvait au moins lui épargner l'embarras de s'apercevoir qu'elle avait été éveillée. Lui éviter de découvrir combien elle avait aimé qu'il la touche, qu'il l'entraîne de plus en plus près de l'extase.

Derrière elle, Owen poussa un petit soupir et s'assit, veillant à ne pas la bousculer en se levant et en ouvrant la porte.

Sitôt qu'elle fut certaine qu'il était sorti, elle roula sur le dos et contempla le plafond de toile, le cœur battant encore follement dans ses oreilles. Elle se sentait frustrée, insatisfaite, dévorée par l'envie brûlante de terminer ce qu'Owen avait commencé.

Elle l'avait bien cherché. C'était elle qui avait décidé qu'il était trop risqué de mettre à l'épreuve le courant sexuel qui passait entre eux.

Eh bien, maintenant, il fallait assumer.

12

Bonté divine ! Il avait bien failli aller trop loin.

Owen ouvrit le robinet et s'aspergea le visage et le cou d'eau glacée, ignorant la chair de poule qui naissait sur sa peau, après les cent mètres qu'il venait de parcourir dans l'air froid de ce petit matin de mars. Un autre lève-tôt qui se brossait les dents, deux lavabos plus loin, coula un coup d'œil intrigué dans sa direction mais s'abstint de tout commentaire.

Owen ne se rappelait que quelques fragments de son rêve, mais le souvenir de ses mains explorant la peau brûlante de Tara était bien vivace dans son esprit.

Dieu merci, elle avait été endormie ! Et, Dieu merci, il avait repris conscience avant de s'autoriser plus de libertés encore.

Il se savonna énergiquement les mains et les rinça longuement, comme si l'eau froide pouvait éliminer la sensation de sa peau sous ses mains. Mais rien n'y fit. L'impression persista, imprimée dans sa chair, et dans sa tête.

Il aurait dû avoir honte de lui. Mais tout ce qu'il ressentait, c'était le besoin avide, vorace de poursuivre ce qu'il avait entrepris en rêve.

Il s'efforça de se ressaisir, de recouvrer ses esprits avant de réintégrer la tente. Mais le miroir lui renvoyait l'image d'un visage enfiévré, d'un regard bleu hanté par le souvenir des caresses qu'il avait dispensées à Tara. Ces caresses dont il rêvait depuis toujours.

Les mains appuyées sur le lavabo, il ferma les yeux et baissa la tête. Fatigué de faire semblant. Las de nier le désir très naturel qu'il éprouvait pour Tara.

S'il devait continuer à la côtoyer, il allait devoir s'arranger pour museler une bonne fois pour toutes cet irrépressible attrait. Seulement, il ne savait pas s'il en serait capable, ce qui ne laissait plus guère qu'une autre possibilité...

Celle de sortir définitivement de sa vie. Tirer un trait, se couper de la tentation constante qu'elle représentait et essayer de vivre sans elle.

Aussi terrible que lui paraisse l'idée de se séparer pour toujours de Tara, la perspective de passer sa vie entière à feindre de ne pas la désirer et de ne pas être amoureux d'elle était encore pire. Se comporter comme s'il acceptait de bonne grâce de n'être que son meilleur ami équivalait à lui mentir.

Il ne l'acceptait pas. Plus.

Le barbu, deux lavabos plus loin, jugea apparemment que la comédie avait assez duré.

— Excusez-moi... Est-ce que tout va bien ? demanda-t-il.

Owen releva le menton avec détermination.

— Oui. Ça va aller.

Il sentit le regard de l'homme peser sur son dos tandis qu'il quittait le bâtiment des sanitaires. Ce ne fut qu'une fois dehors, revigoré par l'air froid qui lui fouettait les joues, qu'il réfléchit à la façon dont il venait de se conduire. Il avait commis l'erreur d'attirer l'attention sur lui. Qui sait si, désormais, cet homme ne ferait pas le rapprochement, en voyant les informations à la télévision, entre ce hipster à bonnet à l'étrange comportement et le fugitif de Bagley County ?

Il ne savait pas s'il devait espérer trouver Tara réveillée ou encore endormie à son retour mais, lorsqu'il souleva le coin de la porte en toile et la vit debout et chaudement emmitouflée dans la doudoune qu'elle avait achetée à Abingdon, le soulagement l'envahit. L'épais vêtement matelassé lui évoqua une cuirasse destinée à refroidir ses ardeurs, ce qui l'incita à se demander si elle ne s'était pas rendu au moins partiellement compte de son opération de séduction inconsciente.

Mais le sourire qu'elle lui décocha à son entrée dans la tente contredisait cette hypothèse.

— Je meurs de faim, annonça-t-elle. Je me disais que nous devrions utiliser les œufs et le bacon que nous avons stockés dans la glacière, tu ne crois pas ? Comme il reste du sirop d'érable, je pourrais faire mon célèbre pain perdu... Qu'en dis-tu ? Pain perdu et bacon grillé ?

Il se força à lui retourner son sourire.

— Comment refuser une offre aussi alléchante ?

— Je vais chercher les ingrédients dans la glacière. Tu peux préparer le réchaud ?

Comme elle sortait de la tente, son bras frôla le sien. Un tressaillement parcourut Owen. Même avec les couches de duvet qui les séparaient, il aurait pu jurer avoir ressenti exactement le même picotement que s'ils avaient été bras nus. Il baissa la tête, dépité.

Comment allait-il bien pouvoir sauver les apparences ? Il venait à peine de revenir à la tente et, déjà, il avait les nerfs à fleur de peau.

Cela tenait certainement au fait que les circonstances les forçaient à cette proximité de tous les instants, raisonna-t-il. S'il avait été à la maison, il aurait pu rentrer à son appartement et s'autoriser à penser à elle autant qu'il le voulait sans que cela ne tire à conséquence, ni que Tara ne le sache.

Mais, ici, il n'y avait pas d'échappatoire, pas de façon détournée de canaliser ses pulsions sans que Tara se rende compte de ce qui se passait. Il était pris en otage, coincé entre le bonheur paradisiaque de l'avoir en permanence près de lui et la frustration infernale de ne pouvoir l'approcher.

Avec un soupir, il ramassa le réchaud et sortit de la tente, content d'avoir quelque chose à faire pour s'occuper l'esprit. Mais cela ne dura pas. Tara ne tarda pas à revenir du 4x4 où ils avaient laissé la glacière en polystyrène achetée la veille. Il sentit sa présence avant même d'avoir entendu ses pas. Au frisson qui remonta le long de son échine, il sut qu'elle était là.

— Je me suis dit que j'allais rapporter la glacière pour nous éviter des allers-retours jusqu'à la voiture, déclara-t-elle en la posant à côté de lui. La glace avait à peine fondu, comme la température a baissé pendant la nuit.

— Tant mieux, répondit-il, ne trouvant rien de plus pertinent à dire.

Ayant allumé le brûleur, il s'éloigna et la laissa prendre le relais devant le réchaud, lui tournant le dos pour feindre de contempler la beauté du soleil levant, à travers les arbres, dans un ciel lavé par la pluie de la veille.

— Dommage que nous n'ayons pas pensé à acheter un poste de radio, observa Tara en s'affairant à ses préparatifs culinaires. J'aimerais bien entendre ce qu'on dit de nous.

— Mieux vaut sans doute ne pas le savoir, murmura Owen. De toute façon, Quinn nous renseignera.

— Ça, je ne sais pas, marmonna Tara. On ne peut pas dire que c'est une source intarissable d'informations.

— Il a téléphoné comme convenu, à l'heure dite, hier soir.

— Et pour nous apprendre quoi ? Bernique.

Owen ne put s'empêcher de sourire. Tara avait le don d'inventer ses propres imprécations ou d'employer des expressions désuètes pour éviter de jurer. Un jour qu'il s'en amusait, elle lui avait confié que sa mère détestait les jurons, même si elle tolérait le langage parfois fleuri de son marine de mari. Tara, qui parlait rarement de sa mère, n'en avait pas révélé plus mais il en avait conclu que sa tempérance de langage était le résultat direct de l'influence de sa mère.

— Peut-être qu'il n'y avait rien de spécial à dire.

— Ça m'étonnerait. L'affaire est suffisamment spectaculaire pour que les médias continuent à en faire leurs choux gras. Et la famille de Robert est influente à Lexington. Je suis sûre que des photos de nous en gros plan doivent tourner en boucle sur toutes les stations d'information du Kentucky, et peut-être aussi de Virginie, s'ils savent que c'est là que nous sommes allés.

Elle avait raison. Mais que pouvaient-ils faire d'autre, pour le moment ? Ils avaient transformé leur aspect extérieur. Sa barbe, de plus en plus fournie, avait modifié son visage, et le bonnet et les lunettes teintées le rendaient presque impossible à reconnaître. Quant à Tara, elle était quasi méconnaissable avec ses cheveux courts, violets.

Bien sûr, il existait des moyens de disparaître *totalement* de la circulation. Changer de nom, utiliser de faux papiers si bien imités que même les autorités n'y verraient que du feu. Mais c'était la démarche de quelqu'un qui avait perdu tout espoir de voir la justice triompher.

En étaient-ils arrivés là ?

L'air désemparée, Tara éleva la main et se frotta les yeux, étalant le reste d'eye-liner et de mascara qu'elle avait gardés de la veille. Aussitôt, Owen combla la distance qui les séparait et effaça du pouce la larme solitaire qui roulait sur sa joue.

Instantanément, le feu qui couvait entre eux renaquit de ses cendres rougeoyantes, plus intense que jamais.

Elle trembla à son contact et ses yeux s'assombrirent de désir. Il l'avait déjà vu réagir ainsi mais jamais de façon aussi flagrante, indéniable.

En un clin d'œil, il comprit.

— Tu étais réveillée, tout à l'heure.

Elle se passa la langue sur les lèvres.

— Oui.

Pourquoi ne m'as-tu pas arrêté ? Réveillé ?

Elle détourna les yeux.

— Parce que je n'avais pas envie que tu t'arrêtes.

Il toucha de nouveau sa joue, puis lui releva le menton pour qu'elle le regarde. Lorsque ses yeux plongèrent dans les siens, il y lut la même ferveur.

— Tara...

Elle s'écarta en secouant la tête.

— Non, on ne peut pas, Owen. Tu le sais. Tu sais pourquoi.

— Parce que tu as peur de me perdre si jamais ça ne se passait pas bien.

— Je ne *supporterais* pas de te perdre.

— Sais-tu ce que je me disais ce matin, quand je suis allé aux sanitaires ?

Elle attendit en silence. Au désir s'était substituée dans ses yeux de l'appréhension.

— Je me disais que, si les choses ne changeaient pas entre nous, j'allais quitter le Kentucky. M'installer au Texas ou en Californie, ou je ne sais où... Mais loin de toi. Parce que je ne pourrai pas vivre éternellement en suspens, Tara. Peut-être que toi, tu peux te contenter de la relation innocente et platonique que nous avions en sixième, mais moi pas. Plus.

Elle le contempla, horrifiée.

— Tu ne parles pas sérieusement ?

— Si, Tara. Je suis désolé. Je sais que tu veux que les choses restent telles qu'elles sont, mais on change. Les circonstances changent. Je t'aime. À la folie. Aussi fort qu'un être peut en aimer un autre.

— Mais, moi aussi, je t'aime.

— Alors, il faut que tu me laisses partir.

Elle secoua désespérément la tête.

— Non.

Elle posa sa cuillère et prit son visage entre ses paumes.

— Je ne veux pas que tu t'en ailles. Tu es tout ce qui me reste.

Il vit son expression s'altérer, comme si elle s'avisait tout à coup de ce qu'elle lui demandait. Ses yeux se plissèrent de consternation et elle parut tout à coup si perdue, si accablée qu'il n'eut plus qu'une envie : la prendre dans ses bras et la consoler, lui promettre que tout allait rentrer dans l'ordre.

Mais ce n'était plus possible. Il avait atteint son point de non-retour.

Il posa ses mains sur les siennes et les éloigna de son visage.

— Je ne peux plus être ton filet de secours, Tara. Je n'y arrive plus. Si tu refuses de nous donner une chance, d'accord, je l'accepterai et je partirai — pour que nous puissions tous les deux aller de l'avant.

Ses yeux se remplirent de larmes, mais elle les ravala, la colère commençant à poindre sous la tristesse.

— Tu m'as promis de ne jamais me laisser tomber.

— Je sais.

Il n'avait pas lâché ses mains, comme si les garder dans les siennes était aussi naturel que le fait de respirer. Il les pressa brièvement avant de les libérer.

— Mais je crois que ce statu quo n'est plus viable entre nous.

La colère flambait dans les yeux verts, maintenant.

— C'est un ultimatum ? Soit on couche ensemble soit tu me refuses ton amitié ?

— C'est injuste, Tara ! Tu sais très bien que ce n'est pas ce dont je parle.

Il se détourna d'elle, l'irritation commençant à prendre le pas sur la détresse.

— Mais c'est la seule chose que nous ne partagions pas ! se récria-t-elle en l'attrapant par le bras pour qu'il se retourne. Tu ne vois pas que nous avons tout le reste ? L'amitié. La compréhension. La loyauté.

— Mais pas les liens du mariage et ce qui va avec. Des enfants. Nous ne fonderons pas de famille et nous ne vieillirons pas ensemble. Si tu penses que tu trouveras un homme ou moi, une femme, prêt à s'accommoder de la relation fusionnelle qui est la nôtre, tu te trompes.

— C'était le cas de Robert.

— Tara, Robert était déjà en train d'essayer de m'évincer de votre vie.

Elle le contempla, abasourdie.

— Non, c'est faux.

— Il ne le faisait pas devant toi, c'est tout.

Elle lâcha son bras, interloquée.

— Pourquoi ne m'as-tu rien dit ?

— À ton avis ? Parce que je ne voulais m'interposer entre toi et lui, pardi.

— Si j'avais su ce qui se passait, tu n'aurais pas eu à le faire parce qu'il n'y aurait pas eu de « lui et moi » ! répliqua-t-elle avec fougue. Robert savait ce que tu représentais pour moi. Je le lui avais clairement dit dès le début. L'une des raisons pour lesquelles je croyais que notre couple fonctionnait si bien était justement qu'il acceptait ta présence dans ma vie.

— S'il te plaît, arrête, murmura Owen avec un soupir, s'en voulant d'avoir abordé ce sujet. Je ne veux pas que le souvenir que tu gardes de lui soit entaché par ce que j'ai dit.

— Je n'ai pas le temps d'y penser. Ma vie est tellement sens dessus dessous désormais que...

Sans achever sa phrase, elle secoua la tête, passa une main dans ses cheveux, parut s'étonner de les trouver courts.

— Je veux dire, intellectuellement, je comprends le concept : on veut s'approprier des informations que je détiens car elles sont capitales et qu'elles pourraient permettre de faire beaucoup de dégâts si elles tombaient dans de mauvaises mains. Mais, comme je te l'ai dit, il est évident que mes patrons ont déjà procédé à des modifications. Donc, logiquement, je devrais être hors jeu maintenant.

— Mais peut-être qu'il y a autre chose que tu sais et qui pourrait présenter un danger si quelqu'un venait à le connaître ? suggéra-t-il, heureux du changement de sujet car, en dépit de sa déclaration, il n'était pas plus enthousiaste qu'elle à l'idée de couper le cordon qui les reliait.

— Sincèrement, je ne crois pas. Celui qui a pris le relais maintenant que je ne suis plus là est certainement plus menacé que moi, désormais.

Owen fronça les sourcils.

— Tu penses que tes patrons ont déjà nommé quelqu'un à ton poste ?

— J'en suis sûre. Ce n'est pas le genre de poste qui peut rester vacant longtemps, surtout avec le symposium en ligne de mire et les changements intervenus.

Donc, c'était quelqu'un d'autre qui, maintenant, connaissait les nouvelles précieuses données concernant le symposium, réfléchit Owen. Quelqu'un qui se trouvait catapulté à ce poste uniquement parce que Tara avait disparu de la circulation.

— Qu'arriverait-il si ton innocence dans le meurtre de

Robert était établie et que tu rentrais à Mercerville ? Est-ce que tu reprendrais tes fonctions ?

— Si mes patrons étaient convaincus qu'aucune charge ne pèse contre moi, je dirais que oui. Nous étions en bons termes et je faisais du bon travail.

— Même s'ils t'avaient remplacée entre-temps ?

— Je pense, oui. Ce n'est pas le genre de travail auquel on peut être formé en quelques semaines, a fortiori en quelques jours. Ce que je faisais n'avait pas d'équivalent, à l'institut.

— Alors, dans ce cas, comment ont-ils pu te trouver aussi vite un remplaçant ?

Elle médita la question pendant quelques instants.

— Je pense qu'ils ont dû choisir mon assistant principal. Mais il doit s'en tenir à l'essentiel… Il est impossible de maîtriser en aussi peu de temps tous les aspects de la mission qui m'incombait. C'était un montage complexe, avec beaucoup de protocoles de sécurité. Sans compter que j'entretenais des rapports privilégiés avec les officiels invités au symposium. Ce genre de relation ne se tisse pas en un jour. Il faut connaître les personnalités et les ego des uns et des autres.

Owen hocha la tête.

— Qui est ce premier assistant ?

— Chris Miller.

Owen sortit son téléphone et rédigea un SMS.

— Qu'est-ce que tu fais ?

— Je demande à Quinn d'effectuer une recherche approfondie sur Chris Miller.

— Tu crois qu'il pourrait être mêlé à cette histoire ?

— Je ne sais pas, admit Owen. Mais mieux vaut ne rien laisser au hasard. Qui sait ? Peut-être qu'on a pris les choses à l'envers ? Peut-être que Robert a été tué pour t'empêcher de reprendre ton travail avant la tenue du symposium ?

— En faisant de moi une suspecte.

— On n'arrivait pas à comprendre pourquoi tu avais été kidnappée. C'est peut-être ça, la raison.

— Non pas me soutirer des informations, comme on le croyait, mais m'écarter ?

— C'est moins compliqué et moins aléatoire, non ? Faire en sorte que tu sois soupçonnée de meurtre et que, par voie de conséquence, tu ne puisses plus exercer ton travail classifié.

Tara pencha la tête sur le côté.

— Auquel cas, en restant introuvables, on ferait le jeu de ceux qui m'ont kidnappée et qui ont sans doute tué Robert ?

— C'est bien possible.

— Alors, pourquoi ton chef tient-il tellement à ce que nous restions cachés ?

C'était une bonne question. Alexander Quinn était bien capable de positionner ses alliés comme des pions sur un échiquier si cela devait servir de plus larges intérêts. Il ferait tout ce qui était en son pouvoir pour les protéger, mais des dommages collatéraux pouvaient toujours survenir... C'était une conséquence malheureuse mais difficilement évitable du jeu que Quinn et les dirigeants de Campbell Cove jouaient.

— Je me demande s'il n'a pas déjà compris de quoi il retournait, murmura Tara, ses yeux se rétrécissant sous l'effet de la concentration. Peut-être qu'il a déjà Chris Miller dans le collimateur.

Owen n'en aurait pas été surpris.

— Mais, si c'est le cas, peut-il agir assez rapidement pour stopper le complot qui se prépare ?

— Je n'en sais rien. Tout dépend, j'imagine, de la nouvelle date fixée par mes patrons pour le symposium. Ils peuvent l'avoir avancée comme l'avoir reculée.

— Et, à ton avis, quel est le plus probable ?

— Ils ont dû l'avancer, dit-elle après réflexion. Pour couper l'herbe sous le pied des personnes malintentionnées susceptibles de vouloir saboter l'événement en leur laissant le moins de temps possible pour planifier un attentat.

— Raison de plus d'empêcher que tu viennes leur mettre des bâtons dans les roues en refaisant surface.

Une moue d'irritation tordit les lèvres de Tara.

— *Bon Dieu.*

Owen haussa les sourcils.

Les coins de la bouche de Tara se soulevèrent fugitivement.

— Désolée, mais il est des situations où un juron s'impose.

— Alors, que faut-il faire, selon toi ? questionna Owen.

Les yeux verts se levèrent vers lui, remplis de détermination.

— Je crois qu'il est temps de rentrer.

13

— Donc, Ty Miller travaille le soir ?

Archer Trask regardait à travers le pare-brise, devant lui. La pluie qui avait détrempé le sol la veille avait depuis longtemps cessé, remplacée par un grand soleil et des températures en hausse.

— C'est ça, répondit la réceptionniste à l'autre bout de la ligne.

Devant lui, le feu passa au vert et la file de voitures se mit à avancer. Trask rangea son téléphone dans son support.

— Le vendredi soir aussi ? Est-ce qu'il travaillait ce vendredi ?

— Attendez, je vais vérifier…

Il y eut une courte pause, puis elle déclara :

— Non, il était en congé vendredi et samedi.

— Et ce soir ? Est-ce qu'il travaille ?

— Oui. Il est de service tous les soirs de la semaine jusqu'à vendredi.

Trask fit la grimace.

— OK, je vous remercie.

Il mit fin à la communication et contempla la route, frustré. Jusque-là, l'alibi de son frère semblait tenir, mais les renseignements qu'il avait pris étaient sommaires. D'une part, il ne voulait pas que Virgil apprenne que son frère vérifiait ses faits et gestes. Et, d'autre part, il n'était pas sûr de pouvoir ajouter foi à l'histoire que lui avait racontée Heller. Après tout, c'était un récit de deuxième main — le récit de deux suspects qui, actuellement, fuyaient la justice. Certaines personnes, à commencer par son chef, le shérif, pourraient ne pas voir d'un très bon œil qu'il passe son temps à tenter de prouver l'innocence de son frère alors qu'il avait une affaire de meurtre sur les bras.

Le problème, c'était que Trask était à peu près sûr que le meurtre de Robert Mallory était lié à ce qui était arrivé à Tara Bentley le jour de son mariage. Il ne croyait plus qu'elle ait quitté le temple de son plein gré. Mais cela ne signifiait pas pour autant qu'il y ait eu enlèvement...

Owen Stiles pouvait l'avoir emmenée parce qu'il ne voulait pas la voir épouser un autre homme. Tout le monde semblait certain qu'ils n'étaient que très bons amis, mais, de l'avis d'Archer, il était difficile de faire totalement abstraction de la composante sexuelle, ami ou pas. Tara Bentley était une jolie femme et Owen Stiles était plutôt bel homme aussi, à sa façon.

Stiles avait-il tué Mallory ? Des deux fugitifs, c'était lui le suspect le plus probable. La jalousie, la possessivité, le désir, l'obsession — tous ces sentiments constituaient des motifs potentiels de meurtre.

Mais s'il avait tué le fiancé de Tara, pourquoi était-elle encore avec lui ? Son amitié pour lui avait-elle été plus forte que l'amour et la loyauté qu'elle portait à l'homme qu'elle s'apprêtait à épouser ?

Il se passa une main sur le front comme il atteignait l'intersection avec Old Cumberland Highway. S'il tournait à gauche, il rentrerait au bureau du shérif à Mercerville, où l'attendaient trois journées de paperasse en retard. S'il obliquait à droite, la route l'emmènerait à Cumberland, non loin de Kingdom Come State Park.

Il se demanda si quelqu'un, là-bas, se souviendrait avoir vu son frère et Ty Miller au camping qui était situé en bordure du parc, le vendredi précédent.

Lorsque le feu tricolore passa au vert, Trask actionna son clignotant droit.

— Est-ce que tu vas prévenir Quinn de notre décision ? demanda Tara, levant les yeux du sac qu'elle était en train de remplir. Parce que je ne crois pas qu'il soit ravi d'apprendre que nous modifions le plan qu'il a en tête, quel qu'il soit.

— Tant pis. Ce n'est pas sa vie. C'est la nôtre.

Avec sa méticulosité habituelle, Owen acheva de plier la tente en un carré net puis vint vers elle pour la placer dans le sac.

Il était si près d'elle qu'elle sentit le savon qu'il avait utilisé un moment plus tôt lorsqu'ils avaient pris le risque de s'aventurer dans la partie la plus fréquentée du camping où se trouvaient les douches. Tandis qu'elle-même prenait la sienne, elle n'avait pu s'empêcher, une fois de plus, de se représenter Owen nu sous le jet d'eau, à quelques mètres d'elle, les gouttelettes ruisselant le long de son torse avant d'être canalisées par la ligne de poils qui divisait son abdomen et plongeait plus bas.

Cela lui était déjà arrivé auparavant mais l'image produite par son imagination était d'autant plus vivante, d'autant plus réelle cette fois qu'elle connaissait désormais le contact de ses doigts courant sur sa peau, se déplaçant avec cette détermination sexy qui lui avait donné le frisson.

Était-ce cela qu'il éprouvait, lui aussi ? Ce désir vibrant qui s'emparait d'elle lorsqu'elle posait les yeux sur lui, ce frémissement qui parcourait son échine au seul son de sa voix ?

Elle commençait à comprendre pourquoi il s'était emporté ce matin. Vouloir quelque chose qu'on savait ne jamais pouvoir obtenir était douloureux. Cela l'était déjà pour elle qui, par tous les obstacles qu'elle élevait, était responsable de cette souffrance, elle commençait à s'en rendre compte. Alors, pour lui qui ne rêvait que d'une chose : anéantir tous ces obstacles… Ce devait être pire encore.

Elle dut s'éclaircir la voix avant de parler.

— Mieux vaut probablement ne rien lui dire.

— Tu as conscience qu'il sait exactement où nous sommes ? répliqua Owen en lui jetant un regard troublé. Toutes les voitures de Campbell Cove Security sont équipées de traceurs GPS.

— Même son véhicule personnel ?

— Même son véhicule personnel. Pendant que nous étions près de l'accueil, je me suis connecté à mon ordinateur, au bureau, en passant par une de mes portes dérobées, afin de vérifier la surveillance GPS. Et nous étions bien là — petit point rouge fixe sur la carte.

— Donc, sitôt que nous reprendrons la route pour le Kentucky...

— Quinn sera au courant, acheva Owen en se relevant et en parcourant leur emplacement du regard pour s'assurer qu'ils n'avaient rien oublié. Mais nous devrions avoir quelques heures de battement avant qu'il ne comprenne ce que nous sommes en train de faire. Il faut qu'on s'organise, tu ne crois pas ?

— Si, acquiesça Tara en lui emboîtant le pas pour rejoindre le 4x4. Mais je serais bien en peine de déterminer ce qu'il convient de faire.

— Tu ne penses pas que le mieux est d'abord de nous rendre ? questionna-t-il en rangeant le sac dans le coffre avant de se retourner pour la regarder. Est-ce que ce n'est pas le meilleur moyen de réintégrer ta place à Security Solutions ?

— En théorie, oui. Mais si jamais ça ne fonctionne pas ? Si on nous met en prison et que personne ne nous croie ? Il faut d'abord qu'on trouve une preuve pour appuyer nos dires et la seule façon d'y parvenir, c'est de...

— Chut, l'interrompit-il. Je ne veux même pas l'entendre.

— C'est de nous introduire dans mon bureau, asséna-t-elle.

Owen secoua la tête.

— Ton bureau... dont la sécurité a probablement été doublée voire triplée ces derniers jours.

— Tu as raison. Elle a dû être renforcée, mais pour faire barrage à des terroristes, pas à nous.

— Ça, je n'en suis pas aussi sûr.

— OK, peut-être qu'elle me vise, moi aussi. Mais pas *toi*.

— Tara, je ne sais rien des mesures de sécurité de ton institut.

— Tu n'en sais rien... *encore*. Mais tu es expert en informatique, n'est-ce pas ? insista-t-elle en réfléchissant à toute vitesse. Entre ce que je sais du fonctionnement de la société et ce que tu sais, toi, des systèmes informatiques, je parie que nous pouvons pénétrer dans les locaux sans être repérés. Même si la sécurité a été relevée au niveau maximal, seules certaines zones seront sous surveillance vingt-quatre heures sur vingt-quatre.

— À mon avis, les endroits où nous sommes susceptibles de découvrir les informations qui nous intéressent doivent précisément se trouver dans ces zones, souligna Owen.

Il désigna la portière côté conducteur du menton.

— Tu veux prendre le volant ou tu préfères que ce soit moi ?

— Tu as conduit jusqu'à maintenant. Je vais conduire pour le retour.

Tandis qu'ils bouclaient leurs ceintures, Tara déclara :

— Tu as raison, les endroits où sont stockées les informations ultrasecrètes seront sous surveillance constante. Mais mon bureau n'est pas dans cette partie-là. Lorsque j'avais besoin de documents classifiés, j'allais les consulter sur place.

— Ton bureau n'est pas dans une zone de haute sécurité ?

— Non.

— OK, mais alors en quoi le fait de nous y introduire présente-t-il un intérêt ?

— Chris Miller et moi avions des bureaux contigus. Si nous réussissons à entrer dans mon bureau, nous devrions pouvoir avoir accès au sien, ce qui me permettrait de voir s'il s'y trouve quelque chose d'incriminant.

— Des chances que ce soit le cas, selon toi ?

— Honnêtement, je n'en sais rien, dit-elle après avoir médité quelques instants. Le seul élément que j'aie jamais trouvé suspect chez lui est qu'il se montre peut-être un peu trop... amical.

Owen fronça les sourcils.

— Amical ? En quel sens ?

Elle lui jeta un coup d'œil.

— Pas dans ce sens-là. Ce que je veux dire, c'est qu'il semble ne pas y avoir une once de méfiance en lui, ce qui est paradoxal de la part d'un homme qui travaille dans le domaine de la sécurité. J'ai dû le mettre en garde contre l'hameçonnage des mails, ce genre de choses… En ouvrant un message suspect il n'y a pas si longtemps, il a failli diffuser un virus dans notre système. Heureusement, je m'en suis rendu compte à temps et j'ai alerté le service informatique mais nous l'avons échappé belle.

— Ça s'appelle de l'incompétence. Comment se fait-il qu'il n'ait pas été renvoyé ? Et pourquoi diable un type comme lui aurait-il été pressenti pour te remplacer ?

Elle fit la grimace.

— Népotisme. L'oncle de Chris est le fondateur de l'institut.

— Va savoir… Peut-être que c'est lui, le maillon faible dans la sécurité de votre société ? suggéra Owen. Sans même qu'il le sache ? Qui sait si quelqu'un ne se sert pas de lui ? Si on ne le manipule pas pour obtenir des informations ?

— Ce n'est pas exclu, accorda-t-elle. Et c'est bien pourquoi il faut absolument que j'accède à son bureau. Je pourrai voir si quelqu'un a essayé d'exploiter sa position dans la société pour lui soutirer des renseignements.

Owen garda le silence tandis qu'ils roulaient vers le sud-ouest, sur la I-81, en direction d'Abingdon. Ce ne fut que lorsqu'ils eurent obliqué vers l'ouest et le Kentucky qu'il reprit la parole.

— Tu te rends compte que, si on se fait prendre, on n'aura pour ainsi dire plus aucune chance de prouver notre innocence ?

— Je le sais. Mais c'est peut-être notre seule chance de découvrir ce qui se passe et d'y mettre un point final. Ça vaut la peine de courir ce risque, tu ne crois pas ?

Comme Tara s'arrêtait à un feu rouge, Owen tendit le bras et lui effleura tendrement la joue du dos de la main.

— Est-ce qu'on t'a déjà dit que tu étais la personne la plus courageuse au monde ?

Elle lui retourna son regard, parcourue d'un frisson. L'espace d'un moment, une tension nouvelle emplit l'habitacle du 4x4 tandis qu'ils se contemplaient. Avait-elle fait le mauvais choix, des années auparavant, quand elle s'était convaincue qu'elle devait lutter contre son attirance pour Owen ? Et si c'était lui qui avait raison ? S'ils pouvaient tout avoir ? Leur invincible amitié *et* la grisante promesse de cette intense passion après laquelle tout le monde courait ?

Le feu passa au vert. La main d'Owen retomba.

Elle appuya sur l'accélérateur et s'engagea sur Porterfield Highway, soudain totalement déstabilisée.

Être shérif adjoint dans un petit comté avait ses avantages et ses inconvénients. La plupart du temps, Archer Trask aimait la routine tranquille du bureau du shérif de Bagley County. Les délits mineurs suffisaient à occuper son temps et il connaissait pour ainsi dire tous les citoyens dont il était chargé d'assurer la sécurité par leur nom, au lieu de traiter des numéros de dossier comme il l'avait fait pendant les deux ans qu'il avait passés au commissariat de Louisville, avant qu'il ne se décide à rentrer chez lui, à Bagley County.

Mais l'un des inconvénients majeurs, dans une aussi petite unité, était la lenteur d'escargot à laquelle la collecte des informations s'effectuait. Il avait dû attendre presque une journée entière la réponse à une simple demande de renseignements sur la société dans laquelle travaillait Ty Miller.

Il venait de passer deux heures frustrantes dans le secteur de Cumberland à essayer de trouver quelqu'un qui ait vu son frère et Ty Miller aux abords de Looney Creek vendredi, mais il s'était avéré que, Kingdom Come Park n'ouvrant pas avant le 1er avril, la plupart des gens du coin avaient été ce jour-là sur leur lieu de travail ou trop absorbés par leurs tâches quotidiennes pour avoir remarqué la présence de deux hommes d'âge moyen équipés de matériel de pêche.

Il en était à se dire qu'il avait perdu une journée entière à suivre une fausse piste lorsque le son lui notifiant l'arrivée d'un mail sur son téléphone se fit entendre. Il se rangea sur le bas-côté et ouvrit le message. Il provenait de Don Robbins, l'adjoint à qui il avait assigné la mission de rechercher des informations concernant Cumberland Security Staffing, une agence d'intérim spécialisée dans le personnel de sécurité.

Il parcourut rapidement la liste des entreprises auxquelles l'agence fournissait des vigiles. Deux centres commerciaux, un cinéma, deux sociétés minières... Et même un ou deux lieux de culte.

Ce ne fut qu'à la deuxième lecture que le regard de Trask s'arrêta sur un nom aussi familier qu'inattendu.

Pensif, il contempla le nom pendant quelques instants puis composa un numéro sur le clavier de son portable, une sensation de malaise s'insinuant en lui.

— Security Solutions, répondit une voix féminine.

— Ici le shérif adjoint Archer Trask. Est-ce Diane à l'appareil ?

— Oui, adjoint Trask, répondit la femme d'un ton soudain plus chaleureux, comme si elle était contente qu'il se soit souvenu de son prénom. En quoi puis-je vous aider ?

— Diane, je me demandais si votre institut avait toujours recours aux services de Cumberland Security Staffing ?

La standardiste marqua un bref temps d'arrêt.

— Je ne suis pas censée répondre à cette question, vous savez.

— Dans ce cas, pourriez-vous me passer une personne qui serait en mesure de le faire ?

— C'est ennuyeux... J'ai reçu ordre de ne déranger aucun responsable cet après-midi.

Elle baissa le ton.

— Est-ce véritablement urgent ?

— Oui, très.

Nouvelle pause.

— Oui, l'institut traite toujours avec cette société. Elle nous a fourni quatre de nos vigiles de nuit.

— Auriez-vous la gentillesse de m'indiquer leurs noms, Diane ?

— Je ne sais pas si je peux...

— Je comprends, s'empressa de couper Trask. Procédons autrement. Pouvez-vous me dire s'il y a parmi eux un certain Ty Miller ?

Au bout de deux secondes, Diane souffla un « oui » à peine audible.

— Merci beaucoup, Diane. Votre aide m'aura été très précieuse.

Il raccrocha et regarda l'étroit ruban d'asphalte qui se déroulait devant lui en direction des montagnes. Ainsi donc, Ty Miller travaillait comme vigile de nuit à Security Solutions, la société qui employait Tara Bentley.

Il esquissa mentalement un bref récapitulatif.

Selon Maddox Heller, Tara Bentley avait été kidnappée par deux hommes devant le temple où elle s'apprêtait à épouser Robert Mallory, retrouvé, lui, mystérieusement assassiné dans le vestiaire du marié.

Tara Bentley, qui avait confié à son avocat avoir formellement reconnu en la personne de Virgil Trask l'un de ses ravisseurs.

Son frère Virgil, dont l'alibi, pour le jour du meurtre de Mallory et de l'enlèvement de Tara, était Ty Miller — lequel Ty travaillait — par le biais de l'agence d'intérim — dans la même société que Tara Bentley.

Trask se massa les tempes, la tête commençant à l'élancer au vu des rebondissements inattendus que venait de lui réserver son affaire de meurtre. Que devait être sa prochaine étape, maintenant ? Convoquer son frère, investigateur au bureau du shérif, pour entendre sa déposition ? Interroger Ty Miller ?

Le mieux aurait été de retrouver Tara Bentley et Owen Stiles. Eux seuls savaient ce qui s'était réellement passé le jour du meurtre.

— Pourquoi êtes-vous revenus dans le Kentucky ? questionna Quinn d'une voix irritée.

Owen échangea un regard avec Tara. Elle inclina la tête.

— Dis-lui.

— La ligne est-elle sûre ? s'enquit Owen.

— Aussi sûre que peut l'être une communication passée à partir d'un portable sécurisé.

— Je ne suis pas certain que cela suffise, observa Owen.

— Bien. Alors, je suggère que nous nous rencontrions.

— Où ? s'enquit Owen.

— À l'endroit où Maddox est allé vous chercher l'autre jour, indiqua Quinn.

La réponse était suffisamment indirecte pour que seuls Owen, Tara, Heller et Quinn sachent de quel lieu il s'agissait.

— Entendu. D'ici, disons, une heure ?

— Je vous retrouve là-bas, promit Quinn avant de raccrocher.

— Tu crois qu'il va tenter de nous dissuader de mettre notre plan à exécution ? demanda Tara.

— Je ne crois pas, répondit Owen au bout de quelques instants. Je pense plutôt qu'il va imaginer quelque ruse ingénieuse pour nous aider à le mener à bien.

Pour la première fois depuis des kilomètres, les traits de Tara se détendirent un tant soit peu. Elle lui décocha un bref sourire.

— Je me demande si je ne commence pas à apprécier ton Alexander Quinn.

— Ne t'emballe pas, plaisanta Owen pour masquer sa propre anxiété qui allait grandissant au fur et à mesure qu'ils approchaient de Bagley County.

Peut-être avait-il vu juste en prédisant que Quinn les soutiendrait dans leur entreprise, mais quant à savoir si ce projet n'était pas complètement fou...

14

Jusque-là, toutes les tentatives de Trask pour joindre Ty Miller sur son portable ou chez lui s'étaient révélées infructueuses. Mais, grâce à Diane, il savait qu'il était de service, ce soir, à Security Solutions, à partir de 23 heures.

En attendant, Trask s'était mis à étudier le dossier de Robert Mallory, essayant d'examiner l'affaire sous un angle différent. La mort de Mallory avait semblé être le point central de prime abord, la disparition de Tara n'étant qu'une conséquence de cet événement. Mais… si c'était l'inverse ? Si le crime principal avait été l'enlèvement de Tara et que l'assassinat de Mallory n'avait été qu'une contingence périphérique ?

Peut-être Mallory avait-il découvert quelque chose qui avait conduit à son assassinat ? Ou peut-être même avait-il été mêlé au kidnapping de sa fiancée ?

— À supposer qu'elle ait réellement été kidnappée, grommela-t-il entre ses dents en consultant l'heure sur la pendule de son bureau.

Encore cinq heures à patienter avant de se rendre sur le site de Security Solutions et de coincer Ty Miller à l'heure où il viendrait prendre son service.

Avec un soupir, il se replongea dans l'étude de ses dossiers. Il préférait l'action sur le terrain au travail administratif mais la solution de l'affaire se cachait peut-être dans ces fichiers.

Tara Bentley.

Qui était Tara Jane Bentley ? Il savait le principal — à

savoir qu'elle était la fille unique de l'ex-sergent artilleur Dale Bentley et de Susan Bentley, tous deux décédés. Elle était née à Campbell Cove, y avait grandi et avait quitté la ville lors de son entrée à l'université de Virginie.

Trask marqua une pause et prit une autre pile de documents, ceux concernant Owen Stiles. Lui aussi avait fait ses études supérieures à l'université de Virginie. S'agissait-il d'une coïncidence ? C'était peu probable.

Il fit abstraction de la question de l'amitié inhabituellement étroite qui les liait puisque cet aspect de la situation ne ferait que le ramener à un banal mobile de crime passionnel et que cette piste ne l'avait jusque-là conduit nulle part.

Ces cinq dernières années, Tara avait travaillé pour Security Solutions, un centre d'étude et de réflexion à but non lucratif entièrement dédié à l'analyse des menaces pesant sur la sécurité tant globale qu'intérieure et à la recherche de solutions de prévention et même de prédiction des événements futurs. Leurs travaux visaient à aider les experts en sécurité à devancer la menace terroriste et à intervenir en amont plutôt qu'à réagir une fois l'attentat commis.

Entrée à l'institut comme analyste, elle avait rapidement gravi les échelons et était devenue directrice des relations globales — quoi que cela puisse signifier. D'après les renseignements qu'il avait pu glaner, Tara gagnait correctement sa vie sans pour autant percevoir un salaire mirobolant, la société étant une entité à but non lucratif.

Mais il avait déjà examiné cet aspect-là de l'affaire et le mobile financier ne tenait pas non plus. Les revenus de Mallory étaient substantiels et se seraient encore accrus avec le temps, d'autant qu'il était récemment devenu associé dans le cabinet d'avocats de son père et qu'il aurait un jour ou l'autre remplacé ce dernier. Tara Bentley aurait mené un train de vie très confortable en l'épousant. Mais elle ne toucherait pas un centime de cet argent désormais puisqu'il était mort avant que le mariage n'ait eu lieu.

Alors, que s'était-il réellement passé ce jour-là, qui avait abouti à l'assassinat de Mallory et à la fuite désespérée de Tara Bentley ?

Tout cela avait-il un lien avec son frère Virgil et son vague alibi pour la journée en question ?

Trask se renfonça contre le dossier de son siège et se frotta les yeux avec lassitude. Plus il creusait cette affaire, plus il avait l'impression de s'éloigner de la vérité.

— Nous avons failli venir étudier dans cette école, commenta Tara tandis qu'Owen et elle suivaient Alexander Quinn dans les couloirs de Campbell Cove Security. Elle a fermé environ deux ans avant notre entrée en première année d'université, tu te rappelles ?

— Vaguement, dit Owen. Je ne me suis jamais vraiment demandé ce qu'était cet endroit avant de devenir Campbell Cove Security.

— Les bâtiments devaient être démolis quand j'ai racheté l'ensemble de la propriété, expliqua Quinn d'un ton bref, comme si ce retour sur le passé l'importunait.

Tara garda le silence tandis qu'ils continuaient à marcher. Lorsqu'ils arrivèrent au bout d'un couloir, au lieu de tourner à droite ou à gauche, Quinn poussa la porte marquée Sortie de secours en face d'eux.

Le crépuscule était tombé pendant qu'ils exposaient leur plan à Quinn, dans son bureau, l'informant du raisonnement qu'ils avaient tenu et des conclusions auxquelles il les avait conduits. Tara s'était attendue à ce que l'ancien espion tente de les dissuader lorsqu'ils en étaient arrivés à la partie délicate, à savoir leur intention de s'introduire dans les locaux de Security Solutions. Mais il s'était montré d'entrée de jeu étonnamment positif, même s'il avait formulé quelques sérieuses mises en garde.

— D'abord, ne perdez pas de vue que, si quelque chose tourne mal, aucun lien ne pourra être établi avec ma société, déclara-t-il fermement. Ce qui signifie que je ne pourrai envoyer aucun de mes agents à votre rescousse. Il n'y aura qu'Owen — et il n'interviendra pas en tant que membre du personnel de Campbell Cove Security.

— Entendu, dit vivement Tara.

— Deuxièmement, en cas d'ennuis, je ne serai pas en mesure de vous sauver la mise, comme je l'ai fait jusqu'à présent. Pour cette opération, vous faites cavalier seul, est-ce que vous en avez bien conscience ?

En dépit du nœud qui lui enserrait subitement l'estomac, Tara avait acquiescé d'un signe de tête.

— Il faut absolument qu'on sache ce qui se trame derrière tout ça avant de nous présenter de nouveau à la police, ajouta Owen avec plus de détermination que Tara n'en ressentait. Peut-être qu'un complot terroriste est déjà en cours… Cela pourrait être notre seule chance d'y mettre fin.

— Ce qui est précisément la raison pour laquelle je vous suis dans ce plan insensé, souligna Quinn avec un sourire. Et c'est aussi pourquoi je vais vous aider à considérer la situation sous tous ses angles afin d'éviter de buter sur les écueils les plus évidents.

Parmi les « écueils évidents », avait découvert Tara, se trouvaient les protocoles exacts suivis par les gardiens de nuit de Security Solutions. Quinn avait refusé de leur révéler comment il avait obtenu ces informations mais il leur avait indiqué les horaires exacts et le parcours détaillé des rondes des vigiles.

— C'est imprudent de se contenter de patrouilles à heure fixe, avait-il observé d'un ton désapprobateur. C'est le prix à payer quand on externalise ce genre de prestation. Étant donné la sensibilité des questions traitées par votre institut, il aurait mieux valu que la sécurité du site soit assurée en interne.

Tara avait vu juste. Exception faite d'une ronde unique effectuée dans la partie des locaux où se trouvaient les bureaux qu'ils comptaient visiter, juste après 23 heures, les patrouilles consacraient le reste de leurs huit heures de surveillance aux zones à haute sécurité. Aucun des gardes ne disposait des clés des salles les plus sécurisées, celles où étaient conservés les documents classifiés, leur dit Quinn.

— Vous non plus, vous n'y aurez pas accès, précisa-t-il.

— Je ne pense pas que nous en aurons besoin, lui assura Tara.

Pendant les deux heures qui avaient suivi, ils avaient élaboré un plan dont même Quinn avait convenu qu'il devait leur permettre d'entrer et sortir du bâtiment sans être détectés. Il reconnut par ailleurs avoir demandé à ses patrons s'ils avaient révoqué les autorisations de Tara, ce à quoi ceux-ci avaient répondu par la négative, expliquant qu'ils n'avaient pas encore renoncé à croire en son innocence et qu'annuler ses accréditations aurait équivalu à considérer qu'elle était coupable.

— Sentimentalisme totalement inapproprié, mais c'est ainsi, avait brièvement commenté Quinn.

Ses chances de pouvoir arriver jusqu'à son bureau et celui de Chris sans déclencher d'alarme s'en trouvaient donc augmentées, songea Tara.

— Cela étant, les mit en garde Quinn, ils pourront se rendre compte qu'il y a eu intrusion. Ils verront le code qui a été utilisé s'ils vérifient les registres du système de sécurité.

— Si je ne déclenche pas d'alarme en pénétrant dans le bâtiment, ils n'auront pas de raison d'aller les consulter, souligna Tara. Et même s'ils le faisaient, tout ce qu'ils trouveront, c'est que quelqu'un est entré dans les bureaux en utilisant le code de sécurité de mon service. Tous les employés du service ont le même code pour désactiver l'alarme.

Quinn ne leva pas les yeux au ciel, mais son masque de marbre était tout aussi éloquent.

— La sécurité de notre nation est entre de bonnes mains.

— En tout cas, cela jouera en notre faveur, au moins cette fois-ci, murmura Owen.

Ils avaient mangé une pizza tout en passant en revue tout ce que Tara et Owen voudraient vérifier, une fois dans le saint des saints, et la meilleure façon dont il conviendrait de s'y prendre. Il y avait eu une brève discussion quant au port de lunettes de vision nocturne mais ils avaient opté pour la négative, Quinn jugeant que leur manque d'expérience de cet équipement pourrait se révéler être un inconvénient plutôt qu'un atout.

Finalement, il leur avait tendu à chacun un lourd sac à dos et les avait précédés le long de ce corridor, jusqu'à la porte rouge sombre marquée Sortie de secours ouvrant sur la forêt qui s'étendait sur l'arrière du bâtiment.

— On est bannis dans les bois ? s'enquit Tara dans un murmure tout en s'efforçant de calquer son pas sur la longue foulée d'Owen, derrière Quinn.

— Je ne sais pas, répondit-il sur le même ton.

Devant eux, Quinn avançait d'un pas assuré à travers les bois sombres, évitant les obstacles dans les broussailles comme s'il savait exactement où il était, alors que le chemin, sous leurs pieds, n'était guère qu'un enchevêtrement de mauvaises herbes et de lianes, qui semblaient ne pas avoir été foulées depuis des lustres.

Au bout d'une centaine de mètres dans le sous-bois touffu, ils atteignirent une sorte de petite clairière. L'endroit était dégagé, exception faite de l'entrelacs de vigne kudzu qui recouvrait le sol et de ce qui semblait être un petit cabanon.

— C'était l'une des dépendances de l'école, commenta Quinn en approchant de la structure envahie par le végétal rampant.

Seule la porte en était exempte mais elle n'était presque pas discernable, elle non plus. Peinte en vert et brun moucheté, elle se fondait presque totalement avec le kudzu environnant.

— On a laissé la vigne quand on a aménagé l'endroit, déclara Quinn. C'était moins cher que de dissimuler l'abri sous un camouflage artificiel.

À l'intérieur, tout était parfaitement propre. Ce n'était rien de plus qu'un studio miniature doté de deux lits de camp, d'un coin cuisine avec évier, plaque de cuisson unique et mini-réfrigérateur. La porte du fond ouvrait sur une salle d'eau exiguë mais qui contenait une petite douche et un lavabo plus petit encore.

— Dites-moi qu'elle fonctionne, observa Tara en regardant la douche avec, presque, du désespoir dans la voix.

— Tout fonctionne. L'électricité et la plomberie ne devraient pas vous jouer de tours avant que vous vous mettiez en route pour votre expédition nocturne, assura Quinn. Le 4x4 vous attend dans les bois, côté nord, tout près de la route de Mercerville. J'ai fait poser un nouveau jeu de plaques... et demandé qu'on retire les autocollants, acheva-t-il en leur jetant une œillade goguenarde.

— Vous pensez à tout, murmura Tara.

— Vous restez ici jusqu'à l'heure dite. Je me suis dit que vous aimeriez peut-être vous doucher et avaler un repas chaud, donc il y a ce qu'il faut. À partir de maintenant, je n'attends aucun appel de votre part — jusqu'à ce que vous ayez atteint votre objectif. Nous sommes bien d'accord ?

Tara jeta un coup d'œil à Owen, qui inclina la tête.

— D'accord, dit Tara.

L'assentiment d'Owen lui fit écho.

— Nettoyez les lieux avant de partir et veillez à ne pas arracher la vigne.

Quinn ouvrit, se glissa au-dehors et tira le battant derrière lui.

Dans le silence qui suivit son départ, Tara éprouva soudain une sensation d'oppression. Après avoir vécu en plein air pendant des jours, elle se sentait à l'étroit dans cette cache minuscule.

— Je vais être magnanime et te laisser passer sous la douche la première, dit Owen en s'asseyant sur l'un des lits de camp et en se mettant à vider le sac à dos que lui avait fourni Quinn. Il en sortit deux tenues de rechange, une paire de chaussures de marche et une poignée de barres protéinées. Owen lui en tendit une comme elle prenait place sur l'autre lit, en face de lui.

— Il ne plaisantait pas lorsqu'il disait que, désormais, il nous lâchait seuls dans la nature, mais au moins nous a-t-il donné de quoi nous habiller et nous nourrir jusqu'à ce que nous soyons convoyés jusqu'à la prochaine cache.

Tara sortit à son tour les vêtements que Quinn avait prévus

pour elle. Ils devaient lui aller mais elle était impatiente de pouvoir disposer de nouveau de son placard et de sa propre garde-robe.

Que n'aurait-elle donné pour se retrouver dans sa jolie petite maison de Mercerville, pelotonnée sur le canapé devant un bon feu.

Avec Owen, murmura l'impénitente petite voix dans sa tête.

Elle se saisit d'une des deux tenues et se dirigea vers la salle d'eau.

— Je vais essayer de ne pas utiliser toute l'eau chaude.

Ce ne serait pas difficile, songea-t-elle lorsqu'elle tourna l'unique robinet — d'eau froide.

Archer Trask jeta un coup d'œil à la pendule tout en refermant les dossiers. Encore trois heures et il n'avait toujours pas l'ombre d'une théorie plausible concernant le meurtre de Robert Mallory.

Sauf s'il était disposé à croire que son frère et Ty Miller avaient effectivement kidnappé Tara Bentley et tué son fiancé.

Mais pour quelle raison ? Le frère de Trask était quelqu'un d'ordinaire. Divorcé, pas d'enfants, avec un travail aux horaires difficiles. Durant son temps libre, il s'adonnait à la chasse, à la pêche et à des balades en quad. Comme n'importe quel habitant de Bagley County, dans le Kentucky, aurait pu le faire. Il ne militait pour aucune cause, n'avait pas de convictions religieuses ou politiques particulières, pour autant qu'il sache, ce qui semblait éliminer des mobiles de ce type-là.

Pour autant que Trask sache. C'était bien là le nœud du problème. Même lorsqu'ils étaient jeunes, Virgil et lui n'avaient jamais été très proches. De dix ans son aîné, Virgil n'avait jamais consacré beaucoup de temps à son jeune demi-frère. Il avait été bien trop occupé à faire les quatre cents coups avec ses amis pour s'encombrer d'un « petit » et se soucier de partager des activités fraternelles avec lui.

Au bout d'un moment, Trask avait cessé de tenter de se rapprocher de Virgil, ce qui avait paru parfaitement lui convenir.

Il y avait beaucoup de choses qu'il ne savait pas de lui...

En fait, si quelqu'un connaissait bien Virgil, c'était leur père, Asa. Il avait toujours eu un faible pour Virgil, même dans sa pire période, celle où il avait sombré dans la délinquance. *Il fait ses expériences*, disait Asa lorsque la mère de Trask se plaignait des dernières frasques en date de Virgil.

Trask soupçonnait son père de n'avoir jamais vraiment oublié sa première femme et d'avoir épousé Lena, la mère de Trask, par nécessité — il avait un jeune fils qui avait besoin d'une mère et lui-même avait besoin de compagnie et d'un corps chaud dans son lit. Lena Lawrence avait été une beauté dans sa jeunesse et elle était tombée follement amoureuse de ce veuf plus âgé, père d'un petit garçon.

De l'avis de Trask, elle avait dû renoncer depuis longtemps à vivre une véritable histoire d'amour et était restée mariée avec son père pour la même raison que lui l'avait épousée : afin d'échapper à la solitude.

Soulevant le combiné, il composa le numéro de ses parents.

— Archer, répondit sa mère d'une voix chaleureuse. Comment vas-tu ?

Non sans une certaine culpabilité, il s'avisa qu'il n'avait pas parlé à sa mère depuis au moins deux semaines.

— Ça va, dit-il rapidement, se rendant compte qu'elle redoutait peut-être qu'il n'ait appelé pour annoncer une mauvaise nouvelle.

Ce qui, en tout état de cause, était peut-être bien le cas.

— J'ai entendu dire que tu travaillais sur cette affaire de meurtre au temple.

— Oui. Mais je ne peux pas en parler.

— Oh ! je sais. Ton père essaie toujours de tirer les vers du nez à Virgil à propos des affaires dont il s'occupe, mais Virgil lui en dévoile juste assez pour lui donner envie d'en savoir davantage et, ensuite, il éclate de rire et déclare que cela concerne la police et qu'il ne peut rien révéler.

Même si la voix de sa mère semblait enjouée, Trask devina qu'elle n'aimait pas la façon dont Virgil asticotait à dessein la curiosité de son père.

— Chaque fois, ça le rend fou, acheva-t-elle.

— À propos de Virgil, vous l'avez vu ces derniers temps ?

— Pas souvent. Il passe pas mal de temps avec Ty Miller. Tu te souviens de Ty, n'est-ce pas ?

— Oui. Qu'est-ce qu'ils font ? Ils vont pêcher ? Chasser ?

— Non. Je crois qu'ils se retrouvent souvent dans le garage de Ty avec quelques amis. Ils fument, ils bavardent...

— Ah bon ?

Cela ne ressemblait pas tellement à Virgil, qui n'avait jamais été très sociable.

— Avec qui ?

— Oh ! je ne sais pas exactement. Je crois que j'ai vu un des fils Hanks il y a quelques semaines là-bas et Chad Gordon. Jenny Pruitt m'a dit au temple dimanche que son fils, Dawson, fréquentait Ty, lui aussi.

La voix de sa mère se fit un peu plus grave.

— Elle avait l'air un peu ennuyée, d'ailleurs, pour être franche.

— Ah bon ? Pourquoi ?

— Je ne sais pas exactement. J'en ai parlé à ton père, mais il m'a dit de ne pas m'inquiéter, que Virgil était shérif adjoint désormais et que nous n'avions pas à nous occuper de ses affaires, acheva Lena en riant. Dieu merci... Parce qu'il était tellement difficile, plus jeune.

— J'ai dû l'être aussi.

— Oh ! tu as eu tes moments, accorda Lena. Mais je n'ai jamais eu à aller te chercher au poste de police au milieu de la nuit. Écoute, je sais qu'il est un peu tard mais je parie que tu appelles depuis ton bureau. Nous avons dîné, mais il reste du poulet frit, des haricots verts et de la purée. Ton plat préféré. Pourquoi ne viens-tu pas manger en rentrant chez toi ?

— C'est tentant, dit Trask avec sincérité. Seulement, je vais devoir travailler plus tard, ce soir. Mais je te prends au mot : la prochaine fois que tu prépareras mon plat favori, je viendrai, c'est promis.

— Oh… Dommage. Mais d'accord pour la prochaine fois.

La déception qui s'entendait dans sa voix faillit le faire renoncer à aller voir Ty Miller ce soir. Qu'espérait-il obtenir ? Jusque-là, l'accusation portée contre Virgil ne tenait après tout qu'à des propos *rapportés* par des tiers. Il devait encore interroger directement Tara et Owen Stiles. Quant à la seule raison pour laquelle Ty Miller était dans son collimateur, c'était que Virgil avait mentionné son nom au détour d'une phrase. *Bon sang.*

Mais Archer avait besoin d'entendre l'ami de son frère confirmer son alibi. Il avait besoin de voir son visage pour décider si oui ou non l'homme mentait pour couvrir Virgil.

— Je suis désolé, dit-il à sa mère. Je passerai te voir dès que le travail me laissera un moment de libre.

— Entendu. J'en serai très contente, répondit-elle d'un ton chargé d'affection.

Il éprouva un petit pincement au cœur pour sa mère. Il ne savait pas si elle menait la vie qu'elle avait désirée, mais elle s'accommodait de ce qu'elle avait et s'efforçait toujours de voir le bon côté des choses.

Elle méritait bien que son fils se montre un peu plus prévenant qu'il ne l'avait été ces derniers temps.

— Je t'aime, maman. À bientôt.

— Moi aussi, mon garçon. Fais bien attention à toi, d'accord ?

— Bien sûr.

Il raccrocha, le regard de nouveau attiré par la pendule.

Un peu plus de 21 heures. L'heure de vérité approchait.

La douche froide n'avait en rien calmé la palpitation interne qui l'animait ni le sentiment pressant, dérangeant, qu'elle allait se jeter au cœur du danger alors que tant de choses cruciales demeuraient encore non dites.

Si la raison pour laquelle Robert avait été tué était bien de pousser Tara à disparaître en donnant l'impression qu'elle était coupable, ils pourraient très bien se trouver nez à nez avec un adversaire armé et extrêmement dangereux. Owen, Quinn et elle avaient fait de leur mieux pour parer à toutes les éventualités mais Quinn lui-même avait reconnu que l'opération était risquée.

Elle n'avait pas de famille, et donc personne à qui dire au revoir. Ses amis étaient surtout ceux que Robert lui avait présentés et une poignée d'anciennes camarades de lycée ou d'université qu'elle voyait rarement maintenant que leurs vies avaient pris des directions différentes.

Owen était tout pour elle, sa famille, son cercle d'amis — son roc. Et elle lui refusait la seule chose qu'il lui ait jamais demandée tout au long de leurs vingt ans d'amitié.

C'était un homme, après tout. Et ils étaient attirés l'un par l'autre. Exiger de lui qu'il nie ces sentiments tout en continuant à être son ami...

Mais elle ne supporterait pas de le perdre. Il était sa boussole.

La boule de chaleur qui s'était formée au plus profond de son être s'étendit, se propageant à son ventre, ses seins, la faisant tressaillir lorsque la porte de la petite salle d'eau s'ouvrit et qu'Owen apparut, vêtu seulement d'un jean et d'une serviette jetée autour du cou. Il avait encore les cheveux humides et une goutte d'eau coulait le long de son torse, suivant la flèche de poils sombres qui disparaissait sous la ceinture de son pantalon.

Des amis avec privilèges... N'était-ce pas ainsi que les gens appelaient ça, aujourd'hui ? Oh ! il existait d'autres termes, vulgaires ceux-là, pour qualifier ce genre de relation, mais ce qu'Owen et elle partageaient n'avait rien de vulgaire ni de trivial. Elle l'aimait. C'était simplement qu'elle ne voulait pas courir le risque d'être ouvertement amoureuse de lui. Cela compliquait atrocement la situation.

Mais qu'il soit son meilleur ami, *et* qu'ils couchent occasionnellement ensemble — cela, c'était quelque chose qu'elle pouvait accepter, non ?

Owen lui jeta un regard étrange tandis qu'il empoignait

la serviette et s'en frictionnait brièvement le torse avant de la jeter sur le dossier d'une chaise. Il s'avança dans la petite pièce et la regarda.

— Quelque chose ne va pas ?

Elle hocha la tête, s'efforçant de recouvrer l'usage de sa voix. Mais elle avait la bouche sèche, le cœur battant et ses pensées s'emmêlaient dans sa tête.

— Quoi ? demanda Owen, sa voix s'abaissant jusqu'à n'être plus qu'un murmure.

— J'ai eu tort, dit-elle d'une voix contrainte. À propos de nous.

Il fronça les sourcils, mais il attendit la suite.

Plutôt que de parler, elle se haussa sur la pointe des pieds et enfonça ses doigts dans ses cheveux humides. Elle s'approcha, posa la main sur sa poitrine, savourant le doux contact de sa toison sous sa paume.

Owen ouvrit la bouche comme s'il s'apprêtait à parler, mais elle ne lui en laissa pas l'occasion. Enroulant la main autour de sa nuque, elle l'attira à elle et pressa ses lèvres contre sa bouche.

15

Sa bouche chaude avait un goût de miel ; sa langue, insistante, cherchait à se frayer un passage entre ses lèvres. Il était sans défense face à elle, il l'avait toujours su. Tara était son point faible, son talon d'Achille. Jamais il ne pourrait lui refuser quoi que ce soit. C'était la raison pour laquelle il était toujours là, alors que d'autres hommes à sa place seraient allés voir ailleurs si l'herbe était plus verte. Tara était la seule, l'unique à ses yeux et, même s'il avait affirmé vouloir que leurs chemins se séparent, il se rendait maintenant compte qu'il n'aurait jamais rien fait en ce sens. Ç'aurait été tout bonnement au-dessus de ses forces.

Les mains de Tara, tout à coup, semblaient être partout à la fois — sur ses épaules, ses flancs, contre ses doigts et sur la peau sensible, juste au-dessus de ses hanches. Son corps tout entier s'embrasa — dévoré par un feu inextinguible qui s'étendait à chacune des parcelles de peau qu'elle touchait.

Finalement, ses doigts plongèrent vers la fermeture Éclair de son jean. À cet instant, même si son corps exultait, une méchante petite voix dans sa tête lui souffla :

Qu'est-elle en train de faire ?

Comme si elle avait perçu cette note discordante, Tara s'immobilisa et s'écarta de lui pour le regarder, les yeux assombris par le désir.

— Qu'y a-t-il ? Quelque chose ne va pas ?

Il eut envie de lui dire que non, que tout allait bien, qu'elle ne s'arrête surtout pas. Que les choses se passeraient comme elles devaient se passer.

Mais laisser faire et s'en remettre au hasard n'était pas dans ses gènes. Non, lui, il était plutôt du genre à planifier le programme de sa semaine sur une feuille de calcul. De ce point de vue, ils se ressemblaient, tous les deux, songea-t-il. Ou alors, l'irrépressible besoin de Tara de tout contrôler avait fini par déteindre sur lui.

Il fallait qu'il sache ce qu'elle avait réellement en tête avant d'aller plus loin. Pour le meilleur ou pour le pire.

— Qu'est-ce qui se passe, là ? demanda-t-il doucement.

Les doigts de Tara voletèrent sur sa cage thoracique et un frisson le parcourut.

— Ça ne se voit pas ?

— Je croyais que tu ne voulais pas que notre relation prenne une tournure sentimentale.

Un pli creusa le front de Tara.

— Mais je n'ai rien contre l'idée d'un rapport purement charnel. Après tout, nous sommes adultes. Cela résout le problème de l'attirance sexuelle qui existe entre nous... Et nous ne gâchons pas notre amitié en en attendant autre chose.

Le cœur d'Owen se serra et il laissa retomber ses mains.

— Écoute, ma belle... Ça ne résoudra rien du tout.

— Pourquoi ? Ça se pratique fréquemment, de nos jours. Nous pourrions être des amis avec privilèges — des amis qui couchent ensemble de temps à autre.

— Voyons, Tara... Ce genre d'histoire ne finit jamais bien.

— Mais nous, nous ferions en sorte que ça se termine bien.

Elle se dressa sur la pointe des pieds pour l'embrasser de nouveau.

Et il ne fit rien pour l'en empêcher. Il savoura le velouté de ses lèvres, la passion et la promesse du plaisir à venir. S'en enivra jusqu'à en oublier de résister. Peut-être qu'elle avait raison, au fond, peut-être que cela pouvait marcher, se dit-il en encerclant sa taille et en l'attirant à lui, plaquant fiévreusement son corps contre le sien pour en éprouver toutes les douceurs des courbes, toutes les arêtes fortes. Il la connaissait intimement depuis de longues années, excepté cette facette-là, celle de la séductrice à l'imagination enflammée et aux caresses ensorcelantes.

Mais qu'arrivera-t-il quand elle rencontrera quelqu'un et qu'elle entamera une nouvelle relation ? demanda la méchante petite voix.

Avec un grognement de frustration et de regret, il se dégagea de son étreinte.

— Non, Owen, s'il te plaît... Ne fais pas ça.

— Il le faut, répliqua-t-il, se laissant tomber sur le bord du lit, derrière lui. Il faut bien que l'un de nous garde la tête sur les épaules.

— Mais enfin, tu ne comprends pas ? On s'est justement montrés beaucoup trop rationnels. Pourquoi n'avons-nous pas vu qu'il existait un moyen d'avoir ce que nous voulons tous les deux ?

Elle s'assit sur le lit à côté de lui. Beaucoup trop près. La senteur du gel douche qui émanait de sa peau le grisa instantanément.

Il emprisonna ses mains dans les siennes avant qu'elle ne les laisse de nouveau se promener sur lui.

— Il ne s'agit pas de ça, Tara. Il ne s'agit pas de sexe.

Elle parut désorientée.

— Mais je croyais que c'était justement le problème ?

— Non, ma belle, tu m'as mal compris. Il y a cet aspect-là, bien sûr, mais ce n'est qu'une infime partie de ce que je veux réellement.

Les yeux verts papillotèrent d'agacement. C'était tout Tara. Elle détestait tellement qu'on lui mette des bâtons dans les roues... Et, neuf fois sur dix, quand c'était lui qui contrariait ses plans, il se serait plié à sa volonté rien que pour le plaisir de voir son beau sourire fleurir de nouveau sur son visage.

Mais ce qui se jouait là était trop important pour qu'il cède à sa volonté à seule fin de la voir sourire. Leur amitié était en jeu. D'une manière ou d'une autre, les choses allaient devoir changer parce qu'il ne pourrait pas se contenter d'être son meilleur ami et son partenaire sexuel occasionnel.

Ce qu'il voulait, c'était ce qu'elle avait été si disposée à offrir à Robert Mallory, même si Owen avait toujours su qu'elle ne l'aimait pas assez pour passer le restant de ses jours à son côté. Et, s'il en avait été si certain, c'était parce qu'il *savait* que Tara et lui étaient faits pour être ensemble.

Mais le savoir ne pesait rien dans la balance si Tara, de son côté, n'en avait pas conscience.

— Je ne veux pas être ton meilleur ami *ad vitam aeternam* ni ton *ami avec privilèges*, parce que ce ne sera jamais ce que tu représentes à mes yeux.

Elle ouvrit la bouche mais il la réduisit au silence en posant l'index sur ses lèvres.

— Tara… Je t'aime. Je t'ai aimée dès le jour où tu as frappé Jason Stillwell dans les parties parce qu'il m'avait volé mon déjeuner. Cet amour ne s'est jamais démenti, même pendant les années où tu crânais avec les pom-pom girls du lycée, même quand tu as décidé, à l'université, que sortir avec des fils à papa était le meilleur moyen d'atteindre les objectifs que tu t'étais fixés dans la vie.

Elle fit la grimace.

— Ne m'en parle pas, grommela-t-elle contre son doigt.

Il laissa retomber sa main et elle lui décocha un bref sourire contrit.

— Moi aussi, je t'aime, Owen. Tu le sais.

— Oui. Mais est-ce que tu m'aimes assez pour m'épouser ?

Son expression se figea et, l'espace d'un moment, elle pâlit au point qu'il se demanda si elle n'allait pas s'évanouir. Mais ses joues reprirent des couleurs, plus intenses qu'elles ne l'avaient été un moment plus tôt.

— T'épouser ?

— Oui. Les alliances, la pièce montée, les vœux d'amour éternel, les enfants… Bref, la totale.

— Non. Je ne peux pas me marier avec toi, dit-elle en reculant d'un pas avant de se mettre à aller et venir devant la fenêtre recouverte de vigne kudzu. Tu sais bien pourquoi ce n'est pas possible.

— Ce n'est pas parce que le mariage de tes parents était un fiasco qu'il en ira de même pour toi. Tu t'apprêtais bien à épouser Robert.

— Parce qu'il correspondait à tous les critères de ma liste, rétorqua-t-elle, sa voix s'envolant dans les aigus sous l'effet de la détresse. C'était... comme un signe que c'était le bon.

— Mais ce n'était pas le cas.

Son visage s'allongea.

— Non. Ce n'était pas le cas.

— Parce que c'est moi.

Elle ne le regarda pas. Ne répondit pas.

Avec un soupir, Owen prit sa montre posée sur la table. Dans une heure, ils devraient se trouver devant le site de Security Solutions. Ils utiliseraient une petite entrée de service, sur l'arrière des bâtiments, que la plupart des employés ne connaissaient même pas. C'était Quinn qui la leur avait indiquée sur le plan du site.

— Écoute, remettons cette discussion à plus tard, dit-il. Il est temps de nous habiller et de nous préparer. On doit encore marcher jusqu'au 4x4. Si on laisse passer trop de temps après la ronde des gardes dans les bâtiments administratifs, il nous en restera moins pour trouver les preuves que nous cherchons.

Elle se détourna de la fenêtre et lui fit face, l'expression composée. Revenant vers le lit, elle s'y assit pour enfiler une paire de chaussettes épaisses.

— Habille-toi chaudement, conseilla-t-elle. À en juger par les courants d'air qui filtrent par la fenêtre, il commence à faire vraiment froid dehors.

Il revêtit un T-shirt noir à manches longues, puis un épais pull noir. Le coupe-vent, noir lui aussi, que lui avait fourni Quinn lui tiendrait suffisamment chaud si les gros nuages qui s'amoncelaient dans le ciel ne se mettaient pas à cracher de la neige.

La marche jusqu'à la voiture fut laborieuse, ralentie par l'obscurité, et le lourd silence dans lequel leur difficile progression s'accomplissait ne rendait pas la chose plus aisée. Enfin, le 4x4 apparut à travers les arbres, une centaine de mètres plus loin.

Lorsqu'ils approchèrent, il lui tendit les clés.

— Tiens, c'est de *ta* société qu'il s'agit. À toi l'honneur.

Elle les prit sans un mot, ni même un sourire, et s'installa au volant. Comme il bouclait sa ceinture, il fit observer :

— Tu sais, je ne crois pas qu'on puisse réussir dans notre entreprise si on ne s'adresse pas la parole.

— Désolée. C'est simplement que je ne sais pas quoi dire.

Il secoua la tête.

— Nous concernant, tout a été dit, non ? Tu refuses de risquer notre amitié en la transformant en autre chose et je suis parvenu à la conclusion que je ne pouvais pas te tourner le dos, même si, au fond de moi, je sais que c'est ce que je devrais faire. Donc, statu quo. On continue comme avant.

Elle tourna la tête vers lui.

— Tu crois que c'est possible ?

— Je ne vois pas ce qu'on peut faire d'autre. Et toi ?

Elle secoua la tête et détourna les yeux. Pendant un moment, elle demeura totalement immobile, le regard braqué droit devant elle. Puis elle exhala un petit soupir et inséra la clé de contact. Le moteur ronronna.

Comme le véhicule se mettait à rouler dans la nuit, le silence retomba entre eux, plus profond que jamais.

Ah... Voilà. Juste quand Archer Trask commençait à se dire que la réceptionniste s'était trompée, la camionnette noire de Ty Miller tourna dans l'allée de Security Solutions et se gara près du portail.

Trask posait la main sur la poignée de sa portière lorsqu'il s'avisa que Miller n'était pas seul.

Desserrant les doigts, il se pencha pour ouvrir le compartiment à gants et en sortit une petite paire de jumelles.

Il les porta à ses yeux pour mieux voir son passager.

Son estomac se contracta lorsqu'il reconnut le visage émacié de son frère.

Bon sang, Virgil.

Pour le cas où un automobiliste viendrait à passer par là à cette heure tardive, Tara gara le 4x4 le plus en retrait possible de la route, espérant que le véhicule se fondrait dans l'obscurité, sous les arbres qui bordaient la voie d'accès au site.

Sur tout son périmètre, le site était protégé par une clôture grillagée de deux mètres cinquante de haut, à laquelle avaient été ajoutés récemment des barbelés dans sa partie supérieure. Mais, hormis ce grillage, il n'existait aucun autre système de sécurité à l'extérieur du poste de garde qui se trouvait à l'entrée principale. La guérite étant inoccupée hors des horaires ouvrables, les employés se servaient de leur carte clé pour franchir le portail automatisé ; quant aux autres, il ne leur restait qu'à attendre l'arrivée de l'équipe du matin.

Il leur aurait donc fallu passer par-dessus la clôture et braver les barbelés si Quinn n'avait découvert cette entrée de service, sur l'arrière du site, prévue pour que les techniciens des entreprises de service public et les forces de l'ordre puissent accéder au site en cas d'urgence, pendant ses heures de fermeture. Peu d'employés devaient la connaître, Tara en était certaine, puisqu'elle-même, qui occupait un poste relativement haut dans la hiérarchie, n'en avait jamais entendu parler.

Lorsqu'elle en fit la remarque, Owen répondit :

— Je suppose que ce sont tes patrons qui la lui ont indiquée. À moins qu'il n'ait appris son existence par le biais d'un de ses contacts, dans les forces de l'ordre. Quinn sait toujours où pêcher les informations dont il a besoin et comment en tirer le meilleur parti.

— C'est bien ce qui le rend un peu inquiétant.

Après avoir crapahuté pendant un moment dans les mauvaises herbes qui envahissaient le terrain, ils trouvèrent le portail en question. Le loquet était entouré d'une lourde chaîne mais, à y regarder de plus près, elle n'était pas munie d'un cadenas. Ils n'eurent qu'à la dérouler pour ouvrir le portail et se faufiler à l'intérieur.

— On doit être à environ trois cents mètres du bâtiment, je pense, déclara Tara, s'efforçant de se repérer. Il y a une porte de service dans l'aile est du bâtiment où se situe mon bureau. Elle s'ouvre à l'aide d'une carte clé mais si, pour une raison ou pour une autre, un employé ne l'a pas sur lui, il peut utiliser un code numérique.

— Ce n'est pas très sécurisé.

— Ce système a été mis en place après que Clayton Garvey a dû, pour la troisième fois, aller chercher un gardien parce qu'il avait oublié sa carte.

— C'est tout de même un comble que des gens qui étudient les menaces contre la sécurité nationale et internationale soient aussi aveugles quant à leur propre système de protection.

— C'est la nature humaine, j'imagine.

Ils étaient suffisamment près, désormais, pour voir le contour du bâtiment se découper contre le ciel nocturne, tel un monstre endormi de verre et d'acier.

— Voilà la porte, annonça Tara quelques instants plus tard.

Ils ralentirent le pas comme ils approchaient de l'entrée, veillant à se faire aussi invisibles que possible. Ce n'était pas parce que les gardes étaient désormais focalisés sur la surveillance des zones sensibles du centre qu'Owen et elle ne devaient pas redoubler de prudence. Il y avait des caméras aux extrémités de chaque couloir. Des caméras qui, certes, n'étaient pas couplées à des détecteurs de mouvement. Mais, s'ils voulaient que leur présence demeure inaperçue le plus longtemps possible, ils devraient faire vite.

« Les caméras enregistrent tout ; c'est pourquoi il vous faudra porter les masques que je vous ai fournis jusqu'à ce que vous soyez hors de portée de l'objectif », les avait avertis Quinn.

Ils firent halte, le temps d'enfiler les cagoules noires que Quinn avait placées dans leurs sacs.

— Prête ? souffla Owen, ajustant la cagoule sur son visage.

— Oui.

Il lui fit signe de le précéder.

Jusqu'à la toute dernière minute, Trask avait pensé intercepter Virgil et Ty avant qu'ils ne pénètrent dans les bâtiments de Security Solutions. Mais c'est alors qu'il avait vu Virgil sortir de la camionnette, vêtu du même uniforme de gardien que Ty. Décontenancé, Trask avait senti toutes ses certitudes vaciller d'un seul coup.

Tandis qu'il demeurait figé sur place, passant rapidement en revue toutes les implications possibles, Ty et Virgil franchirent les quelques mètres qui séparaient le parking de l'entrée principale et disparurent à l'intérieur du bâtiment.

Le portail automatique était en train de se refermer lentement. Soudain galvanisé par l'urgence de la situation, Trask sauta à bas de son véhicule et s'élança, franchissant les grilles juste avant qu'il ne soit trop tard. Mais, lorsqu'il arriva à la porte, elle était évidemment fermée.

Il ne lui avait pas semblé voir Virgil ou Ty marquer une pause pour composer un code après être entrés, donc il pouvait peut-être tenter de forcer la serrure sans risquer de déclencher une alarme. Il s'accroupit et se mit au travail.

Au bout de quelques minutes, il sentit la dernière goupille de la serrure céder et il tira la porte. Le battant pivota silencieusement sur ses gonds vers l'extérieur et il se glissa dans le bâtiment.

Il s'immobilisa et tendit l'oreille. Rien. Où que se soient rendus Virgil et Ty, ils n'avaient pas perdu de temps. Regardant devant lui, il vit les ascenseurs, un peu plus loin, dans le hall.

Peut-être en avaient-ils emprunté un pour rejoindre un autre étage ?

Il s'avança prudemment, heureux d'avoir chaussé des baskets à semelles souples. Elles produisaient un infime couinement sur le sol luisant, mais au moins le claquement de ses talons ne résonnerait-il pas sur son passage.

Parvenu devant les ascenseurs, il regarda les voyants et constata que toutes les cabines étaient au rez-de-chaussée. Ty et Virgil n'avaient donc pas pris l'ascenseur.

Poursuivant sa progression, il aperçut une première caméra de surveillance. Elle n'était pas mobile, ce qui pouvait indiquer qu'elle diffusait une image statique sur un moniteur, quelque part. Si tel était le cas, il lui faudrait expliquer sa présence dans ces locaux et quelque chose lui disait que le prétexte qu'il avancerait aurait bien peu de chances de satisfaire sa hiérarchie.

Trop tard pour s'inquiéter de ça maintenant. Il revint sur ses pas et s'arrêta devant un plan des lieux, près des ascenseurs. Le bâtiment comportait deux ailes. Celle dans laquelle il se trouvait s'intitulait Services administratifs et comportait une longue liste de bureaux et de noms. Le bureau de Tara Bentley se trouvait à cet étage, dans un secteur nommé Division Analytique de Sécurité.

Il ne savait pas ce que signifiait cette appellation, s'avisa-t-il, ni quel était précisément le rôle de Tara dans l'organigramme de Security Solutions. Tout cela restait très vague, comme l'était l'intitulé des postes dans la plupart des sociétés s'occupant de sécurité.

La dénomination du poste d'Owen Stiles au sein de Campbell Cove Security était un peu moins sibylline : au moins la notion de « cybersécurité » parlait-elle un peu plus à Trask que celle, très floue, d'« analytique de sécurité ».

Bien... Ce pouvait être l'occasion d'en découvrir un peu plus sur la mystérieuse fugitive.

Il tourna à droite et se dirigea vers le bureau de Tara Bentley.

16

Les couloirs étaient plongés dans la pénombre, seulement éclairés par de petites veilleuses placées à intervalles réguliers, en haut des murs, tous les six mètres environ. L'œil rivé sur les caméras de vidéosurveillance, Tara remonta rapidement le couloir. À l'image de deux de ses collègues, elle avait remarqué que chacune d'elle, dans ce secteur, avant de balayer l'ensemble du service, marquait par deux fois un début de rotation dans le sens opposé.

Lorsque la caméra placée à l'extrémité du corridor, dans un petit déclic, commença à se déplacer par deux fois vers la gauche, Tara attrapa Owen par le bras et lui fit franchir la porte la plus proche.

— C'est là ? murmura-t-il.

— Non, c'est une salle de conférences.

— Alors, pourquoi sommes-nous entrés ici ?

Elle lui expliqua ce qu'elle savait du fonctionnement des caméras.

— Combien de temps met-elle à balayer l'ensemble de son angle de vue ? questionna-t-il à mi-voix.

— Ce doit être fini maintenant.

Elle risqua un bref coup d'œil dans le couloir et vit que la caméra avait repris sa position initiale. Elle saisit la main d'Owen et ils s'avancèrent rapidement le long du couloir avant de marquer une pause comme ils atteignaient un coude.

Elle pencha la tête pour regarder. Le couloir était désert et la caméra ne bougeait pas.

— Allons-y.

Owen lui emboîta vivement le pas. Ils tournèrent ensuite un autre coin en procédant de la même façon et atteignirent la porte de son bureau sans que la rotation des caméras ne se soit déclenchée.

Mais une surprise l'attendait. La porte de son bureau était fermée à clé.

— Normalement, ces portes ne sont pas verrouillées, murmura-t-elle, testant une deuxième fois la poignée.

— Laisse-moi essayer. Toi, surveille les caméras.

— Tiens-toi le plus près possible de la porte, conseilla Tara. Je ne crois pas que l'angle de vue maximum de la caméra arrive jusque dans ce renfoncement.

Joignant le geste à la parole, elle se plaqua elle-même, dos à la porte, et regarda avec curiosité Owen tirer une petite pochette en cuir de sa poche. Il en déplia les rabats, révélant une série de petites tiges métalliques de différents diamètres. C'était un kit de crochetage de serrure, s'avisa-t-elle non sans étonnement. Il sélectionna deux tiges et rangea la pochette dans sa poche.

Il inséra les deux outils dans la serrure, les remua selon une technique qui lui échappait complètement. Mais, au bout de quelques instants, la serrure céda dans un léger cliquètement métallique et Owen ouvrit la porte.

Il entra le premier, avec mille précautions. Tara le suivait de près, la main posée sur son dos.

— Mon bureau est là-bas, sur la droite. Celui de Chris Miller est juste là, à gauche.

Subitement, un flot de lumière illumina la pièce, l'aveuglant presque par sa soudaine intensité. Elle plissa les yeux, se demandant pourquoi Owen avait allumé les lampes. Elle ouvrait la bouche pour lui dire d'éteindre lorsqu'elle sentit son dos se raidir d'un coup sous sa main.

Et, avec l'horrible sentiment qu'ils étaient perdus, elle comprit. Ce n'était pas lui qui avait actionné le commutateur.

Une voix traînante s'éleva, vaguement railleuse.

— Eh bien, eh bien... Voilà qui est inattendu.

Lentement, elle pivota sur elle-même pour regarder l'homme qui avait parlé. C'était le faux livreur qui l'avait attirée dans le parking du temple. Il les tenait en joue avec un gros pistolet noir.

— Hé !

La voix qui résonna dans le couloir, derrière Trask, le stoppa net. Il se retourna lentement et se retrouva face à Ty Miller. Il ne portait plus son uniforme de vigile vert olive mais un élégant pantalon beige, un polo de golf blanc et un blazer bleu marine.

Non... Non, ce n'était pas ça. Cet homme *ressemblait* à Ty — il avait la même couleur de cheveux, les mêmes traits, la même corpulence —, mais il était plus jeune.

Trask s'était attendu à tout sauf à tomber sur Chris, le frère de Ty. Celui-ci travaillait pour Security Solutions, il le savait, mais... Que diable faisait-il ici à cette heure ?

— Archer ? dit Chris en s'avançant vers lui. Qu'est-ce que tu fais là ?

— En fait, je cherche ton frère.

Chris parut tomber des nues.

— Il travaille ce soir ? Il m'a dit qu'il était en congé cette semaine. Un collègue a dû lui demander de le remplacer.

— Et toi ? Que fais-tu ici à une heure aussi tardive ?

— J'ai un important document analytique à présenter à mes supérieurs demain à propos du sym...

Chris s'interrompit net.

— À propos d'un projet en cours. Bref, je me suis rendu compte que j'avais laissé dans mon bureau des dossiers que je dois impérativement replacer en zone sécurisée avant demain matin. Donc, je suis venu les chercher.

— Tu ne vois pas d'inconvénient à ce que je t'accompagne ? Cet endroit est lugubre, de nuit... Mais chut ! Ne va pas répéter à mon chef que j'ai dit ça, mm ? acheva-t-il sur le ton de la plaisanterie.

Chris lui retourna un large sourire.

— Ça restera entre nous. Et tu as raison : cette enfilade de corridors vides... C'est franchement sinistre.

Ils longèrent un long couloir côte à côte. Le silence était effectivement oppressant, même si Trask en avait un peu rajouté. Puis, tout à coup, il capta un lointain murmure de voix en provenance de l'extrémité du couloir. Il s'arrêta. Chris Miller stoppa net, lui aussi, et le regarda avec une étrange expression.

— Personne n'est censé se trouver dans cette aile à cette heure-ci, souffla-t-il. Les vigiles sont déjà de l'autre côté du complexe.

La main de Trask s'insinua sous sa veste et ses doigts se refermèrent sur la crosse de son arme de service. Parlant aussi bas que Chris, il demanda :

— Juste une question. Savais-tu que mon frère était aussi gardien de nuit ici, maintenant ?

Chris tourna la tête et lui jeta un regard intrigué.

— Virgil ? Non, il ne travaille pas ici.

— Peut-être qu'il vient juste d'être embauché.

Mais Chris secoua la tête.

— Non, réfuta-t-il fermement. C'est impossible.

S'avisant qu'il avait haussé la voix, il reprit, tout bas.

— Si nous avions engagé de nouveaux vigiles, je serais au courant. C'est moi qui suis chargé de passer au crible les antécédents du personnel de l'agence Security Staffing.

Nom d'un chien. Trask déglutit péniblement, s'efforçant de dissiper la boule qui lui obstruait soudain la gorge.

D'un signe de tête, il désigna le bout du couloir.

— Allons voir qui est là-bas.

— Ty, viens par là.

L'homme en uniforme vert olive tenait toujours le canon de son pistolet pointé sur le cœur d'Owen. Owen s'obligea à relever les yeux et se concentra pour mémoriser chaque détail de leur ravisseur.

C'était l'homme qui avait poussé Tara dans la camionnette, au temple. Celui aussi qu'elle avait vu entrer dans les locaux du bureau du shérif, revêtu de l'uniforme de shérif adjoint.

— Vous êtes Virgil Trask, dit Tara d'une voix forte où Owen décela à peine un imperceptible tremblement.

— Et vous, vous êtes une emmerdeuse de première, ma chère, riposta l'homme d'un ton rogue. Incapable de vous tenir tranquille.

— Qu'est-ce que vous comptiez faire de moi ? Pourquoi m'avez-vous droguée et enlevée, au temple ?

Virgil la contempla comme si elle avait perdu l'esprit.

— Vous vous croyez dans un épisode de *Scooby-Doo* ? Vous vous imaginez que je vais rester là, à vous expliquer tous les détails de mon plan machiavélique ?

— Vous ne pourrez pas nous faire sortir d'ici en nous menaçant de votre arme, souligna Owen. Les caméras de surveillance filmeront tout.

Virgil lui jeta un regard torve.

— Et qui, d'après vous, s'occupe des caméras ici ?

Il tourna la tête en direction de la porte, au fond de la pièce.

— Ty ! Tu viens, oui ou non ?

Un homme à la large carrure s'encadra dans l'embrasure de la porte, les bras chargés de dossiers.

— Il les avait bien oubliés là où il l'avait dit, Virgil.

L'homme que Virgil Trask avait appelé Ty s'arrêta net, surpris de voir Owen et Tara, et lâcha une partie des dossiers. Il grommela un juron.

— Oui, comme tu dis, souligna Virgil en faisant la grimace. J'espérais vraiment n'avoir à descendre personne pour le moment.

— Que vous le fassiez maintenant ou plus tard, quelle différence ? lança Owen avec un haussement d'épaules étudié. C'est bien ce que vous aviez prévu, de toute façon, non ? Tuer le plus grand nombre possible de participants à cette conférence ?

Des spécialistes de tous les pays qui s'efforcent de lutter contre le terrorisme à l'échelle mondiale ? Ce que je ne comprends pas, c'est pourquoi.

Virgil ne dit rien, mais Ty Miller posa le reste des dossiers qu'il tenait sur un bureau et s'avança l'air menaçant vers Owen.

— Vous croyez que tous ces gens se réunissent pour que nous soyons tous en sécurité ? Tout ce qu'ils veulent en réalité, c'est nous maintenir pieds et poings liés par tous les moyens.

Virgil jeta un regard dégoûté à Ty.

— Ferme-la, Ty. Contentons-nous de trouver le moyen de nous débarrasser d'eux proprement et finissons ce que nous sommes venus faire.

— Ces dossiers sont des documents classifiés qui ne doivent pas quitter la zone sécurisée, reprit Tara en esquissant un pas en direction du bureau où Ty venait de les poser. Ils étaient dans le bureau de Chris ?

— Oncle Stephen lui a permis de les sortir pour préparer un topo qu'il devait présenter aux directeurs. Vous connaissez Chris, ce n'est pas un foudre de guerre.

Tara jeta un coup d'œil à Owen, l'air passablement horrifié.

— Et il les a laissés traîner dans son bureau ?

— Assez fait la conversation, Ty. Je ne plaisante pas.

L'espace d'une seconde, le museau noir du pistolet de Virgil quitta le torse d'Owen pour s'orienter vers son complice. Ses chances de réussite étaient plus que minces, mais ce serait peut-être sa seule occasion, songea Owen.

Il se jeta sur Virgil, le poussant de toutes ses forces contre le bureau qui était derrière lui. Virgil le heurta violemment avec un grognement de douleur mais il se rétablit tant bien que mal, ramenant déjà le pistolet sur Owen.

Mais celui-ci avait eu le temps, d'un coup d'épaule, de faire passer son sac à dos devant lui. Il le projeta en avant pour dévier le bras qui pointait l'arme juste au moment où Virgil appuyait sur la détente. Des lambeaux de tissu volèrent, retombant en pluie sur les deux hommes qui s'étaient écroulés sur le sol.

— Owen ! cria Tara.

Il eut l'impression que tout l'air contenu dans ses poumons s'échappait et le monde, autour de lui, commença à sombrer dans les ténèbres.

Dans un environnement bruyant, un coup de feu pouvait aisément être pris pour autre chose : un pot d'échappement défectueux ou, même, le son d'une batte de base-ball s'abattant sèchement sur la balle.

Mais, dans le silence total de ces locaux, à minuit passé, il était impossible de s'y tromper. Comme Chris Miller s'immobilisait, pétrifié, l'instinct professionnel de Trask le poussa instantanément à s'élancer en direction de la détonation.

Il entendit une voix de femme s'écrier, épouvantée : « Owen ! ».

Les bruits semblaient provenir du bureau qui était juste un peu plus loin, à hauteur d'un panonceau indiquant « Analytique de Sécurité ». Trask aurait parié le peu d'argent qu'il avait sur son compte d'épargne que cette voix était celle de Tara Bentley.

Il les avait enfin trouvés, ses fugitifs. Restait à espérer qu'il n'était pas arrivé trop tard.

Comme Tara s'élançait vers Owen, Ty Miller l'attrapa par les bras. Elle se débattit comme un beau diable pour lui échapper, mais il était fort comme un bœuf et ses doigts d'acier s'enfonçaient dans sa chair.

Elle continua cependant à lutter, le cœur comprimé par la terreur tandis qu'elle contemplait, impuissante, Owen, immobile, sur le sol.

— Lâchez-moi ! cria-t-elle en se démenant de plus belle.

Ne sachant plus à quel saint se vouer, elle balança un grand coup de pied en arrière.

Le bout de sa chaussure dut percuter la rotule de l'homme car il poussa un hurlement sauvage et relâcha son emprise.

Elle s'arracha à sa poigne et se précipita vers Owen.

— Reculez !

De l'endroit où il était, sur le sol, Virgil pointait son arme sur elle, une note de désespoir s'entendant dans sa voix.

— Reculez ou je tire !

Elle éleva les deux mains.

— S'il vous plaît. Laissez-moi approcher.

Virgil secoua la tête.

— Restez où vous êtes.

— Il est blessé ! insista-t-elle d'un ton suppliant en voyant une tache sombre sur le côté de la veste d'Owen. Il faut stopper l'hémorragie, sinon il risque de mourir.

— C'est ce qui l'attend, de toute façon.

Virgil fit un signe de tête à Ty qui la saisit de nouveau par les bras et l'entraîna en arrière.

— Il faut qu'on emporte ces dossiers, Virgil.

— Je vais les prendre. Toi, tu t'occupes de la fille.

— Et lui ? demanda Ty.

Virgil tourna les yeux vers Owen.

— On n'a qu'à le laisser se vider de son sang. On reviendra faire le ménage ensuite.

L'espace d'un instant, Tara crut voir la main d'Owen bouger mais il redevint totalement inerte aussitôt et elle en conclut, au bord du désespoir, qu'elle avait dû rêver.

Peut-être était-il mort, le cœur traversé par la balle de Virgil Trask ? Peut-être était-il parti pour toujours sans qu'elle ait eu le temps de lui avouer toutes ces choses qu'elle n'avait pas encore dites...

Qu'elle l'aimait... Que cette perspective d'amour pour toujours à laquelle il aspirait tant avait fait son chemin en elle, s'était insinuée jusqu'à son âme, au point qu'elle savait désormais qu'elle ne pourrait pas refuser ce qu'il lui offrait.

Dire qu'il avait fallu attendre jusqu'à maintenant pour qu'elle comprenne enfin... Maintenant qu'il était peut-être trop tard, songea-t-elle, éperdue d'angoisse.

Je t'interdis de mourir, Stiles. Je t'interdis de mourir alors qu'on n'a pas encore eu une chance de tester le grand amour pour la vie.

Chris Miller était resté planté dans le hall, à l'endroit où il se trouvait quand le coup de feu avait retenti. C'était peut-être mieux ainsi, songea Trask, avançant sans bruit vers la porte. Il ne lui aurait sans doute pas été d'une grande utilité.

Trask, plaqué contre le mur, près de la porte, essaya de discerner ce qui se disait à l'intérieur de la pièce. Il reconnut le roulement rauque de la voix de son frère et le parler plus appuyé, plus rustique de Ty. Il était question de nettoyage, de dossiers. Et la femme les implorait de la laisser s'occuper de quelqu'un. Son ami Owen ? Elle avait crié son nom, donc peut-être Stiles avait-il été touché ?

— Lâchez-moi ! lança de nouveau Tara d'une voix déchirante.

— Emmène-la ! rugit Virgil.

Trask s'aplatit contre le mur et agita le bras pour intimer à Chris Miller de s'en aller.

Il le vit s'éloigner en courant vers le fond du couloir et tourner le coin. Avant qu'il ne disparaisse, il l'avait vu plonger la main dans sa poche et en sortir son téléphone. Certainement pour appeler les secours.

Il y eut un coup violent contre la porte, suivi d'un autre puis d'un autre encore.

Des éclats de bois volèrent autour de Trask en même temps qu'une nouvelle salve de coups de feu éclatait. Trask se courba en deux contre le mur, le cœur battant.

— Bon sang, Virgil ! Tu as failli me toucher ! protesta Ty Miller qui, sous l'effet de la surprise, relâcha légèrement le bras de Tara.

La joue la brûlait là où une écharde de bois lui avait entaillé la peau mais elle ne pensait pas avoir été touchée par les coups de feu.

D'une secousse, elle se libéra de Ty et se retourna pour regarder Virgil. Mais il n'était pas debout, l'arme braquée sur elle. Il était aux prises avec Owen, sur le sol. Owen qui avait les yeux grands ouverts et rivés sur son adversaire et dont la main couvrait celle de Virgil, sur la crosse du pistolet.

— Va-t'en, Tara ! Cours ! lui cria-t-il sans regarder vers elle.

Il était vivant ! Mais l'exaltation et le soulagement qui se propagèrent en elle à cette idée furent de courte durée. Il luttait toujours contre Virgil et Miller s'avançait déjà vers eux pour prêter main-forte à son complice.

Elle attrapa une chaise qui se trouvait près de la porte et la projeta contre Ty Miller, le heurtant au niveau des reins. Il y eut un craquement et Ty s'effondra sur le sol, se tordant de douleur et gémissant.

— Pars, Tara, pars ! cria Owen qui commençait à faiblir.

— Non !

Se précipitant vers la chaise, elle la ramassa, prête à voler à son secours.

Mais la main de Ty Miller lui agrippa la cheville et elle perdit l'équilibre et bascula en avant, l'impact avec le sol lui faisant voir trente-six chandelles pendant quelques secondes. Elle recouvra ses esprits et donna un coup de pied au hasard, touchant Ty au menton. Il proféra un chapelet de jurons mais lâcha prise.

Sans trop savoir comment, elle se remit sur ses pieds et empoigna la lourde chaise de métal. Mue par l'adrénaline, elle avait à peine senti son poids la première fois, mais sa chute l'avait vidée de ses forces.

Elle jeta un regard aux deux hommes qui, roulant sur le sol, s'étaient déportés vers la fenêtre.

Soudain, la porte, derrière elle, s'ouvrit d'un coup, allant taper contre le mur. Virgil et Owen s'immobilisèrent et tournèrent la tête. Tara pivota sur elle-même et vit un homme brun armé d'un pistolet. L'arme était pointée droit sur Virgil Trask.

— Pose ton arme, Virgil. C'est fini.

Owen lâcha son adversaire et s'écarta de lui. Il se traîna avec peine jusqu'à la chaise la plus proche. Tara courut vers lui, le cœur cognant à tout va dans la poitrine.

— Qu'est-ce que tu fais là, Archie ? lança Virgil d'un ton plaintif, à mi-chemin entre la colère et la stupéfaction.

— Je suis venu mettre un point final à tout ceci, Virgil. Pose ton arme.

Virgil secoua la tête.

— Non, non… Tu ne comprends pas, Archie. J'ai attrapé tes fugitifs. Il a essayé de me tuer.

Tara, qui s'efforçait de localiser la blessure d'Owen, s'interrompit un instant dans sa tâche pour se retourner.

— Non, c'est faux ! se récria-t-elle. Ce sont ces deux hommes qui m'ont enlevée le jour de mon mariage. Je pense que l'un d'eux a tué mon fiancé. Ils cherchent à mettre la main sur des informations secrètes.

— Je sais, répondit l'homme qui tenait en joue Virgil. Je suis Archer Trask. C'est moi qui enquête sur le meurtre de votre fiancé.

— Voyons, Archie ! C'est ta suspecte principale. C'est moi qui l'ai retrouvée. J'allais l'arrêter.

— C'est terminé. Lâche ton arme.

— Bon sang, Archie… Enfin, quoi, c'est moi !

Archer Trask regarda son frère avec tristesse.

— Je sais, Virgil.

La main de Virgil qui tenait l'arme se releva de quelques centimètres. Tara poussa un cri d'avertissement.

Mais c'était inutile. Archer Trask pressa la détente juste au moment où Virgil tirait. La balle de Virgil alla se loger dans le chambranle de la porte. Mais celle qu'avait tirée son frère l'atteignit en pleine poitrine.

Pendant une minute, Virgil contempla avec incrédulité la tache rouge qui s'étalait rapidement sur sa chemise. Puis il leva les yeux et regarda son frère avec une expression stupéfaite qui se figea sur ses traits. Sa tête retomba en arrière, il glissa contre le mur strié de son sang, et il ne bougea plus.

Archer Trask s'avança lentement vers son frère, le regard empli de chagrin. Il prit le pistolet des doigts sans vie de Virgil, se pencha sur son corps inerte et posa deux doigts contre sa gorge.

La détresse absolue qui se lisait dans son regard confirma à Tara ce que la vérification de ces doigts tremblants avait révélé.

Archer demeura assis sur ses talons, les larmes aux yeux.

— Bon sang, Virgil, murmura-t-il en secouant la tête.

17

Assise dans une salle d'interrogatoire du bureau du shérif, Tara regarda Roy Atkins, le shérif de Bagley County qui la contemplait d'un air sévère.

— Faut-il vraiment qu'on fasse ça maintenant ? s'enquit-elle. Le shérif adjoint Trask a déjà dû vous expliquer tout ce qui s'était passé. Je voudrais aller m'assurer qu'Owen va bien.

— Il est encore en chirurgie.

Le choc la laissa un instant sans voix.

— En chirurgie ? Mais pourquoi ? Il était conscient, il parlait... Et les infirmiers semblaient penser que ce n'était pas grave.

— Il a été touché au côté. Les médecins veulent s'assurer qu'il n'a pas subi de dommages internes et ils sont en train d'extraire la balle.

Elle pressa une main tremblante contre sa bouche, rongée par l'angoisse. Elle avait cru que c'était fini. Qu'il ne lui restait plus qu'à traverser l'épreuve des inévitables debriefings, à convaincre les autorités de sa bonne foi avant que, enfin, Owen et elle puissent se concentrer sur la vie qu'ils auraient depuis longtemps dû partager.

Tout ne pouvait pas être remis en question... Pas maintenant qu'ils étaient sur le point de toucher au but.

Owen méritait ô combien cet amour qu'il avait tellement appelé de ses vœux. Elle devait trouver le moyen de le lui offrir.

Mais elle ne pouvait pas le faire d'ici, alors qu'il était sur une table d'opération, à l'autre bout du comté.

On frappa deux coups secs à la porte et le shérif Atkins tourna la tête dans cette direction, agacé d'être interrompu. Son irritation s'accrut lorsque Tony Giattina s'avança dans la pièce et vint poser son attaché-case en cuir sur le bureau, entre le shérif et Tara.

— Ne dites plus rien, Tara, déclara-t-il en lui jetant un regard empreint de beaucoup plus de sympathie que la dernière fois qu'elle l'avait vu.

Il était vêtu d'un costume chic et d'une chemise blanche en lin qui auraient été beaucoup plus à leur place au tribunal, pour une plaidoirie matinale, qu'à la prison du comté, à 2 heures du matin.

— Shérif, est-ce que vous avez l'intention de retenir ma cliente pour la nuit ?

L'espace d'un moment, le shérif parut sur le point de répondre par l'affirmative. Mais, finalement, il secoua la tête.

— Non. Mais je vous demanderai de ne pas quitter notre juridiction, cette fois-ci, mademoiselle Bentley.

— Bien entendu... Elle n'y penserait même pas, répliqua joyeusement Tony en tendant la main pour l'aider à se lever.

Au-dehors, il y avait beaucoup plus de monde qu'à son arrivée. Il s'était passé tant de choses... y compris la mort d'un de leurs shérifs adjoints. Tout le monde n'avait pas encore pleinement saisi la situation et certains regards furieux s'arrêtèrent sur elle tandis qu'elle quittait le bâtiment, escortée de son avocat.

Sans surprise, Alexander Quinn l'attendait à l'extérieur. Il salua Tony d'un signe de tête avant de reporter son attention sur Tara.

— Ça va ?

— Oui... Mais il faut que j'aille voir Owen. Le shérif m'a dit qu'il était en train d'être opéré.

— Oui. L'un de mes collègues est sur place... Il attend des nouvelles des médecins. Je suis venu pour vous emmener à l'hôpital.

Il ouvrit la portière d'un 4x4 bleu marine et la fit asseoir avant de contourner le véhicule et de s'installer au volant.

— Pendant le trajet, racontez-moi la façon dont les choses se sont passées ce soir.

Le shérif avait accepté de la laisser partir mais, en fin de compte, elle n'allait pas échapper à un interrogatoire pour autant, songea-t-elle avec résignation.

Les dernières personnes qu'Archer Trask s'attendait à voir, en entrant dans Sheffield Tavern, étaient bien Maddox Heller et sa charmante épouse. Il faillit faire demi-tour et s'en aller en voyant leurs expressions désolées, mais il se ressaisit et s'avança vers eux, se cuirassant de son mieux pour supporter les paroles de sympathie qu'il n'avait pas envie d'entendre.

Le bar était presque désert à cette heure de la matinée. Heureusement, il fermerait ses portes dans une heure, ce qui lui fournirait un excellent prétexte pour s'esquiver poliment, songea-t-il non sans une once d'humour noir.

— On a appris ce qui est arrivé, annonça Heller tandis que Trask s'asseyait sur un tabouret à côté de lui. Je suis vraiment navré.

— Moi aussi, répondit Trask en faisant signe au barman. Un bourbon allongé à l'eau plate... Pas *trop* allongé.

— Nous pensons avoir enfin découvert ce que trafiquaient votre frère et Ty Miller, déclara Heller.

Il souleva le verre, presque plein, qui était posé devant lui, rempli d'un liquide qui ressemblait à de l'eau, avec une tranche de citron vert.

Sa femme, quant à elle, avait à peine touché à son verre de vin blanc.

— J'en devine déjà une bonne partie, répondit Trask. Ma mère m'a dit que Virgil passait beaucoup de temps en compagnie de Ty Miller et d'un groupe d'amis à lui. J'ai pu parler avec le frère de Ty, Chris, avant que la police et les secours n'arrivent. Il m'a dit que Ty était devenu membre d'un groupe de survivalistes.

— Oh ! ce n'étaient pas seulement des survivalistes. Ceux-là se contentent de se préparer à une quelconque apocalypse, répliqua Heller. Ce que votre frère et ses amis voulaient, c'était voir notre pays couper tout lien avec le reste du monde. C'étaient des isolationnistes radicaux.

Trask se remémora certains des propos les plus contestables qu'il avait entendus de la bouche de son frère au fil des années. Il l'avait vu pencher peu à peu vers un extrémisme qui visait à jeter dehors tous « ces fichus salopards d'étrangers ».

— Quinn et sa précédente société de sécurité, dans les montagnes du Tennessee, avaient eu affaire à une milice nihiliste très similaire — la Blue Ridge Infantry. Nous pensons qu'un des membres du groupe de votre frère a des liens de parenté avec certains anciens membres de la Blue Ridge Infantry.

— J'en ai entendu parler. Ils étaient également implantés en Virginie et il existait aussi plusieurs petits groupes de sympathisants moins organisés, ici, dans le Kentucky.

— Nous pensons que Ty et votre frère étaient en train de fédérer ces différents groupuscules en une structure unique. Par le biais de Chris, ils ont découvert que Security Solutions était en train de préparer une conférence d'envergure internationale, à laquelle de nombreux pays devaient participer. Je pense que votre frère et Ty ont vu là l'occasion d'effectuer une percée décisive. S'ils parvenaient à perturber — voire à faire capoter — la tenue de cet événement important, leur succès leur servirait de carte de visite et deviendrait un outil de recrutement spectaculaire afin de grossir leurs rangs et de pouvoir passer à des attentats de grande ampleur contre le gouvernement qu'ils considèrent comme traître à son pays et qu'ils entendent anéantir. Seulement, pour que l'opération réussisse, il leur fallait des informations plus détaillées.

— C'est pour ça qu'ils ont enlevé Tara Bentley ? Pour la faire parler ? Vous pensez qu'ils l'auraient torturée si elle avait refusé ? Ou tuée ?

— C'est ce que nous avons cru dans un premier temps. Seulement, nous ne parvenions pas à faire cadrer l'assassinat de Robert Mallory avec notre théorie.

Le barman arriva avec sa commande. Trask sirota une gorgée et fit la grimace.

— Moi non plus. Ce meurtre semblait complètement déconnecté du reste. Je n'arrivais pas à lui trouver un mobile plausible.

— Et pour cause. En réalité, ce qu'ils voulaient, c'était mettre Tara Bentley hors circuit et lancer la police sur une fausse piste, continua Heller. S'ils l'avaient tuée, sur quoi votre enquête se serait-elle centrée ?

— Sur elle. Ses relations... Son travail, répondit Trask en hochant lentement la tête. Au lieu de quoi, c'est son fiancé qui est mort. Et, comme elle avait disparu, je l'ai d'emblée considérée comme ma suspecte numéro un, et non comme la victime.

Heller hocha la tête.

— Votre frère était un flic. Il savait dans quelle direction vous chercheriez.

— Et, pendant que toute l'attention était centrée sur Tara Bentley, Ty et lui auraient eu tout le temps de mettre la main sur les informations que Tara ne leur aurait jamais données.

— Ils avaient prévu de la séquestrer quelque part le temps qu'ils obtiennent ce qu'ils désiraient par l'intermédiaire de son premier assistant.

— Chris, le frère de Ty.

Trask avala une nouvelle gorgée de bourbon. Elle lui brûla la gorge et l'œsophage, lui laissant une désagréable sensation de poids sur l'estomac. Il posa le verre et le repoussa.

— Ils ont trouvé des dossiers dans son bureau ce soir.

— Il paraît. Security Solutions a déjà fait le nécessaire. Ces documents ont réintégré la zone sécurisée où ils sont conservés.

— Je ne crois pas que Chris les ait aidés délibérément, crut bon de préciser Trask.

— Nous non plus, dit Heller. Il était seulement trop négligent pour le poste qu'on lui avait confié.

Trask se leva. Il fallait qu'il sorte, qu'il respire ; il avait l'impression d'étouffer dans cet endroit. Il sortit un billet de son portefeuille et le posa sur le comptoir, à côté de son verre.

— Il faut que je m'en aille.

Heller et sa femme lui emboîtèrent le pas.

— Trask, l'apostropha Heller, une fois dehors.

Il se retourna, les regarda.

— À vrai dire, j'ai vraiment besoin d'être seul.

Ce fut sa femme, Iris, qui s'avança et posa sa main sur la sienne. Comme cela s'était produit la dernière fois qu'il l'avait rencontrée, il perçut une curieuse décharge d'énergie là où ses doigts étaient entrés en contact avec sa peau.

— Je suis sincèrement désolée pour votre frère. Si vous avez besoin de quoi que ce soit, n'hésitez pas à nous appeler, d'accord ?

Elle ponctua ses paroles d'un petit sourire, retira sa main et s'éloigna avec son mari.

Trask la regarda partir en se frottant la paume d'un air songeur. Étrange. Un moment plus tôt, il avait eu le sentiment qu'il ne redeviendrait plus jamais normal. Mais maintenant...

Maintenant, il lui semblait qu'il y avait peut-être une petite lueur d'espoir, finalement.

— Il est sorti du bloc opératoire. Tout s'est bien passé, annonça une belle Afro-Américaine en se levant lorsque Quinn et Tara entrèrent dans la salle d'attente du service de chirurgie abdominale. J'ai essayé de joindre ses parents, mais il n'y avait personne.

— Ils doivent être à Branson, dans le Missouri, dit Tara. Ils s'y rendent chaque printemps, avant la saison touristique.

Elle se frotta les yeux, surprise de s'apercevoir que les larmes n'étaient pas loin.

— Je voudrais le voir.

— Je sais. Il est encore en salle de réveil mais ils vont bientôt le conduire à sa chambre.

La femme lui sourit avec bienveillance.

— Je suis Rebecca Cameron. Je travaille avec Quinn à Campbell Cove Security.

— Oh... Oui, Owen m'a parlé de vous.

Rebecca passa un bras autour de ses épaules.

— Venez, je vais vous conduire à sa chambre. Vous pourrez l'y attendre.

Tara regarda autour d'elle. La pièce semblait si dépouillée, si... impersonnelle. Elle se prit à regretter que la boutique de l'hôpital ne soit pas ouverte. Elle serait allée acheter au moins un bouquet de fleurs pour égayer un peu l'endroit.

Comme si elle avait lu dans ses pensées, Rebecca lui tapota la main.

— Ne vous inquiétez pas, je pense qu'il n'a besoin de rien d'autre que vous, assura-t-elle.

Avec un sourire encourageant, elle la laissa seule.

Il lui sembla qu'une éternité s'était écoulée lorsqu'une infirmière et un aide-soignant entrèrent dans la chambre, poussant Owen sur un chariot. Il n'était pas encore tout à fait réveillé, mais ses paupières papillotaient et il bougeait faiblement les bras.

Quand ils l'eurent installé et que la poche à perfusion fut accrochée sur la potence, derrière la tête de lit, l'infirmière se tourna vers elle en souriant :

— Vous êtes Tara ?

Elle hocha la tête.

— Il a demandé si vous étiez ici quand l'anesthésie a commencé à se dissiper.

Tara s'approcha du lit. Les yeux d'Owen étaient de nouveau fermés mais, lorsqu'elle prit sa main qui n'était pas perfusée, il la pressa faiblement.

— Tara ? marmonna-t-il.

— Je suis là, Owen. Bien sûr que je suis là.

L'infirmière lui décocha un nouveau sourire.

— Je reviendrai dans un moment pour vérifier ses constantes. Vous pouvez rester auprès de lui. Je vais voir si je peux vous trouver un fauteuil inclinable, si vous voulez… Ce sera plus confortable.

— Merci, ce sera volontiers. Quand vous pourrez… Ce n'est pas pressé.

Elle attendit que l'infirmière soit partie puis elle se pencha de nouveau au-dessus d'Owen.

— Tu m'as fait la peur de ma vie, à jouer les héros intrépides. Ne recommence plus jamais, tu m'entends ?

Il entrouvrit à moitié les paupières mais son regard n'arrivait pas encore à se fixer.

— Reconnais-le, murmura-t-il. Je t'ai impressionnée par ma démonstration de courage viril.

— Je dirais plutôt « terrifiée », confessa-t-elle, soulagée qu'il soit en état de plaisanter. Je n'avais nul besoin que tu fasses étalage de ta bravoure, je te signale. J'ai toujours pensé que tu étais l'homme le plus fort que je connaisse.

— Même si mon père pensait le contraire ?

— On sait tous les deux qu'il avait tort sur toute la ligne. Alors, plus question de prendre des risques insensés… Tu n'as rien à prouver, OK ? dit-elle doucement.

Elle lui caressa la joue.

— Quant à la douzaine d'années que tu viens de retrancher à mon espérance de vie par la frayeur que tu m'as faite, autant te dire que tu vas m'être redevable !

Les commissures des lèvres sèches d'Owen s'étirèrent imperceptiblement.

— Tu as une idée de la façon dont je pourrais me racheter ?

Elle s'approcha plus près de lui encore et sa voix s'abaissa jusqu'à n'être plus qu'un murmure.

— Peut-être en m'épousant ?

Elle le vit lutter pour centrer son regard sur elle.

— C'est une proposition ?

— Une demande en mariage.

Elle prit le rouleau de sparadrap que l'infirmière avait posé sur la table de chevet après avoir fixé son cathéter et en déroula un petit morceau, qu'elle entortilla autour de son annulaire gauche.

— Tu vois ? J'ai tout prévu. Même l'alliance.

Un rire éraillé s'échappa de sa gorge. Il grimaça de douleur. Ce fut d'une voix voilée mais chargée d'humour qu'il répondit :

— Eh bien, mademoiselle Tara... Je ne sais pas trop. C'est tellement soudain.

— Dis-moi « oui », Owen.

— Oui, Owen.

Ses paupières s'abaissèrent.

Elle se renfonça contre le dossier de son fauteuil et demeura là, à le contempler, un sourire béat sur les lèvres, ses doigts mêlés aux siens.

Owen fut éveillé par un rayon de soleil qui lui tombait droit sur le visage. Il tourna la tête en grommelant et se trouva nez à nez avec Tara.

Elle était juste en train de se réveiller, elle aussi ; ses paupières se soulevaient. Elle sursauta lorsque ses yeux s'ouvrirent et qu'elle le vit, à quelques centimètres d'elle. Elle leva la tête du lit avec un petit rire penaud.

— Bonjour.

Il grimaça de douleur comme il essayait de changer de position.

— Question de point de vue.

— Tu souffres beaucoup ? Veux-tu que j'appelle l'infirmière ?

— Non, surtout pas. Elle n'a pas cessé de me réveiller pendant toute la nuit.

Tendant la main, Tara repoussa les mèches de cheveux de son visage.

— Penses-tu, espèce de fainéant. Tu n'as même pas ouvert les yeux lors de ses deux derniers passages. Moi, je me suis réveillée à chaque fois.

Elle bâilla et se frotta les yeux.

— Seigneur, je pourrais dormir une semaine entière.

— Comment se fait-il que la police t'ait laissée venir ici ?

La gorge le piquait comme s'il avait avalé du verre pilé. Sans doute était-ce dû à l'intubation.

— Quinn leur a envoyé Tony Giattina. Ils n'ont rien compris à ce qui leur arrivait.

— Il nous adresse encore la parole, après ce qu'on lui a fait ? s'étonna Owen.

— Eh bien, Quinn a arrondi les angles, mais tout n'est pas encore réglé, expliqua-t-elle en effleurant son visage avec tendresse. Tu as une mine affreuse.

— Merci. Tu n'imagines pas à quel point ce que tu dis là me remonte le moral.

— J'ai cru que je t'avais perdu.

Ses doigts se déplacèrent sur son front, légèrement, timidement presque, comme si elle n'était pas sûre d'avoir le droit de le réconforter de cette façon.

— Quand j'ai compris que tu étais touché, j'ai eu atrocement peur.

— Mais je suis là. Tout va bien maintenant.

Il posa sa main sur la sienne. Ce faisant, il remarqua un morceau de sparadrap sur son doigt. Un vague souvenir l'assaillit... Tara prenant sa main, parlant d'une dette dont il devait s'acquitter. Le reste demeurait flou, inaccessible.

— Je t'aime, murmura-t-elle, pressant ses lèvres sur sa paume. J'ai eu tellement peur de ne jamais pouvoir te le dire.

— Oh ! mais ça, je le savais, répliqua-t-il en élevant l'autre main, ce qui fit bouger le cathéter et lui tira une grimace de douleur.

Il avait tellement mal partout qu'il avait l'impression d'être passé sous un rouleau compresseur, mais une sensation de paix s'installait peu à peu en lui. Désormais, tout allait s'arranger. Sa blessure allait guérir et lui et Tara allaient pouvoir reprendre le cours normal de leurs vies.

— Pourquoi souris-tu ? demanda Tara en lui frôlant la joue du dos de la main.

Le contact lui plut, au point de déclencher de petits tressaillements de vie dans son corps par ailleurs totalement amorphe.

— Je me disais seulement que tout était enfin fini. La vérité va éclater au grand jour et on va pouvoir retrouver nos vies normales.

Il y eut un bref silence, puis Tara demanda :

— Est-ce que tu as des souvenirs d'hier soir ?

— Je me rappelle qu'on est tombés sur Virgil et Ty. Je me rappelle avoir reçu une balle. Et puis quelqu'un a tiré sur Virgil...

— Le shérif adjoint Trask, dit-elle d'un ton soudain plus grave. Le jeune frère de Virgil.

Owen grimaça.

— Le pauvre.

— Et de quoi d'autre te souviens-tu, ensuite ?

— De toi, qui tenais ma main. Des infirmiers. De lumières clignotantes et... Après, tout se mélange.

Il braqua son regard sur elle, les yeux plissés.

— J'ai raté quelque chose ?

Elle lui décocha un demi-sourire railleur.

— On peut dire ça, oui.

— Je me rappelle t'avoir vue, après l'opération, si c'est là que tu veux en venir.

— Oui, je t'attendais dans la chambre, quand on t'a ramené.

— Et... tu m'as dit que je devais m'acquitter d'une dette ?

— Exact.

Souriante, elle se pencha et tapota le sparadrap sur son doigt.

— J'ai également indiqué comment j'entendais être dédommagée.

Il baissa les yeux vers le sparadrap puis reporta son regard sur elle.

— Et... j'étais d'accord pour me plier à tes conditions ? demanda-t-il, l'émotion s'emparant irrépressiblement de lui.

Il vit des larmes scintiller dans les yeux de Tara.

— Oui, mais tu étais un peu dans le cirage à ce moment-là.

— Alors, tu devrais peut-être me les rappeler. Que dois-je faire pour que nous soyons quittes ?

Un sourire incurva lentement ses lèvres.

— M'épouser, Owen Stiles. Faire de moi ta femme.

Il saisit sa main et la pressa contre sa poitrine.

— Pourquoi, Tara ?

Elle fronça les sourcils, comme si elle ne s'était pas attendue à cette question.

— Parce que je t'aime.

— Tu m'aimais hier, avant-hier et le jour d'avant. Mais tu n'envisageais pas de m'épouser pour autant. Je ne veux pas que tu prennes une décision aussi importante parce que nous avons traversé une crise.

— Non. En fait, j'y avais déjà pensé avant. Seulement, le fait d'avoir le canon d'une arme pointé sur soi a le don de tout clarifier d'un coup, tu comprends ? Je me suis rendu compte que je n'aurais peut-être jamais plus l'occasion de te dire que ce que je voulais le plus au monde, c'était passer ma vie à ton côté. Être avec toi, jour après jour. Je me suis trouvée tellement stupide d'avoir eu peur de tenter l'aventure avec toi... Alors que j'ai totalement confiance en toi. Et que je t'aime de toute mon âme.

Elle caressa son front, les larmes roulant sur ses joues.

— Je sais maintenant que nous sommes faits l'un pour l'autre. Que nous l'avons toujours été.

Il eut du mal à parler tant sa gorge était nouée.

— Alors, tu veux bien me reposer la question ?

Elle planta son regard dans le sien, l'air subitement très solennel.

— Owen Stiles, veux-tu m'épouser ?

— Oui, je le veux, répondit-il en l'attirant à lui pour l'embrasser.

PAULA GRAVES

Un garde du corps pour Katie

Traduction française de
ISABEL ROVAREY

BLACK ROSE

HARLEQUIN

Titre original :
OPERATION NANNY

Ce roman a déjà été publié en 2018.

1

Dans le rétroviseur, la camionnette bleue apparut de nouveau. Elle était là, par intermittence, depuis qu'elle avait franchi le Potomac et la frontière du Maryland. Evidemment, songea-t-elle en entrant dans Frederick, beaucoup d'autres véhicules avaient suivi le même itinéraire qu'elle pendant des kilomètres, mais ils avaient tous bifurqué à un moment ou à un autre.

Peut-être était-ce cela, le problème. La camionnette bleue n'avait pas tourné.

Un mouvement, sur la banquette arrière, lui fit quitter des yeux le rétroviseur. Elle jeta un coup d'œil à Katie, attachée dans son siège-auto. Les yeux gris de sa nièce croisèrent son regard, lui rappelant tellement Marianne qu'elle retint son souffle, luttant contre un accès de chagrin.

— On y est presque, ma douce, dit-elle d'un ton aussi léger que possible.

Elles approchaient de leur destination, à Frederick, et, pour une fois, elle arriverait en avance à son rendez-vous.

Elle jeta un nouveau coup d'œil dans le rétroviseur. Pas de camionnette bleue en vue.

Fronçant les sourcils, elle reporta son regard devant elle et vit un grand panneau annonçant la prochaine sortie. Ce n'était pas celle qu'elle avait eu l'intention de prendre, mais la sensation désagréable qu'elle éprouvait dans la nuque força sa décision.

Elle actionna le clignotant et s'engagea sur la bretelle. Lorsqu'elle s'arrêta au STOP, en bas de la bretelle de sortie, elle vit la camionnette bleue poursuivre son chemin sur l'autoroute.

Libérant l'air contenu dans ses poumons, elle s'autorisa un petit rire. Elle s'était fait des idées, voilà tout.

— J'ai *foif*, annonça Katie depuis la banquette arrière.

— Je sais, ma chérie. Dès que nous serons arrivées à l'agence, je te donnerai ton jus de pomme, OK ?

Lacey ne savait pas trop ce que Katie, du haut de ses deux ans, était capable de comprendre, mais la petite fille garda le silence pendant le reste du trajet.

Les bureaux de l'agence d'intérim Elite se trouvaient dans un immeuble de brique rouge, au bout d'un pâté d'anciens bâtiments rénovés en centre-ville. Il n'y avait malheureusement pas de place libre dans la rue, mais une petite pancarte, à l'entrée de l'agence, indiquait qu'il y avait des places de stationnement sur l'arrière de l'immeuble.

Lacey fit taire le sentiment d'appréhension qui s'emparait d'elle et suivit l'indication de la pancarte qui la mena jusqu'à une allée, flanquée de part et d'autre de grands garages. À l'époque où ces bâtisses avaient été construites, il avait dû s'agir d'écuries pour les chevaux d'attelage. Elles avaient probablement été transformées par la suite, quand l'usage de l'automobile s'était répandu mais, elles avaient quelque chose d'un peu suranné qui lui donnait l'impression qu'il lui aurait suffi d'ouvrir une de ces portes pour se retrouver catapultée un siècle en arrière, dans le riche passé de la ville.

Cependant, comme elle se garait sur le petit parking gravillonné, derrière l'agence d'intérim, l'impression de charme désuet qui se dégageait de l'allée ne tarda pas à se dissiper, car elle se retrouva coincée entre deux grands garages. Derrière elle également, les garages de l'immeuble attenant donnaient au passage l'allure d'une étroite gorge.

Le soleil s'efforçait sans succès de percer le ciel d'hiver gris acier au-dessus de sa tête, rappelant à Lacey que la neige était attendue prochainement. Elle espéra que l'entretien avec la nounou potentielle se passerait vite et bien. Plus tôt la nounou serait engagée et installée dans l'ancienne ferme, mieux ce serait.

— Foif ? hasarda Katie d'une voix hésitante depuis son siège comme Lacey coupait le contact.

— Une seconde, chérie.

Elle prit le sac à langer sur le siège passager, priant le ciel de n'avoir pas oublié le jus de pomme. Et des couches de rechange.

Soulagée, elle trouva le gobelet premier âge rempli de jus de fruits et ôta le capuchon du bec verseur.

— Voilà... Tiens, ma belle.

Katie attrapa le gobelet et se mit à boire goulûment. Lacey profita de ce que sa nièce était occupée pour rassembler le grand sac à langer et son sac à main. Elle prit les clés, sortit de la voiture et se dirigea vers le coffre pour en extraire la poussette de Katie.

Un soudain crissement de gravier, derrière elle, fut le seul et unique avertissement d'une présence. Elle n'eut que le temps de plonger les mains dans le coffre... Des bras l'attrapèrent et se mirent à la tirer en arrière.

Elle saisit le premier objet qui lui tomba sous la main dans le coffre — une clé à roue au métal froid. Tandis que les bras se refermaient autour d'elle, elle réussit à pivoter sur le côté et abattit comme elle put la clé. Le coup ne fut pas très violent, mais la lourde clé heurta la jambe de son agresseur, qui poussa un cri de douleur dans son oreille, suivi d'un chapelet de jurons.

L'étau des bras se relâcha un tout petit peu, mais suffisamment pour qu'elle puisse se libérer. Son premier réflexe fut de s'enfuir à toutes jambes, mais les gémissements de Katie étouffés par l'habitacle fermé de la voiture la stoppèrent net dans son élan.

Elle fit volte-face, brandissant la clé à roue à bout de bras. Mais le courage qu'elle avait réussi à mobiliser l'abandonna bien vite lorsqu'elle vit le canon noir d'une arme à feu pointé droit sur son cœur. Tous les bruits ambiants — le bruissement du vent dans les arbres dénudés, le bourdonnement de la circulation dans la rue, toute proche — refluèrent, couverts par le battement du pouls résonnant dans ses oreilles. Toute son attention se concentra d'un coup sur le museau noir du pistolet et l'homme masqué qui le braquait sur elle.

— Hé ! Qu'est-ce qui se passe, là-bas ?

La voix masculine pénétra sa conscience, par-delà le grondement de son sang dans ses oreilles, et le canon de l'arme s'écarta rapidement d'elle pour viser le nouveau venu.

Émergeant d'un coup de l'espèce de transe qui l'avait figée, elle balança le bras aussi fort qu'elle le put, frappant l'homme à l'épaule. Il trébucha en criant de douleur et se rattrapa au capot d'une voiture tandis que l'arme, qu'il avait lâchée, glissait sous le véhicule. Vivement, il regarda Lacey puis porta le regard au-delà, au bout de la ruelle, et s'élança dans cette direction en se tenant le bras.

— Stop ! Arrêtez-vous !

La voix qui l'avait tirée de son hébétude appartenait à un homme grand et large d'épaules, vêtu d'un costume anthracite qui se mit à courir après l'agresseur masqué. Mais il venait de l'autre bout de l'allée et était encore loin, et ses chaussures de ville dérapaient sur les pavés glissants.

L'homme au masque sauta côté passager dans un fourgon vert, et le véhicule s'éloigna dans un vrombissement de moteur. Il tourna à l'angle en direction de la rue et disparut.

Lacey s'empressa d'aller ouvrir la portière arrière et de détacher sa petite nièce en pleurs dans son siège. Elle la prit dans ses bras et lui murmura à l'oreille des paroles réconfortantes. L'homme au costume revint vers elle, l'air contrit.

— Est-ce que tout va bien ? demanda-t-il en s'arrêtant à deux mètres comme il remarquait son mouvement de recul instinctif. Vous n'êtes pas blessée ?

Elle serra Katie contre elle, examinant l'homme avec suspicion. Après tout, ce pouvait être une mystification... Il cherchait peut-être à lui faire croire qu'il l'avait sauvée pour gagner sa confiance.

— Non. Ça va.

— Je vais appeler la police, annonça-t-il en plongeant la main dans sa poche et en en tirant lentement, d'un geste sciemment mesuré, son téléphone, qu'il leva devant lui.

Elle regarda le bâtiment dont la porte de derrière lui faisait de l'œil. Elle n'avait pas envie d'avoir affaire à la police. Elle en avait eu son content, ces dernières semaines, depuis la mort de sa sœur. Les enquêteurs faisaient leur travail, certes, mais les questions indiscrètes et les tournures d'esprit suspicieuses faisaient partie du lot. Évidemment, la profession qu'elle exerçait présentait les mêmes inconvénients ; les gens qu'elle interviewait étaient souvent désemparés et bouleversés par les événements dont ils avaient été témoins.

Mais se retrouver de l'autre côté de la barrière n'était pas plus facile pour autant. Tout particulièrement quand les corps déchiquetés que l'on mettait dans de grandes housses en plastique pour les emporter à la morgue étaient ceux de votre sœur et de votre beau-frère.

— Ça ne servira pas à grand-chose. Je serais incapable de le décrire, murmura-t-elle, ébranlée.

Katie reniflait sur son épaule, mais au moins elle ne pleurait plus.

— C'est normal, dit gentiment son sauveur. Il portait un masque. Avez-vous vu où est tombée son arme ?

— Oui, dit-elle vivement en indiquant du menton la Buick d'un modèle récent qui était garée à côté de sa voiture. Elle a glissé là... Sous cette voiture. Mais ne la ramassez pas. Il a peut-être laissé ses empreintes dessus.

— Je sais.

Il composa un numéro sur son téléphone en s'accroupissant pour regarder sous le châssis du véhicule.

— Une femme vient d'être agressée par un homme masqué et armé dans l'allée derrière l'agence d'intérim Elite sur la 6e Rue... Non, elle n'est pas blessée. L'homme s'est enfui, mais il a perdu son arme. Je l'ai sous les yeux.

Les jambes soudain flageolantes, Lacey dut s'adosser à la

voiture. Le poids de Katie commençait à se faire sentir. Une bouffée de chaleur monta en elle — Seigneur, elle allait la lâcher...

— Hé ! Ça ne va pas ? Attendez, donnez-la-moi.

L'homme se releva rapidement et rattrapa Katie avant qu'elle lui échappe.

— Voilà, je la tiens... Tout va bien... N'est-ce pas, ma puce ?

Lacey s'attendit à entendre Katie se mettre à gémir d'un instant à l'autre mais, à sa grande surprise, la petite fille se borna à regarder l'homme en costume avec de grands yeux curieux. Il ouvrit la portière de sa voiture.

— Tenez, asseyez-vous... Je vais poser cette petite princesse sur vos genoux.

Il avait raison. Elle s'installa en travers de la banquette, les pieds posés sur le sol. L'homme se pencha pour asseoir Katie sur ses genoux, et la petite fille se tortilla pour contempler l'étranger avec curiosité.

Katie avait l'air complètement fascinée par l'homme qui la regardait en souriant et continuait à lui faire des grimaces. Ce qui n'était pas surprenant, songea Lacey maintenant que l'adrénaline commençait à refluer. Leur sauveteur était très bel homme, avec un visage expressif, qui semblait toujours sur le point de sourire. Sa course pour se porter à son secours avait décoiffé ses cheveux châtain clair coupés court, ce qui ajoutait encore à son charme.

Son regard vert abandonna Katie pour venir s'arrêter sur elle, rempli de bienveillance. D'une voix teintée de sympathie, il s'enquit :

— Ça va ? Vous vous sentez mieux ?

— Oui, merci.

Le hurlement des sirènes retentit au loin, dominant le bruit de la circulation.

— Ce doit être la police... Au fait, je ne me suis pas présenté : je m'appelle Jim Mercer.

— Lacey Miles.

Un large sourire incurva ses lèvres.

— Je sais. Je vous ai vue à la télévision.

— Oh !

Cela lui faisait toujours un drôle d'effet lorsque les gens la reconnaissaient, même si elle venait de terminer sa troisième année sur une chaîne d'information nationale.

— Et, moi, je ne vous ai même pas remercié. Je ne sais pas comment j'aurais fait si votre arrivée n'avait pas mis mon agresseur en fuite.

Il jeta un coup d'œil à la clé à roue, restée par terre.

— Vous l'auriez probablement mis K-O, nota-t-il avec humour.

Elle ne put s'empêcher de rire, même si la situation n'avait rien de comique.

Le son des sirènes s'intensifia, et les gyrophares illuminèrent la grisaille de l'allée de leurs flashs bleus et rouges. Un instant plus tard, un véhicule blanc et bleu de la police de Frederick s'arrêtait derrière la voiture de Lacey.

La demi-heure qui suivit s'avéra presque aussi stressante que l'attaque en elle-même. Lacey dut répondre à des douzaines de questions, posées d'abord par les officiers qui étaient intervenus en premier, puis par l'inspecteur qui arriva quelques minutes plus tard. Comme il faisait froid, les policiers les conduisirent à l'intérieur de l'agence d'intérim pour prendre leurs dépositions, mais la chaleur qui y régnait n'améliora pas l'humeur de Katie. Elle continua à pleurer chaque fois que Lacey tentait de la poser dans sa poussette. Résignée, elle finit par répondre aux questions en tenant Katie, fébrile, sur ses genoux.

— Il portait un masque, répéta-t-elle pour ce qui lui sembla être la dixième fois. Je n'ai pu voir ni ses cheveux ni ses yeux. Il me menaçait d'une arme. Je n'ai vu que le pistolet.

À l'autre bout de la table de conférence, Jim Mercer s'entretenait avec un autre inspecteur, qui avait l'air endormi et passablement désabusé. Il regarda une fois dans sa direction, l'air soucieux. Une étrange bouffée de chaleur s'empara d'elle, la prenant totalement par surprise.

C'est un étranger. Tu n'es pas en situation d'éprouver quoi que ce soit pour un étranger, s'admonesta-t-elle. *Tu ne peux avoir confiance en personne.*

Enfin, l'inspecteur Braun referma son calepin et lui tendit sa carte.

— Nous allons voir si nous pouvons tirer quelque chose de l'arme. Mais, même si on l'identifie par son numéro de série, il est possible qu'elle ait été volée. Appelez-moi si un détail vous revient et, de mon côté, je vous tiendrai au courant si nous trouvons quoi que ce soit sur votre assaillant. Mais nous ne disposons pas de beaucoup…

— Je comprends, le coupa-t-elle. Vous ne disposez pas de beaucoup d'éléments.

— Peut-être devriez-vous appeler un ami pour vous raccompagner en Virginie, suggéra-t-il.

Elle hocha la tête tout en se disant qu'elle ne le ferait pas pour la bonne et simple raison qu'elle n'avait personne. Son travail avait accaparé le plus clair de son temps ces dix dernières années au point qu'il constituait pratiquement l'essentiel de sa vie. Après des débuts difficiles et mal payés sur de petits réseaux locaux, il y avait eu le grand saut vers l'échelon national pour une pastille occasionnelle et, enfin, le Graal du journaliste, une émission régulière sur une chaîne nationale. Et tandis qu'elle concentrait son énergie pour franchir toutes ces étapes et bâtissait sa carrière, le reste de sa vie en avait lourdement pâti.

Elle s'était dit qu'elle aurait le temps de s'y consacrer plus tard, de renouer les amitiés et les liens familiaux qu'elle avait délaissés pendant son ascension professionnelle.

Et, maintenant, il ne lui restait plus que Katie. Et elle n'avait pas la moindre idée de la façon dont elle devait se comporter pour tenir lieu de mère à l'enfant de sa sœur, décédée.

— Vous croyez que cela pourrait avoir un lien avec l'explosion de ma voiture ? demanda-t-elle à Braun comme il se détournait pour s'en aller.

Il pivota sur lui-même et la regarda.

— On a placé une bombe dans ma voiture… Ma sœur et son mari ont été tués parce qu'ils ont eu le malheur de me l'emprunter. Vous connaissez l'affaire, n'est-ce pas ? Marianne et

Toby Harper ? Et, à peine deux semaines plus tard, on m'agresse avec une arme à feu. J'ai du mal à croire à une coïncidence.

Braun parut à la fois ennuyé et compatissant.

— Je ne sais pas quoi vous dire, madame. Ça peut être lié, en effet. Je vais appeler la police de Washington D.C. et voir ce qu'en dit l'inspecteur en charge de l'enquête dans cette autre affaire. Peut-être que nous découvrirons un lien.

Comme il sortait de la pièce, elle serra Katie contre elle, humant le parfum du talc et du shampooing de bébé. *D'ici là*, songea-t-elle, *nous sommes des cibles vivantes, toi et moi.*

— Vous êtes sûr que vous n'avez pas pu apercevoir au moins une partie du numéro d'immatriculation du véhicule ? répéta l'inspecteur Marty Ridge en étouffant un bâillement.

— Non, répondit Jim, s'efforçant de dissimuler son impatience.

S'il l'avait vu, il aurait commencé par le lui signaler, évidemment. Mais la plaque du Chevrolet vert avait été barbouillée de boue. Probablement délibérément.

— Eh bien, il ne nous reste plus qu'à espérer que l'arme nous fournisse un indice, déclara Ridge d'un ton qui laissait entendre que le témoignage de Jim ne leur serait d'aucune utilité.

Jim réprima un rictus d'agacement et regarda du côté de Lacey Miles et de sa nièce. La petite fille s'agitait de plus en plus malgré les tentatives maladroites de sa tante pour la calmer. À en juger par l'expression de Lacey Miles, elle ne savait plus à quel saint se vouer pour l'apaiser, et il songea qu'elle n'avait vraiment pas l'air d'être à l'aise avec les enfants.

— Bien. Appelez-moi si vous pensez à quelque chose, conclut Ridge en se levant et en lui tendant sa carte, visiblement sans grande conviction.

Lorsqu'il fut parti, Jim se dirigea vers Lacey Miles. Katie leva les yeux, et son masque boudeur s'éclaira d'un sourire. Il se sentit fondre intérieurement et lui tendit les bras.

— Non, Katie, M. Mercer a été très aimable, mais il doit partir maintenant.

Le bref sourire qu'elle lui adressa était pour le moins désenchanté.

— À vrai dire, non. J'avais rendez-vous ici. Pour une offre d'emploi.

— Oh ! fit Lacey Miles en arquant ses sourcils clairs et en promenant rapidement son regard sur lui.

Il réprima l'envie de danser d'un pied sur l'autre devant cet examen qui le mettait mal à l'aise. Il avait l'impression d'être toisé par un sergent-chef en tournée d'inspection.

— Alors, bonne chance, ajouta-t-elle.

— Merci.

Il quitta la pièce, marquant une brève hésitation lorsque Katie se mit à pleurer. Il entendit sa tante lui murmurer des paroles de réconfort lorsqu'il tira la porte derrière lui et se demanda si elle réussirait à apaiser la petite fille.

Dans le bureau d'accueil, il donna son nom à la réceptionniste et présenta ses excuses pour le retard, expliquant la situation.

— Vous avez de la chance, répondit la femme avec un sourire chaleureux. La personne avec qui vous avez rendez-vous était en retard, elle aussi.

Il se retourna en direction de la salle de conférences où il avait laissé Lacey Miles et sa petite nièce.

— Je sais.

La directrice de l'agence d'intérim, une grande brune au physique de mannequin, s'appelait Ellen Taylor. Vêtue d'un tailleur bleu bien coupé qui mettait en valeur sa plastique parfaite, elle s'exprimait d'une voix impersonnelle et policée.

— Je suis désolée de l'épreuve que vous venez de subir, mademoiselle Miles.

Elle prit le temps d'adresser un bref sourire à Katie, mais il était clair qu'elle n'était pas très expérimentée avec les jeunes enfants.

Bienvenue au club, songea Lacey.

— Je suis navrée d'avoir fait attendre la nounou pendant tout ce temps.

Lacey remarqua qu'Ellen arquait imperceptiblement les sourcils, l'air vaguement amusé, et elle se demanda pourquoi.

— Aucun problème, ne vous en faites pas, lui répondit la directrice de l'agence. Vous êtes prête ?

Lacey regarda ses vêtements fripés et le visage strié de larmes de Katie, et soupira. Elle qui avait souhaité faire bonne impression...

— Bien sûr.

— Bien. Avant de commencer, comment voulez-vous que se déroule la rencontre ? Préférez-vous que je reste ou voulez-vous mener l'entretien vous-même ?

Si elle avait eu le sentiment que son interlocutrice avait l'habitude des enfants, elle aurait peut-être choisi la première solution. Mais, puisque ce n'était manifestement pas le cas, autant se lancer seule et procéder comme elle l'avait fait depuis qu'elle était responsable de sa nièce — à l'aveuglette et avec les moyens du bord.

Et puis, tout de même... Elle était journaliste, oui ou non ? Les interviews, ça la connaissait, non ? Elle avait interviewé des présidents, des premiers ministres, des rois, des chefs rebelles — des terroristes, même. Si elle ne pouvait pas poser quelques questions pertinentes à une nounou, quel genre de reporter serait-elle donc ?

— Très bien, répondit Ellen Taylor lorsqu'elle lui eut fait part de sa décision. Dans ce cas, quand vous en aurez terminé, vous me direz si la personne convient ou si vous souhaitez poursuivre vos recherches. Je vous laisse...

Ellen quitta la salle en laissant dans son sillage un léger parfum de Chanel n° 5.

— Oh ! Attendez, commença Lacey. Zut !

La porte s'était déjà refermée.

Elle avait oublié de demander le CV de la candidate. Elle avait prévu d'arriver en avance pour le lire avant l'entretien afin de pouvoir poser des questions pertinentes et ciblées.

Aucun journaliste n'aimait engager une interview à l'aveugle. Elle grimaça.

— Ma foi, murmura-t-elle à l'oreille de Katie. J'imagine que nous verrons bien si nous avons trouvé notre Mary Poppins, hein ?

On frappa doucement à la porte.

— Entrez, dit Lacey, prenant une profonde inspiration pour se calmer et plaquant un sourire sur ses lèvres.

La porte s'ouvrit et livra passage à... Jim Mercer, un petit sourire aux lèvres.

— Re-bonjour.

— Oh ! c'est vous... Vous avez oublié quelque chose ?

— Non, répondit-il en souriant à Katie qui tendait déjà ses petits bras vers lui. Salut, ma beauté.

Lacey tint sa nièce plus serrée contre elle.

— Écoutez, je ne voudrais pas me montrer impolie alors que vous avez volé à notre secours tout à l'heure, mais j'ai un rendez-vous. Je m'apprête à mener un entretien pour engager quelqu'un, alors...

Jim Mercer tira tranquillement un siège et s'installa en face d'elle.

— Je sais. C'est moi, votre rendez-vous.

2

Lacey Miles le dévisagea pendant un moment avec, pour toute réaction, un infime plissement des paupières. Son expression demeura par ailleurs d'une bluffante impassibilité.

— Je vois.

Comme elle ne poursuivait pas, il prit le relais :

— Est-ce que le fait que je sois un homme vous pose problème ? Mlle Taylor m'a dit que vous n'aviez pas spécifié de critères de sexe, donc...

— Pas du tout, répondit-elle d'un ton brusque qui donna l'impression que c'était tout le contraire.

— Vous avez l'air... déconcertée.

Les lèvres de Lacey Miles s'incurvèrent en un léger sourire.

— C'est parce que je l'ai été, l'espace d'un instant. Comme je n'ai pas vu votre CV et que je ne connaissais pas votre nom... Oui, j'ai été surprise.

— Oh !

— J'ai besoin de quelqu'un très rapidement, vous comprenez, ajouta-t-elle vivement comme si elle se rendait compte qu'elle donnait l'impression d'avoir mal préparé cette entrevue. Et les réponses n'ont pas été nombreuses depuis que j'ai envoyé mon offre d'emploi à Ellen. En fait, vous êtes le premier candidat que je rencontre.

Il n'eut pas de mal à deviner pourquoi. L'affaire de la bombe posée dans sa voiture avait fait la une des médias. Cela avait certainement donné à réfléchir à plus d'un candidat.

— Bref, reprit-elle avec un petit soupir. Les choses ne se passent pas toujours comme on le souhaiterait. Alors… Parlez-moi un peu de vous.

— Eh bien, j'ai trente-quatre ans. J'ai passé dix ans dans le corps des marines, puis j'ai repris des études universitaires et obtenu un diplôme en éducation et petite enfance.

— Vraiment ? Du corps des marines à la petite enfance ? C'est un parcours inhabituel, souligna-t-elle, visiblement intriguée.

— À terme, j'ai le projet d'ouvrir ma propre structure d'accueil pour enfants en âge préscolaire, affirma-t-il, se demandant si elle allait avaler ça.

— Avez-vous de l'expérience en matière de garde d'enfants ?

— À partir de l'âge de quinze ans, je me suis occupé de mon frère et de mes sœurs, plus jeunes que moi. Mon père, policier, venait d'être tué dans l'exercice de ses fonctions, et ma mère a dû se remettre à travailler. Des quatre enfants, c'était moi l'aîné. Les autres avaient de deux à onze ans. J'ai largement contribué à les élever jusqu'à ce que ma mère se remarie, quand j'ai eu dix huit ans. C'est à ce moment-là que je suis entré dans les marines.

— Et… Avez-vous eu une autre expérience ? Extra-familiale, j'entends ?

— Oui, après l'obtention de mon diplôme. Je me suis occupé des enfants d'une famille pendant deux ans dans le Kentucky, dit-il en faisant glisser un document dans sa direction sur la table. Vous trouverez leurs coordonnées dans mon CV.

Elle posa Katie par terre et prit le feuillet. Après l'avoir parcouru en silence, elle le reposa et releva la tête, plissant ses yeux gris.

— Bien. Si vos références se révèlent satisfaisantes, quand seriez-vous prêt à commencer à travailler ?

— Aussitôt que cela vous conviendra.

— Mais… ne devez-vous pas donner votre préavis à la famille qui vous emploie ?

— Non. Mme Beckett a décidé de ne plus travailler à

l'extérieur, mais de chez elle afin de voir grandir ses enfants et de pouvoir s'occuper d'eux. Donc, je suis disponible.

— Oh ! Je vois.

Elle baissa de nouveau les yeux et examina le CV comme si un nouvel élément d'information pouvait soudain apparaître et emporter sa décision. Que cherchait-elle ? se demanda Jim. Une raison de l'embaucher ?

Ou une raison de ne pas le faire ?

Un tiraillement sur la jambe de son pantalon attira son attention. Katie était près de son genou, ses yeux gris le détaillant avec curiosité. Lorsqu'elle croisa son regard, son petit minois se fendit d'un large sourire.

— Ah ! c'est toi, petite coquine !

Au son de sa voix, elle leva spontanément les bras.

— Puis-je ? demanda-t-il en interrogeant Lacey Miles du regard.

— Bien sûr.

Il souleva Katie et l'assit sur ses genoux. Aussitôt, l'attention de la petite fille fut attirée par sa cravate à rayures bleues, et elle se mit à jouer avec ses doigts potelés. Il ne put retenir un sourire, auquel Katie répondit par un gloussement amusé.

Elle était à cet âge adorable, juste un peu plus de deux ans, où, désormais relativement stable sur ses jambes, elle commençait à développer son vocabulaire et se montrait curieuse de tout ce qui était nouveau pour elle — elle avait dû commencer à donner du fil à retordre à ses parents, avant qu'ils disparaissent de sa vie dans ces tragiques circonstances, en lui laissant pour seule famille sa tante.

Sa tante, qui était une célibataire débordée, avec une profession très en vue et très accaparante. Il s'était demandé si Lacey Miles savait s'occuper d'un enfant en bas âge mais, désormais, il avait la réponse. Il était à peu près sûr qu'elle était complètement perdue. Pas étonnant qu'elle soit pressée d'engager une nounou.

— Katie vous aime beaucoup, dit-elle. C'est un point en votre faveur.

— Mlle Taylor m'a dit que vous vouliez quelqu'un à demeure pour s'occuper de Katie. Est-ce parce que vous comptez reprendre le travail prochainement ?

Lacey Miles haussa les sourcils.

— Qu'est-ce qui vous fait croire que j'ai cessé de travailler ?

— Eh bien... Comme je ne vous voyais plus à la télévision, j'en ai conclu — peut-être un peu vite — que vous aviez pris un congé.

Attention. Prudence. Il ne fallait pas qu'elle se rende compte de tout ce qu'il savait d'elle. Elle était déjà à cran, et l'agression de cet après-midi ne pouvait qu'avoir encore ajouté à sa nervosité.

Cette attaque avait été risquée... De jour, en pleine ville. Encore que dans une impasse peu fréquentée. S'il n'était pas arrivé à ce moment-là, son agresseur aurait facilement pu les tuer, elle et Katie, et les charger dans la fourgonnette verte.

La question était celle du mobile. Pourquoi s'en était-on pris à elle aujourd'hui ? Et pourquoi avait-on piégé sa voiture, deux semaines plus tôt ?

— Je suppose que vous savez pourquoi j'ai la garde de ma nièce désormais. Je suis sa seule parente. Ses grands-parents maternels et paternels sont morts, et Toby, mon beau-frère, était enfant unique.

Il hocha la tête.

— Oui... Je suis désolé pour votre sœur et son mari.

— Ils ont été tués dans ma voiture.

Les mots avaient du mal à sortir. Visiblement, elle se sentait terriblement coupable de la mort de sa sœur. Pour autant, elle n'avait pas tenté de passer sous silence la menace qui pesait sur elle, alors même que cela pouvait dissuader quiconque d'accepter le poste.

— Si vous essayez de me dire que ce travail pourrait comporter une part de danger, je vous rassure. Je l'avais compris avant même de poser ma candidature.

Son regard gris s'arrêta sur lui, inquisiteur.

— Et pourtant, vous êtes là. Alors que vous avez assisté en direct à la nouvelle attaque dont j'ai fait l'objet tout à l'heure.

— Comme je vous l'ai dit, j'ai été marine pendant dix ans...

Pour la première fois depuis qu'ils avaient fait connaissance, elle accueillit sa remarque d'un vrai sourire.

— C'est vrai.

— Le danger m'impressionne moins que la moyenne des gens.

— Je ne vous demande pas d'être mon garde du corps, répliqua-t-elle sèchement. Je ne veux pas d'un service de sécurité. Je crois que ça ne ferait qu'aggraver les choses.

Il ne suivait pas très bien son raisonnement, mais il s'abstint de poser des questions qui risqueraient de renforcer encore sa réticence à l'engager.

— Je voulais simplement dire que travailler pour vous dans ces circonstances particulières ne me faisait pas peur... Si vous estimez que j'ai le profil pour le poste, bien sûr.

Elle le jaugea de nouveau longuement.

— Il faudrait que vous veniez vivre avec Katie et moi dans la ferme de ma sœur, à Cherry Grove, en Virginie. C'est une petite bourgade à environ quarante minutes d'ici. Les travaux de restauration qu'ils avaient entamés ne sont pas encore terminés, mais ils en ont fait suffisamment pour qu'on puisse vivre confortablement dans la maison...

Sa voix s'éteignit, et l'ombre de sourire qui flottait sur ses lèvres s'évanouit, faisant place à une expression douloureuse.

— Marianne et Toby espéraient finir la rénovation pour cet été.

La compassion étreignit le cœur de Jim.

— Ils vivaient là-bas quand ils sont morts ?

Lacey Miles secoua la tête.

— Non. Pourquoi ?

— Je me demandais simplement pourquoi vous aviez opté pour vous installer là-bas plutôt qu'à Washington D.C. Je me disais que c'était peut-être pour faciliter les choses pour Katie... Pour qu'elle continue à vivre dans son cadre familier.

— Non, ce n'est pas ça. C'est tout le contraire, en fait. Voyez-vous, je gardais Katie quand... Ce soir-là Marianne et Toby célébraient leur anniversaire de mariage — le 31 décembre.

Sa lèvre inférieure trembla imperceptiblement avant qu'elle se ressaisisse.

— Je ne veux pas qu'elle passe son temps à contempler la porte d'entrée en attendant qu'ils viennent la chercher.

Jim regarda Katie qui s'était laissée glisser sur le sol et s'amusait maintenant avec un chat en peluche accroché par un ruban rouge à la poignée de sa poussette. Il éprouva un soudain élan de tristesse pour l'enfant — et pour sa tante qui faisait bravement front, mais n'en était pas moins brisée de chagrin. Ni l'une ni l'autre n'auraient imaginé se retrouver dans cette situation — être l'unique parente qu'il restât à l'une comme à l'autre.

Confrontées à un danger qu'il était impossible de prévoir, et difficile de prévenir.

— Je suis prêt à accepter cet emploi si vous êtes d'accord pour m'engager, déclara-t-il simplement, soutenant son regard. Je pense pouvoir vous aider. Et j'ai besoin de ce travail.

Elle garda le silence pendant un long moment, et il commença à se demander si elle n'allait pas refuser. Ce serait un désastre si cela arrivait... Bien sûr, il pourrait accomplir sa mission en s'y prenant autrement, mais ce serait tellement plus simple si c'était lui qui était chargé de garder Katie.

Lentement, elle se leva, le contemplant toujours de son singulier regard gris.

— Je crois que j'ai tous les éléments d'information qu'il me faut. Je vais prendre contact avec les personnes chez qui vous avez travaillé et je vous tiendrai rapidement au courant. Puis-je vous appeler directement ?

Il se leva lui aussi.

— Bien sûr. Mon numéro est indiqué dans le CV.

Elle le jaugea encore pendant un long moment du regard, comme si cet examen prolongé pouvait lui permettre de percer à jour son caractère, puis elle tendit la main.

— Ça a été un plaisir de vous rencontrer, monsieur Mercer.

— Jim, précisa-t-il, serrant fermement sa main.

— Merci encore de votre aide, tout à l'heure.

— Je suis heureux d'être arrivé au bon moment. Tout ce que je regrette, c'est de n'avoir pas pu rattraper votre agresseur.

— Vous étiez loin... Et ils étaient deux. Même pour un marine, ça aurait été difficile.

Il la regarda prendre Katie pour l'asseoir dans sa poussette et nota au passage le léger tremblement qui s'empara de ses mains quand la petite fille, mécontente d'être de nouveau empêchée dans ses mouvements, se mit à geindre et à se tortiller.

Elle avait vraiment besoin de son aide. *Grand* besoin. Et pas seulement pour Katie. Elle faisait bonne figure, mais elle avait les nerfs à vif.

Il tablait là-dessus.

Peu pressée de rejoindre la ferme isolée de Cherry Grove, Lacey prit la direction du sud-est et d'Arlington. En chemin, elle appela l'inspecteur Bolling de la brigade criminelle de la police du comté d'Arlington. En tant qu'enquêteur chargé de l'attentat à la voiture piégée qui avait tué Marianne et Toby, il serait certainement intéressé d'apprendre ce qui lui était arrivé à Frederick.

Il la retrouva dans un petit café, à quelques rues de l'appartement qu'elle avait pour l'instant délaissé, et sourit à Katie en s'asseyant.

— Comment va-t-elle ?

Lacey haussa les épaules.

— Difficile à dire. Elle ne parle pas encore beaucoup.

Bolling lui jeta un regard rempli de commisération avant de passer en mode professionnel. Il écouta attentivement le récit de l'embuscade dans laquelle elle était tombée à Frederick et nota le nom du policier qui lui avait donné sa carte.

— Je l'appellerai. Vous êtes sûre que vous allez bien, toutes les deux ?

— On a eu de la chance. Quelqu'un est arrivé dans le parking, ce qui a fait fuir mon agresseur. Vous ai-je dit qu'ils étaient deux ? Un complice attendait dans le fourgon avec lequel ils se sont enfuis.

Bolling fronça les sourcils.

— Un vrai traquenard, en somme. Le fait qu'ils aient eu un véhicule sur place, prêt à démarrer… C'était prémédité.

— C'est aussi ce que je me suis dit. Je pense qu'ils voulaient m'enlever, inspecteur Bolling. Sinon, il m'aurait tuée séance tenante.

Les sourcils de Bolling se froncèrent davantage encore comme il réfléchissait à cette possibilité.

— Auquel cas ce n'est plus du tout le même scénario que l'attentat à la voiture piégée.

— Vous croyez que les deux attaques pourraient ne pas être liées ?

— On ne peut l'exclure… Même si ça semble bien improbable.

Un pli creusa le front de Bolling.

— Que faisiez-vous dans le parking de cette agence d'intérim à Frederick, au fait ?

— J'avais rendez-vous pour engager une nounou.

Il plongea le regard dans le sien.

— Ce n'est pas un peu tôt pour recommencer à travailler ?

Pourquoi tout le monde semblait-il d'avis qu'embaucher une nounou était synonyme de reprise de travail ? Que croyaient-ils, tous ? Que toutes les femmes savaient d'instinct s'occuper d'un enfant de deux ans qui venait de leur tomber sans prévenir dans les bras ?

Aussitôt après, elle se sentit coupable de s'être laissée aller à cet accès d'irritation. Sans doute la plupart des femmes avaient-elles au moins une vague idée de la façon dont on s'occupait d'un petit enfant. Même celles qui n'étaient pas en position, comme elle, de prendre un congé sabbatique.

— Non, je ne reprends pas encore le travail. Mais je n'ai aucune expérience avec les enfants.

Elle remua le quartier de citron dans son soda avec sa paille, évitant le regard de Bolling. Elle ne voulait pas y lire ce qu'il pensait de son aveu. Pitié ou désapprobation, l'un comme l'autre lui auraient été désagréables.

— Et avez-vous trouvé la personne adéquate ?

— Peut-être.

— Si vous voulez, nous pouvons vérifier ses antécédents avant que vous l'engagiez.

— Ce ne sera pas nécessaire, assura-t-elle.

Après tout, elle aussi avait ses sources. Elle était tout aussi capable que la police de se renseigner sur Jim Mercer.

— Mais, en revanche, j'aimerais que vous me préveniez si jamais vous avez du nouveau de la police de Frederick. J'ai demandé à l'inspecteur Braun de me tenir au courant, mais il ne m'a pas paru...

— Ne vous inquiétez pas, promit Bolling. Je vous appellerai si j'apprends quelque chose. Vous êtes sûre que vous ne voulez pas manger ? Je vous invite.

— C'est gentil, mais non, merci.

Ce qu'elle voulait, songea-t-elle tout à coup, au désespoir, c'était rentrer chez elle, dans son appartement de Virginia Square, dormir dans son lit et se réveiller le lendemain matin pour s'apercevoir que tout ce qui était arrivé depuis deux semaines n'était qu'un épouvantable cauchemar.

Mais cela n'arriverait pas. Marianne était partie. Elle ne reviendrait pas. Et Lacey ne pouvait se débarrasser de l'horrible pressentiment que le pire était peut-être bien encore à venir.

— Et pour ce qui est d'engager une société de sécurité privée pour vous protéger... Vous y avez réfléchi ? demanda Bolling.

— Oui, mais j'essaye surtout de me faire oublier pour l'instant. Avoir des vigiles autour de la maison ne ferait qu'attirer l'attention sur moi.

Elle jeta un coup d'œil autour d'elle et baissa le ton.

— Surtout dans un endroit comme Cherry Grove.

— Vous avez peur de vous retrouver de l'autre côté de la barrière, c'est ça ? Être non plus celle qui couvre une affaire, mais le point de mire des médias ?

Elle hocha la tête.

— C'est déjà bien assez dur comme ça pour Katie. Je ne veux pas voir son petit visage à la une de tous les journaux télévisés. Et puis la discrétion est la meilleure garante de notre sécurité.

— C'est bien assez dur pour vous aussi. D'accord, je comprends.

Bolling posa un billet sur la table et se leva.

— Allons-y… Je vous raccompagne jusqu'à votre voiture.

La température avait chuté de plusieurs degrés, nota-t-elle lorsqu'ils sortirent du café. La neige annoncée pour la fin de semaine tomberait peut-être bien plus tôt que prévu. Il lui faudrait s'assurer qu'elles avaient des stocks de bois suffisants pour le cas où l'arrivée de la neige s'accompagnerait de coupures d'électricité.

— Cette voiture est-elle enregistrée à votre nom ? demanda Bolling en l'aidant à installer Katie dans son siège.

— Non, répondit-elle. Elle était à Toby et Marianne, donc je suppose qu'elle est à Katie et moi maintenant.

— Soyez prudente, Lacey. OK ? Peut-être que ce qui s'est passé aujourd'hui était un pur hasard, mais…

Mais c'était peu probable. Cela, elle le savait déjà.

— Je vous donnerai des nouvelles, promit-elle.

D'ici là, elle avait quelques vérifications à effectuer.

Jim ne s'était pas attendu à avoir des nouvelles de Lacey Miles aussi rapidement. Il avait appris qu'elle avait déjà téléphoné aux références qu'il avait fournies sur son CV, mais il était presque certain qu'elle ne s'en tiendrait pas là. Pour avoir régulièrement suivi ses émissions pendant plus de deux ans, il savait à quel point elle était intelligente, habile — et minutieuse.

Ce fut donc avec surprise qu'il entendit sa voix au téléphone peu après l'heure du déjeuner, le lendemain de l'entretien.

— Monsieur Mercer ? C'est Lacey Miles.

Il posa le Glock qu'il était en train de nettoyer et se redressa sur sa chaise.

— Mademoiselle Miles. Comment va Katie ? Et vous-même ? Vous vous êtes remise de l'agression d'hier ?

Elle ne répondit pas tout de suite, comme si ses questions l'avaient prise au dépourvu.

— Nous allons bien, merci, dit-elle au bout de plusieurs secondes. Je vous appelle comme convenu à propos de l'offre d'emploi dont nous avons discuté hier.

— Oui... Vous avez pris votre décision ?

— Oui, confirma-t-elle d'une voix plus assurée. J'ai décidé de vous engager pour vous occuper de ma nièce, à l'essai, dans un premier temps, bien sûr. Étiez-vous sérieux quand vous avez dit que vous étiez prêt à commencer tout de suite ?

— Absolument.

— Dans ce cas, pensez-vous pouvoir être ici dès cet après-midi, à 17 heures ? En fait, je dois me rendre quelque part ce soir. À un endroit où je ne peux pas emmener Katie.

Ça ne laissait présager rien de bon. Il fronça les sourcils, se demandant ce qu'elle avait prévu.

— Vous ne comptez pas sortir seule, n'est-ce pas ?

— Je vous demande pardon ?

Zut ! Tu es censé te comporter en nounou, pas en marine. C'est ta patronne, pas une personne que tu dois protéger.

— Je suis désolé. Vous avez raison. Je n'ai aucun droit de vous demander ça. C'est seulement que... Après la bombe dans votre voiture et ce qui est arrivé hier... Mais n'y pensez plus. Oui, je peux être chez vous en fin d'après-midi... Si vous me donnez l'adresse.

— Pour vous rendre à Cherry Grove, prenez à l'est de Lovettsville, près du Potomac. Quand vous arriverez au centre du village, vous verrez une énorme fontaine... en forme de cerise, expliqua-t-elle, ne pouvant réprimer un soupçon d'amusement. Croyez-moi, vous ne pouvez pas la manquer. En face de la fontaine, il y a un garage. Vous leur demanderez la vieille ferme Peabody. Ils vous indiqueront le chemin.

— D'accord, c'est noté. Eh bien, je vais préparer mes bagages. À tout à l'heure, 17 heures ?

— Parfait. Merci de vous rendre disponible aussi rapidement.

Sur quoi, elle raccrocha avant qu'il ait eu le temps de répondre.

Il composa un numéro sur son téléphone et attendit. On décrocha à la deuxième sonnerie.

— C'est Mercer.

— Des nouvelles ?

— Oui. Je pars pour Cherry Grove ce soir. Elle doit sortir et a besoin de moi pour garder Katie. Elle m'a dit qu'elle m'engageait, à l'essai pour commencer.

— Très bien. Ça va marcher. Tu feras en sorte que ça marche.

— Bien sûr.

Il coupa la communication et reprit son Glock, qu'il acheva de nettoyer.

3

— Alors, qu'est-ce que tu en dis, ma douce ?

Katie regarda Lacey, aux yeux gris brillant de curiosité comme si elle essayait de comprendre la question qui lui était posée.

Lacey ébouriffa ses boucles blondes et partit d'un petit rire.

— Ne t'en fais pas, ma chérie. Si tante Lacey ne sait pas si elle a bien fait, elle n'attend pas de toi que tu lui fournisses la réponse.

— Wacey, répéta solennellement Katie.

Lacey la prit dans ses bras et la serra affectueusement contre elle, mais Katie n'était apparemment pas d'humeur câline et elle se mit aussitôt à gigoter pour descendre. Lacey la reposa sur le sol avec un soupir.

— Toi alors, on peut dire que tu sais t'y prendre pour me rassurer quant à mes compétences maternelles.

Katie lui décocha un sourire en coin et s'éloigna en babillant vers le fauteuil où elle avait posé sa peluche préférée.

Lacey regarda le séjour, se sentant totalement dépassée. Lorsqu'elle avait décidé d'emménager ici, au fin fond de nulle part, avec Katie, elle n'avait pas bien pris la mesure du peu de travaux qui avaient déjà été réalisés. La moitié de la grande ferme de style victorien campagnard était encore coincée quelque part à mi-chemin entre démolition et reconstruction, et elle ne savait absolument pas quand elle pourrait achever les travaux.

L'entrepreneur qu'elle avait engagé dans l'urgence pour

évaluer l'état de la rénovation lui avait assuré que les fondations étaient saines et solides, que le toit était neuf et qu'il n'y avait aucun risque à habiter la maison. Il avait ajouté qu'il lui faudrait examiner de plus près le tunnel qu'il avait découvert en inspectant le sous-sol, seule partie restante de la maison construite avant la guerre de Sécession et qui avait brûlé en totalité quelques années avant que la ferme soit édifiée sur ses fondations.

Mais les chambres de l'étage n'étaient pas encore réhabilitées ni repeintes. La salle de bains de la grande chambre parentale avait été complètement mise à nue en vue de sa réfection. Quant à l'immense cuisine, sur l'arrière de la maison, elle n'était qu'à moitié terminée, même si les travaux restants étaient surtout des finitions.

Le pauvre Jim Mercer n'avait pas idée du chantier dans lequel il allait débarquer !

Son téléphone portable sonna, note discordante dans le calme bucolique de la ferme perdue en rase campagne. Elle fit la grimace en voyant le nom qui s'affichait sur l'écran.

— Salut, Royce.

— J'ai appris que tu avais engagé quelqu'un pour t'occuper de ta nièce.

— Comment l'as-tu su ? demanda-t-elle, cherchant quel employé de l'agence Elite avait vendu la mèche.

— Oh ! je l'ai entendu dire à droite, à gauche... Tu sais comment c'est.

Peut-être la fuite venait-elle de Jim Mercer lui-même.

Peut-être avait-il voulu se renseigner, lui aussi, à son égard. Si tel était le cas, elle ne pouvait pas lui en vouloir, songea-t-elle. Après tout, lui aussi avait le droit de savoir où il mettait les pieds s'il acceptait son offre d'emploi.

— Tu ne m'as pas appelée juste pour savoir si j'avais ou non trouvé une nounou ?

— Non, avoua Royce d'un ton où perçait la résignation de celui qui sait l'épreuve qui l'attend. J'appelle pour savoir si ta décision de prendre une nounou signifie que tu as l'intention de reprendre le travail.

— Non, pas encore. Tu m'as dit que je pouvais m'absenter quelques mois. Tu as changé d'avis ?

— Si je répondais par l'affirmative, est-ce que tu reviendrais ?

— Non, répondit-elle sans détour. J'ai besoin de temps, Royce. Si tu ne peux pas m'en accorder un peu, je donnerai ma démission. Et j'appellerai une autre chaîne quand je serai prête à reprendre le travail.

— Non, répondit Royce très vite. Je t'ai accordé un congé sabbatique, je ne me dédirai pas.

— Merci. J'apprécie que tu te montres aussi compréhensif.

— D'après ce que j'ai entendu, les flics ne savent toujours pas qui a posé la bombe ni pourquoi. Tu crois que ça pourrait être lié à ton travail sur Al-Adar ?

— Je n'en sais rien, répondit-elle.

Peu de temps avant l'explosion de sa voiture, elle avait passé plusieurs mois au Kaziristan, petite république d'Asie centrale, luttant pour sa survie. Tel un Phénix sinistre renaissant de ses cendres, un groupe terroriste du nom d'Al-Adar était revenu sur le devant de la scène après plusieurs années d'inactivité quasi-totale, profitant d'une période de récession économique dans la toute récente démocratie pour semer le trouble et la violence. Le sujet qu'elle avait réalisé sur l'inquiétante résurrection du groupe terroriste venait juste d'être nommé pour concourir au Murrow Award, prix récompensant le meilleur reportage d'investigation.

Mais Al-Adar se cantonnait principalement au Kaziristan. Ses membres n'avaient pas encore réellement exporté le terrorisme de façon régulière hors de leur territoire, exception faite de quelques tentatives avortées quelques années plus tôt.

À moins que ce ne soit là le début, justement.

— Écoute, je voudrais vraiment vous faire protéger, ta nièce et toi.

— Royce, nous en avons déjà parlé. Si je réagis de manière trop voyante à ce qui s'est passé, la presse embrayera, tu le sais bien. Ils finiront par dévoiler l'endroit où je me trouve alors que, pour l'instant, très peu de personnes sont au courant. Et comme je préfère que ça reste comme ça, non — je ne veux pas d'une armée de gardes du corps qui excitera l'intérêt des médias et braquera les projecteurs sur moi.

— À ceci près que tu es *déjà* une cible, Lacey.

— Je suis en congé sabbatique. Je ne travaille pas sur Al-Adar ou sur qui que ce soit pour le moment. Peut-être que cela suffira à apaiser ceux qui en ont contre moi.

Elle n'y croyait pas vraiment, mais il était hors de question qu'elle vive sous la surveillance permanente d'armoires à glace qui la suivraient dans ses moindres déplacements et l'empêcheraient de faire ce qui devait être fait.

Qui que soient ceux qui avaient placé cette bombe dans sa voiture, elle se sentait responsable de la mort de sa sœur.

C'était donc à elle de découvrir qui la haïssait au point de vouloir la tuer. Et de l'arrêter avant qu'il recommence.

— Tu penses vraiment que ça suffira à calmer la rage de quelqu'un qui a essayé de te *tuer* ?

— Je ne sais pas, mais ça vaut toujours mieux que de vivre en cage jusqu'à ce que la police ait identifié celui qui a posé cette bombe.

Royce se tut pendant un long moment avant de reprendre à voix basse.

— Dis-moi que tu n'as pas l'intention de traquer ce tueur toi-même.

Elle ne répondit pas.

— Nom d'un chien, Lacey ! Tu es journaliste, pas policière.

— J'ai bien retrouvé la trace du chef d'Al-Adar alors que la police le croyait mort.

— C'était différent. Tu n'étais pas sa cible, pour commencer.

On frappa à la porte.

— Je dois raccrocher, Royce. Je te rappellerai. À plus tard.

Elle se dirigea vers la porte d'entrée et colla son œil au judas. Jim Mercer était là, dans un blouson en cuir marron, les cheveux ébouriffés par le vent froid qui sifflait autour de la maison.

Elle déverrouilla la porte et ouvrit.

— Vous êtes en avance.

Il arqua légèrement les sourcils.

— Si c'est un problème..., commença-t-il.

— Non, pas du tout. Je voulais juste dire que vous n'aviez pas perdu de temps.

Elle se força à sourire, consciente que ses manières trahissaient les événements des deux dernières semaines.

— Entrez. Je vais vous montrer votre chambre pour que vous puissiez vous installer avant mon départ.

Elle referma la porte derrière lui et tira le verrou.

Il s'arrêta au milieu du hall d'entrée et regarda autour de lui.

— C'est magnifique. De quand date cette maison ?

— Elle a été construite à la fin du XIXe siècle, il me semble. Elle a été modernisée dans les années 1960, je crois, mais Marianne et Toby prévoyaient de la rénover dans le respect de l'architecture d'origine... Faire cohabiter le style victorien campagnard avec des installations de plomberie et d'électricité modernes, vous voyez.

Elle le conduisit jusqu'au grand séjour.

— Ils ont abattu deux ou trois murs pour décloisonner l'espace, mais les parquets ont tous été conservés, comme les encadrements de fenêtres et les moulures.

— C'est très réussi.

Katie se retourna en entendant sa voix et le contempla, l'air ravi.

— Cou-cou !

Jim lui rendit son sourire.

— Coucou, Katie !

Elle courut vers lui, ses petites jambes potelées pédalant du plus vite qu'elles le pouvaient, et tira sur son jean pour qu'il la prenne dans ses bras. Il posa son sac, la souleva, et elle se mit à lui tapoter les joues en gloussant.

— Cou-cou, dit-elle de nouveau.

— C'est extraordinaire. Elle est plutôt réservée, d'habitude, murmura Lacey, pas certaine que l'engouement de sa nièce pour son baby-sitter soit un si bon point que cela.

Car qu'arriverait-il si, pour une raison ou pour une autre, il ne faisait pas l'affaire ? Si, de nouveau, une personne à laquelle elle s'était attachée disparaissait de sa vie ?

Mais elle n'avait pas le choix. Il lui fallait absolument quelqu'un pour s'occuper de Katie pendant qu'elle enquêtait sur la mort de sa sœur. Jim Mercer et sa nièce s'étaient d'emblée entendus comme larrons en foire. Après tout, mieux valait cela que l'inverse, non ?

Tenant Katie dans un bras, Jim se pencha pour ramasser son sac.

— Les enfants m'aiment bien, en général, dit-il en haussant les épaules et en indiquant du menton qu'elle pouvait continuer à lui faire faire le tour du propriétaire.

Elle lui fit traverser la cuisine et emprunter un petit couloir qui menait à la plus grande chambre du rez-de-chaussée. C'était là qu'elle s'était installée parce que c'était la chambre la plus proche de celle de Katie — même si, ces quinze derniers jours, Katie avait dormi dans le lit, auprès d'elle.

Mieux valait la laisser à Jim Mercer, pensa-t-elle. Elle prendrait une autre chambre du rez-de-chaussée.

— Voici votre chambre, annonça-t-elle en ouvrant la porte et en le précédant à l'intérieur.

Il embrassa la spacieuse pièce d'un regard circulaire.

— C'est une très jolie chambre… Elle est très grande.

— Elle fait office de suite parentale en attendant que les chambres de l'étage soient terminées. Je m'étais installée là, mais je vais déménager. Il y a d'autres chambres à ce niveau.

— Entendu… Comme vous voulez.

Il se tourna pour lui faire face.

— Et vous… Ça va ? Après l'embuscade d'hier, je veux dire.

— Oui, oui, merci, répondit-elle avec plus de fermeté qu'elle n'en ressentait.

Car, en dépit de sa détermination à ne pas se laisser intimider, cette nouvelle attaque l'avait profondément ébranlée — presque autant que l'attentat perpétré contre sa voiture — même si, cette fois, il n'y avait pas eu de victime. Peut-être parce qu'elle avait été inopinée et qu'elle s'était produite à un endroit où elle ne pensait pas courir un danger. Elle était presque parvenue à se convaincre que l'explosion de sa voiture avait été le résultat d'un accès de rage démentielle, violent mais ponctuel. Une façon d'évacuer la haine et la colère, de purger, peut-être, une âme perverse de sa monstrueuse noirceur.

L'idée d'avoir affaire à un psychopathe en pleine crise était moins effrayante que celle d'une personne saine d'esprit décidant en toute lucidité de la tuer de sang-froid, guidée non pas par une émotion incontrôlable mais par une volonté implacable, diabolique.

Jim posa son sac sur le sol, à côté du lit, faisant sauter Katie dans son bras replié.

— Je déballerai mes affaires quand vous serez revenue, déclara-t-il en se tournant pour la regarder. Savez-vous approximativement combien de temps vous serez partie ? Je vous demande ça pour savoir à quel moment je serais censé m'inquiéter et commencer à téléphoner tous azimuts pour vous localiser si jamais vous ne rentriez pas à l'heure dite.

Lacey laissa passer un moment, se demandant si elle trouvait sa remarque irritante ou touchante. Ainsi qu'elle l'avait dit à Royce Myerson, elle ne voulait pas se sentir surveillée comme le lait sur le feu ni se retrouver confinée dans la ferme, à ne plus oser mettre le nez dehors de peur qu'on lui tranche la gorge.

Mais, en même temps, elle ne pouvait nier qu'elle éprouvait un certain soulagement à l'idée que quelqu'un, à la maison, se soucie de savoir s'il ne lui était rien arrivé. Quelqu'un qui appellerait la cavalerie en cas de problème.

— Je devrais être de retour vers 22 h 30, 23 heures au plus tard.

— Si Katie et moi avions besoin de vous pour une raison ou pour une autre, nous pourrions vous joindre ?

— En cas d'urgence.

— D'accord. Écoutez, je sais que vous ne voulez pas d'un

garde du corps et je ne vous demanderai donc pas où vous allez ni qui vous devez rencontrer…

Comme Katie se mettait à se tortiller dans ses bras, Jim Mercer, comprenant d'instinct ce qu'elle voulait, se pencha aussitôt pour la reposer par terre. Il se redressa.

— Alors, voilà ce que je suggère : vous pourriez laisser cette information quelque part ici et je n'irai la consulter que si vous ne rentrez pas à l'heure dite et que je ne parviens pas à vous joindre… Qu'en pensez-vous ?

Ses yeux gris se rétrécirent.

— Pour que la police sache par où commencer si jamais vous étiez amené à faire appel à elle ?

Il fronça les sourcils.

— Eh bien, je ne voulais pas le formuler en ces termes-là, mais c'est l'idée.

Elle sourit.

— Et elle est excellente. OK. Je vais noter l'adresse où je serai sur le tableau blanc de la cuisine. Ça vous va ?

— Ça me va.

Il lui retourna son sourire, et elle éprouva une étrange sensation de constriction dans la poitrine. Bon sang ! il était sacrément séduisant quand il souriait. Mais elle avait bien d'autres chats à fouetter que de commencer à penser à lui comme à un bel et attirant inconnu au lieu de le voir comme ce qu'il était — le baby-sitter de sa nièce. Autant étouffer cette idée dans l'œuf tout de suite.

— Il y a des petits pots de haricots et de carottes dans le garde-manger, dit-elle en le précédant à la cuisine. Et aussi du hachis de poulet dans le réfrigérateur. Elle aime bien manger tiède. Pas trop chaud, pas trop froid.

Et aussi projeter de la nourriture partout autour d'elle, mais, cela, Jim Mercer le découvrirait bien assez vite tout seul.

— Elle mange encore des petits pots ? releva-t-il, l'air surpris.

— Eh bien, Marianne cuisinait, et je crois que Katie mangeait un peu de tout, de la nourriture normale, je veux dire, mais je n'en suis pas encore là. Mes compétences domestiques sont assez limitées, avoua-t-elle, se sentant un peu coupable. Il faudra que j'achète un livre de cuisine, je suppose.

— Ne vous en faites pas, répondit-il. Je sais faire la cuisine, ça ne me dérange pas.

— Mais je vous ai engagé pour garder Katie, pas pour vous charger aussi du ménage et de la cuisine.

— Oh ! j'aime bien cuisiner ! Et j'aime bien manger aussi. Vous ferez les courses, donc les tâches seront équitablement partagées.

Il s'accroupit comme Katie trottinait vers lui et sourit à la petite fille.

— On va voir si on a de quoi faire un bon gratin au poulet, d'accord, ma puce ?

— Oui... G'atin, répéta Katie d'un air gourmand.

Ça alors, songea Lacey. Un physique d'apollon, des fossettes à croquer — et, en plus, c'était un cordon-bleu ? Où était le vice caché ?

Mary Poppins elle-même n'aurait pas fait le poids.

— Vous voulez que je vous en mette une portion de côté ? Ou aurez-vous déjà mangé ?

— Je pensais grignoter un morceau dehors, mais votre gratin semble bien tentant.

Il coula un regard amusé dans sa direction.

— Ne vous emballez pas trop. Je vais faire avec les moyens du bord pour ce soir, donc, ce ne sera rien d'extraordinaire.

Bon, il était temps de s'en aller avant de renoncer définitivement à sortir !

— Gardez-m'en une assiette quand même. Si je n'ai pas faim en rentrant, je la mangerai demain.

Elle attrapa son sac à main accroché à la patère, dans le vestibule, derrière la cuisine.

— Ne rameutez pas la police et les hôpitaux avant 22 h 30, déclara-t-elle, s'efforçant à la légèreté même si elle avait bien conscience qu'il s'agissait de sa sécurité et que le sujet ne prêtait pas exactement à rire.

Mais elle ne pouvait pas vivre avec la peur au ventre

continuellement. Il fallait qu'elle trouve ce tueur avant qu'il frappe de nouveau. C'était son devoir de le faire — pour Marianne et Toby. Pour sa nièce désormais orpheline.

Et pour elle.

Dehors, il faisait désormais nuit noire, et de minuscules grains de glace commençaient à consteller le pare-brise de la Chevrolet Impala de Marianne. Pour l'instant, la berline suffisait, mais Katie allait grandir et il lui faudrait bientôt songer à acquérir un véhicule plus familial — un monospace ou un crossover, pensa-t-elle en démarrant.

S'arrêtant au bout de l'allée, Lacey porta les mains à ses tempes où les premiers signes d'un mal de tête commençaient à se faire sentir. Comment se comporter pour être une bonne mère vis-à-vis de Katie ? Sa nièce avait eu une mère merveilleuse. Une mère que Lacey ne parviendrait jamais à égaler. C'était inné, chez Marianne. Elle avait eu l'instinct maternel chevillé au corps et avait été si heureuse de s'occuper de sa petite fille...

Et maintenant, elle n'était plus là. Il ne restait à Katie que des souvenirs qui s'effaceraient avec le temps et une tante démunie qui ne connaissait rien aux enfants.

— Stop, dit-elle fermement à haute voix, agrippant le volant. Tu apprendras tout ce que tu as besoin de savoir au fil de l'eau. Tu feras de ton mieux.

Et, pour commencer, tu vas débusquer le salaud qui a tué Marianne et Toby.

Tôt ce matin, elle avait reçu un appel de Ken Calvert, une source du Département d'État. Calvert était spécialiste de la division Asie du Sud et Asie centrale, et elle avait eu affaire à lui à plusieurs reprises tandis qu'elle enquêtait sur le renouveau d'Al-Adar. Il avait déclaré détenir de nouvelles informations à propos de l'implantation possible d'une filière d'Al-Adar sur le territoire des États-Unis, mais ne pas vouloir en parler par téléphone. Il souhaitait la rencontrer ce soir au Vietnam Veterans Memorial à 19 heures.

Peut-être était-ce de la folie de se rendre seule à ce rendez-vous. Mais il fallait qu'elle sache si Al-Adar pouvait avoir mis un contrat sur sa tête, ici, aux États-Unis. Au moins le Vietnam Veterans Memorial était-il un lieu public… Il ne serait sûrement pas submergé par des hordes de touristes en cette soirée neigeuse de janvier, mais qu'il pleuve, qu'il vente ou qu'il neige, le long mur de granit noir à la mémoire des anciens combattants attirait toujours des visiteurs. Lacey n'avait jamais vu l'endroit désert. Elle devrait donc y être relativement en sécurité.

Elle prit River Road pour rejoindre l'autoroute qui la conduirait à la capitale. De Cherry Grove, il fallait environ une heure pour se rendre à Washington. Elle espéra que Ken Calvert avait trouvé quelque chose de réellement intéressant, car la perspective d'un retour sous la neige ne l'enchantait guère.

Pendant le premier tiers du trajet, la circulation demeura fluide. Mais au fur et à mesure qu'elle approchait de Washington le trafic s'intensifia. Derrière elle, les phares scintillaient dans son rétroviseur comme une longue guirlande de lumières de Noël s'étirant à perte de vue sur l'autoroute surchargée.

Dans n'importe lequel de ces véhicules pouvait se trouver l'homme qui l'avait agressée à Frederick — ou celui qui avait fait sauter sa voiture, songea-t-elle avec une nervosité grandissante.

Elle se força à respirer lentement, à fond, plusieurs fois.

Reste concentrée, s'intima-t-elle. *Ne perds pas ton objectif de vue.*

Ce fut avec soulagement qu'elle atteignit la périphérie de Dulles, Virginie, et que les lumières de la ville et de la civilisation se substituèrent à l'obscurité de l'autoroute. La guirlande de phares, derrière elle, se transforma en une file de véhicules identifiables — des camions, des voitures de sport, de massifs 4x4 et une camionnette, de temps à autre.

Notamment… Une camionnette bleue, quelques voitures derrière elle, s'aperçut-elle tout à coup.

Son cœur sauta un battement. Elle braqua de nouveau le regard sur son rétroviseur pour être sûre qu'elle ne s'était pas trompée.

Mais non. C'était bien le même véhicule qui l'avait suivie la veille alors qu'elle se dirigeait vers Frederick.

Sans même s'en rendre compte, elle qui n'utilisait jamais son téléphone au volant se mit à fouiller de la main droite dans son sac à main et sortit son mobile, qu'elle plaça dans son support, sur le tableau de bord. Elle composa le numéro de la ferme.

Jim Mercer répondit à la deuxième sonnerie.

— Allô ?

— Jim, c'est Lacey.

De nouveau, son regard se porta vers le rétroviseur. Elle venait de dépasser une sortie, mais la camionnette bleue était toujours là. Elle avala sa salive pour tenter de dissiper la boule qui lui obstruait la gorge.

— Je crois que je suis suivie.

4

La peur que Jim entendit dans la voix de Lacey le prit au dépourvu. Elle était toujours tellement maîtresse d'elle-même que ses paroles prononcées d'un ton tremblant l'inquiétèrent aussitôt.

— Dites-moi ce qui se passe. Pourquoi pensez-vous que vous êtes suivie ?

— L'autre jour, en me rendant à l'agence d'intérim, j'ai eu l'impression qu'une camionnette bleue me filait. J'ai quitté l'autoroute, et elle a continué son chemin, donc je n'y ai plus pensé. Mais cette camionnette est de nouveau derrière moi en ce moment.

— Vous êtes sûre que c'est la même ?

Elle ne répondit pas tout de suite.

— Je crois bien que oui.

Sa voix prit une intonation hésitante.

— Enfin, c'est difficile d'en avoir la certitude. Il fait sombre. Peut-être que je me fais des idées. Désolée...

— Où êtes-vous ?

— Je viens de dépasser la sortie de Dulles.

Dulles. Donc, elle était près de Washington D.C.

— Pouvez-vous annuler ce que vous avez prévu pour ce soir et rentrer ? demanda-t-il, prenant instinctivement les choses en main.

Il y eut une longue pause à l'autre bout de la ligne, et Jim se rendit compte que la question était déplacée, venant d'un employé qu'elle avait engagé le jour même.

— Je me suis sûrement laissé emporter par mon imagination. Désolée, répéta-t-elle. Je suis un peu à cran.

Sur quoi, elle raccrocha.

Jim appuya la tête contre le mur, se sentant complètement stupide. Il devait absolument faire plus attention. Elle l'avait embauché pour garder Katie, pas pour veiller sur elle. Il ne devait pas se montrer surprotecteur.

Assise par terre, en train de jouer avec de grosses lettres en bois de couleur, Katie leva les yeux vers lui.

— Wacey ? demanda-t-elle.

— Oui, c'était ta tante Lacey, répondit-il en s'accroupissant à côté d'elle.

Que faire ? S'il la rappelait, elle allait avoir des soupçons. Mais, d'un autre côté, si elle avait raison et que cette camionnette bleue la suivait réellement… Et puis, qu'était-elle allée faire à Washington ?

Se pouvait-il qu'on lui ait tendu un piège ?

Il réprima un juron, sortit son téléphone et composa son numéro.

Elle répondit à la première sonnerie.

— Qu'y a-t-il ? demanda-t-elle d'une voix tendue qui traduisait la préoccupation… ou l'impatience.

— Écoutez, je sais que vous êtes nerveuse, et il y a de quoi… Peut-être vaudrait-il mieux que vous restiez en ligne avec moi jusqu'à ce que vous soyez arrivée à destination.

De longues secondes s'égrenèrent. Il commençait à se dire qu'elle allait raccrocher lorsqu'elle déclara finalement :

— La camionnette est toujours là.

— Est-ce qu'elle s'est rapprochée ?

— Non. Mais elle n'a pas quitté l'autoroute et elle est toujours à la même distance.

— Wacey ? demanda Katie en le contemplant avec de grands yeux troublés.

— Oui, ma puce. C'est tante Lacey.

— Faites en sorte de ne pas l'inquiéter, dit vivement Lacey. Les enfants sentent ce genre de chose.

— Je sais.

Il plaqua un sourire désinvolte sur son visage jusqu'à ce que l'expression de Katie s'apaise et qu'elle se remette à jouer avec ses lettres de bois. Il reprit d'une voix dégagée :

— Je sais que vous n'aviez pas l'intention de me dire où vous alliez...

— Je dois retrouver quelqu'un au Vietnam Memorial.

Surveillant son expression, il souligna :

— Il n'y a pas de parking proche du monument.

— Je vais me garer près de chez moi, à Arlington, et je prendrai un taxi.

Elle poussa un petit soupir.

— Je m'étais dit que c'était un endroit sûr. Il y a toujours des touristes au mémorial. C'est un lieu public, ouvert.

— Par ce temps, il n'y aura sans doute pas grand monde.

— Je sais... J'aurais dû réfléchir à deux fois avant de me mettre en route, reconnut-elle, apparemment furieuse contre elle-même. Ce n'est pas dans mes habitudes d'avoir peur de mon ombre. Et je ne veux pas que ça devienne mon quotidien.

— Peut-être vaudrait-il mieux appeler et repousser votre rendez-vous, suggéra-t-il prudemment.

— C'est impossible. On devait me communiquer des informations importantes.

Jim baissa le ton, même si Katie semblait ne plus faire attention à lui.

— À propos de l'attentat contre votre voiture ?

— Peut-être, dit-elle au bout de quelques instants, comme si elle s'était décidée à jouer franc jeu avec lui. Un de mes contacts du Département d'État m'a laissé un message me signalant qu'il avait des informations à me transmettre. Il n'en a pas dit plus, mais j'ai déjà collaboré avec cette personne... C'est quelqu'un de fiable.

— Qui a fixé le rendez-vous au mémorial ? Lui ou vous ?

— Lui.

— Et vous êtes certaine de pouvoir lui faire confiance ?

— Je ne suis plus certaine de rien, répondit Lacey d'une voix où perçait la frustration. Ma vie entière a basculé dans le chaos du jour au lendemain, et je ne sais plus vers qui me tourner ni en qui avoir confiance.

Il s'abstint de tout commentaire, devinant que ses soupçons se retourneraient contre lui, quoi qu'il dise. Il garda donc le silence, laissant la balle dans son camp.

Finalement, elle reprit :

— Je suis à Arlington maintenant. Je devrais arriver à mon appartement dans une minute.

— Vous avez une place de stationnement à l'extérieur ou dans un garage ?

— Dans un garage. C'est très sécurisé. Je ne devrais pas avoir de problème.

— Voulez-vous que je raccroche, le temps que vous appeliez votre taxi ?

— Non. Il faut que je monte jusqu'à mon appartement pour prendre des affaires. J'appellerai de ma ligne fixe. Écoutez, je suis à l'entrée du garage, et la couverture réseau va être interrompue. Je raccroche... mais je vous rappelle dans cinq minutes, quand je serai en haut.

— Soyez prudente, dit-il doucement en souriant à Katie qui avait redressé la tête.

— Cinq minutes, répéta-t-elle avant de raccrocher.

— Cinq minutes, ma puce. Ce n'est pas très long, hein, ma poupée... On peut bien patienter cinq minutes, non ?

Il lui tendit les bras, et elle se mit sur ses pieds et vint se jeter dans ses bras. Il la serra contre lui, humant son doux parfum de bébé, le regard rivé sur la pendule.

Cinq minutes.

Il y avait eu un temps où son appartement avait été son sanctuaire. L'endroit où elle se réfugiait, où la folie meurtrière qui dévastait les parties du monde dans lesquelles elle voyageait pour ses reportages ne pouvait plus l'atteindre. Ici, elle était simplement Lacey Miles — la sœur et la tante. La voisine serviable et, quand elle parvenait à trouver un peu de temps pour fréquenter des gens, une amie et, de loin en loin, une petite amie à peu près passable.

Du moins l'avait-elle été jusqu'à cette nuit où Marianne et Toby étaient morts.

Jusqu'à il y a quelques jours encore, se souvint-elle, elle n'avait aspiré qu'à une chose : rentrer chez elle et retrouver ce sentiment de sécurité et de calme. Mais ce n'était pas du tout ce qu'elle éprouvait à présent. À mesure qu'elle avançait dans l'appartement plongé dans le silence, une impression nouvelle l'assaillait : celle de pénétrer un monde totalement inconnu.

Les meubles qu'elle avait passé des semaines à chiner lui semblaient étrangers — des biens appartenant à quelqu'un d'autre, quelqu'un qu'elle avait connu dans une autre vie. Le tableau abstrait aux couleurs vibrantes qu'elle avait acheté dans une petite galerie non loin de chez elle lui parut dénué de vie, vidé de sa beauté et de son sens.

Elle repoussa ces pensées et se dirigea vers sa chambre. C'était sur une impulsion qu'elle avait décidé d'emménager à la ferme. Une tentative désespérée d'échapper à la réalité, pour être tout à fait honnête. L'appartement lui rappelait trop cette nuit d'horreur absolue, quand elle avait reçu l'appel de la police qui avait bouleversé sa vie. Elle avait fait ses bagages dans la précipitation, pressée d'échapper à ces souvenirs. La ferme représentait un lien avec sa sœur, mais aucun des souvenirs qui la hantaient n'y était attaché. Elle n'y était même jamais allée. Marianne et Toby vivaient en ville quand l'attentat s'était produit. La ferme n'était encore qu'un projet, pas leur lieu de vie.

Passant rapidement en revue le contenu de sa penderie, elle élimina d'emblée les robes colorées qu'elle portait à l'écran. Elles n'avaient pas leur place dans sa vie actuelle. Les mettant fermement de côté, elle sélectionna quelques pulls et gilets chauds, la grosse veste doublée de polaire dont elle aurait besoin étant donné les températures qui étaient annoncées. Elle fourra le tout dans une valise et alla la ranger près de l'entrée pour ne pas l'oublier.

Décrochant le téléphone fixe posé sur un guéridon ancien en acajou, près de la porte, elle commanda un taxi. Il serait là dix minutes plus tard, lui promit son interlocutrice. Elle arriverait avec un léger retard à son rendez-vous, songea-t-elle, mais cela lui laissait le temps de charger ses bagages dans la voiture.

Elle était en train de redescendre au garage lorsqu'elle s'avisa qu'elle n'avait pas rappelé le baby-sitter.

Jim Mercer répondit immédiatement, la voix chargée d'inquiétude.

— Quelque chose ne va pas ?

— Non, s'empressa-t-elle de le rassurer. C'est simplement que je n'ai pas vu l'heure tourner… Le temps de rassembler quelques affaires, d'appeler un taxi…

Elle se sentait coupable, ce qui était ridicule. Cet homme était là pour s'occuper de Katie, pas pour veiller sur elle. Pourquoi se sentait-elle obligée de se justifier vis-à-vis de lui ?

— Vous savez, plus j'y pense, plus je me dis que j'ai dû faire erreur. Cette camionnette allait simplement à Washington, comme moi.

— Tout de même… J'aurais l'esprit plus tranquille si vous laissiez votre téléphone allumé en vous rendant au mémorial.

— Et, moi, j'aurais l'esprit plus tranquille si vous vous concentriez sur Katie, rétorqua-t-elle.

— Elle est là, à côté de moi, dit Jim. Nous avons mangé en attendant votre appel. Elle est en train de s'endormir dans sa chaise haute.

— Est-ce qu'elle en a mis partout ?

— Pas plus que n'importe quel enfant de deux ans. Je nettoierai une fois que je l'aurai couchée.

Lacey éprouva une pointe d'envie. La plupart du temps, elle n'était pas dans son élément avec Katie, mais leur moment de prédilection à toutes les deux était précisément celui-là, entre le dîner et l'heure du coucher, quand sa nièce commençait à somnoler et qu'elle se comportait en vrai petit ange. Elle adorait qu'on lui lise des histoires, et Lacey adorait lui en raconter. Elle s'installait dans le fauteuil à bascule, Katie blottie contre elle sur ses genoux, dans la chambre d'enfant peinte en jaune paille tandis que Lacey ouvrait un livre de contes parlant de princesses et de méchantes sorcières, de loups-garous et de petits cochons malchanceux, de méchants ogres et d'innocents enfants perdus dans les bois.

— Embrassez-la pour moi.

Comme elle appuyait sur le bouton d'appel de l'ascenseur, elle le prévint :

— Ça va couper. Je m'apprête à descendre au garage pour ranger ma valise dans la voiture.

— Je vais débarbouiller Katie et la mettre au lit en attendant que vous rappeliez, annonça Jim d'une voix ferme.

— Je crois qu'il va nous falloir mettre les choses au point, grommela Lacey. Histoire d'établir clairement qui est employeur et qui est employé.

— Désolé... Mais vous avez été agressée pas plus tard qu'hier, sous mes yeux, et vous avez maintenant l'impression d'être suivie par le même véhicule qui vous a déjà filé le train tandis que vous vous rendiez à notre rendez-vous, lui rappela Jim.

Elle marqua une pause avant de reprendre, songeuse :

— Mais mon agresseur a pris la fuite dans un fourgon vert, fit-elle observer.

— Oui, et il est monté côté passager. Mais quand il a foncé sur vous, il venait de la direction opposée, c'est bien ce que vous m'avez dit ?

— Oui.

— Alors, peut-être que la camionnette bleue était garée quelque part dans les parages.

Elle avait beau chercher à se rassurer à tout prix, elle devait bien admettre qu'il avait raison.

— OK, OK. Je vous rappelle dès que j'ai de nouveau du réseau.

Elle rangea le téléphone dans sa poche et attendit.

Une femme sortit de la cabine quand les portes coulissèrent.

Surprise, elle regarda Lacey, et sa physionomie se transforma comme elle la reconnaissait — la consternation et la pitié se peignirent sur ses traits, expression qu'elle ne connaissait désormais que trop bien. La femme lui adressa un petit sourire gêné tandis qu'elles se croisaient et, l'espace d'un moment, Lacey craignit que sa voisine ne murmure quelques maladroits mots de sympathie. Mais, heureusement, les portes de l'ascenseur se refermèrent avant que l'une ou l'autre ait eu le temps de parler. Elle se laissa aller contre la paroi de l'ascenseur, soulagée d'avoir échappé à un énième moment d'embarras.

Personne ne savait en quels termes exprimer ses condoléances, et elle le comprenait. Lacey aurait elle-même eu du mal à trouver les mots justes en pareilles circonstances. Comment pouvait-on dire : « Je suis navrée que votre sœur ait été tuée à votre place » sans rendre la chose encore plus atroce ?

Elle mit la valise dans le coffre de l'Impala de sa sœur et prit l'ascenseur pour remonter au rez-de-chaussée et attendre l'arrivée du taxi. Comme promis, elle composa le numéro de la ferme.

— Merci de rappeler, dit aussitôt Jim. Je sais que vous avez le sentiment que j'outrepasse mon rôle mais…

Surprise de l'entendre formuler ces excuses, elle réprima un sourire.

— Vous vous inquiétez simplement pour ma sécurité, je le sais.

— Mais vous êtes une femme pleine de ressource, une journaliste expérimentée qui a travaillé dans des zones de guerre. Vous savez vous défendre.

Une touche d'humour teinta sa voix.

— Je vous ai vue à l'œuvre avec cette clé à roue.

Elle partit d'un petit rire, et sa tension se dissipa quelque peu.

— Mais ça ne peut pas faire de mal que quelqu'un surveille mes arrières, n'est-ce pas ? Même si c'est par téléphone.

— Quand arrive votre taxi ?

Elle consulta sa montre.

— Il devrait être là d'une minute à l'autre. Katie… Ça va ?

— J'ai à peine eu le temps de lire trois pages de *Bonsoir madame la Lune !* qu'elle était déjà endormie. Je suis en train de faire la vaisselle.

D'où le chuintement qu'elle entendait en fond sonore. C'était l'eau qui coulait dans l'évier.

— Il y a un lave-vaisselle, vous savez.

— Oui, mais quand je suis soucieux, j'aime bien m'occuper les mains.

Elle regarda l'extrémité de la rue comme des phares venaient de tourner au coin. Son taxi, probablement.

— Je croyais que vous saviez que j'étais capable de me défendre :

— Oui, mais savoir que vous n'êtes pas une petite chose fragile ne m'empêche pas de m'inquiéter pour votre sécurité, murmura-t-il d'une voix basse, râpeuse, qui fit courir un frisson le long de son échine.

Il y avait bien longtemps que personne, Marianne exceptée, ne s'était fait du souci pour elle. Oh ! Bien sûr, ses patrons auraient été attristés si elle avait été tuée dans l'exercice de ses fonctions, mais cela tenait surtout à des questions de responsabilité et de perte d'un élément de valeur de la chaîne.

Peut-être était-ce le même genre de sentiment qui animait Jim. Il avait peut-être peur de perdre son nouveau travail juste après avoir été engagé. Pourtant, quelque chose dans sa voix lui soufflait que c'était plus personnel que cela.

Et même si, intellectuellement, elle trouvait un peu étrange la façon dont il s'était instantanément préoccupé de sa sécurité, elle ne pouvait s'empêcher d'être rassurée que quelqu'un s'inquiète de savoir si elle était morte ou vive.

Les phares approchaient. Elle s'apprêtait à ouvrir la porte vitrée du hall de l'immeuble lorsque le véhicule passa sous un réverbère, à petite vitesse.

C'était la camionnette bleue.

Sa main se figea sur la poignée. Elle dut pousser une exclamation étranglée, car la voix de Jim retentit aussitôt dans le combiné :

— Qu'y a-t-il ?

Elle recula dans un renfoncement, sur le côté de la porte.

— La camionnette bleue... Elle est devant mon entrée d'immeuble.

— Elle est garée ?

— Non. Elle a ralenti jusqu'à presque s'arrêter, puis elle a continué sa route.

— Lacey, vous ne pouvez pas aller rejoindre votre ami ce soir. Remontez dans votre voiture et rentrez.

L'intonation autoritaire de Jim lui rappela qu'il avait appartenu au corps des marines. Elle le visualisa presque en tenue de camouflage, les cheveux coupés en brosse, aboyant des instructions sur le même ton impérieux qu'il venait d'employer en s'adressant à elle.

— Appelez-le et annulez le rendez-vous.

Elle fut tentée de protester, mais il avait raison. Ce que Ken Calvert avait à lui dire devrait attendre le lendemain.

— D'accord. Je vais le prévenir tout de suite. Je vous rappelle quand je prends la route.

Elle coupa la communication et commença par annuler le taxi, précisant, comme le standardiste se montrait peu enclin à accéder à sa demande alors que le véhicule était presque arrivé devant chez elle :

— J'ai un compte. Vous n'aurez qu'à me facturer la course.

Puis elle appela Calvert en se dirigeant vers les ascenseurs et tomba sur sa messagerie vocale.

— Ken, c'est Lacey. J'ai un empêchement, je ne pourrai pas être là ce soir. Rappelez-moi. On fixera un autre rendez-vous.

Elle entra dans la cabine, s'efforçant de se calmer.

Le court trajet de l'ascenseur à l'Impala fut un vrai cauchemar ; le déclenchement de la ventilation, un banal bruit de circulation, au-dehors... Tout lui mettait les nerfs à vif. Elle ne se détendit un peu que lorsqu'elle fut de nouveau sur le chemin du retour.

Logeant son téléphone dans le support mains libres, elle rappela Jim.

— Je roule.

— Bien. Restez en ligne, lui intima-t-il.

— Je me sens vraiment idiote, déclara-t-elle. Je sursaute pour un oui ou pour un non.

— Vous vous protégez, ça n'a rien d'idiot, corrigea-t-il avec force. Ce n'est pas comme si le danger n'était pas très réel.

— Peut-on parler d'autre chose ? demanda-t-elle, tressaillant malgré elle.

Elle régla le chauffage à fond, regrettant de ne pas avoir enfilé l'épais manteau qu'elle avait emporté.

— Bien sûr. De quoi voulez-vous qu'on parle. Je pourrais vous lire *Bonsoir madame la Lune !* mais je ne suis pas sûr que...

Elle l'interrompit d'un petit rire nerveux.

Était-ce la douce chaleur qui commençait à envahir l'habitacle ou la voix rassurante de Jim qui ronronnait à son oreille ? Elle commençait à sentir la léthargie s'insinuer en elle.

— Vous voulez que je m'endorme au volant ? Non. Vous avez sûrement des tas d'anecdotes marquantes datant de l'époque où vous étiez marine... Vous n'avez qu'à m'en raconter une.

Il la tint en haleine en lui en relatant plusieurs avec le talent et le naturel d'un conteur-né. Katie allait l'adorer, songea Lacey. Sa petite nièce était toujours partante pour une histoire bien racontée, avec l'intonation adéquate.

Le trajet de retour passa sans même qu'elle s'en rende compte, et elle ne revit pas la camionnette bleue. Comme elle traversait Cherry Grove, la neige qui avait menacé toute la journée se mit à tomber, d'abord sous forme de grésil, puis à gros flocons cotonneux quand elle s'engagea dans l'allée de la ferme.

— Voilà, je suis arrivée, dit-elle dans le téléphone.

— Je sais. À tout de suite.

Jim raccrocha.

Les lumières extérieures étaient allumées, éclairant l'allée gravillonnée qui commençait à blanchir. La porte d'entrée s'ouvrit comme elle se dirigeait vers le coffre. Le temps qu'elle l'ouvre et entreprenne de sortir sa valise, Jim Mercer était là, à côté d'elle, grand et large d'épaules, muraille de force et de chaleur dans la nuit froide.

Il lui prit la valise des mains.

— Ça va ?

— Ça va, répondit-elle, y croyant presque.

Il la suivit à l'intérieur et attendit à côté d'elle qu'elle ait tiré le verrou de la porte d'entrée.

— J'ai réchauffé le gratin. Je me suis dit que vous n'auriez peut-être pas mangé.

Elle se rendit compte qu'elle avait l'estomac dans les talons.

— Je meurs de faim.

Il posa la valise dans le séjour et la précéda dans la cuisine où le délicieux fumet du plat acheva de lui creuser l'appétit.

— Ce n'est pas grand-chose, prévint-il. Du riz, des légumes en conserve, le hachis de poulet et une boîte de velouté de champignons.

— C'est mieux qu'un sachet de nouilles ramen, observa-t-elle avec un petit sourire tandis qu'il l'invitait à s'asseoir à table et sortait le plat du four à micro-ondes avant de remplir son assiette.

C'était chaud et étonnamment savoureux pour un plat préparé à partir de conserves.

— Pas mal, dit-elle après sa première bouchée.

— Je suis content que vous soyez rentrée sans encombre, dit Jim.

Son intonation chaleureuse et l'intensité de son regard firent courir une onde de plaisir en elle. Elle réprima cette sensation avec une détermination farouche.

Il était là pour garder Katie. Point final.

— Laissez… Essayez plutôt de vous détendre, suggéra-t-il comme, son assiette vidée, elle se levait pour la mettre dans le lave-vaisselle. Je vais m'en occuper.

— Ça ne fait pas partie de vos attributions, vous savez…, commença-t-elle avant de s'interrompre comme son téléphone se mettait à sonner. Faisant la grimace, elle regarda le numéro qui s'affichait sur l'écran. C'était l'indicatif de Washington, mais le numéro lui était inconnu. Elle songea un instant à ne pas prendre l'appel, mais la curiosité l'emporta.

— Allô !

— Lacey Miles ? demanda une voix masculine, profonde, à l'intonation sérieuse.

Elle se crispa malgré elle. Il y avait quelque chose d'un peu trop solennel dans cette inflexion de voix...

— Oui.

— C'est l'inspecteur Miller, de la police de Washington. Vous avez téléphoné à un dénommé Ken Calvert dans la soirée pour le prévenir que vous ne pourriez pas le rencontrer ?

Ses phalanges blanchirent autour du téléphone, et elle se laissa tomber sur la chaise qu'elle venait de quitter. Jim, debout près de l'évier, se retourna et la contempla d'un regard mi-interrogateur, mi-inquiet.

— Comment le savez-vous ? demanda-t-elle.

Il y eut une brève pause à l'autre bout de la ligne.

— Nous avons trouvé votre message dans le téléphone de M. Calvert. J'ai le regret de vous informer que M. Calvert est décédé tout à l'heure, dans la soirée.

5

Le visage de Lacey perdit toute couleur, et ses yeux gris croisèrent le regard de Jim. Quelle que soit la nouvelle qu'elle venait d'apprendre, il était clair qu'elle lui avait fait l'effet d'un coup de poing à l'estomac.

— Que s'est-il passé ? demanda-t-elle d'une voix blanche.

Jim s'approcha et s'assit en face d'elle, essayant de deviner sur les traits de Lacey la partie de la conversation qu'il n'entendait pas. Mais elle s'était déjà reprise et se tenait assise, droite sur sa chaise, le visage impassible ; seul un soupçon d'émotion au fond de son regard trahissait son trouble intérieur.

— Je vois, dit-elle au bout de quelques instants. Bien sûr... Voulez-vous me rencontrer ce soir ?

Jim regarda la pendule. Il était 20 h 30. Si quelqu'un demandait à la voir à cette heure, quelque chose de grave avait dû se passer.

Mais quoi ?

— Très bien, je vous attends, déclara finalement Lacey avant de raccrocher et de poser le téléphone devant elle, sur la table, l'œil vissé sur lui comme s'il s'agissait d'une bête féroce près de lui sauter dessus.

— Ça va ? s'enquit Jim.

Elle leva les yeux.

— L'homme que je devais voir ce soir a été assassiné.

L'estomac de Jim se noua.

— Mon Dieu.

— Il a été retrouvé dans un parking, sur Virginia Avenue, près du mémorial, un peu avant 19 heures. La police ne m'a pas donné de détails, mais un enquêteur veut me voir ce soir... Comme je suis la dernière personne à avoir appelé Ken sur son portable.

— Je suis désolé pour votre ami.

Elle secoua la tête comme pour repousser sa sollicitude.

— Nous n'étions pas exactement proches. Il a été ma source lors de plusieurs reportages par le passé.

— Puis-je faire quelque chose ?

De nouveau, elle secoua la tête.

— Non. D'ailleurs, je ne vois pas ce que je pourrais apprendre de plus à la police. Ken est resté vague au téléphone concernant les informations qu'il comptait me transmettre.

Et elle ne l'était pas moins, songea Jim. Mais il ne pouvait pas se montrer trop inquisiteur. Il était trop tôt dans leur relation. Il l'avait aidée à échapper au piège qu'on lui avait tendu, la veille, ce qui l'avait probablement convaincue de l'embaucher, mais sa gratitude avait des limites.

Il n'était pas là pour lui soutirer tous ses secrets, se rappela-t-il fermement. Ce qui ne l'empêchait pas d'être dévoré par la curiosité...

— Vous n'êtes pas obligé de rester avec moi, dit-elle soudain en se levant. Vous pouvez aller lire, ou regarder la télévision... Allez-y. Ne vous en faites pas.

— Ça ne me gêne pas de vous tenir compagnie... Si vous n'y voyez pas d'inconvénient, assura-t-il. Si les flics se mettent à vous suspecter de meurtre, je suis votre meilleur alibi puisque nous sommes restés en ligne pendant la majeure partie du temps où vous n'étiez pas là.

Elle lui jeta un regard en biais, un vague sourire sur les lèvres.

— Sur ce point, vous n'avez pas tort.

Il la suivit dans le salon où elle prit place dans un profond fauteuil, repliant les jambes sous elle. Il s'installa en face d'elle et s'efforça de paraître décontracté en dépit de l'adrénaline qui courait dans ses veines.

— Vous croyez que cette camionnette bleue a un rapport avec le meurtre ?

Elle fronça les sourcils.

— Je ne sais pas... Tout dépend de l'heure à laquelle il a été tué, je suppose. Il était 18 h 30 quand j'ai vu la camionnette devant chez moi, à Arlington.

— M. Camionnette pourrait avoir un complice.

Elle le fixa, plissant les yeux.

— C'est curieux... Vous raisonnez plus comme un policier que comme un baby-sitter.

— J'ai dû regarder trop de chroniques criminelles à la télévision, répondit-il en ponctuant ses paroles d'un sourire désinvolte. Et puis j'ai été marine.

— C'est vrai.

Elle parut se détendre et Jim, intérieurement, poussa un soupir de soulagement. Il marchait sur des œufs avec elle. Elle était beaucoup trop observatrice. Normal. Ça faisait partie intégrante de son métier.

Le silence s'étira entre eux pendant un long moment, l'horloge égrenant lentement les minutes tandis qu'ils attendaient l'arrivée du policier. Finalement, n'y tenant plus, Jim se leva.

— Je prendrais bien une tasse de café. Vous en voulez ?

— Oui, merci.

Il trouva le paquet de café dans le placard et sortit deux tasses pendant que le café passait.

— Comment le buvez-vous ?

— Avec un trait de crème et du sucre, avoua-t-elle, l'air presque prise en défaut.

— Il n'y a rien de mal à ça.

— Ça ne cadre pas avec ma réputation de journaliste sans concession, dit-elle en jouant avec son téléphone. Comme, d'ailleurs, à peu près tout dans ma vie en ce moment.

— Rien de mal à ça non plus. Vous n'y êtes pour rien.

Elle se leva et s'avança vers lui. Se retournant, elle croisa les bras et se cala contre le plan de travail.

— Comment avez-vous fait ? Pour vous transformer de marine en baby-sitter aussi aisément ?

— Qui vous dit que ça a été facile ?

— Vous avez d'emblée réussi à établir le contact avec Katie. Ça a été presque instantané. J'ai eu tellement de mal, moi. Parfois, j'ai l'impression qu'elle me tolère tout juste.

— Peut-être que vous vous appliquez tellement à y arriver qu'elle le sent.

Il tourna la tête pour la regarder et fut frappé par sa beauté patricienne. Froide, impassible, inaccessible — l'alliance de la porcelaine et de la glace.

Mais il y avait cette petite flamme au fond de ces yeux gris qui démentait cette impression et attisait sa curiosité — beaucoup plus qu'il n'était raisonnable. Il avait du souci à se faire, s'avisa-t-il. Et pas seulement parce que le motif réel de sa présence chez elle devait absolument demeurer secret.

— Je ne sais pas ce que c'est que d'être mère. La mienne est morte quand j'avais dix ans. Marianne était de deux ans mon aînée. Je n'ai jamais joué à la poupée, comme elle. Se représenter dans le rôle de maman était naturel chez elle, mais pour moi... C'est toujours resté un grand mystère.

Conscient qu'il aurait mieux fait de s'abstenir, il posa la main sur son avant-bras et s'étonna presque de sentir sa chaleur. Il la voyait comme une femme intimidante et inabordable, mais, au fond, elle n'était ni l'un ni l'autre.

— Je voudrais que vous m'expliquiez comment faire, déclara-t-elle doucement en se tournant vers lui.

Il ne put s'empêcher de lui faire face et de se rapprocher imperceptiblement.

Tel un raz-de-marée, une vive attirance le submergea. Une sonnette d'alarme tinta dans sa tête, mais il l'ignora.

Il vit ses yeux s'agrandir démesurément, à quelques centimètres des siens... Il était à un cheveu de commettre une bêtise irréparable. Mais, bon sang, qu'il était difficile de résister...

Trois coups sonores retentirent au même moment sur la porte d'entrée. *Sauvé par le gong*, songea-t-il.

— J'y vais, s'empressa-t-il d'annoncer comme elle esquissait un pas.

— Non. Je suis sûre que c'est l'inspecteur Miller. Je n'ai pas besoin d'un portier.

Il ne discuta pas, mais lui emboîta le pas, regrettant de ne pas porter son Glock. Si jamais ce visiteur tardif n'était pas celui qu'elle croyait, son arme serait trop loin pour pouvoir lui être utile.

Au premier coup d'œil, il sut que l'homme était bien celui qu'ils attendaient. Tout en lui trahissait le policier, de la déformation du nez légèrement aplati en son milieu par une fracture ancienne à la réserve innée, teintée de suspicion, qui flottait dans son regard sombre.

— Mademoiselle Miles ? Je suis l'inspecteur Gerald Miller de la police de Washington, se présenta-t-il en lui montrant sa carte. Puis-je entrer ?

À son intonation, on sentait bien que la question, bien que courtoisement tournée, n'était que de pure forme.

— Bien sûr, répondit Lacey en s'effaçant pour le laisser passer. Inspecteur Miller, voici Jim Mercer. C'est lui qui s'occupe de ma petite nièce.

Le regard impassible de Miller se promena sur lui.

— Oh ! Vous êtes garde d'enfants, c'est ça ?

Jim ne sourit pas.

— C'est ça, confirma-t-il.

Les sourcils de Miller s'arquèrent, mais il ne fit pas de commentaire et se tourna vers Lacey.

— J'aimerais m'entretenir en privé avec vous.

Jim tiqua intérieurement. Il ne doutait pas que l'homme soit effectivement ce qu'il prétendait être. Mais il avait vu son lot de corruption parmi les membres de la police et d'autres autorités légales. Seulement voilà : il était pieds et poings liés. Il n'était pas en position de demander à assister à l'entretien.

Tout ce qu'il pouvait faire, c'était rester à proximité en espérant que cela suffirait, en cas de problème.

— J'ai laissé un message à Ken et je suis rentrée à la maison.

Lacey arrêta son regard sur l'inspecteur Miller, attendant de voir quelle était sa réaction. Il l'avait écoutée sans l'interrompre, ce qui l'avait un peu surprise. Aucun doute, il allait se rattraper maintenant.

— Qu'est-ce qui a éveillé vos soupçons, à propos de cette camionnette bleue, mademoiselle Miles ?

— Le fait qu'elle semblait me suivre, répondit-elle du tac au tac. Pas seulement ce soir. Hier également, juste avant que je sois agressée à mon arrivée à Frederick.

Il hocha la tête, mais elle savait d'expérience que ce n'était en rien un acquiescement de ses paroles.

— À qui avez-vous eu affaire, dans la police de Frederick ?

Elle dut réfléchir pendant quelques secondes pour se remémorer le nom de l'officier qui avait pris sa déposition. Cela ne remontait pourtant qu'à la veille, mais il lui semblait que ça faisait une éternité.

— L'inspecteur Braun. Je ne me souviens plus de son prénom, mais il m'a donné sa carte... Elle doit être dans mon sac à main, dit-elle, commençant à se lever.

L'inspecteur lui fit signe de rester sur le sofa.

— Son nom de famille devrait suffire. Est-ce que vous lui avez parlé de cette camionnette ?

— Non, reconnut-elle. Sur le moment, je n'y ai pas pensé. Je me suis dit que j'étais parano. Comme vous l'imaginez, mon état d'esprit n'est pas exactement serein en ce moment.

— Bien sûr, dit-il d'un ton qui laissait entendre que c'était peut-être bien le cas en ce moment même.

À moins qu'il ne signifie tout autre chose... Peut-être la soupçonnait-il d'avoir inventé de toutes pièces cette histoire de camionnette bleue pour se forger un alibi.

L'estomac de Lacey se contracta.

— Je n'ai plus reparlé à Ken après son appel, ce matin. Et quand je l'ai appelé ce soir, je suis tombée sur sa boîte vocale.

— Nous pensons qu'il était déjà mort au moment de votre appel.

— Est-ce que vous me considérez comme suspecte, inspecteur Miller ? Dois-je téléphoner à mon avocat ?

— Vous n'êtes pas en état d'arrestation. Je ne vous ai pas lu vos droits.

— Certes, mais je ne suis pas stupide.

— Quelqu'un peut-il confirmer vos dires ?

Involontairement, elle jeta un coup d'œil vers l'arrière de la maison et la cuisine, où elle voyait Jim Mercer, assis devant la table, qui la regardait avec intensité.

— Oui... Mon employé, Jim Mercer, répondit-elle, subitement heureuse de l'avoir choisi.

— Elle est restée en ligne pendant toute la durée du trajet de retour et pendant une partie de l'aller. Il y a eu deux courtes interruptions, quand elle était dans le parking souterrain de son immeuble, avant de monter à son appartement, et quand elle en est redescendue. Apparemment, c'est une zone blanche.

— C'est ce qu'elle vous a dit ? demanda Miller d'une voix atone.

— Oui. Ce doit être facile de vérifier à quelle antenne-relais son téléphone s'est connecté à cette heure-là.

L'inspecteur arqua un sourcil, l'air vaguement narquois.

— Surprenant, que vous ayez pensé à ça. Vous êtes policier, n'est-ce pas ?

Jim afficha un air un peu contrit et sourit.

— Seulement fan de séries policières, j'en ai peur. Écoutez, inspecteur Miller, je sais que vous devez faire votre travail. Mais je vous assure que j'étais en ligne avec Mlle Miles ce soir. Elle était inquiète parce qu'elle avait repéré cette camionnette bleue qu'elle avait déjà remarquée, la veille. Elle a eu suffisamment peur pour rebrousser chemin alors qu'elle avait fait une heure de route pour se rendre à ce rendez-vous. Sincèrement, je ne pense pas qu'elle ait eu le temps de faire quoi que ce soit à M. Calvert, étant donné que nous sommes restés en communication pendant presque tout ce temps.

— Il ne faut pas longtemps pour tirer sur un homme.

— C'est comme ça qu'il est mort ? Tué par balle ?

Miller pinça les lèvres, comme s'il était contrarié d'avoir involontairement vendu la mèche.

— Je vais vérifier les endroits où son téléphone a borné, ainsi que vous me l'avez aimablement suggéré. Et j'aurais quelques questions à vous poser aussi, à vous personnellement, monsieur Mercer...

Jim demeura imperturbable, mais son cœur se mit à battre d'appréhension. Sa couverture avait fait illusion avec l'agence d'intérim, mais si la police — ou Lacey Miles qui disposait, elle aussi, de nombreuses sources d'information — creusait un peu plus, ils pourraient découvrir qu'il n'était pas là uniquement au titre de garde d'enfants.

Lacey revint vers le salon et s'encadra dans l'embrasure de la porte, le port altier, l'expression dure et fermée.

— Je crois que nous vous avons dit tout ce que nous savions concernant les événements de ce soir, inspecteur Miller. Il est tard, et j'ai une nièce de deux ans qui se lève très tôt le matin. Si vous avez d'autres questions, n'hésitez pas à appeler demain, mais pour ce soir je pense que nous allons en rester là.

Un demi-sourire sombre se dessina aux commissures des lèvres de Miller.

— J'avais entendu dire que vous étiez une femme redoutable, mademoiselle Miles. J'avais déjà pu me rendre compte de votre cran et de votre ténacité à l'écran. Mais ça se confirme : votre réputation n'est pas usurpée.

Elle accepta le compliment d'un petit hochement de tête presque royal, comme si elle ne méritait rien de moins.

Bon sang, songea Jim. Redoutable, en effet...

Lacey raccompagna le policier à la porte, tira le verrou et

revint vers lui. Avec un profond soupir, elle se tourna vers Jim. Son masque impassible avait perdu un peu de sa superbe, nota-t-il. Des plis d'inquiétude barraient son front.

— Vous croyez qu'il y a un lien ? demanda-t-elle.

Il s'avança vers elle, fourrant les mains dans ses poches pour ne pas être tenté de les poser sur elle.

— Entre ce qui est arrivé à Ken Calvert et ce qui s'est passé hier, vous voulez dire ?

— Et la mort de Marianne et Toby.

— Je ne sais pas, répondit-il. Qu'en pensez-vous ?

— Moi non plus, je ne sais pas, dit-elle en se dirigeant vers la cuisine où elle prit une éponge et se mit à nettoyer la table.

— C'est bien ce qui m'effraye, justement. Je n'arrive pas à comprendre ce qui se passe. Si j'y voyais plus clair, je saurais comment réagir.

Il lui prit l'éponge des mains, surpris de sentir ses doigts trembler sous les siens. Elle leva les yeux et le contempla d'une expression solennelle, vulnérable.

La tentation de la prendre dans ses bras et de la tenir contre lui fut intense. Il y résista, mais non sans peine.

— J'ai l'impression que vous n'êtes pas femme à vous satisfaire d'attendre sans rien faire.

Elle carra les épaules, et la fragilité qu'il avait discernée dans son regard se changea en une farouche détermination.

— Non, en effet.

— Mais vous ne pouvez rien entreprendre ce soir, dit-il fermement.

D'un mouvement du menton, il indiqua la porte de sa chambre.

— Essayez de dormir un peu. Vous aurez peut-être les idées plus claires demain, à tête reposée.

— Peut-être.

Elle s'éloigna de lui, le privant de sa chaleur, subitement remplacée par le froid hivernal. Il la regarda tirer la porte derrière elle, puis il s'assit sur une chaise de cuisine.

Prenant son téléphone, il composa un numéro.

Une voix répondit au bout d'une sonnerie.
— Garage Roy.
Jim fournit le code convenu.
— J'appelle à propos de mon Dodge Charger rouge.
— Il y a du nouveau ? demanda Alexander Quinn.
— Oui. Il y a eu du grabuge. La situation part en vrille.

6

Les flocons avaient cessé de tomber avant minuit, laissant une croûte de neige durcie sur le sol. Mais les rues étaient dégagées, et la température s'était élevée au-dessus de zéro en milieu de matinée si bien que Jim avait proposé d'aller en ville faire quelques courses.

— Vous vous souvenez que je ne vous ai pas engagé pour faire la cuisine, n'est-ce pas ? protesta doucement Lacey, plus pour la forme que par réel désir de s'opposer à sa suggestion.

Cela lui laisserait assurément plus de temps libre pour chercher la vérité concernant les tentatives d'agression dont elle avait été la cible. Sans compter que ses dons en matière de repas égalaient approximativement ceux d'un étudiant de sexe masculin, ce qui signifiait qu'elle était capable de préparer une omelette ou des pâtes et d'ajouter de l'eau bouillante à de la nourriture lyophilisée.

— Aucun problème, répondit-il. Qu'est-ce que tu en dis, Katie, ma puce ? Tu veux venir te promener en ville avec moi ?

— Ze veux promener ! confirma l'intéressée avec un grand sourire en tendant les bras vers lui.

Il la prit dans les bras et la cala sur sa hanche, décochant à Lacey un sourire qui diffusa en elle une onde de plaisir tout aussi instantanée qu'inappropriée.

— Nous serons de retour dans une heure environ. Vous me rembourserez ce que j'aurai dépensé, OK ?

— Bien sûr, dit-elle, détournant les yeux pour ne plus voir son sourire amical.

— Voulez-vous quelque chose de particulier ? Vous êtes plutôt sucré ou salé ?

Elle secoua la tête.

— Je ne suis pas difficile. Pourvu que ce soit mangeable, tout me va.

— Bien. À propos, avez-vous un siège supplémentaire pour Katie ? Il faudrait que j'en installe un dans ma voiture pour nous éviter la corvée de déplacer le vôtre continuellement.

— Oui. Dans le placard du couloir. Je vais vous le chercher.

Elle revint avec le siège quelques instants plus tard. Jim aidait Katie à enfiler son manteau et ses bottes avec une facilité déconcertante.

— Elle est beaucoup plus coopérative avec vous qu'avec moi.

— Je sais m'y prendre avec les dames, plaisanta-t-il en lui souriant.

Ça, c'est certain, songea-t-elle à part soi, un tantinet sarcastique.

— Vous voulez que j'aille mettre le siège en place pendant que vous finissez de préparer Katie ?

— Si ça ne vous ennuie pas, oui, merci.

Il plongea une main dans sa poche et lui tendit les clés.

Elle décrocha sa veste de la patère et sortit, le siège à la main. Jim possédait une jeep Cherokee noire qui n'était pas flambant neuve, mais en bon état et propre comme un sou neuf. Il régnait même dans l'habitacle un léger parfum citronné. Donc, outre le fait qu'il était beau, savait s'occuper des enfants et était un cuisinier chevronné, il était *en plus* ordonné.

Pourquoi diable cet homme était-il célibataire ?

Elle arrima solidement le siège sur la banquette arrière, tira dessus pour s'assurer qu'il était bien fixé puis remonta l'allée dallée en direction du porche au moment où Jim et Katie franchissaient la porte.

Il lui prit les clés des mains, ses doigts chauds glissant sur les siens. Elle serra les dents et ne s'autorisa qu'un bref regard dans sa direction.

— Soyez prudent.

— Bien sûr, promit-il.

— Et prévenez-moi si vous en avez pour plus longtemps que prévu, d'accord ? ajouta-t-elle. Histoire que je ne m'inquiète pas.

— Bien entendu, dit-il en posant la main sur son bras. Tout ira bien. Mais vous, verrouillez bien toutes les portes et fenêtres pendant notre absence. Histoire que je ne me fasse pas de souci, *moi*.

— C'est bien mon intention.

Elle passa devant lui, veillant à ne pas l'effleurer, et entra dans la maison chaude. Se retournant sur le pas de la porte, elle regarda le 4x4 s'éloigner jusqu'à ce qu'il atteigne le croisement avec la route, au bout de l'allée. Jim tourna en direction de la ville, et elle referma le battant et pressa son front contre le bois ancien de la porte.

Qu'est-ce qui n'allait pas chez elle ? Elle n'avait pas réagi ainsi à un homme depuis des années. Sans doute pas depuis l'université.

C'était plutôt embarrassant, en vérité. Elle était adulte, avait atteint ses objectifs professionnels. Elle avait remporté des prix et était unanimement reconnue pour son journalisme intransigeant, s'était attiré les louanges des dirigeants du monde comme des téléspectateurs.

Si quelqu'un devait éprouver doute et incertitude, c'était le garde d'enfants, pas elle, bon sang !

Il fallait vraiment qu'elle se focalise sur ce qui était important et qu'elle mette ses talents de journaliste mondialement renommée au service de la seule cause qui valait : découvrir qui essayait de la tuer et pourquoi.

Les pièces de l'étage n'étaient pas encore terminées, mais l'une des premières initiatives qu'avait prises Lacey en arrivant avait été de débarrasser une petite chambre située en angle dans l'intention de l'utiliser comme bureau. Le soleil du matin l'inondait de chaleur et de lumière, en faisant la pièce idéale pour travailler.

Cependant, pour l'heure, elle servait plutôt de salle de crise, pour employer un terme politique. C'était ici que se trouvaient réunies toutes les informations et toutes les pistes potentielles qu'elle avait réunies depuis l'attentat perpétré contre sa voiture.

Si elle s'était fait un ennemi juré, son nom figurait sur le grand tableau blanc qu'elle avait accroché à un mur. Son ordinateur portable et un amplificateur de signal Wi-Fi étaient installés sur un vieux bureau qu'elle avait déniché dans le grenier. Il avait été quelque peu branlant, mais les rudiments de restauration de mobilier que lui avait enseignés un de ses anciens petits amis dont le passe-temps était le travail du bois lui avaient permis de le remettre en état.

Elle consulta sa messagerie, différente du compte professionnel qu'elle utilisait sur son téléphone. Une fois les spams effacés, il ne lui resta que deux nouveaux e-mails. Ils provenaient d'amis de la chaîne de télévision, qui venaient prendre de ses nouvelles.

Elle leur répondrait plus tard.

Se dirigeant vers le tableau blanc, elle contempla les noms qu'elle y avait listés. Parmi les onze mentionnés, une bonne partie pouvait probablement être d'emblée éliminée, car les griefs que ces personnes pouvaient avoir contre elle semblaient trop insignifiants pour déclencher un pareil déchaînement de haine et de violence.

L'inspecteur Bolling de la police du comté d'Arlington ne s'était pas étendu en détail sur la bombe qui avait causé la mort de sa sœur et de son beau-frère mais, pour avoir vu maintes scènes d'horreur quand elle était au Moyen-Orient et en Asie centrale, elle savait quels dégâts provoquait l'explosion d'une bombe artisanale et pouvait imaginer ce qu'avaient été les dernières secondes de vie de Marianne.

Elle repoussa farouchement ces images et se concentra sur les noms inscrits sur le tableau blanc. Au bout de quelques minutes de réflexion, elle en barra huit, ce qui lui laissait trois ennemis potentiels susceptibles de correspondre au profil d'un criminel capable de commettre un tel homicide.

En tête de liste, parce que la méthode cadrait avec leurs

habitudes, se trouvait le groupe rebelle Al-Adar. À leurs débuts, alors que le Kaziristan s'efforçait de s'ouvrir à la démocratie, ils avaient revendiqué un nouvel élan religieux, ce qui avait alarmé les communautés religieuses les plus conservatrices du pays et dressé des obstacles à la libéralisation voulue par le gouvernement.

Mais après les sièges des ambassades américaine et britannique, dix ans plus tôt, le groupe avait acquis une dimension politique. Il entendait s'emparer du pouvoir afin de prendre le contrôle des ressources en gaz naturel et en pétrole du Kaziristan.

Conjointement avec les États-Unis, les Britanniques et les autres alliés européens, le gouvernement démocratique du Kaziristan avait renforcé sa position dans le pays, et Al-Adar s'était vu pendant quelque temps, relégué à l'arrière-plan, marginalisé.

Mais, depuis un an ou deux, la situation s'était de nouveau tendue, Al-Adar s'efforçant de revenir sur le devant de la scène en s'inspirant de l'État Islamique pour étendre ses activités à l'étranger. On avait signalé la présence de membres d'Al-Adar en Europe et en Afrique et, peu de temps avant la mort de Marianne, Lacey avait reçu un e-mail d'un ancien contact au Kaziristan, une source sûre, l'informant de l'existence de cellules dormantes d'Al-Adar également en Amérique du Sud et en Amérique centrale.

Se pouvait-il qu'Al-Adar ait déjà réussi à s'implanter aux USA ?

Question stupide, songea-t-elle en soulignant résolument au marqueur le nom d'Al-Adar sur le tableau blanc. Les États-Unis étaient évidemment une cible de choix pour tout groupe voulant se faire un nom au sein de la nébuleuse terroriste.

Elle disposait de nombreux dossiers décrivant la structure hiérarchique d'Al-Adar, ses tactiques opérationnelles et ses objectifs présumés. Elle allait les réexaminer en détail, voir si elle y trouvait quelque chose qui aurait pu lui échapper et qui serait de nature à la renseigner quant à ce que le groupe était capable d'accomplir.

Si Al-Adar était dans le coup, il ne faisait aucun doute qu'elle pouvait être une de leurs cibles principales, étant donné le nombre d'heures d'antenne qu'elle avait consacrées à ce sujet au cours des dernières années.

Malheureusement, ses reportages avaient pu lui attirer les foudres d'au moins deux autres ennemis sérieux.

Revenant se planter devant son tableau blanc avec un soupir, elle passa au deuxième nom.

Les petites villes étaient les même partout, songea Jim. Leurs habitants se montraient amicaux en apparence, mais ils demeuraient suspicieux tant que vous n'aviez pas fait vos preuves. Il avait commencé à sentir les regards peser sur lui à l'épicerie, et cela avait continué lorsqu'il s'était arrêté au café-restaurant, dans la grand-rue, pour commander un café pour lui et un jus de pomme pour Katie.

La grande femme corpulente qui trônait derrière le comptoir sourit à la petite fille.

— Bonjour, miss Katie ! Ce sera la même chose que d'habitude pour mademoiselle ?

Son sourire s'estompa un tout petit peu comme elle portait son regard sur lui.

— Ne me dites pas que vous êtes la nouvelle nounou !

Je plaide coupable, répondit-il en lui décochant son sourire le plus engageant.

Le regard de Jim s'abaissa une demi-seconde, le temps de lire « Charlotte » sur son badge.

— Je peux vous demander ce qu'elle prend, habituellement, Charlotte ?

— Du jus de pomme, répondit la serveuse avec un sourire encore un peu réticent. Vous désirez autre chose ?

— Un café, avec une dose de crème et un sucre.

— À consommer sur place ou à emporter ?

— À emporter, malheureusement. Il faut que j'aille ranger les surgelés avant qu'ils dégèlent.

Ajoutant une intonation séductrice à sa voix, il précisa :

— Mais je m'arrangerai pour rester un moment, la prochaine fois.

Le sourire de Charlotte se réchauffa instantanément de plusieurs degrés tandis qu'elle versait le café dans une tasse avec couvercle.

— Vous êtes un gars du Sud, hein ? Il n'y en a pas beaucoup ici, dans le nord de l'État. J'ai grandi à Roanoke... Je vous avoue qu'entendre ce bon vieil accent du Sud me manque beaucoup.

— Je suis de High Point, en Caroline du Nord, dit-il, ce qui n'était pas l'exacte vérité. High Point était simplement la bourgade la plus proche du petit hameau perdu dans la montagne où il était né et avait passé son enfance.

Colley Cove, en Caroline du Nord, ne figurait sur aucune carte.

— Ah oui ? J'ai des cousins dans ce coin-là, indiqua Charlotte en lui tendant le café et en levant une briquette de jus de pomme devant elle. Si vous avez un gobelet à bec verseur pour la petite, je peux servir le jus directement dedans, si vous voulez.

La glace fondait plus vite qu'il ne l'avait espéré, se dit-il, dissimulant un sourire.

— Oui... Merci beaucoup, tenez, dit-il en sortant le gobelet du sac à langer accroché à son épaule.

Pendant que Charlotte transvasait le contenu de la brique dans le récipient, Jim jeta un regard à la ronde, étudiant l'agencement de la salle et la poignée de clients qui y étaient attablés.

Cinq adultes en tout. Deux hommes, d'une soixantaine d'années, et trois femmes. Deux mères avec des enfants, qui lui jetaient des regards intrigués, et une femme plus âgée qui lisait assise, seule, dans un box en coin.

Aucun signe de menace. Ce que lui confirma son sixième sens de marine.

— Alors, ça vous plaît de travailler pour Mlle Miles ? reprit Charlotte en tendant le gobelet à Katie, qui se mit aussitôt à boire goulûment.

— C'est une femme agréable, répondit-il, sur ses gardes.

— C'est un peu la célébrité du coin, dit Charlotte. Une grande journaliste comme elle… Pensez, ça attire les curieux.

Quelque chose, dans le ton de sa voix, capta son attention.

— Ah oui ? On vous pose des questions sur elle ?

Elle parut percevoir son intérêt soudain.

— Oh ! rien de bien méchant ! C'est normal, vous savez. Ce n'est pas tous les jours qu'une personnalité de la télévision vient s'installer dans un petit village comme celui-ci.

Elle lui cachait quelque chose, il le sentait. Il baissa à dessein le ton et se pencha en avant.

— Je comprends. *Moi-même,* je suis un peu impressionné quand elle entre dans la pièce où je me trouve.

Charlotte pouffa.

— Sans compter qu'il faut reconnaître qu'elle est jolie. Alors, ça aiguise encore plus la curiosité, évidemment. Ça et…

— Et l'accident ? suggéra-t-il à mi-voix.

L'expression de Charlotte s'assombrit.

— Ce n'était pas un accident. C'était un meurtre. Vous vous rendez compte ? Un si jeune couple, qui s'apprêtait à venir vivre ici… Si ce n'est pas malheureux, dit-elle en secouant la tête. Où va le monde, je vous le demande ?

Il hocha la tête d'un air pénétré.

— Je suis sûr que vous avez dû être obligée de chasser au jet d'eau les journalistes venus renifler l'odeur du sang

Son commentaire sarcastique tira un sourire à Charlotte.

— Pas à ce point, mais effectivement… Il y a eu quelques étrangers qui cherchaient à en savoir un peu trop sur les Harper et sur Mlle Miles à mon goût.

— Quelqu'un en particulier ? Pour que je puisse ouvrir l'œil, vous comprenez…

— Eh bien, il y a eu ce type, pas plus tard qu'il y a deux jours. Il n'était pas du coin. Il n'a dit ni bonjour ni rien… Il est allé droit au but. Il voulait en savoir plus sur les Harper. S'ils avaient des ennemis dans le secteur…

Question un peu trop précise pour un simple client de passage.

— Vous croyez que ça pouvait être un policier ?

— Je ne crois pas. Il m'aurait présenté son badge, non ?

En effet, songea Jim. Les manières abruptes de l'inconnu évoquaient plutôt un détective privé un rien lourdaud ou un jeune journaliste avide de scoops.

— Est-ce que vous savez comment il s'appelait ?

— Il s'est présenté comme étant Mark, mais je ne sais pas son nom de famille.

— Écoutez, puis-je vous demander un service, Charlotte ?

Il tira de sa poche une petite carte de visite, qu'il posa sur le comptoir.

— Je voudrais que vous me préveniez si jamais cet homme revenait. Je pense que Mlle Miles aimerait être au courant si quelqu'un venait fouiner dans le coin ou rôder autour d'elle alors qu'elle est en plein deuil… Vous comprenez ?

Charlotte prit la carte et hocha solennellement la tête.

— Entendu. Comptez sur moi. Les étrangers n'ont pas à venir se mêler de ce qui ne les regarde pas ni à ajouter encore à ses problèmes.

Il imprima une brève pression sur son bras, puis sortit un billet de dix dollars d'une poche du sac à langer et le posa sur le comptoir.

— Merci pour les boissons et pour cet agréable brin de causette, Charlotte. Nous aurons certainement l'occasion de nous revoir.

Il installa Katie dans le siège-auto avec son gobelet et prit le temps de jeter un coup d'œil autour de lui. Le Cherry Grove Diner était en plein cœur du petit centre-ville. En face du restaurant, il y avait deux boutiques d'antiquités, un petit magasin qui semblait viser une clientèle adolescente et un petit espace vert, près de la minuscule mairie.

Difficile de passer inaperçu pour un étranger. Ce qui était incontestablement un avantage.

Mais la ferme était à l'écart du village, et il n'y avait pas de poste de police à Cherry Grove. Le bureau du shérif du comté était situé dans une autre localité, à quelque distance. En cas de problème, il serait le seul rempart pour Lacey et Katie.

Il s'assit au volant de la jeep, une sensation de malaise s'insinuant en lui à cette idée. Si quelqu'un de vraiment déterminé se décidait à lui porter le coup fatal, il ne rencontrerait guère d'obstacles.

Prenant son téléphone, il appela Lacey.

— Tout va bien ? demanda-t-elle d'une voix tendue.

— Oui. Je voulais juste vous prévenir que nous rentrions.

— D'accord. Parfait.

— Est-ce que vous avez une alarme à la ferme ?

Il y eut une pause à l'autre bout de la ligne.

— Non. Je songeais justement à en faire installer une.

— Ce serait une bonne idée, confirma-t-il. Si vous voulez, je peux vous indiquer une société qui placera un système sur mesure parfaitement adapté à vos besoins.

Elle parut déconcertée par sa suggestion.

— Vous en avez récemment fait poser un ?

— Mes employeurs précédents ont eu recours à cette société, éluda-t-il.

Ce n'était pas faux, mais il omit de préciser que l'employeur en question avait en fait travaillé pour Campbell Cove Security et qu'il avait lui-même procédé à l'installation.

— Je vous remercie du conseil, dit-elle d'un ton qui donnait à penser qu'elle n'appréciait guère son ingérence. Mais j'ai moi aussi des contacts... si jamais je me décide.

— Oui... Bien sûr, se hâta-t-il de répondre, veillant à instiller dans sa voix une contrition qu'il n'éprouvait nullement. À tout de suite.

Il raccrocha et rangea le téléphone dans sa poche, en grommelant. Elle était têtue comme une mule, et farouchement déterminée à préserver son indépendance, fût-ce au détriment de sa sécurité et de celle de sa nièce.

Dommage pour elle. Jim était venu à Cherry Grove pour accomplir une mission et il s'en acquitterait, que Lacey Miles et son fichu esprit de contradiction soient d'accord ou pas.

7

Après presque une semaine de prévisions météorologiques annonçant de fortes chutes de neige, elle finit par arriver à Cherry Grove à la mi-journée, dans la grisaille uniforme d'un morne dimanche hivernal. Le lendemain matin, il en était tombé trente centimètres.

Pour Lacey, cette neige était surtout synonyme de complications. Elle rendait la conduite périlleuse, et le chasse-neige ne viendrait pas jusqu'à ce secteur isolé. Jim lui proposa de la conduire en ville dans son 4x4 si elle avait besoin de quelque chose, mais à vrai dire ce n'était pas le cas. Simplement, elle n'aimait pas se sentir prise au piège.

Katie, en revanche, semblait absolument ravie par l'épaisse couche de neige qui recouvrait toute chose, à l'extérieur. Jim l'habilla chaudement et l'emmena dans la cour, derrière la ferme, où ils entreprirent de faire un bonhomme de neige en plantant des bâtons pour les bras et des morceaux de charbon du barbecue pour figurer les yeux et la bouche. Lacey sortit une carotte du réfrigérateur qui leur servit de nez. Une fois l'œuvre parachevée par la casquette de base-ball de Jim et l'écharpe en laine de Lacey, leur bonhomme de neige avait fière allure.

— Vous n'aimez pas beaucoup le froid, non ? souligna Jim tandis qu'il rejoignait Lacey assise sous le porche, suivant du regard Katie qui continuait à batifoler dans la neige.

— Quand vous avez passé un hiver dans les montagnes du Kaziristan, vous êtes vacciné.

— Ou de l'Afghanistan, releva-t-il.

Elle tourna la tête. Il contemplait toujours Katie, mais des lignes profondes soulignaient ses traits.

— Vous avez servi en Afghanistan ?

— Et en Irak.

— Vous avez passé dix ans dans les marines. Pourquoi n'avez-vous pas rempilé ?

Il haussa les épaules.

— Cette vie ne peut durer qu'un temps. Elle ne me convenait plus.

— Et vous avez eu envie de vous occuper d'enfants ?

Il la regarda, très sérieux.

— Ça me plaît beaucoup, oui. J'ai une longue expérience... et je m'entends bien avec eux.

Elle hocha lentement la tête.

— Il est clair que Katie s'est instantanément prise d'affection pour vous.

— C'est une enfant facile. Elle est très sociable.

Et pourtant, Lacey n'avait pas réussi à tisser un vrai lien avec sa nièce. Katie se montrait toujours hésitante avec elle, comme si elle n'était jamais tout à fait sûre de savoir quoi faire face à sa tante.

— Le don que vous avez avec les enfants me serait bien utile, murmura-t-elle.

— Je suis tout prêt à vous donner des conseils... si vous voulez.

Il avait formulé sa proposition comme s'il s'attendait à se voir opposer une fin de non-recevoir.

Elle agita sa main gantée.

— Allez-y. Je suis tout ouïe.

— Eh bien, voyez-vous, parfois, le meilleur moyen d'établir la communication avec un enfant de cet âge, c'est un câlin...

Il regarda la petite fille enfoncer avec délectation ses doigts dans la neige.

— Katie adore les câlins. Et elle aime aussi les rendre.

— À tout le monde... sauf à moi, répondit Lacey, une note de désenchantement dans la voix.

— Ça n'a rien à voir avec vous, Lacey. Vous croyez mal faire mais, pour Katie, votre nervosité est le signe que c'est *elle* qui doit faire quelque chose de mal. Elle veut vous faire plaisir. L'autre jour, quand nous sommes allés au village ensemble, elle a passé le plus clair de son temps à parler de vous.

Lacey fronça les sourcils, pas certaine de le croire.

— C'est vrai ?

— Oui. Soyez plus détendue. Inutile de surveiller tous vos gestes. Observez-la, profitez des moments passés en sa compagnie — simplement, sans arrière-pensée. Vous aimez les enfants, n'est-ce pas ?

— J'imagine que oui. Je n'ai pas été souvent à leur contact... Du moins en des circonstances heureuses, ajouta-t-elle, se souvenant des scènes de cauchemar auxquelles elle avait assisté en Asie centrale.

Dans les zones de guerre, les enfants étaient bien souvent les premières victimes de la folie des hommes.

— Pourquoi n'allez-vous pas jouer avec elle un moment ? suggéra-t-il. Je vais préparer le déjeuner pendant ce temps.

Il lui tendit la main. Elle la prit, se leva et se laissa entraîner vers les marches du porche. Ils traversèrent la cour enneigée pour rejoindre Katie.

La petite fille leva la tête pour la regarder, une expression interrogatrice dans les yeux. Lacey se remémora le conseil de Jim et sourit à sa nièce.

— Alors, ma chérie, tu t'amuses bien ? C'est assez froid pour toi, toute cette neige ?

Le visage de Katie s'éclaira d'un large sourire.

— F-f-froid, confirma-t-elle gloussant et en secouant une moufle couverte de neige.

Lacey épousseta la moufle et montra du menton le bonhomme de neige.

— Il faut qu'on lui trouve un nom, tu ne crois pas ? Que dirais-tu de Marvin ?

— Mahbin ! répéta Katie en riant. Mahbin !

— OK. Va pour Marvin, alors.

La petite fille se jeta littéralement dans ses bras, et Lacey referma les bras autour de son petit corps blotti contre elle.

Submergée par l'émotion, elle réprima les larmes qui lui montaient aux yeux et enfouit son visage dans les boucles humides de Katie, se prenant à souhaiter de toute son âme que Marianne et Toby soient encore là, pour elles deux.

— Elle passe beaucoup de temps à l'étage, dit Jim dans le combiné, remuant de sa main libre la fricassée de poulet aux légumes dans la marmite. Une des portes, là-haut, est en permanence verrouillée, donc je pense que c'est probablement dans cette pièce qu'elle va. Je n'ose pas poser de questions à ce sujet.

— Il ne vaut mieux pas, en effet, répondit fermement Alexander Quinn. Tu n'es pas censé t'immiscer dans sa vie.

— Je le sais. Mais je ne peux pas m'empêcher de penser qu'elle enquête en solo sur le meurtre de sa sœur. Je la comprends... Mais ça risque de me compliquer sacrément la tâche.

— C'est pour ça que tu es aussi bien payé, souligna Quinn avec une pointe d'humour.

Le bruit de la porte qui ouvrait sur le vestibule, à l'arrière de la cuisine, prévint Jim du retour de la tante et de la nièce.

— Les voilà... Il faut que je raccroche.

Il coupa la communication, rangea prestement le téléphone dans sa poche et se retourna juste à temps pour voir Lacey entrer, tenant Katie sur sa hanche. Elles avaient le nez et les joues rouges, et Jim leur fit signe de s'asseoir à la table.

— Vous avez l'air frigorifiées, mesdames.

Lacey installa Katie dans sa chaise haute.

— Brrr... Je crois qu'on est aussi gelées que Marvin, oui.

— Mahbin ! lui fit écho Katie avec un sourire qui découvrit ses petites dents de lait.

— C'est comme ça qu'on a baptisé le bonhomme de neige, expliqua Lacey en s'asseyant à côté de Katie. Votre plat sent délicieusement bon, dites-moi... Il est prêt ? Je meurs de faim !

— Oui. C'est une fricassée de poulet. Il y a aussi du pain que je viens juste de faire griller, avec du beurre. Vous en voulez ?

— Mon tour de taille me souffle que je devrais refuser. Mais c'est trop tentant.

Le sourire malicieux de Lacey transforma du tout au tout son expression habituellement solennelle, la rajeunissant de dix ans. Le visage exempt de maquillage, les joues rougies par le froid, elle paraissait tout à coup avoir vingt ans et non pas trente-deux.

Il posa sur une soucoupe une épaisse tranche de pain beurré à côté de l'assiette de Lacey.

— Et toi, ma puce ? demanda-t-il à Katie.

— Oui, z'en veux ! répondit Katie en battant ses petites mains.

Il la servit à son tour et sortit d'un tiroir deux fourchettes et une cuillère qu'il tendit à Katie.

— Et si je t'aidais un peu ? suggéra aussitôt Lacey en lui prenant la cuillère des mains.

— Je sais qu'elle va en mettre partout, mais vous devriez peut-être la laisser se débrouiller.

Lacey interrompit son geste à mi-course, et la cuillère demeura suspendue en l'air, à dix centimètres de la bouche ouverte de sa nièce.

— Ah bon ? Vous croyez qu'elle a l'âge de manger seule ?

Le visage tendu, Katie ouvrait et fermait la bouche, tel un oisillon attendant la becquée. Il se retint d'éclater de rire.

— Oui. Elle est précisément à l'âge où on apprend à se servir d'une cuillère.

Lentement, Lacey reposa la cuillère dans l'assiette.

— C'est à l'université que vous avez appris tout cela ? L'âge auquel les enfants commencent à manger seuls, ce genre de choses ? Je me sens tellement ignare dans ce domaine. Vous n'auriez pas un guide à me conseiller ?

Elle paraissait tellement désemparée que toute trace d'humour abandonna Jim.

— Katie et vous, vous êtes retrouvées ensemble d'un jour à l'autre, sans préavis. C'est normal que vous soyez un peu perdue. Oui, je pourrais vous indiquer un livre ou deux, mais le plus important vous allez le découvrir jour après jour en expérimentant et en apprenant de vos erreurs.

Elle fit la grimace, les yeux brillants de larmes.

— Surtout en commettant des erreurs, à mon avis.

— Vous vous êtes bien amusées, toutes les deux, dehors, avec Marvin le bonhomme de neige ?

— Mahbin, souligna Katie, la bouche pleine.

Lacey se mit à rire.

— Oui.

— Alors, c'est déjà une victoire. Vous devriez vous en féliciter.

Le regard que lui lança Lacey était chargé d'une telle vulnérabilité qu'il comprit d'un coup à quel point elle se sentait dépassée dans ce rôle mère de substitution que le destin lui avait dévolu alors qu'elle n'y était nullement préparée.

Certes, il était également ici pour d'autres raisons, mais rien ne l'empêchait d'aider Lacey à trouver ses marques et à élever sa nièce en y prenant plaisir. Il était lui-même passé par là quand son père était mort et qu'il avait dû incarner la figure paternelle et prendre en charge sa fratrie. Il se rappelait encore comme la tâche lui avait paru terrifiante, incommensurable, mais il l'avait fait parce que la vie ne lui avait pas laissé le choix.

Katie avait cessé de manger et, les paupières lourdes, elle tournait maintenant paresseusement sa cuillère dans ce qui restait de nourriture au fond de son assiette en bâillant à s'en décrocher la mâchoire. Il était l'heure de la sieste.

— Katie, ma belle, tu veux que je te lise une histoire ? demanda-t-il en lui retirant sa bavette.

Elle hocha la tête et tendit les bras.

— Je vais débarrasser la table, dit Lacey en les regardant avec un sourire tremblant.

Après avoir adroitement sorti Katie de sa chaise haute, il passa par la salle de bains pour la débarbouiller, puis l'emmena dans sa chambre.

Elle dormait encore dans un lit à barreaux donc il s'installa dans le fauteuil à bascule, Katie sur les genoux.

— Alors, quelle histoire allons-nous choisir, ma puce ? La lune, les oursons ou les petits chiens qui font des sottises ?

— Les petits siens !

Un vrai cri du cœur, songea-t-il, se disant qu'un chien viendrait peut-être bien s'ajouter aux membres de la maisonnée dans les années à venir… Même si Lacey ne le savait pas encore. Il se demanda si elle aimait les animaux.

Lui n'aurait pas vu d'inconvénient à avoir un ou deux chiens. Surtout si une adorable petite poupée aux yeux gris s'était prise d'affection pour eux.

Il passa un bras autour de Katie, prit le livre de l'autre main et se mit à lire.

Le bourdonnement de la voix de Jim lui parvenait depuis le fond du couloir, apaisant Lacey, qui s'installa, les pieds repliés sous elle, sur le sofa, pour lire ses messages.

Il y en avait deux ou trois d'amis à elle en ville qui ne présentaient pas de caractère d'urgence, puis plusieurs de son patron, qui avait besoin de savoir où trouver tel dossier ou telle information. Elle lui répondit rapidement puis posa le téléphone et renversa la tête contre le dossier, les yeux fermés.

Avait-elle eu tort de demander ce congé sabbatique ? L'accès aux informations était tellement plus aisé depuis son bureau, sans compter qu'elle aurait pu consulter à tout moment l'un des membres de la petite équipe qui l'avait accompagnée dans les zones de guerre. Ils l'auraient aidée à y voir plus clair quand tout s'emmêlait dans sa tête.

Ici, à la ferme, elle n'avait en guise de collaborateurs que sa nièce de deux ans et son garde d'enfants. Un ancien marine, certes, mais cela faisait-il pour autant de lui une caisse de résonance digne de foi ?

Stop. Pour l'heure, l'important était de cesser de penser. Juste un moment. Outre le stress naturel d'avoir perdu sa sœur et son beau-frère et de s'être de ce fait vu confier la garde de sa nièce, la pression qu'elle s'imposait au quotidien allait finir par la faire craquer ou la rendre malade.

S'allongeant sur le canapé, la tête sur l'accoudoir, elle essaya de faire le vide dans sa tête. Mais des images de leurs jeux de la matinée dans la neige se mirent à danser sur l'écran de ses yeux clos. Elles étaient toutefois si agréables et insouciantes qu'elle décida de ne pas lutter.

L'air était si vif, si pur ici... C'était l'un des avantages de la vie à la campagne, chose qu'elle n'avait jamais envisagée jusqu'ici. Jamais elle n'aurait imaginé pouvoir ressentir un jour l'appel de la nature, mais cette notion commençait à lui parler maintenant qu'elle était là. La vision des champs couverts de neige s'étendant à perte de vue vers l'ouest, jusqu'aux montagnes, avait le charme et la beauté d'une carte de Noël.

Le rire argentin de Katie la tira de sa rêverie bucolique, ramenant son attention sur sa petite frimousse aux joues roses et aux yeux pétillants de plaisir.

Elle ne savait pas dans quelle mesure Katie comprenait qu'elle avait perdu ses parents, mais elle avait bien l'intention de tout faire pour que sa nièce garde d'eux un heureux souvenir — un souvenir d'amour et de paix.

Pour ce faire, il lui faudrait effacer de son souvenir la dernière vision qu'elle avait de sa sœur — celle, fugitive mais gravée dans sa mémoire, de morceaux de corps calcinés qu'on enfermait dans un sac en plastique à fermeture à glissière.

Elle essaya de chasser cette image, de tourner de nouveau ses pensées vers l'innocence et la clarté des moments partagés avec Katie dans la neige, mais la noirceur de la nuit traversée par les éclairs bleus et rouges des gyrophares l'emporta, refusant obstinément de se dissiper.

Personne n'aurait pu survivre à cette explosion, mais elle s'était accrochée à un espoir fou, irrationnel, jusqu'au dernier instant — jusqu'à ce qu'elle voie les housses en plastique. La police avait bien tenté de l'éloigner, mais elle avait voulu rester.

Le souvenir était si net dans son esprit que les larmes lui piquèrent les yeux. L'atroce odeur de chair brûlée l'avait poursuivie pendant des jours, comme si elle s'était imprégnée définitivement en elle. Elle avait eu beau se raisonner, se dire que c'était le *souvenir* de l'odeur qui la hantait, pas l'odeur en elle-même, l'impression olfactive avait perduré, envahissant ses poumons, la faisant suffoquer — encore maintenant.

Elle revivait le moment. Debout sur le trottoir humide, à quelques mètres de la scène de crime.

Elle s'était désespérément cramponnée à l'idée que c'était peut-être un terrible accident, que peut-être la police s'était trompée, qu'ils avaient mal lu la plaque minéralogique.

Mais non. Il n'y avait pas eu d'erreur. Et l'espoir insensé que l'explosion ait pu être accidentelle n'avait pas résisté à la découverte par la police scientifique d'un détonateur.

Entourée par la foule de policiers qui s'affairaient, s'efforçant de réunir les éléments du piège mortel qui l'avait incontestablement visée, elle s'était soudain sentie séparée d'eux, hors du temps et de l'espace, comme si elle contemplait la scène de l'extérieur — tel un spectre. Une coquille vide, morte de l'intérieur, qui errait encore parmi les vivants.

Elle se rendit compte que chaque détail était imprimé dans son cerveau : la nuit elle-même, les gens qui s'agitaient autour d'elle, les véhicules qui ralentissaient en passant devant la scène de crime, les têtes qui se tournaient pour contempler le désastre.

Il y avait eu cette limousine majestueuse qui avait longé la scène, roulant à petite vitesse, dont les vitres teintées avaient dissimulé les occupants. Un sénateur, peut-être. Ou un officiel de haut rang du Pentagone ou du Département d'État. L'espace d'une seconde, par réflexe, et peut-être pour s'abstraire de l'horreur dans laquelle elle se trouvait plongée, l'idée lui était venue de relever le numéro d'immatriculation pour pouvoir par la suite identifier le personnage important de Washington qui avait ralenti pour mieux observer le spectacle de l'effroyable perte qu'elle venait de subir.

Mais à quoi bon ? Ce n'était pas le sénateur — ou le général ou le diplomate — qui avait posé cette bombe et tué sa sœur.

La seule responsable était Lacey elle-même. C'était elle, la cible. Elle avait attisé la colère de quelqu'un ou mis au jour quelque chose qui lui avait valu cette sentence de mort.

Une sentence de mort que Marianne et Toby avaient payé de leur vie.

Lacey s'efforça de s'arracher à ce qui, elle s'en rendait compte maintenant, était un cauchemar. Tout ce qu'elle avait à faire, c'était se réveiller.

Simplement se réveiller.

Elle se sentit revenir à la réalité mais, juste comme le mauvais rêve commençait à se désintégrer, elle vit un autre véhicule approcher lentement de la scène de crime.

Une camionnette bleue qui lui était familière.

Lacey se redressa d'un bond, le cœur battant à tout rompre.

— Lacey ?

La voix de Jim était toute proche. Elle tourna la tête et le vit accroupi devant l'âtre, allumant du petit bois sous les bûches. Il posa son briquet, se leva et vint près d'elle.

— Ça va ?

— Je... J'ai fait un rêve, dit-elle d'une voix rauque.

— Ça avait plutôt l'air d'être un cauchemar.

Elle passa les doigts dans ses cheveux, les repoussant de son visage. Maintenant que le rêve avait reflué, son rythme cardiaque revenait peu à peu à la normale.

— Je rêvais de l'explosion de ma voiture.

Il s'assit en face d'elle sur la table basse.

— Un cauchemar, donc... C'est bien ce que je disais.

— Je me suis rendue sur place peu après l'explosion. Un de mes amis journalistes, ayant appris par un policier que la plaque minéralogique correspondait à un véhicule enregistré à mon nom, m'avait appelée. Jusqu'à mon arrivée, la police supposait que c'était moi qui me trouvais à l'intérieur de la voiture.

Jim posa les mains sur les siennes, gentiment.

— Je suis vraiment désolé. Ça a dû être terrible pour vous, de voir la scène de la tragédie.

— J'ai vu une camionnette bleue, ce soir-là, annonça-t-elle tout de go.

Il recula légèrement, lâcha sa main.

— Vous vous souvenez de cela ?

— Je viens de me le rappeler… dans mon rêve.

Il fronça les sourcils, et elle perçut son scepticisme.

— Je ne suis pas sûr qu'il soit judicieux de vous fier à ce que vous avez vu, en rêve.

— Mais tout était absolument réel. Je l'ai vue. Elle est passée tout doucement, comme les autres véhicules, d'ailleurs. Les occupants ne voulaient pas perdre une miette du spectacle.

Elle baissa la voix.

— Peut-être qu'ils voulaient voir le résultat de leur travail.

— Il y a beaucoup de camionnettes bleues, fit observer posément Jim.

— Mais je suis certaine que c'était la même camionnette. J'en suis sûre. Et vous savez ce que ça signifie ?

Il commença à secouer la tête, mais elle vit à son expression qu'il était en train de comprendre.

— La police a filmé la scène de crime ce soir-là. À 360°, pour tout enregistrer. Peut-être qu'ils se sont dit que le poseur de bombe viendrait s'assurer qu'il avait réussi dans son entreprise.

— Et, donc, vous pensez que la camionnette bleue apparaît peut-être sur la vidéo…

— Exactement. Et peut-être qu'on voit le numéro de sa plaque, conclut-elle en le regardant avec un sourire grave. Si c'est le cas, je vais le coincer, ce salopard.

8

Lacey avait tenté pendant une bonne partie de l'après-midi de joindre le policier qui menait l'enquête sur l'attentat qui avait fait sauter sa voiture, en vain car il avait été convoqué, avec toute son équipe, à la Maison-Blanche où le chef de cabinet du Président leur avait fait savoir que l'enquête n'avançait pas suffisamment vite. Elle avait fini par obtenir cette information non par la police, mais par ses collègues correspondants de presse de la Maison-Blanche. Lorsqu'elle réussit enfin à avoir l'inspecteur Bolling, il était près de 18 heures, et il semblait de mauvaise humeur et épuisé.

— Vous vous rendez compte du nombre d'heures qu'il faudra pour examiner la totalité de l'enregistrement à la recherche de cette camionnette ? souligna t-il. Nous avons noté toutes les plaques d'immatriculation des véhicules qui sont passés à proximité de la scène de crime, et un membre de l'équipe se consacre exclusivement à rapprocher ces données de notre fichier de poseurs de bombes. Mais ce genre de recherche prend beaucoup de temps, et ce n'est pas la priorité dans cette enquête.

— Alors, laissez-moi m'en charger, plaida Lacey. Je peux visionner la vidéo moi-même. Je suis la mieux placée pour reconnaître le véhicule dont je parle.

— À supposer qu'il ait été là, maugréa Bolling.

— Il y était, je l'affirme.

— Mademoiselle Miles, vous avez *rêvé* de la scène de crime.

Votre cerveau a probablement amalgamé les événements récents avec ce que vous avez vu ce soir-là et…

— Même en admettant que ce soit le cas, ça ne m'empêche pas de visionner cette vidéo, non ?

— Ce sont des éléments de preuves de la police. Vous savez bien que nous ne permettons pas à la presse de voir nos preuves matérielles.

— Je ne suis pas « la presse ». Je suis la sœur de la victime et, apparemment, la véritable cible.

Lacey leva les yeux et vit Jim, dans l'entrée de la cuisine, qui la contemplait, la mine soucieuse. Sentant une douce chaleur se diffuser en elle, elle s'obligea à détourner les yeux. Elle devenait de plus en plus dépendante de cet homme, et cela la mettait mal à l'aise.

C'était déjà perturbant de devoir se reposer sur lui s'agissant de Katie, mais la vérité c'était qu'elle commençait à avoir besoin de lui pour ne pas se retrancher du monde et devenir complètement obsédée par la mort de sa sœur.

— Écoutez, dit finalement Bolling avec un soupir las. Voilà ce que je peux faire : je vais parler à ma hiérarchie. Si elle me donne son accord, je ferai faire une copie de la vidéo pour que vous puissiez la regarder. Mais ça pourrait prendre quelques jours.

— Si vous faites cette requête dès aujourd'hui, pensez-vous que la vidéo pourrait être copiée d'ici à demain ?

Elle vit Jim hausser les sourcils devant son insistance.

— Vous m'en demandez beaucoup.

— Je sais. Mais plus vite je pourrai visionner cette bande, plus vite nous serons fixés. Si le film confirme mon souvenir, vous aurez une nouvelle piste à suivre. Et si ce n'est pas le cas, au moins pourrez-vous éliminer cette piste.

Et peut-être pourrait-elle elle aussi ne plus trembler à la vue d'une camionnette bleue, sur la route, derrière elle.

— Bien. Si l'agent Motoya, à la tête de la force conjointe chargée de l'affaire, me donne son feu vert, je m'arrangerai pour que le film soit copié par l'équipe de nuit et je vous ferai parvenir les DVD.

— Je pourrai venir les chercher moi-même demain, proposa-t-elle vivement avant qu'il se ravise.

— Mademoiselle Miles, je ne sais pas encore si je serai autorisé à le faire...

Il marqua une pause.

— Par ailleurs, je comptais interroger quelques-uns des voisins de votre sœur demain. Histoire d'éliminer toute possibilité que ce soit bien eux qui aient été visés.

— Ce n'est pas eux, assena-t-elle fermement.

— Quoi qu'il en soit, mieux vaut s'en assurer quand même. Je serai à Cherry Grove demain matin. Si j'ai eu le feu vert, je vous appellerai. Nous pourrions peut-être nous retrouver quelque part, au village, pour que je vous remette les DVD.

— Entendu. Je vous inviterai à déjeuner pour vous remercier, suggéra-t-elle, se sentant un peu coupable de lui avoir ainsi forcé la main. Il y a un bon restaurant où on peut manger de la cuisine du Sud, familiale.

— Vous essayez de vous rattraper ? répliqua Bolling d'une voix un peu amusée. Je vous tiens au courant.

— Merci, inspecteur, dit-elle, du fond du cœur. Je sais que je vous demande beaucoup.

— Ma foi... Ce n'est peut-être pas une mauvaise idée que quelqu'un regarde ces bandes avec un œil neuf, conclut Bolling avec réticence.

Mais elle devina qu'il commençait à voir l'intérêt de sa suggestion.

Ils se saluèrent, et elle posa son téléphone sur le bord de canapé.

— S'il réussit à convaincre son chef de groupe, j'aurai peut-être les DVD demain midi, déclara-t-elle à Jim, qui l'observait toujours, debout, depuis l'entrée de la cuisine.

Son regard fit à Lacey l'effet d'une caresse se promenant sur son corps, ce qui était ridicule, surtout de la part de quelqu'un d'aussi posé qu'elle.

Elle s'était toujours considérée comme un esprit cartésien, rationnel. Eprouver des élans d'adolescente pour un homme qui, de plus, était son employé, n'était pas dans ses habitudes.

— Si vous voulez, Katie et moi vous accompagnerons, proposa-t-il d'une voix profonde qui lui donna le frisson.

Elle carra les épaules et secoua la tête.

— Non, maman, ce n'est pas la peine. Merci, maman. Je dois le retrouver à Cherry Grove ; ce n'est pas loin. J'appellerai pour signaler que je suis arrivée à bon port et avant de reprendre la route pour rentrer.

Un sourire contrit incurva les lèvres de Jim.

— Désolé. Déformation professionnelle de baby-sitter, j'imagine. On éprouve toujours le besoin de prendre soin de tout le monde.

— Ça ressemble aussi au langage que pourrait tenir un marine, souligna-t-elle en s'autorisant un sourire.

— C'est vrai, admit-il en accompagnant ses paroles d'un large sourire qui la fit fondre intérieurement. Katie ne devrait pas tarder à se réveiller... Je me disais que, peut-être, nous pourrions préparer quelque chose d'un peu original et amusant pour le dîner. J'ai acheté de quoi préparer un repas qu'on mange normalement autour d'un feu de camp, l'été. Mais on pourrait faire une exception. Il y a des saucisses pour les hot dogs et des marshmallows à faire griller et à glisser, avec du chocolat, entre deux biscuits Graham Parkers. Qu'est-ce que vous en dites ?

Elle aurait dû être horrifiée par le modèle de malbouffe qu'il venait de décrire, mais la perspective des hot dogs et de ce dessert honteusement alléchant lui donna l'eau à la bouche. Après tout, Katie mangeait de la nourriture saine le reste du temps. Un extra vraiment gourmand ne pourrait pas lui faire de mal — une fois n'étant pas coutume.

— Est-ce qu'on a du chou et des carottes ? Je pourrais préparer une salade, histoire de mettre quand même des légumes au menu, suggéra-t-elle par acquit de conscience.

Il lui décocha de nouveau son sourire ravageur.

— Oui, je crois que j'ai ce qu'il vous faut. Alors, c'est décidé, décréta-t-il en pivotant sur ses talons et en entrant dans la cuisine pour s'occuper de leur dîner anti-diététique.

Lacey se sentit étrangement attirée vers la cuisine, comme si Jim était un aimant et qu'elle était faite d'acier. Résistant délibérément à cette sensation, elle dirigea ses pas vers le couloir et la chambre de Katie.

Elle était réveillée, ses yeux encore ensommeillés suivaient la rotation du mobile en forme d'oiseau, au-dessus de sa tête. Marianne avait confié à Lacey qu'elle appréhendait le jour, proche, où Katie abandonnerait le lit à barreaux pour dormir dans un petit lit.

« Ça voudra dire qu'elle n'est déjà plus un bébé », avait-elle dit quelques jours avant sa tragique disparition.

Toby, en revanche, se réjouissait de voir sa petite fille grandir et entamer la prochaine phase de son développement.

« Tant qu'ils sont en bas âge, les enfants n'en ont que pour leur maman, avait-il dit à Lacey avec un sourire un peu désenchanté pendant que Marianne était hors de la pièce, avec leur bébé. J'attends avec impatience le moment où elle aura envie de jouer avec papa. »

Elle réprima les larmes qui lui piquaient les yeux comme le regard de Katie croisait le sien et que sa bouche en cœur s'étirait en un beau sourire. Elle se pencha au-dessus du lit à barreaux.

— Bonjour, ma poupée.

— Wacey.

Lacey la prit dans ses bras et la serra contre elle, luttant pour refouler les larmes qui menaçaient de nouveau.

Désormais, il n'y aurait plus de temps passé avec maman ni avec papa. C'était tellement injuste ! Il fallait absolument que le coupable paye pour leurs morts — que justice soit rendue.

Le dîner avait été... étrange, songea Jim le lendemain matin en regardant la voiture de Lacey s'éloigner lentement dans l'allée. Katie avait adoré l'expérience, le regardant avec de grands yeux étonnés faire cuire les saucisses, puis passer les marshmallows sur les flammes de la cheminée, dans le salon. Mais même si Lacey s'était montrée enjouée du début à la fin, Jim avait senti que sa démonstration de gaieté n'était que cela : une démonstration. Il soupçonnait qu'une colère noire couvait sous ses sourires et ses rires.

Bolling l'avait appelée peu après le petit déjeuner pour lui annoncer qu'une réunion de dernière minute de la force conjointe enquêtant sur l'explosion de sa voiture avait été convoquée en début d'après-midi. Étant obligé d'annuler le déjeuner, il se proposait de la rejoindre en milieu de matinée pour boire un café et lui remettre les vidéos.

Ce qui laisserait à Jim un laps de temps plus court qu'il ne l'avait espéré et coïnciderait malheureusement avec un moment où Katie était éveillée et active, mais les opportunités de mener à bien sa mission occulte étaient rares. Et il voulait savoir ce que cachait cette porte verrouillée à l'étage.

Il n'avait jamais été de ceux qui considéraient la télévision comme le baby-sitter idéal mais, une fois n'étant pas coutume, il ferait une petite entorse à la règle. D'autant qu'il y avait un programme éducatif sur la chaîne PBS et que, pour avoir fait le test justement en prévision d'un tel concours de circonstances, il savait que Katie l'adorait.

Il l'installa donc dans son fauteuil favori avec son gobelet de jus de pomme et se dirigea vers l'escalier, ses outils de crochetage de serrure en poche.

La serrure de la poignée de porte ne lui posa pas problème, mais quelqu'un, probablement Lacey, avait fait ajouter une serrure supplémentaire à pêne dormant. Celle-ci lui donna plus de fil à retordre, mais il en vint à bout en quelques minutes. Il entra enfin dans la mystérieuse pièce.

À première vue, il n'y avait pas grand-chose, nota-t-il en jetant un regard circulaire, mais ce qui s'y trouvait était édifiant. Un bureau sur lequel trônait son ordinateur portable, avec des piles de dossiers rangées à côté. Sur le mur qui faisait face aux fenêtres, elle avait accroché un immense tableau blanc, lequel était désormais couvert d'inscriptions de son écriture régulière.

C'était le quartier général de Lacey. À ceci près qu'aucune équipe n'y décidait des opérations à engager. Il n'y avait que Lacey, toute seule.

Tirant vivement son téléphone de sa poche, il s'avança jusqu'au tableau et se mit à prendre des photos. Il réitéra l'opération avec les dossiers, sur le bureau. Ses tentatives pour forcer le mot de passe de Lacey se révélèrent vaines. N'ayant pas beaucoup de temps devant lui, il referma l'ordinateur et regarda autour de lui, à la fois gêné par cette intrusion dans sa vie privée et curieux de découvrir la signification de ces notes, sur le tableau.

Elle avait tracé trois colonnes avec un intitulé pour chacune.

Al-Adar. Famille Whittier. J.T. Swain.

Le nom d'Al-Adar parlait de lui-même. Jim avait servi quelque temps au Kaziristan à l'époque où l'organisation était à l'apogée de sa puissance. Ses membres étaient extrêmement dangereux, sanguinaires — impitoyables. Mais leur influence avait décru au fil des années. Il n'en savait pas beaucoup plus, ses centres d'intérêt s'étant détournés de sa vie d'avant, après son départ du corps des marines.

Ce qui n'était pas le fruit du hasard... Il avait voulu oublier tout ça, se protéger.

Mais ce n'était plus possible désormais si Al-Adar était derrière cet attentat à la voiture piégée, songea-t-il sombrement. Il allait appeler Quinn et voir si Campbell Cove Security avait des informations concernant le groupe terroriste kaziri.

Pour ce qui était de la famille Whittier, il en avait entendu parler également. Qui, en Amérique, ne connaissait pas Justin et Carson Whittier ? Beaux, charismatiques, politiciens hautement accomplis, les Whittier étaient le pendant actuel des Kennedy. Leur père et leurs oncles, redoutables courtiers en Bourse, avaient fait fortune en jouant du marché avec habileté et cynisme pendant la période volatile de la bulle Internet. Marchant dans leurs pas, les fils avaient investi leur argent de façon aussi profitable que leurs aînés si bien que, lorsqu'ils briguèrent des postes au Congrès depuis leurs circonscriptions voisines du Connecticut, ils étaient déjà eux-mêmes devenus multimillionnaires.

Ils étaient les chouchous des médias, et Carson, le benjamin, célibataire, faisait régulièrement la une de la presse à scandale. Ainsi qu'il se plaisait à le répéter, il était encore en phase de « recherche de l'âme sœur ». En attendant de la trouver, il passait d'une conquête à l'autre à un rythme soutenu.

Avec la méfiance innée d'un marine vis-à-vis des politiciens, Jim en était venu à se dire que sa vie serait beaucoup moins stressante s'il se consacrait aux choses sur lesquelles il avait prise au lieu de s'intéresser aux exploits machiavéliques de la classe politique. Il résultait de cette philosophie qu'il ne savait pas exactement pourquoi les Whittier pouvaient bien se trouver sur la liste de suspects de Laccy. Il y avait bien eu des rumeurs de scandale, comme c'était le cas pour pratiquement toutes les personnalités publiques, mais les frères Whittier avaient réussi à se sortir de ces eaux troubles sans que leur réputation soit entachée.

Était-il possible que Lacey détienne sur eux des informations qu'elle n'ait pas pu divulguer, pour des raisons juridiques ?

Quant au troisième nom, J.T. Swain... Le nom de Swain lui évoquait vaguement quelque chose, mais il n'arrivait pas à se rappeler quoi. Peut-être devrait-il poser la question à Quinn. S'il était quelqu'un qui était au courant de tous les cadavres qui pouvaient se cacher dans les placards, c'était bien son patron, à Campbell Cove Security.

Jetant un coup d'œil à sa montre, il vit qu'il était là depuis bientôt dix minutes, durée maximale qu'il s'était fixée pour laisser Katie seule, même si la barrière de sécurité enfant l'empêchait de quitter le petit salon de télévision.

Il verrouilla de nouveau la porte avec ses outils sans laisser la moindre trace et redescendit. Repliant le portillon de sécurité, il vint s'asseoir sur le sofa à côté de Katie et sourit à la petite fille lorsqu'elle réussit à s'arracher au spectacle des images animées sur l'écran, le temps de lui décocher un adorable sourire.

Elle était vraiment à croquer, songea-t-il, conscient de l'élan d'affection qu'il éprouvait chaque fois qu'il posait les yeux sur elle. Ayant dû tenir le rôle de père quand il était adolescent, il avait décidé de ne jamais avoir d'enfants. C'était une trop grande responsabilité. Et cela vous mettait en position d'extrême vulnérabilité. Il avait porté un amour sans bornes à ses sœurs et à son frère parce qu'ils étaient sa famille, mais plus ils en étaient venus à dépendre de lui, plus il lui était apparu à quel point cela le fragilisait. La vie, à tout instant, pouvait lui enlever ceux qu'il chérissait.

Ce poste de garde d'enfants n'était que provisoire. Il devait se faire engager, évaluer la situation, procurer à Lacey — en toute discrétion — la protection qu'elle s'obstinait à refuser puis, une fois l'auteur du meurtre de sa sœur identifié par la police, repartir pour le Kentucky, à Campbell Cove Academy, afin d'y dispenser ses cours de tactiques de combat, niveau avancé, à destination des particuliers et des membres des forces de l'ordre.

Il devait donc veiller à maintenir une certaine distance émotionnelle avec Katie et Lacey s'il ne voulait pas avoir du mal à s'en détacher par la suite. Il aurait été si facile de s'impliquer un peu trop dans leur vie, de prendre trop à cœur le danger auquel elles étaient confrontées...

Se passant la main sur le front, où les signes avant-coureurs d'un mal de tête commençaient à se faire sentir, il prit son téléphone et appela Alexander Quinn. Rapidement, il lui énuméra les principaux suspects de Lacey.

— Je comprends la présence d'Al-Adar sur sa liste, conclut-il calmement en gardant l'œil sur Katie pour s'assurer qu'elle ne faisait pas attention à lui. Mais que sais-tu des Whittier et de ce J.T. Swain ?

— Les Whittier, je ne vois pas trop. Il faudrait que je fasse quelques recherches, que j'appelle des contacts pour faire la part des choses entre fiction et réalité. Mais pour ce qui est de J.T. Swain, j'ai un contact qui pourrait te mettre en relation avec quelqu'un qui en sait long sur lui.

— Qui donc ?

— Un caïd de la campagne profonde. Issu d'une famille de truands, de vrais *rednecks* tous plus bornés les uns que les autres, qui était menée par Jasper Swain jusqu'à ce qu'il soit arrêté et meure en prison. J.T. était son neveu, le fils de la sœur de Swain, Opal. Son vrai nom est Jamie Butler, mais sa mère l'a convaincu d'adopter le nom de Swain — sans doute parce qu'elle pensait que ça le placerait en meilleure position pour reprendre le flambeau des affaires familiales.

— Une de ces mères qui reportent leurs ambitions sur leur progéniture ? ironisa Jim.

— C'était un cas. D'ailleurs, sans doute était-ce aussi l'avis du fiston puisqu'il l'a tuée avant de disparaître.

— Disparaître, c'est-à-dire ?

— Il est recherché depuis cinq ans par la police. Il a descendu Opal et s'est évaporé dans la nature. Apparemment, personne ne l'a revu depuis, mais un certain nombre de gens, en Alabama, le considèrent comme un héros populaire, nota Quinn d'un ton morose. C'est un sale type. Et il a déjà fabriqué des engins explosifs.

— Ah ?

— Je vais appeler les patrons de Lacey Miles à la télévision, leur demander s'il pourrait représenter une menace pour elle en particulier. J'imagine qu'elle a peut-être fait un reportage sur lui. C'est un sujet qui continue d'intriguer.

Un bruit de pneus sur le gravier attira l'attention de Jim. Il alla à la fenêtre et vit la voiture de Lacey disparaître derrière l'angle de la maison pour se garer sur le côté.

— La voilà. Je t'envoie les photos de sa liste par e-mail plus tard. Vois si tu peux en tirer quelque chose.

Il se tourna vers Katie.

— Tante Lacey est revenue. Viens, je t'emmène lui faire un bisou.

Katie trottina jusqu'à lui et leva les bras pour qu'il la porte.

Il s'exécuta et arbora un grand sourire, se demandant si la culpabilité qui commençait à le tarauder se lisait sur son visage.

En acceptant cette mission, il avait su, bien sûr, qu'il devrait se livrer à quelques dissimulations, mais c'était pour la bonne cause. Lacey Miles était une femme volontaire, indépendante, qui venait juste de perdre sa sœur dans un attentat dont tout portait à croire qu'il l'avait visée, elle. Ses patrons avaient voulu lui fournir une sécurité rapprochée à plein temps, mais elle leur avait opposé un veto absolu, arguant que cela ne ferait que polariser l'attention sur elle et la mettre en plus grand danger encore.

Les dirigeants de la chaîne de télévision n'étant pas de cet avis, ils avaient à son insu pris contact avec Quinn à Campbell Cove Security, celui-ci ayant déjà travaillé pour l'un d'entre eux. Quinn avait aussitôt proposé la mission à Jim, qui venait d'être embauché comme instructeur au centre de formation intégré à la société.

— Je dois reconnaître que je ne voyais pas trop à quoi vos compétences en matière d'éducation de la petite enfance pourraient être employées chez nous, avait souligné Quinn avec un petit rire sombre. Mais elles s'avèrent être la réponse toute trouvée au problème épineux qui se pose à nous.

Lacey Miles avait besoin de deux choses : être protégée, ce qu'elle refusait catégoriquement, et trouver une personne pour garder sa nièce, ce qu'elle appelait de tous ses vœux. Jim Mercer était l'homme de la situation puisqu'il était qualifié pour les deux fonctions.

Il lui faudrait simplement veiller à ce qu'elle ne découvre pas sa double casquette.

Sur le moment, cela ne lui avait pas paru être grand-chose. Mais, pour conserver sa couverture, il devait lui mentir, et cela commençait désormais à lui peser.

9

Lacey était complètement lessivée, même si son entrevue avec l'inspecteur Bolling n'avait duré que quelques minutes.

Mais ce n'était pas ce bref entretien qui l'avait vidée de son énergie. Elle avait commis l'erreur de glisser l'un des DVD dans le lecteur installé à l'arrière de la voiture de Marianne, trop impatiente pour attendre l'heure de la sieste de Katie.

Quelle idée stupide elle avait eue ! Elle n'avait pas visionné cinq minutes de vidéo que la nausée l'avait prise. Elle avait cru que ses souvenirs étaient affreusement réels, mais l'objectivité de la caméra était tellement brutale... Elle avait tout capté, y compris des images qui lui avaient été épargnées ce soir-là.

— Ça va ? demanda Jim, soucieux, lorsqu'elle refusa la salade de thon qu'il avait préparée pour le déjeuner.

La compassion qu'elle voyait dans son regard lui étant insupportable, elle se tourna vers Katie, le cœur serré à l'idée de tout ce dont sa nièce avait été à jamais privée. Au moins n'avait-elle pas été avec ses parents. Au moins cette bombe ne lui avait-elle pas ôté aussi la vie, comme à ses parents.

— J'ai commis l'erreur de commencer à regarder l'un des DVD dans la voiture, dit-elle sans détour. Je n'étais pas prête.

— Je ne sais pas comment on peut être prêt à ça.

Elle s'autorisa à tourner la tête et croisa fugitivement son regard.

— En effet.

— Pensez-vous manger un peu plus tard ?

Elle secoua la tête, se disant qu'elle n'aurait probablement plus jamais faim.

— Il faut que je visionne ces vidéos.

— Je vais aller coucher Katie pour sa sieste et, ensuite, je vous aiderai.

— Non... Je ne veux pas vous imposer ça.

— J'ai un point de vue plus extérieur que vous. Et j'ai vu pire, croyez-moi.

Trop harassée pour discuter, elle se dit qu'il avait peut-être raison — son objectivité pouvait être un avantage. Et puis, s'il était là, à visionner les films avec elle, peut-être se sentirait-elle plus forte et pourrait-elle porter sur les images un regard plus impartial, elle aussi.

Tandis qu'il emmenait Katie dans sa chambre, elle se dirigea avec les DVD vers le petit bureau que Toby avait aménagé au rez-de-chaussée. Elle les posa sur le bureau et, prise d'une impulsion, ressortit et se dirigea vers la chambre de Katie.

Jim s'apprêtait à la déposer dans son lit à barreaux, passant doucement la main sur ses boucles dorées. Il releva la tête, sentant sa présence, et lui sourit.

— Je peux me joindre à vous ? murmura-t-elle.

— Bien sûr.

— Une histoire ? demanda Katie, le regard rivé sur Jim.

— Vous voulez la lui lire, vous ? demanda-t-il.

Outre le visionnage de ces vidéos, elle ne voulait rien tant que cajoler Katie et se rappeler qu'elle n'avait pas tout perdu lors de cette nuit funeste. Avec un sourire empli de gratitude, elle s'installa dans le fauteuil à bascule tandis qu'il venait poser Katie sur ses genoux. Elle prit le livre qui était sur la table de chevet. *L'histoire de Mme la Lune.* Elle n'avait encore jamais lu ce livre.

— On l'a acheté au village l'autre jour, expliqua Jim. Katie l'adore.

Lacey tourna la première page et se mit à lire l'histoire que racontait Mme la Lune aux étoiles au moment de se coucher. C'était un récit poétique et joliment illustré et, effectivement, il plut énormément à Katie. Lorsqu'elle arriva à la dernière page, les yeux de Katie papillotaient.

Jim l'avait attendue, sur le pas de la porte.

— Vous vous sentez mieux ? demanda-t-il à voix basse en tirant le battant derrière lui et en lui emboîtant le pas.

— Oui, dit-elle en s'asseyant devant le grand moniteur qui avait appartenu à Toby et en l'invitant à s'asseoir à côté d'elle. Maintenant, il ne me reste plus qu'à prendre sur moi et à regarder ça. Vous tenez vraiment à rester, vous êtes sûr ?

— Mais oui. Si vous voulez, je peux prendre mon portable et chercher de mon côté si je vois une camionnette bleue pendant que vous regardez si quelque chose retient votre attention.

— C'est beaucoup vous demander, dit-elle, commençant à regretter d'avoir accepté son offre. Ce n'est pas joli à voir.

Il posa la main sur la sienne et elle sentit sa paume chaude et un peu rugueuse se presser sur le dos de sa main. Des mains de travailleur manuel, songea-t-elle, surprise. Pas ce à quoi elle se serait attendue de la part d'un baby-sitter.

Réaction bêtement sexiste, s'admonesta-t-elle. Pourquoi aurait-il eu la peau douce ? Si le fait de s'occuper de Katie depuis la mort de ses parents lui avait appris une chose, c'était bien que s'occuper d'un enfant n'était pas une tâche de tout repos. Si on choisissait de faire ce travail par vocation, c'était qu'on avait de l'énergie à revendre et qu'on n'avait pas peur de se salir les mains.

Peu pressée de se replonger dans le visionnage des vidéos, elle laissa son regard glisser sur son corps. L'entraînement de marine se voyait encore à son physique athlétique, à ses bras musclés, au regard acéré qu'il lui retourna lorsque ses yeux vagabonds rencontrèrent les siens.

Il tenait toujours sa main, s'avisa-t-elle tout à coup, sans rien faire pour la dégager.

— Vous n'êtes pas obligée de faire ça maintenant, reprit-il d'une voix grave, les doigts se repliant sur sa main. Accordez-vous la journée et regardez-les demain.

Elle remua la main dans l'intention de la retirer mais, sans trop savoir comment, elle se retrouva avec la paume contre la sienne.

— Non, je préfère en finir tout de suite. Retarder l'échéance ne rendra pas la chose plus facile.

Il promena son pouce sur la peau tendre, à l'intérieur de son poignet. C'était un geste doux, presque machinal, mais il déclencha en elle une réaction en chaîne de petites explosions dans son système nerveux.

Cet homme l'attirait follement. Pour toutes sortes de raisons, ce n'était pas possible, pas même envisageable, mais elle ne pouvait nier que l'attirance était bel et bien réelle.

Il était beau. Il était fort, gentil. Et il sentait délicieusement bon, un mélange entêtant de savon et de musc résolument masculin.

Il la contemplait d'un regard auquel rien ne devait échapper, à commencer par l'irrésistible attrait qu'elle éprouvait pour lui, mais il ne s'approcha pas, n'essaya pas de tirer parti de son avantage. Alors qu'il l'aurait pu… Parce qu'elle aurait probablement été incapable de lui résister.

S'obligeant à s'écarter, elle carra les épaules pour chasser la faiblesse coupable qui l'avait assaillie.

— Katie ne va pas dormir très longtemps. Nous devrions nous y mettre.

— OK. Je vais chercher mon ordinateur.

La pièce lui parut tout à coup plus grande et plus froide lorsqu'il la quitta, ce qui lui rappela la place dangereusement grandissante qu'il était en train de prendre dans sa vie. Complication supplémentaire dans une vie qui, côté complexité, était déjà lourdement lotie.

Que diable était-elle censée faire de ces sentiments inattendus vis-à-vis de Jim Mercer ?

Il revint dans la pièce, occupant de nouveau l'espace qu'il avait laissé vacant. Le remplissant même au point que Lacey eut l'impression que l'air lui manquait.

— Alors, par où voulez-vous commencer ?

Luttant contre l'attraction latente qui sous-tendait leurs

rapports, elle sortit un disque de sa pochette et l'inséra dans le lecteur.

— J'ai vu les trente premières minutes de celui-ci. Je pense que le mieux est de passer à la partie où la circulation commence à ralentir en passant devant la scène de crime. C'est là que je me souviens avoir vu la camionnette.

Pendant l'heure suivante, Lacey se cuirassa pour endurer le son et l'image des vidéos de la police, s'efforçant de ne pas céder à l'envie de regarder en se cachant derrière sa main, comme une enfant effrayée. Mais ce fut un crève-cœur — une vraie torture, comme lorsqu'elle avait voulu regarder le DVD dans la voiture.

— Voilà... J'y arrive, murmura Jim.

Lacey mit sur pause la vidéo qu'elle était en train de visionner et fit rouler sa chaise jusqu'à l'endroit où il était assis. Effectivement, elle repéra sur la gauche de l'écran le trench-coat rouge foncé qu'elle portait ce jour-là. Elle faisait les cent pas non loin de la scène de crime, le téléphone collé à l'oreille. Lorsqu'elle cessa d'aller et venir et se retourna vers la caméra, Lacey vit un ovale blême faire face à l'objectif, les traits tirés, l'expression choquée.

Elle percevait la sympathie qui émanait de Jim, affluait par vagues, la submergeait. Il ne fallait surtout pas qu'elle croise son regard, sinon elle était perdue.

— Il va y avoir une limousine, murmura-t-elle, l'œil rivé à l'écran de son ordinateur portable. La camionnette apparaîtra peu après.

La scène était filmée sous un angle différent de celui de son rêve, nota-t-elle en voyant la limousine entrer dans le champ de la caméra.

— La voilà.

Jim stoppa la vidéo.

— Arrivez-vous à voir le numéro de la plaque ?

Elle s'inclina en avant, les yeux plissés, mais ne put lire les chiffres.

— Ce n'est pas une plaque officielle, observa-t-elle tout haut. Je pensais que ce serait peut-être le cas.

— Est-ce que ce n'est pas un *W* ? dit-il en désignant la première lettre de la plaque. Et, là, on dirait deux *T* côte à côte, non ?

L'excitation s'empara soudain d'elle. Un *W* et deux *T*... Se pouvait-il que la limousine appartienne aux frères Whittier ? Ils passaient désormais tous deux beaucoup de temps dans la capitale maintenant qu'ils préparaient leur campagne en vue de leur élection dans l'ouest du Connecticut.

— Est-ce que ça pourrait être... Whittier ? demanda Jim.

Quelque chose dans son intonation lui parut étrange, mais elle était trop excitée par la perspective d'une piste pour s'y arrêter. Elle s'était tellement braquée sur la camionnette bleue que la possibilité d'un autre indice ne lui avait pas traversé l'esprit.

Si la limousine appartenait à l'un des frères Whittier, cela pouvait signifier qu'elle était sur la bonne voie. Même si personne, jusque-là, y compris parmi leurs plus véhéments détracteurs, n'avait suggéré que l'un ou l'autre des frères puisse être impliqué dans un meurtre, Lacey n'avait jamais pu se départir du sentiment que l'implacable volonté de la famille de décrocher des mandats politiques — et le pouvoir qui allait avec — pouvait être sans limites. Les frères avaient beau n'être que charisme et sourires, leur père et leurs oncles n'avaient pas bâti leur colossale fortune en respectant les règles à la lettre. On n'atteignait pas le niveau de richesse et d'influence que la famille Whittier avait acquis durant la deuxième moitié du siècle dernier sans s'affranchir à un moment ou à un autre de la loi — voire sans recourir à des méthodes brutales.

Les frères Whittier et leurs responsables politiques seraient-ils allés jusqu'à avoir du sang sur les mains ?

— Vous aviez raison, lança Jim.

Sa voix la ramena brusquement à la réalité, et elle s'aperçut qu'il avait laissé tourner la vidéo et que l'image arrêtée montrait clairement une camionnette bleue.

— Regardez, la camionnette est là.

Elle se pencha en avant.

— C'est bien celle que j'ai vue en venant à Frederick, confirma-t-elle après avoir examiné le véhicule. Vous voyez la rayure sur le capot, côté conducteur ? Je ne l'avais pas consciemment remarquée, mais je comprends maintenant pourquoi j'étais tellement sûre que c'était la même.

— C'est une Toyota Tacoma. Qui a quelques années, je dirais.

— Je vais appeler l'inspecteur Bolling, dit Lacey en tendant la main vers le téléphone.

Pendant qu'elle composait le numéro, il fit défiler la vidéo.

— Je ne peux pas lire le numéro de la plaque... On dirait qu'elle est maculée de boue.

— C'est peut-être intentionnel, murmura-t-elle en attendant que Bolling décroche.

— Possible.

— Bolling à l'appareil, dit soudain la voix de l'inspecteur dans son oreille.

— Inspecteur Bolling, c'est Lacey Miles, annonça-t-elle avant d'expliquer ce qu'elle avait trouvé en indiquant l'heure incrustée sur l'image.

— Quelqu'un, sur place, était-il chargé de relever les numéros de plaque des voitures sur la scène de crime ?

— Pas spécifiquement, non. Mais je peux faire améliorer la définition de la vidéo aux endroits que vous avez mentionnés. On pourra peut-être en tirer quelque chose.

La voix de Bolling se fit plus grave.

— Je sais quelle épreuve cela a dû être pour vous de visionner ces images.

— Oui, convint-elle. Mais cela en valait la peine.

— N'en faites pas trop, la mit en garde Bolling. Souvenez-vous qu'une équipe entière se charge d'enquêter sur l'attentat.

— Et pour ce qui est des Whittier ? Avez-vous déjà eu à enquêter sur eux ?

Bolling garda le silence pendant un moment.

— Même si c'était le cas, vous vous doutez bien que je ne pourrais pas en parler sans encourir un sévère retour de bâton.

Ce qui signifiait qu'il soupçonnait les Whittier de ne pas être blancs comme neige, mais qu'il subissait des pressions pour étouffer l'affaire.

— Je comprends, dit-elle. Merci d'avoir pris le temps de m'écouter. Vous me tiendrez au courant si vous découvrez quelque chose concernant la camionnette ?

— On va procéder à quelques vérifications, et je vous dirai ce qu'il en ressort.

Bolling semblait soulagé que Lacey n'ait pas insisté pour qu'il lui en dise plus, s'agissant des frères Whittier.

C'était bien mal la connaître.

Lorsqu'elle eut raccroché, elle se tourna vers Jim.

— Je crois que la police de Washington suspecte les frères Whittier de tremper dans quelque chose de louche.

— Quoi, à votre avis ?

— À tout le moins, de délit d'initiés, même si je n'avais pas réussi à en trouver la preuve. Mais leurs investissements en Bourse semblent avoir tous été curieusement fructueux quand la plupart des gens perdaient les économies d'une vie entière pendant le krach, il y a quelques années. C'est comme si tout ce qu'ils touchaient se transformait en or.

— Oui, mais, souvenez-vous du roi Midas... Il a eu tout lieu de s'en mordre les doigts, non ?

— Oui, lui accorda-t-elle avec un petit sourire.

Cette expression lui était devenue si étrangère depuis quelque temps qu'elle eut l'impression que sa peau était sur le point de craquer.

Il se rapprocha, porta une main hésitante à son visage. Comme elle n'avait pas de mouvement de recul, il s'enhardit et leva son autre main, tenant sa mâchoire entre ses paumes.

— Dites-moi ce que vous voulez faire, maintenant.

Elle le regarda, surprise par la question et par l'intensité de son regard. Personne ne lui avait demandé ça depuis la mort de Marianne et de Toby, songea-t-elle. Ni ses employeurs, ni l'avocat de Marianne et Toby, ni l'assistante sociale qui l'avait aidée dans ses démarches pour obtenir la garde de sa nièce, ni même les amis de sa sœur qui étaient venus aux funérailles. Ils lui avaient parlé de ce qui allait se passer, de la façon dont les choses allaient se dérouler, lui avaient dit ce qu'elle devait faire et ne pas faire.

Mais personne, jamais, n'avait songé à lui demander ce qu'elle voulait faire.

— Je veux retrouver celui qui a commis cet atroce attentat, répondit-elle franchement. Je veux qu'il paye. Qu'il aille en prison ou qu'il meure, qu'il ne soit plus un danger ni pour moi ni pour Katie. Voilà ce que je veux.

Un imperceptible sourire effleura les lèvres de Jim.

— Alors, attelons-nous à la tâche et faisons en sorte que ça arrive.

L'espace d'un long moment, il la contempla, avec au fond des yeux une promesse à laquelle elle eut envie de se raccrocher désespérément. Ce dont elle avait besoin, elle s'en rendait compte seulement maintenant, c'était d'être vraiment écoutée, épaulée par quelqu'un qui croie comme elle que justice pouvait être rendue, pas de s'entendre conseiller de laisser les professionnels faire leur travail.

Elle en faisait partie, de ces professionnels, bon sang ! Certes, elle n'était pas de la police, mais aller déterrer des vérités cachées dans les endroits les plus dangereux était son quotidien. Et elle avait un avantage sur la police. C'était *elle* qui était visée, et elle connaissait mieux que personne son histoire et les raisons pour lesquelles quelqu'un pouvait lui en vouloir à mort.

Les yeux de Jim s'abaissèrent lentement vers ses lèvres. Une bouffée de chaleur envahit Lacey tandis que son propre regard s'arrêtait sur sa bouche. Elle l'imagina se promenant sur la sienne, taquinant ses lèvres de baisers doux comme une caresse... Elle serait incapable d'y résister, elle le savait.

Haletante, elle attendit qu'il prenne conscience de la tension sexuelle qui était en train de grandir entre eux. Il allait s'écarter d'elle, certainement, murmurer des excuses ou, peut-être, formuler une plaisanterie pour rompre le charme.

Mais non. Il se rapprocha davantage encore, son souffle chaud contre ses lèvres. Fugitivement, elle se dit que c'était à elle de mettre fin à ce qui était en train de se passer.

Au lieu de quoi elle se pressa contre lui et se haussa sur la pointe des pieds tandis qu'il enfonçait les doigts dans ses cheveux et l'attirait à lui.

Ses lèvres frôlèrent les siennes, légères comme une plume, la laissant pantelante de désir. Il y déposa un nouveau baiser, emprisonnant brièvement sa lèvre inférieure entre les siennes comme une promesse.

Elle replia les doigts sur les muscles d'acier de ses épaules et l'attira plus près, impatiente de sentir son corps contre le sien. Il enroula un bras autour de sa taille, la guidant toujours plus près tandis qu'il s'emparait de sa bouche en un long et profond baiser.

Elle se laissait submerger par les sensations, par son baiser, par la façon suggestive dont son corps ondulait contre le sien. Elle sentit quelque chose de dur dans son dos et s'avisa qu'elle se retrouvait calée contre le bureau.

Le bureau sur lequel l'ordinateur de son défunt beau-frère contenait un DVD détaillant sa mort épouvantable, ainsi que celle de sa sœur.

Une sensation de froid la submergea, comme si quelqu'un avait ouvert les vannes d'un torrent d'eau glacée. Elle se raidit, et il la relâcha, puis recula d'un pas.

Elle le contempla, repoussant une mèche de cheveux d'une main tremblante. Elle essaya de trouver quelque chose à dire, peut-être cette plaisanterie vaseuse qu'elle avait songé à formuler un moment plus tôt pour désamorcer la situation avant que la passion les emporte.

Mais rien ne vint.

— Ce n'est pas le bon moment, hein ?

Jim réussit à produire un sourire qui semblait aussi incertain qu'elle-même l'était.

— Non.

— Je vais aller voir Katie. Elle ne devrait pas tarder à se réveiller.

Lacey hocha la tête, n'osant pas bouger de peur que ses genoux flageolants ne se dérobent.

— OK. Je vais finir de visionner ces DVD dans mon bureau pour éviter que Katie puisse voir ou entendre quelque chose qui…

Elle n'alla pas plus loin, la douleur lui serrant la gorge.

— D'accord.

Jim, qui avait commencé à s'éloigner, s'arrêta et se retourna.

— J'imagine que je devrais présenter mes excuses pour ce qui vient de se passer et promettre que ça ne se reproduira pas… Mais je ne suis pas sûr que ce serait sincère.

Elle ne sut que répondre dans la mesure où elle-même n'éprouvait guère de remords et était incapable de jurer qu'elle ne céderait plus jamais à ses désirs.

Les commissures de ses lèvres se soulevèrent imperceptiblement, et il quitta la pièce, aspirant dans son sillage tout l'air qu'elle avait contenu.

Lacey se retint au bord du bureau jusqu'à ce que ses membres tremblants soient en mesure de la soutenir, puis elle prit les DVD, y compris celui qui était dans l'ordinateur, et monta à l'étage, dans son bureau privé.

Elle n'aurait su dire quelles images la hanteraient le plus, des terribles images filmées après l'attentat à la bombe ou de la douce et tendre façon dont Jim avait apaisé un peu de sa douleur par ses baisers ensorcelants.

Elle s'arrêta un instant devant la porte verrouillée, regardant les disques dans sa main. Elle avait vu tant d'horreurs en travaillant à ses reportages sur le terrain. Des morts tout aussi brutales, tout aussi injustes que celles de sa sœur et de son beau-frère.

Elle allait y arriver. Pour le bien de Katie, pour Marianne et Toby, elle y arriverait. La vérité se dissimulait peut-être dans ces images. Elle devait les passer au crible jusqu'au bout, quoi qu'il lui en coûte.

Tirant ses clés de sa poche, elle ouvrit la porte et la referma derrière elle. Elle marqua une pause, à l'intérieur, promenant le regard sur le tableau blanc et les mots qui y étaient inscrits.

Tout était à sa place, et pourtant elle eut l'étrange impression que quelque chose, dans la pièce, était différent.

Elle s'avança jusqu'au bureau au plateau usé, où l'attendait son ordinateur, fermé. Posant les DVD à côté, elle ouvrit le portable et regarda l'écran. L'écran d'accueil, verrouillé, s'afficha comme d'habitude.

À ceci près que...

Oui, c'était cela. Un très léger parfum flottait dans la pièce, qui sentait habituellement le renfermé. Une odeur de savon et de musc.

L'odeur de Jim.

10

Katie se montra agitée et capricieuse après sa sieste et, lorsque Jim l'installa à table, elle refusa la tartine de beurre de cacahuète qu'il lui avait préparée et renversa son bol de carottes cuites et son gobelet de lait. Il persista calmement à tenter de la convaincre de manger pendant un moment, sentant bien que son humeur était le reflet de la tension qu'elle percevait entre les adultes présents.

Puis, ne voulant pas la braquer, il la ramena au salon et s'installa avec elle sur un vieux fauteuil à bascule, fredonnant à mi-voix un vieux chant cadencé du corps des marines jusqu'à ce qu'elle cesse de gigoter et qu'elle se blottisse contre lui pour se faire cajoler.

Il ne réussit pas aussi bien à apaiser sa propre nervosité. Que lui avait-il pris, d'embrasser Lacey de la sorte ? Il s'était comporté comme un adolescent incapable de dominer ses pulsions. C'était sa *patronne*, nom d'un chien !

Et il était là pour veiller sur elle et sa nièce, pas pour se frayer un chemin jusqu'à son lit. Il pouvait s'estimer heureux qu'elle ne l'ait pas congédié sur-le-champ.

C'est parce qu'elle en avait tout autant envie que toi, murmura une petite voix rebelle, au fond de son esprit.

Peut-être, mais elle, au moins, avait eu le bon sens de se reprendre et de tout arrêter.

Entre la culpabilité grandissante que lui causaient ses mensonges par omission, le chagrin et l'anxiété qui taraudaient

Lacey, et les désirs et émotions qui avaient conduit à cet échange passionné de baisers, ce n'étaient pas les vibrations contradictoires qui manquaient, et la pauvre petite Katie les avait captées, bien entendu. Peut-être pourrait-il l'emmener dehors pendant un moment pour changer d'air. À Cherry Grove, par exemple. Ils pourraient s'amuser au parc pendant une heure ou deux puis, peut-être, acheter un plat à emporter pour le repas du soir sur le chemin du retour.

Lacey descendit l'escalier et s'arrêta au bas des marches, le regardant assis dans le fauteuil, avec Katie, arquant ses sourcils dorés.

— Je croyais qu'elle venait de se réveiller de sa sieste.

— On se détend un peu, répondit-il d'un ton léger. En fait, j'étais en train de me dire que je pourrais l'emmener faire un tour au parc, au village. Il y a des balançoires et des jeux. Qu'en pensez-vous ? Je pourrais en profiter pour m'arrêter au restaurant acheter de quoi manger pour ce soir.

Le soulagement qui transparut dans l'expression de Lacey lui contracta l'estomac. Clairement, elle était contente d'être débarrassée de lui pendant un moment. S'apprêtait-elle à le renvoyer ?

— Bonne idée. J'ai besoin de faire quelques recherches et j'avancerai sûrement plus vite si je suis seule. Couvrez-la bien — il fait froid.

— Bien sûr, acquiesça-t-il en se forçant à sourire.

La neige avait en grande partie fondu dans le jardin, mais la température allait de nouveau chuter en fin d'après-midi. Si la météo ne se trompait pas, il neigerait de nouveau d'ici à la fin de la semaine. Jim, comme tout natif de l'ouest de la Caroline du Nord, n'avait rien contre une bonne bataille de boules de neige, mais l'inconvénient c'était que la neige rendait sa mission de protection plus compliquée, tout spécialement si elle s'accompagnait de coupures de courant.

Il profita du trajet en voiture pour appeler Alexander Quinn et le mettre au courant de ce qu'il avait appris en visionnant les vidéos, évitant bien sûr soigneusement de mentionner la partie qui concernait le baiser.

— Les accusations de délit d'initiés sont probablement fondées, déclara d'emblée Quinn. Mais j'imagine que c'est impossible à prouver et que les Whittier le savent.

— Donc, tu ne penses pas qu'ils soient suspects ?

— Formulons-le autrement. Disons que ce ne sont pas les suspects les plus évidents.

— Que les ragots colportés par les journaux à scandale aient un fond de vrai ou non, rien de tout ce qui a pu être publié ne semble de nature à inspirer un meurtre.

— Non, mais je viens juste d'avoir entre les mains la copie des rushs d'un reportage sur lequel Lacey Miles avait commencé à travailler il y a deux mois.

— « Avait » ? À l'imparfait ?

— D'après mes sources, les Whittier ont mis leurs avocats sur le coup, et le reportage a été annulé. Mais, apparemment, ils n'étaient pas seuls à faire pression. Je téléchargerai la vidéo sur l'espace de stockage en ligne de la société et te ferai parvenir le lien. Cela te donnera une idée de ce que Mlle Miles reprochait aux frères Whittier.

Jim regarda dans son rétroviseur. Katie se tenait tranquille dans son siège et regardait par la vitre. Jim utilisait son oreillette Bluetooth pour l'empêcher d'entendre ce que disait Quinn, mais il avait remarqué à quel point elle était sensible à la tension ambiante. Et l'habitacle de la voiture était actuellement chargé d'émotions volatiles.

— Et Al-Adar ? Se sont-ils manifestés au moment de l'attentat à la bombe ? demanda-t-il.

— Non, mais Al-Adar a tiré les leçons des erreurs commises par ses prédécesseurs terroristes. Les communications entre les cellules connues du groupe étaient pour ainsi dire inexistantes à ce moment-là. Ce qui est peut-être un signe révélateur... ou pas. Nous n'en savons rien pour l'instant.

Jim pensa au troisième suspect mentionné sur le tableau de Lacey.

— Et qu'en est-il de J.T. Swain ?

— J'ai contacté deux personnes qui devraient être en mesure de répondre à tes interrogations concernant Swain. Elles seront à Washington pour affaires dans quelques jours. Je leur donnerai ton numéro pour que tu puisses organiser une rencontre. Ils s'appellent Ben et Isabel Scanlon. Ben a connu J.T. Swain quand ils étaient enfants et il a aussi passé une année en infiltration dans le clan Swain pour tenter de démanteler leur entreprise criminelle.

— Oh ! Et il a survécu ?

— Eh bien, il a été aidé par sa partenaire du FBI. Qui se trouve être aujourd'hui sa femme.

— OK. Je les appellerai.

— Tu as une drôle de voix.

Jim fit la grimace. Évidemment. Pas étonnant qu'un homme comme Quinn soit capable de saisir la plus infime nuance d'émotion dans sa voix.

— C'est juste que devoir garder des secrets est parfois difficile.

— Elle se doute de quelque chose ?

— Je ne crois pas.

Il songea à la façon dont Lacey s'était comportée lorsqu'elle était redescendue de sa salle d'opération. Il avait cru que sa légère réserve était la conséquence directe du baiser qu'ils avaient échangé, mais... s'il s'était trompé ? Si elle avait deviné son incursion dans son repaire privé ?

Il avait fait très attention, en partant, à laisser le bureau exactement dans l'état dans lequel il l'avait trouvé, mais même le meilleur des agents pouvait commettre une erreur, et il était encore novice. Et elle, fine mouche.

Quelque chose avait-il trahi son passage ? Était-ce pour cela qu'elle avait été si contente de le voir quitter la maison ?

— Jim ?

— Je suis là, dit-il vivement. Mais je suis presque arrivé au parc donc nous devrons poursuivre cette conversation plus tard.

— D’accord. Tiens-moi au courant de tout ce que tu trouves.

Les paroles de Quinn sonnaient comme une injonction.

— Bien sûr.

Jim raccrocha et se gara en bordure de l’espace vert, à quelques mètres des balançoires. Il sortit Katie de son siège et la prit par la main pour remonter l’allée gravillonnée.

— La balanfoire ! s’exclama Katie en levant vers lui un visage réjoui. La balanfoire ?

Katie dégagea sa main et s’avança droit vers celle qui était prévue pour les petits, avec un siège baquet et une barre de protection. Elle leva les bras pour qu’il l’installe dessus.

Lorsqu’elle fut assise, il la poussa, d’abord doucement, puis un peu plus fort. Le siège monta un peu plus haut, et Katie se mit à rire aux éclats, renversant la tête en arrière.

Jim essaya de se détendre, de chasser ses préoccupations d’adulte pour simplement profiter de ce moment précieux, magique, où il procurait de la joie à une petite fille.

Il trouverait le moyen de protéger Katie et sa fascinante et versatile tante. Coûte que coûte.

Elle avait traqué de dangereux seigneurs de guerre dans les montagnes du Kaziristan pour obtenir une interview. Elle avait bravé le dédain glacial de voisins du Connecticut en essayant d’entrer en contact avec Justin et Carson Whittier dans l’espoir d’entendre leur version concernant les rumeurs de scandale qui entouraient leur famille. Elle avait tenu tête à ce qui restait d’un clan de trafiquants de drogue et d’armes réputé pour sa brutalité.

Alors, pourquoi lui était-il si difficile d’ouvrir la porte de la chambre de Jim pour découvrir ce qu’il lui dissimulait ?

Elle posa la main sur la poignée, et la porte s’entrouvrit. Lacey marqua une pause, hésitant à continuer. La porte n’était pas verrouillée. Il n’avait rien fait pour l’empêcher d’entrer.

Cela tendait à indiquer qu’il n’avait rien à cacher.

Le mieux, pour en avoir le cœur net, c'est d'aller t'en assurer. Tu es une journaliste d'investigation, oui ou non ?

Elle poussa le battant.

Le lit était fait — tiré au cordeau, même. Un lit d'ancien militaire. Pas de désordre sur la table de chevet, juste un petit réveil à côté de la lampe.

Elle ouvrit le tiroir supérieur de la table de nuit. Un baume à lèvres. Un paquet de pastilles à la menthe. Un livre de poche aux pages légèrement cornées avec une couverture et un titre qui évoquaient un roman à suspense.

Rien que de très normal. Ce fut le tiroir du dessous qui lui réserva une surprise. Une boîte noire occupait presque tout l'espace. Elle n'eut pas besoin de l'ouvrir pour savoir ce que c'était.

Un étui d'arme à feu.

Fermé à clé, bien sûr. Jamais un ancien marine n'aurait commis la négligence de laisser son arme accessible à n'importe qui.

Il n'y avait pas de munitions dans la table de chevet, mais elle en trouva plusieurs boîtes dans la commode. Des balles de calibre .40.

Se laissant tomber sur le lit, face à la commode, elle contempla les boîtes de munitions, s'efforçant de réfléchir logiquement. C'était un ancien marine, donc il possédait probablement une arme personnelle. Et sans doute aussi un permis de port d'une arme dissimulée.

Seulement voilà, elle l'avait embauché comme nounou, pas comme marine. Et il avait fait entrer une arme chez elle sans son autorisation. C'était un motif de licenciement plus que valable.

Oui... Mais ensuite ? Il lui faudrait trouver quelqu'un d'autre. Elle perdrait des jours, des semaines peut-être, à résoudre ses problèmes domestiques et, pendant ce temps-là, son enquête resterait au point mort.

Peut-être avait-il une bonne explication. Peut-être

devrait-elle avoir une conversation à cœur ouvert avec lui, à son retour.

Et peut-être aussi ne voulait-elle pas croire que l'homme qui l'avait embrassée avec tant de douceur et de passion quelques heures plus tôt puisse se servir d'elle, de ses émotions, à des fins personnelles.

Elle entendit le bruit d'une portière au-dehors, suivi du joyeux babillage de Katie. Son premier instinct fut de quitter précipitamment la chambre pour ne pas être surprise en train de fouiller ses affaires, mais elle se ravisa. Laissant le tiroir de la commode ouvert, elle resta sur le lit.

— Lacey ? lança Jim depuis le salon.

— Je suis là, répondit-elle, attendant son arrivée.

Il s'arrêta sur le seuil, tenant Katie par la main. Son regard se porta rapidement sur le tiroir de la commode avant de revenir se poser sur elle.

Il avait l'air affreusement coupable.

Elle se pencha en avant pour refermer le tiroir et plaqua un sourire joyeux sur son visage pour sa nièce.

— Alors, tu t'es bien amusée au parc, ma chérie ?

— Oui ! Z'ai fait la balanfoire ! s'écria Katie, visiblement au comble du ravissement.

— Elle adore ça, ajouta Jim.

— Oui, je sais.

Lacey se leva et prit sa nièce par la main, passant devant Jim.

— Viens, ma poupée, on va enlever ce manteau.

Elle referma la porte de la chambre de Katie derrière elle et aida la petite fille à retirer les vêtements chauds que lui avait mis Jim pour leur sortie au parc, se demandant quoi faire, s'agissant de Jim Mercer.

C'était Katie, sa priorité. Lacey était la seule famille qu'il lui restait et elle prenait ce fait très au sérieux. Ce qui signifiait qu'elle ne pouvait pas courir de risque concernant leur sécurité, à toutes les deux.

Jim constituait-il une menace pour elles ? Si elle n'avait

pas vu cette culpabilité dans son expression, elle ne se serait peut-être même pas posé cette question.

Quelques minutes plus tard, on frappa légèrement à la porte.

— Lacey ?

Elle pinça les lèvres, son esprit, ce traître, lui remémorant immédiatement les instants électriques qu'ils avaient partagés quand il l'avait embrassée. Et qu'elle l'avait laissé faire, sans lui opposer la moindre résistance !

— Pas maintenant, répondit-elle d'un ton sec.

— Vous allez passer toute la soirée enfermée dans la chambre de Katie ? Elle n'a pas pris son bain... Et il faut qu'elle dîne.

— Fichez le camp, Jim.

Katie leva son petit minois vers elle, le regard troublé. Lacey la prit dans ses bras et la serra contre elle.

— Tout va bien, chérie, murmura-t-elle pour la tranquilliser, la portant jusqu'au fauteuil près du lit à barreaux. Tout va bien.

Comme Katie se blottissait contre sa poitrine, Lacey s'obligea à clarifier ses pensées. Devait-elle appeler la police ? Pour quel motif ? Parce qu'un ancien marine dont tous les papiers étaient probablement en règle avait apporté son arme chez elle sans l'en informer ?

Elle n'était pas une petite chose fragile incapable de se prendre en charge. Elle aussi savait manier une arme, même si elle avait fait le choix de ne pas en posséder une. Les citoyens respectueux de la loi qui exerçaient les droits qui leur étaient conférés par le deuxième amendement ne lui posaient pas problème.

N'empêche que Jim lui avait sciemment dissimulé quelque chose. Et pas seulement la présence d'une arme dans sa chambre, à en juger par le regret et la culpabilité qui s'étaient peints sur son visage quand il l'avait trouvée dans sa chambre.

Que lui cachait-il d'autre ?

— Jim ? demanda doucement Katie au bout d'un moment.

— Nous irons voir Jim dans une minute, promit Lacey.

Ce n'était pas en restant enfermée dans la chambre de Katie qu'elle allait le découvrir.

Elle changea la couche de sa nièce, apaisa son air inquiet de quelques baisers et chatouilles sur le ventre qui la firent se tordre de rire.

Lorsqu'elles rejoignirent les pièces de vie, elles trouvèrent Jim dans la cuisine, debout devant l'évier, regardant la cour arrière par la fenêtre, où les derniers vestiges de Marvin le bonhomme de neige achevaient de rendre l'âme.

Il se retourna en entendant les pas de Lacey.

— Je suis désolé.

— Katie doit avoir faim maintenant, déclara-t-elle en posant la petite fille par terre.

Katie trottina jusqu'à Jim et leva les bras. Il jeta un coup d'œil à Lacey comme pour lui demander son aval.

Elle le lui accorda d'un bref hochement de tête, le cœur serré par l'expression de pure adulation qui illumina le visage de sa nièce lorsque Jim se pencha pour la soulever.

— Tu veux une tartine de beurre de cacahuète, mon chou ?

— Mmm, acquiesça Katie en souriant.

Jim l'installa dans sa chaise haute et se dirigea vers le placard pour en sortir les ingrédients nécessaires.

Lacey s'approcha de lui.

— Pourquoi avez-vous postulé à cet emploi ?

Il s'interrompit, le couteau suspendu en l'air, alors qu'il s'apprêtait à étaler la pâte sur le pain.

— Parce qu'on m'a engagé pour ça.

Lacey jeta un coup d'œil à Katie et baissa le ton.

— Qui ?

— Une société nommée Campbell Cove Security. Je venais d'être embauché comme instructeur de techniques de combat quand un client a réclamé à l'entreprise un expert en sécurité également capable de s'occuper d'un enfant en bas âge.

— Et c'est vous qu'ils ont choisi ?

Il hocha la tête et se mit à tartiner le pain.

— Avez-vous seulement la moindre expérience en tant que baby-sitter ?

— Les références fournies dans mon CV sont authentiques, répondit-il calmement. Après la mort brutale de mon père, j'ai aidé ma mère à élever mon frère et mes sœurs. Et, en sortant de l'université, après avoir quitté le corps des marines, j'ai effectivement travaillé pour cette famille du Kentucky avant d'être recruté par Campbell Cove Security.

— Je n'ai jamais entendu parler de cette société de sécurité. Qui l'a engagée pour me protéger ? Je doute que votre patron vous ait envoyé comme agent double de sa propre initiative.

Aïe ! « Agent double », les grands mots... Ça se présentait mal, songea Jim en achevant de tartiner les tranches de pain qu'il avait coupées. Il soupira.

— La chaîne de télévision pour laquelle vous travaillez.

Bien sûr. Elle avait décliné leur proposition, donc ses patrons avaient pris leurs dispositions pour contourner son refus et faire qu'elle bénéficie tout de même d'une protection.

— À mon avis, ils n'auraient pas dû vous cacher leurs intentions, ajouta Jim.

— Ça alors... Venant de vous, c'est un peu fort !

Il ouvrit la bouche pour protester, mais la présence de Katie le dissuada de réagir trop vivement. Il garda donc son sang-froid et lui fit face calmement. Coulant un regard en direction de Katie, il repartit, d'une voix qui n'était guère plus qu'un murmure :

— Vous êtes en danger. Katie, aussi. Ne vous trompez pas de cible. Je suis là pour vous aider.

Parlant tout bas, elle aussi, elle répliqua avec une intensité contenue :

— Donc, vous m'avez dupée de façon éhontée, mais je suis censée continuer à vous payer, officiellement pour la garde de ma nièce et officieusement comme garde du corps ? C'est bien ce que vous suggérez ?

Il soutint son regard.

— À peu près, oui.

Pinçant les lèvres, elle se détourna de lui et sortit le gobelet de Katie du placard. Elle le remplit de lait et pivota sur elle-même pour faire de nouveau face à Jim.

— Je ne suis pas idiote, au cas où cela vous aurait échappé. Si j'ai refusé d'être protégée, c'est qu'il y avait à cela une bonne raison. Je cherche à me faire oublier, ici, à Cherry Grove. Me retrouver entourée d'une escouade d'hommes armés aurait été totalement contre-productif et n'aurait fait qu'attirer davantage l'attention sur moi.

— Et puis ils vous auraient empêchée d'enquêter à votre guise sur la mort de votre sœur.

Elle le fixa durement du regard.

— Vous avez *aussi* forcé la serrure de mon bureau, à l'étage.

Les commissures de ses lèvres s'incurvèrent fugitivement avant qu'il se ressaisisse.

— Découvrir ce que vous trafiquiez a été plus dur pour moi que pour vous, nota-t-il. Vous, vous n'avez eu qu'à pousser ma porte pour entrer dans ma chambre alors que j'ai dû utiliser mon kit d'outils de crochetage.

— Ah ! parce que, selon vous, une porte fermée à clé, dans un domicile privé, est une invitation à entrer ?

— Je vous retourne la question, pour une porte *non* verrouillée.

Ce fut au tour de Lacey de réprimer un sourire. *Qu'il aille au diable.*

— Bon, je vous garde à mon service, décréta-t-elle posément en bataillant pour ôter le couvercle du gobelet à bec verseur. Vous allez continuer à faire votre travail, enfin... les *deux* facettes de votre travail. J'accepte même de songer à vous laisser m'aider dans mes investigations, à la condition expresse que vous ne souffliez pas mot de mon enquête à votre patron ni au mien.

— Le mien a accès à des informations qui pourraient nous être utiles.

— Je viens de vous énoncer mes conditions.

Il fit la grimace mais hocha la tête.

— D'accord.

Elle donna une tartine de beurre de cacahuètes et le verre de lait à Katie, qui se mit à consommer les deux avec voracité. Se retournant vers Jim, elle ajouta :

— Il y a une autre condition.

Jim fronça les sourcils.

— Laquelle ?

— N'allez pas imaginer que je puisse désormais vous faire confiance — sur un plan personnel, j'entends. À partir de maintenant, vous vous en tiendrez strictement à votre travail.

11

— Donc, vous savez maintenant que j'ai en tête trois assaillants potentiels, déclara Lacey le lendemain matin tandis qu'ils étaient assis côte à côte — en veillant à ne pas se toucher — sur les marches du porche et qu'ils regardaient Katie courir après les écureuils qui s'étaient aventurés hors de leur tanière en cette matinée froide pour ramasser les graines des cônes tombées des deux grands arbres qui se dressaient à l'arrière de la ferme.

— Oui. Les Whittier, Al-Adar et J.T. Swain.

— Je suppose que vous savez qui ils sont. Ou que vous avez pris vos renseignements si vous l'ignoriez.

La sécheresse de son intonation était telle qu'il en frémit presque intérieurement. Elle n'était pas près de lui pardonner. Si elle lui pardonnait jamais.

Tant pis pour lui. Il n'avait que ce qu'il méritait.

— Je connaissais Al-Adar. Quant aux deux autres, même si le nom de Whittier m'était familier, je me suis effectivement informé.

— Néanmoins, il y a des choses que vous ne savez sans doute pas sur les frères Whittier.

Il avait utilisé la connexion Internet de la maison pour accéder à la vidéo qu'Alexander Quinn avait téléchargée pour lui dans l'espace de stockage dématérialisé de Campbell Cove Security. Il y avait vu une Lacey Miles nettement moins préoccupée analyser froidement, en détail, le montage d'un projet de promotion immobilière censé bénéficier à des centaines de résidents pauvres du Bronx.

— Comme le fait que vous soupçonnez la société de promotion immobilière des Whittier d'avoir modifié les plans d'un projet de construction près du Bronx pour camoufler la vérité concernant une mort mystérieuse ?

Lacey arrêta sur lui un regard acéré.

— Comment diable avez-vous eu accès à cette information ?

— J'ai vu les rushs du reportage que vous aviez préparé sur le sujet.

Lacey détourna le regard, lui montrant son profil altier. Le silence s'éternisa entre eux jusqu'à ce qu'il soit prêt à dire n'importe quoi, rien que pour briser la tension. Mais elle parla la première.

— Si votre société a pu se les procurer, c'est qu'elle a le bras plus long que je ne l'avais pensé.

— Oui, je crois que c'est le cas, effectivement.

Katie se désintéressa des écureuils et revint se jeter dans les bras de Jim en riant. Il l'assit sur ses genoux, et elle décocha un grand sourire à Lacey.

— Le bonhomme de neize, dit-elle fermement.

— Je crains que Marvin n'ait fondu, répondit Lacey avec un froncement de sourcils exagéré.

— Ze veux faire le bonhomme de neize, répéta-t-elle. Mahbin.

— Il va falloir attendre qu'il neige, ma chérie.

Lacey tendit la main pour remonter la fermeture Éclair de la veste de Katie juste au moment où la même idée traversait l'esprit de Jim. Leurs doigts se frôlèrent. Un courant électrique remonta le long du bras de Jim. Effet d'électricité statique ou réaction à son contact ? se demanda-t-il. Il n'aurait su le dire.

Lacey retira vivement sa main, jetant un bref regard dans sa direction avant de fixer son attention sur Katie.

— Je parie que tu as faim, chérie.

L'appel de son estomac lui faisant oublier Marvin, Katie hocha la tête.

— Je vais l'installer dans sa chaise. Si vous pouvez réchauffer la soupe de pâtes au poulet..., suggéra Lacey en tendant les bras pour prendre Katie.

La petite fille jeta un regard interrogateur à Jim comme si elle ne comprenait pas pourquoi ce n'était pas lui qui l'emmenait à l'intérieur, mais elle se laissa faire sans protester.

Pendant que Lacey débarrassait Katie de ses vêtements d'extérieur, Jim fit chauffer la soupe et la servit dans son bol préféré. Il le posa devant elle et recula d'un pas, feignant de la regarder plonger sa cuillère et tenter d'attraper les morceaux de poulet alors qu'il guettait en réalité la moindre occasion d'observer Lacey à la dérobée.

Dire qu'elle était fâchée contre lui était au-dessous de la vérité. Mais au moins ils se parlaient. C'était un début.

— Vous avez vu les rushs en totalité ? demanda-t-elle en lui jetant un bref regard tout en donnant son jus de pomme à Katie.

— Je pense, oui. Pourquoi la chaîne ne vous a-t-elle pas permis de diffuser le reportage ?

— Parce que les Whittier l'ont menacée de graves ennuis si nous persistions. L'info est remontée au plus haut niveau de la hiérarchie... La direction générale a capitulé.

Jim fronça les sourcils.

— Je croyais que les médias étaient précisément ceux qui osaient élever la voix et tenir tête au pouvoir...

— Je ne peux rien prouver, mais je pense qu'un membre du clan Whittier a fait pression sur l'un des dirigeants de la chaîne.

— Ça s'appelle du chantage.

— C'est ça.

Lacey déchira un morceau de papier absorbant du dérouleur accroché sur le mur et s'approcha de Katie pour éponger les éclaboussures de soupe, tout autour de son bol.

— Vous avez une idée de qui cela pourrait être, et du moyen du chantage ?

Elle secoua la tête.

— Je suis peut-être journaliste d'investigation, mais j'ai appris il y a belle lurette qu'écouter les bruits de couloir est le meilleur moyen de perdre son travail. Je me suis toujours tenue éloignée de ce genre de rumeurs, et mes collaborateurs le savent. Ils n'essayent même plus de me rapporter ce qui se murmure en coulisse.

— Mais vous pourriez désormais considérer qu'il s'agit d'une affaire sur laquelle vous enquêtez et non plus d'une rumeur, non ?

— Je travaille avec ces gens. Je ne peux pas me mettre à fouiner dans leur vie privée, ni éplucher leur passé simplement parce que j'ai des soupçons quant à la raison pour laquelle mon reportage a été privé d'antenne. S'il y a effectivement eu chantage, cela porte probablement sur un aspect de leur vie que je ne veux pas connaître. Je trouverai un autre moyen de parvenir à la vérité, s'agissant des Whittier. Quelle qu'elle soit. Et lorsque ce sera fait, même la chaîne ne m'empêchera pas de la révéler.

Ce qui expliquait que les Whittier aient pu vouloir la mettre définitivement hors circuit, songea Jim.

— OK. Passons à J.T. Swain, maintenant. Que diriez-vous si je vous annonçais que je suis en mesure de vous obtenir un rendez-vous avec la personne qui en sait probablement le plus sur Swain ?

Elle le considéra d'un œil sceptique.

— Cette personne-là est un ancien agent du FBI qui l'a connu étant enfant et a travaillé pour l'organisation Swain sous couverture, répliqua-t-elle. Ben Scanlon. Mais, croyez-moi, j'ai essayé de parler à Scanlon et à sa femme, qui connaît également bien le sujet, quand j'enquêtais sur sa disparition. Ils n'ont jamais accepté de me parler.

— Eh bien, cette fois, ils accepteront. Le rendez-vous est déjà prévu.

Elle le contempla, incrédule.

— Comment avez-vous fait ? J'ai essayé pendant des mois de décrocher une interview.

— Mon patron, à Campbell Cove Security, a un don pour rendre l'impossible possible.

— Quand et où pourrai-je les rencontrer ?

— Quand et où *pourrons-nous* les rencontrer, corrigea Jim.

Un profond sillon creusa le front de Lacey, mais Jim attendit que la réalité fasse son chemin dans son esprit. Si elle voulait parler aux Scanlon, elle allait devoir accepter de l'associer pleinement à son enquête.

Finalement, elle pinça les lèvres.

— Très bien. Quand et où ?

— Ils seront dans la région dans les jours qui viennent. Je dois les appeler.

— Le plus tôt sera le mieux, assena-t-elle avec force.

— Oui, c'est ce que je pensais.

Sa soupe terminée, Katie avait retourné son bol et tapait maintenant à tout va avec sa cuillère sur le fond du récipient, l'air réjoui par le tintamarre qu'elle provoquait. Jim lui retira son « tambour » des mains, ce qui lui valut un regard noir, presque aussi intimidant que celui de sa tante.

— Je les appellerai dès que j'aurai débarbouillé Katie et...

Lacey se leva.

— Faites-le tout de suite. Je vais m'occuper d'elle.

— Vous êtes sûre ?

Elle hocha la tête.

— Plus vite la rencontre aura lieu, plus vite j'avancerai dans mon enquête.

Jim déposa le bol dans l'évier. Il sortit son téléphone de sa poche et se dirigea vers le salon.

— J'attendais votre appel, déclara Scanlon en décrochant, avec cet accent traînant qui lui rappela un sergent artilleur qu'il avait connu dans le corps des marines, un pur Texan.

— Isabel et moi serons à Washington pour un séminaire sur le terrorisme intérieur ce week-end, mais nous viendrons en voiture plutôt qu'en avion, en prenant notre temps pour nous promener un peu. J'ai regardé sur la carte... Nous pourrions nous retrouver à Leesburg, jeudi, autour de midi ?

— Leesburg, jeudi, c'est parfait. Nous y serons.

Scanlon marqua une courte pause.

— *Nous* ?

— Je compte amener Lacey Miles.

— C'est une journaliste, souligna Scanlon avec une inflexion de voix nettement péjorative.

— C'est la femme dont la sœur a été tuée à sa place par la bombe qui a été posée dans sa voiture, rétorqua Jim avec plus de chaleur qu'il n'en avait eu l'intention. Sa vie est en danger, et elle veut savoir si J.T. Swain pourrait être derrière tout ça.

— Je peux d'ores et déjà vous répondre. Je ne le crois pas.

— Mais je pense que Lacey aimerait avoir tous les détails afin de se forger sa propre opinion.

En levant les yeux, Jim la vit dans l'embrasure de la porte, les vêtements un peu fripés et les cheveux en bataille. Katie n'était pas là, donc elle avait dû réussir à la coucher pour sa sieste, mais pas sans difficulté, apparemment.

Elle le considérait d'un air interrogateur.

— D'accord, dit Scanlon dans le récepteur. À jeudi, à Leesburg. Je vous ferai savoir par SMS le lieu de rendez-vous quand nous l'aurons choisi.

Sa voix abaissa d'un ton.

— Que les choses soient bien claires : je ne veux pas voir mon visage placardé en gros plan sur un écran de télévision, Mercer. Les Swain ne font peut-être plus exactement la pluie et le beau temps à Halloran County, mais ils sont encore suffisamment nombreux pour nous causer de gros ennuis. Nous tenons à rester dans l'ombre.

— Bien sûr. Il n'est nullement question de tourner un reportage.

— Bien. Je vous tiens au courant, pour le rendez-vous.

Jim raccrocha et regarda Lacey qui s'était assise dans le fauteuil en face de lui.

— Jeudi, à Leesburg.

Elle inclina la tête.

— Il faudra que nous emmenions Katie.

— Bien entendu.

Son regard s'adoucit l'espace d'un instant avant qu'elle recouvre son quant-à-soi habituel. Il réprima sa déception. S'il voulait que la tension s'apaise entre eux, il allait devoir faire preuve de patience. Avec le temps, il était sûr qu'il saurait lui prouver sa détermination à assurer leur sécurité, à Katie et à elle.

Mais elle ne lui permettrait plus jamais de l'approcher. Et plus cette réalité s'imposait à lui, plus il se rendait compte qu'il avait envie de découvrir où cette attirance mutuelle les aurait conduits.

Le parc animalier de Leesburg était un lieu de rendez-vous surprenant, mais plutôt bienvenu du fait que Katie les accompagnait. Lorsqu'elle eut caressé les agneaux et les chèvres, et se fut dépensée sans compter sur l'aire de jeu, elle tomba d'épuisement dans les bras de Jim avant même d'avoir achevé de manger le pique-nique que Lacey et lui partageaient en compagnie des Scanlon.

— Je regrette que nous n'ayons pas amené Delia, commenta Isabel Scanlon, ses yeux bruns contemplant avec un brin de nostalgie Katie qui dormait désormais à poings fermés, la tête calée contre Jim. Elle a eu trois ans à l'automne. Mais le séminaire s'annonçant intense, nous nous sommes dit qu'elle serait mieux à la maison, avec ses cousins.

— J'apprécie que vous ayez accepté de me rencontrer, dit Lacey en repoussant les restes du déjeuner auquel elle avait à peine touché et en regardant Ben Scanlon en face.

Ses yeux bleu-gris étaient aiguisés mais bienveillants, et elle sentit sa tension se dissiper.

— N'ayez aucune inquiétude, reprit-elle. Je n'utiliserai absolument rien de ce que vous me direz. Je suis ici pour des raisons purement personnelles. Je cherche à savoir si J.T. Swain pourrait être impliqué dans l'attaque à la bombe qui a tué ma sœur. Peut-être pour se venger du reportage que j'avais réalisé sur lui et qui avait fait ressortir son histoire. Je sais qu'il était un peu tombé dans l'oubli et qu'après ce reportage la police a relancé les recherches. Est-ce que cela aurait pu constituer à ses yeux un motif de me tuer, d'après vous ?

Ben et Isabel Scanlon échangèrent un regard. Cette brève communication visuelle fut apparemment aussi fructueuse que s'ils s'étaient consultés oralement car Ben déclara :

— Poser une bombe, c'était tout à fait dans ses cordes. Mais je guette depuis des années le signe qu'il est revenu aux affaires, et je n'ai jamais rien trouvé. Je pense qu'il doit vivre planqué quelque part en montagne, maintenant, isolé du monde, sans chercher de noises à personne.

— Qu'il aurait pris sa retraite ? releva Jim, sceptique.

— Il a tué sa mère parce qu'il lui en voulait d'avoir fait de lui un monstre, expliqua calmement Ben, la tristesse teintant sa voix. Quand nous étions enfants, c'était mon meilleur ami. Jamie était un gentil gamin qui a eu le malheur de naître dans une famille de truands. Sa mère estimait qu'il n'était pas à la hauteur. Elle clamait à qui voulait l'entendre que c'était la faute de son père, un incapable qui l'avait transformé en chiffe molle.

Visiblement étreint par l'émotion, Ben se tut. Isabel posa la main sur celle de son mari, ce qui parut le revigorer. Il redressa les épaules et leva le menton.

— Le vrai nom de J.T. Swain est Jamie Butler. C'est sa mère, Opal, qui n'avait que mépris pour son mari, qui a insisté pour qu'il prenne son nom de jeune fille.

— Elle voulait voir son fils prendre les rênes des affaires familiales ?

— Elle ne pensait qu'à ça. Un soir, quand Jamie et moi avions huit ans, elle l'a emmené en voiture, lui a mis dans la main une arme chargée et l'a obligé à tirer sur le shérif de Halloran County. Une sorte de rite initiatique pour faire ses preuves et montrer qu'il était un vrai Swain.

Lacey fronça les sourcils.

— Vous voulez dire que Bennett Allen a été abattu par un enfant ?

— Oui. J'y ai assisté. J'étais présent.

— Mais...

Lacey commençait à comprendre. Elle se rappelait le meurtre

de Bennett Allen... Il avait été tué dans l'allée de sa maison, sous les yeux de son fils.

— Vous êtes le fils de Bennett Allen, n'est-ce pas ?

— Oui. Après la mort de mon père, ma mère s'est remariée, et mon beau-père m'a adopté. J'ai pris son nom. En grandissant, il y a eu des moments où je suis presque parvenu à me persuader que tout ça n'avait été qu'un cauchemar, que ma mère et mon beau-père avaient déménagé au Texas pour le travail, pas pour éviter que les Swain me retrouvent et fassent en sorte que je ne puisse pas rapporter ce dont j'avais été témoin ce soir-là.

— Comment se fait-il que vous en soyez venu à infiltrer le clan Swain, dans ces conditions ? s'enquit Jim en caressant doucement les cheveux de Katie comme si c'était la chose la plus naturelle au monde.

Une boule noua l'estomac de Lacey. Comme ce serait difficile de séparer sa nièce de Jim lorsque le moment viendrait pour lui de s'en aller...

N'avait-il pas pensé, tandis qu'il lui débitait ses mensonges, que Katie risquait de s'attacher à lui plus que de raison et qu'il la ferait souffrir en la quittant ?

— Il y a quelques années, j'ai failli mourir dans une explosion. En fait, la plupart des gens ont cru que j'étais mort, de mes parents jusqu'à pratiquement tous mes collègues du FBI.

Scanlon jeta un coup d'œil à sa femme.

— Y compris mon équipière.

— C'est-à-dire : moi, précisa doucement Isabel.

— Isabel travaillait sur une affaire d'attentats à la bombe, et l'explosion qui a failli me tuer lui était destinée.

Isabel posa la main sur le bras de Lacey.

— Je sais ce que c'est que de voir un proche frappé par une agression qui vous visait, vous.

Lacey battit des paupières pour refouler ses larmes.

— Je suis heureuse que Ben ait survécu.

— Mais je ne l'ai su que bien plus tard, expliqua Isabel. Je me suis sentie atrocement coupable pendant très longtemps.

— Comme j'en avais réchappé, l'agent spécial en charge

de notre équipe et moi avons décidé que c'était l'occasion rêvée d'infiltrer sous couverture le clan Swain. Je me suis fait passer pour un vétéran blessé et désabusé, vivant de sa pension d'invalidité et cherchant un moyen de gagner beaucoup d'argent, rapidement.

Il regarda Isabel.

— Non seulement j'ai pu veiller à la sécurité d'Isabel mais c'est également ce qui m'a permis de me rappeler la vérité concernant le meurtre de mon père, cette nuit-là, et dont le souvenir s'était effacé de ma mémoire.

— Je n'arrive pas à voir ce qui, dans tout ça, vous convainc que ce n'est pas J.T. Swain qui a posé cette bombe, fit observer Jim.

— Comme je vous l'ai dit, j'ai guetté un signe qu'il ait repris du service au sein du clan. Mais il n'y en a jamais eu.

— Quel genre de bombe a tué votre sœur ? demanda Isabel.

— Je ne sais pas exactement. La police ne divulgue pas toutes ses informations.

Isabel hocha impatiemment la tête.

— OK, mais savez-vous au moins quel type de détonateur a été employé ?

— Oui, mais les enquêteurs ne veulent pas que cela s'ébruite.

— N'ayez crainte, dit fermement Ben.

— C'était un dispositif d'allumeur à bascule raccordé à une horloge. L'horloge permettait de régler l'allumeur, lequel déclenchait la bombe au moment où une pression s'exerçait sur la pédale d'accélérateur.

Ben et Isabel échangèrent un regard.

— Une idée de l'explosif utilisé ?

— C'est l'une des informations qu'a refusé de me communiquer la police dit Lacey, la gorge un peu nouée. Mais, à en juger par les dommages subis par la voiture, je pense que l'engin explosif devait être placé sous l'un des sièges avant. Il était destiné à tuer quiconque se trouvait dans l'habitacle au moment de l'explosion.

— Était-il chargé de balles d'obus ? demanda Isabel.

Lacey ferma les yeux, regrettant d'avoir mangé. Même si Katie dormait, elle baissa la voix.

— Oui, de billes d'acier et de vis.

— Ce n'est pas Swain, déclarèrent à l'unisson Ben et Isabel.

— Comment le savez-vous ? demanda Jim.

— La marque de fabrique de Swain, c'était un mélange d'aiguilles et de clous, répondit Isabel. Toutes leurs bombes étaient faites sur le même modèle.

— Je n'imagine pas Jamie fabriquant une bombe autrement, renchérit Ben.

Lacey se pencha en avant.

— Vous en êtes absolument sûr ?

— Autant qu'on peut l'être. C'était sa signature. En fabriquer une différemment aurait été un peu comme signer son œuvre du nom d'un autre pour un peintre.

— Ça s'est déjà vu, murmura Jim.

— Rien dans la vie n'est jamais certain à 100%, reprit Isabel. Mais je pense que Ben a raison.

— Dans ce cas, il redescend en dernière position dans ma liste, déclara Lacey, luttant contre un vif sentiment de déception.

Des trois suspects principaux, elle avait espéré que Swain serait le coupable. C'était un individu isolé, qui n'était pas riche et n'avait plus beaucoup d'alliés maintenant que la plupart des membres de sa famille croupissaient en prison ou s'étaient dispersés aux quatre vents. Même si la police n'avait jamais réussi à le coincer, une menace émanant de J.T. Swain aurait été plus facile à anticiper et à contrer.

Elle sentit la main de Jim effleurer son avant-bras, hésitante. Elle leva les yeux et le vit qui la fixait, préoccupé.

Dégageant son bras, elle regarda les Scanlon et se leva. Ils l'imitèrent.

— Merci infiniment de votre aide. Vous avez pris le temps de répondre à mes questions… J'apprécie beaucoup.

Ben lui serra la main.

— J'aurais bien voulu pouvoir vous aider davantage.

Lorsqu'ils prirent congé des Scanlon sur le parking, les

conditions météo commençaient à se dégrader. La neige qui menaçait depuis leur arrivée à Leesburg se mit à tomber, légèrement d'abord, puis de plus en plus dru, abaissant la visibilité au point que Lacey dut réduire sa vitesse jusqu'à rouler presque au pas, à dix kilomètres à l'ouest de Leesburg.

— On devrait peut-être faire une halte pour voir si la neige s'arrête de tomber, suggéra Jim en scrutant le mur de flocons blancs de l'autre côté du pare-brise.

Il n'était pas réellement inquiet, seulement très vigilant. Comme se devait de l'être tout garde du corps attentif, s'avisa Lacey.

— Je me sentirai plus en sécurité à la maison que garée ici, au bord de la route. Et il y fera beaucoup plus chaud.

Au fur et à mesure qu'ils s'éloignaient de Leesburg, la circulation se raréfiait, ce qui aurait dû la rassurer et faire qu'elle se sente plus en sécurité. Mais le rideau blanc qui les entourait de toutes parts la faisait se sentir étrangement vulnérable. Les cheveux commencèrent à se hérisser sur sa nuque.

Le regard rivé devant lui, Jim était penché en avant comme si cela pouvait l'aider à percer ce néant blanc et opaque.

— C'est un peu flippant, hein ? souligna-t-elle. On a l'impression d'être seuls, perdus au milieu de tout ce blanc.

— À ceci près que nous ne sommes pas seuls, gronda-t-il en se retournant sur son siège pour regarder par la lunette arrière.

Lacey jeta un coup d'œil au rétroviseur. Là, tout près, émergeant du brouillard de flocons de neige, elle reconnut la calandre désormais familière d'une Toyota Tacoma bleue.

12

— D'où diable peut-elle bien sortir ? demanda Lacey, la voix tendue, ramenant son regard sur la route, devant elle, et appuyant instinctivement sur l'accélérateur.

Jim se retourna de nouveau, espérant que la camionnette s'était laissé distancer. Mais elle était toujours dans la roue de l'Impala, si proche même qu'il parvenait presque à voir l'intérieur de l'habitacle, malgré la neige et le va-et-vient rapide des essuie-glaces sur le pare-brise.

Il scruta intensément la place du conducteur.

Lorsqu'il finit par distinguer une forme, il crut d'abord s'être trompé. Mais il dut bientôt se rendre à l'évidence : le conducteur de la camionnette bleue portait une cagoule.

Jim sortit son téléphone et composa le numéro abrégé de Quinn. Appeler la police d'État de Virginie n'aurait servi à rien. La seule faute dont s'était pour l'instant rendue coupable la camionnette, c'était de coller leur véhicule de trop près en pleine tempête de neige.

Son Glock était rangé dans son holster d'épaule, sous sa veste. Le poids de l'arme contre sa cage thoracique lui rappela qu'il n'était pas totalement démuni.

Impatiemment, il se plia à la comédie de la phrase code puis relata brièvement la situation à Quinn.

— Est-ce que c'est toi qui conduis ?

— Non, répondit Jim, jetant un regard à Lacey, les mains agrippées au volant.

— Mlle Miles connaît-elle les manœuvres d'évitement au volant ?

Jim répéta la question à haute voix à Lacey.

— J'ai suivi une formation avant de me rendre au Kaziristan il y a quelques années, mais je n'ai jamais eu à la mettre en pratique.

Elle regarda dans le rétroviseur, et il vit ses yeux s'écarquiller.

— Je rêve ou le conducteur porte une cagoule ?

— Vous ne rêvez pas.

Lacey étouffa un cri de détresse.

— Qu'est-ce que je dois faire ?

— Continuez à conduire normalement, lui enjoignit Jim. Prenez un peu de vitesse, mais gardez l'œil sur la route.

Parlant de nouveau dans le téléphone, il indiqua :

— Pour l'instant, le conducteur se contente de nous coller au train. Il n'a rien tenté.

— OK. Poursuivez votre route. Je vais voir si je peux vous envoyer quelqu'un pour vous escorter.

Jim voyait mal comment Quinn pourrait accomplir pareil prodige, mais son patron avait démontré à plus d'une reprise qu'il pouvait dénouer les situations les plus compliquées.

— Je te tiens au courant, lui dit-il avant de raccrocher et de se retourner sur son siège.

La calandre de la camionnette semblait s'être encore rapprochée de l'arrière de l'Impala, tel un monstre s'apprêtant à dévorer tout crus le véhicule et ses occupants.

Son regard se porta sur le siège-auto où Katie dormait toujours paisiblement, inconsciente du danger qui, en quelques secondes, venait de pénétrer son univers. Un élan protecteur le submergea, lui donnant presque le vertige avant que sa vision se clarifie d'un coup et qu'une détermination sans faille s'empare de lui.

Il protégerait Katie et Lacey quoi qu'il advienne, dût-il y laisser sa vie.

Un mouvement, de l'autre côté de la lunette arrière, lui fit quitter des yeux le doux visage endormi de Katie. La camionnette se déportait sur la droite, son aile avant gauche se plaçant à la hauteur de l'arrière de l'Impala.

— Attention, il serre la voiture ! cria Jim, se tournant pour se préparer à la collision.

La camionnette heurta l'arrière de l'Impala, l'envoyant tournoyer sur la chaussée enneigée. L'épaule de Jim cogna la portière, mais il réussit à se protéger la tête en dépit des secousses qu'imprimait la rapide rotation de la voiture à ses occupants. Puis l'Impala partit en glissade sur la neige en direction du fossé. Au lieu de contrebraquer brutalement, Lacey fit ce qu'il fallait. Elle accompagna le mouvement et réussit à redresser la trajectoire juste à temps. La voiture s'arrêta à quelques centimètres du fossé.

La camionnette bleue les dépassa et disparut, avalée par le brouillard blanc.

Pendant un long moment, seuls le ronronnement du moteur et le bruit régulier des essuie-glaces emplirent l'habitacle. Puis un long gémissement effrayé s'éleva depuis la banquette arrière. Le cœur de Jim sauta un battement.

Il se retourna et vit Katie, toujours attachée dans son siège, son petit visage fripé par les pleurs.

— Tout va bien, ma puce, tout va bien, la rassura-t-il en promenant son regard sur elle pour s'assurer qu'elle n'était pas blessée.

Dieu merci, elle était indemne, simplement secouée par les à-coups de la voiture partie en vrille sous l'effet du choc.

— Vous êtes sûr qu'elle n'a rien ? demanda la voix de Lacey, incertaine, à côté de lui.

Il la regarda. Elle semblait ébranlée et effrayée, mais elle ne paraissait pas blessée, elle non plus.

— Oui. Et vous ? Ça va ?

Elle porta une main à sa tête.

— Oui... Je me suis seulement cogné la tête quand il nous a percutés, mais ce n'est rien — juste une contusion. Il faut que je range la voiture sur le bas-côté avant qu'un véhicule nous emboutisse.

Jim regarda la route, se demandant si la camionnette bleue les attendait plus loin.

— Oui, bonne idée.

Lacey manœuvra pour se garer correctement et déclencha les feux de détresse. Comme Jim, elle scruta le voile blanc dans lequel se perdait la route.

— Vous croyez qu'il est encore là, en embuscade ?

— C'est possible. On ne bouge pas d'ici. J'appelle la police.

Il composa le 911 et indiqua à l'opérateur ce qui venait de leur arriver ainsi que l'endroit où ils se trouvaient.

— Le véhicule qui a percuté le vôtre est-il encore en vue ? demanda l'opérateur.

— Non, mais il neige, et la visibilité est très mauvaise. Il pourrait très bien encore être là.

— Restez où vous êtes. J'envoie une voiture de patrouille immédiatement. Y a-t-il des blessés parmi les passagers ?

— Non, nous allons bien, répondit Jim.

Même Katie avait cessé de pleurer. Hormis quelques reniflements de loin en loin, elle restait silencieuse, sanglée dans son siège.

— Vous croyez qu'il voulait qu'on ait un accident ? demanda Lacey au bout de quelques instants. C'est bizarre... Il a vu que la voiture n'avait pas basculé ni fait de tonneaux mais il n'est pas revenu.

— Je n'en sais rien, avoua Jim. Peut-être a-t-il été surpris que vous ne soyez pas seule.

— Alors, il aurait pu simplement doubler et retenter sa chance plus tard.

— Peut-être que l'occasion était trop tentante pour la laisser passer.

Jim se pencha pour poser la main sur la sienne, toujours sur le volant.

— La police va arriver. Et nous sommes sains et saufs.

— Vous avez votre arme ? demanda-t-elle calmement sans chercher à dégager sa main.

— Oui.

Il vit un muscle jouer sous la peau de sa mâchoire.

— Tant mieux.

Quelques minutes plus tard, des lumières bleues transpercèrent la brume blanche, et une Ford Taurus Police Interceptor portant le logo de la police de Virginie apparut. La voiture de patrouille se rangea derrière l'Impala, et un grand policier noir en sortit, la tête coiffée d'un chapeau de cow-boy, avec une veste bleu marine surmontant son uniforme gris. Il s'avança prudemment vers la voiture.

Il s'informa de leur identité, demanda leurs permis de conduire et retourna à sa voiture pour procéder aux contrôles de routine. Revenant vers eux, il se pencha pour parler à Lacey par la vitre ouverte.

— Si vous croyez que votre véhicule peut encore rouler et que vous vous sentez en état de conduire, je vais vous escorter jusqu'à votre domicile pour être sûr que la fin de votre trajet se déroule sans encombre.

Jim contempla le policier sans cacher sa surprise.

— Une escorte personnelle pour tout le restant du trajet ?

Le policier répondit à son air perplexe par une expression solennelle.

— Nous n'aimons pas voir des gens assassinés dans notre État. Nous sommes tous désolés pour le drame qui vous a frappée, mademoiselle Miles. Nous tenons à nous assurer que rien d'autre ne puisse vous arriver, c'est pourquoi je vais vous raccompagner moi-même jusque chez vous.

Jim échangea un regard avec Lacey puis elle adressa un sourire empli de gratitude à l'agent de police.

— Je vous remercie.

Le parcours prit néanmoins plus longtemps qu'il n'aurait dû, la neige continuant à tomber à gros flocons, mais — enfin ! — ils bifurquèrent dans l'allée qui menait à la ferme. À la surprise de Jim, le policier les suivit jusque devant la maison et se gara derrière eux.

— Par mesure de précaution, je me suis dit qu'il valait mieux que je jette un coup d'œil dans la maison, histoire de m'assurer que personne ne s'est introduit chez vous en votre absence, proposa le policier dont le badge indiquait qu'il s'appelait Epps, coupant l'herbe sous le pied de Jim qui s'apprêtait à suggérer la même chose. Attendez dans la voiture que j'aie terminé.

— Non, nous venons avec vous, dit Lacey.

Epps s'était montré extrêmement serviable, mais Jim n'entendait pas lui déléguer la mission de protection qui lui incombait, si aimable et obligeant soit-il.

Le policier fit le tour du rez-de-chaussée, constatant rapidement qu'il n'y avait personne.

— Je vais jeter un coup d'œil à l'étage, annonça-t-il.

— Jim va vous conduire, répondit Lacey, Katie dans les bras.

La petite fille observait le grand policier avec un mélange de timidité et de curiosité, mais elle commençait à montrer des signes de surexcitation, ce qui, chez elle, se traduisait le plus souvent par des caprices.

— Je vais coucher Katie pour qu'elle achève sa sieste.

Jim les abandonna toutes les deux à regret et rejoignit Epps devant l'escalier. Sur le palier, le policier coula un regard interrogateur en direction de Jim lorsqu'il se trouva devant la porte verrouillée.

— C'est le bureau de Mlle Miles. Elle travaille de chez elle en ce moment, et comme ses reportages font souvent état d'informations sensibles...

— Je comprends, dit Epps, l'air peu convaincu par l'explication de Jim, mais décidant apparemment que cela ne le regardait pas. Je ne sais pas si vos dépositions seront d'un grand secours, comme vous n'avez pas pu voir le numéro d'immatriculation, mais je pense que vous devriez porter plainte, pour le cas où nous réussirions à retrouver le véhicule.

— Entendu, acquiesça Jim.

Quand ils redescendirent, Epps les écouta tour à tour relater ce dont ils se souvenaient des faits.

— Une cagoule ?

Les sourcils sombres du policier s'arquèrent lorsque Jim décrivit ce qu'il avait vu du conducteur.

— Je sais, ça paraît bizarre.

— En effet, mais le mot « bizarre » est très relatif étant donné que quelqu'un a déjà essayé de vous faire sauter en plaçant une bombe dans votre voiture.

Epps acheva son rapport et fit signer sa déclaration à Jim.

— Je vous tiendrai au courant.

Jim verrouilla la porte d'entrée derrière lui et se dirigea vers la chambre de Katie, où il trouva Lacey berçant doucement sa nièce dans le fauteuil à bascule. Katie s'était endormie, mais Lacey ne semblait pas pressée de la coucher dans son lit à barreaux.

— Ce n'était pas la même camionnette, il me semble, dit-elle lorsque Jim s'encadra dans l'ouverture de la porte.

— Je ne crois pas, reconnut-il. Ça m'est apparu pendant que je décrivais la manœuvre que le chauffeur a faite pour nous envoyer dans le décor. La camionnette de la vidéo avait une éraflure sur l'aile avant, côté conducteur. Celle d'aujourd'hui, non.

Lacey laissa échapper un petit rire acerbe.

— Elle doit en avoir une maintenant. Je me demande ce que signifie le fait que ce ne soit pas le même véhicule. Vous avez une idée ?

— Peut-être que c'est le même chauffeur, mais qu'il a acheté un nouveau véhicule.

— Identique au précédent ? C'est peu probable. C'est peut-être une personne différente qui veut nous faire croire qu'il s'agissait de la même camionnette que celle qui me filait.

Jim tira la couverture piquée vers le fauteuil de Lacey. Le repose-pieds était bien trop bas pour ses longues jambes, mais il s'y assit quand même et regarda Lacey et la petite fille endormie, le cœur battant la chamade à l'idée qu'il avait failli les perdre toutes les deux.

— Quel intérêt aurait-il eu à faire ça ? demanda-t-il doucement, incapable de s'empêcher d'effleurer du pouce la courbe veloutée de la joue de Katie.

— Je ne sais pas trop, admit Lacey. Peut-être nous aiguiller sur une fausse piste.

Il laissa retomber la main.

— Afin que nous ne voyions pas d'où vient le vrai danger ?

— Qui sait ? dit Lacey, ses doigts suivant le même parcours que le pouce de Jim sur la joue rebondie de Katie. Cependant, il y a une question plus pertinente...

Il regarda ses doigts effilés se promener sur la peau de Katie, regrettant qu'elle ne pose pas la main sur lui avec la même tendresse.

Même s'il n'aspirait pas seulement à de la tendresse de sa part... Tant s'en fallait.

Mais il avait gâché ses chances. Il était temps de l'accepter.

— Quelle question ? demanda-t-il comme Lacey ne poursuivait pas.

— Je n'ai pas parlé à beaucoup de monde de la camionnette, déclara-t-elle calmement. Il y a vous, bien sûr, mais je ne pense pas que vous feriez quoi que ce soit qui puisse mettre Katie — ou moi — en danger.

— Seigneur, bien sûr que non !

— Votre patron, mais je n'y crois pas non plus. L'inspecteur Bolling de la police du comté d'Arlington et l'inspecteur Miller de celle de Washington D.C. Tous deux sont au courant. Personne d'autre.

— Et ce policier, de Frederick ? Vous aviez repéré la camionnette derrière vous sur la route, ce jour-là. Vous ne lui en avez pas parlé ?

— Non. J'en suis sûre parce que je me suis fait la réflexion par la suite que j'avais peut-être eu tort d'omettre de la mentionner.

— Donc, notre homme serait un... policier ?

— Ou quelqu'un qui aurait obtenu l'information de la police.

Jim fronça les sourcils, se disant que protéger Lacey et Katie était déjà suffisamment compliqué sans qu'il ait en plus à se méfier de la police.

— Vous savez, cela ressemble bien au genre de chose que les Whittier sont capables de faire, ajouta Lacey. Peut-être que leur but est de me faire peur, de multiplier les menaces pour que je n'aille pas mettre mon nez dans leurs affaires.

— Il est certain que ça ne ressemble pas à Al-Adar, lui accorda Jim. En comparaison d'une voiture piégée, ce qu'a fait la camionnette semble plutôt anodin.

— S'il avait réussi à nous envoyer dans le décor, ça aurait pu être beaucoup plus grave. Nous aurions tous pu être tués.

— Je sais. Je ne dis pas que ce n'était pas dangereux. Mais l'issue était incertaine, alors que dans le cas de l'explosion d'une voiture…

Il fronça les sourcils, passant mentalement en revue toutes les possibilités.

— En y réfléchissant bien, rien de ce qui est arrivé depuis l'attentat à la bombe n'est comparable en termes de gravité… L'agression, à Frederick, la camionnette bleue qui vous a suivie à Washington…

— Vous oubliez l'assassinat de Ken Calvert, rappela Lacey.

— *Si* sa mort est en lien avec ce qui vous arrive, ce qui n'est pas établi, souligna Jim. Pour ce que nous en savons, ce pourrait être une agression qui aurait tourné au drame.

— Ce serait une sacrée coïncidence.

— Mais les coïncidences existent.

Lacey se leva du fauteuil à bascule, entraînant la couverture avec elle, et alla déposer Katie dans son lit à barreaux avec mille précautions. Se retournant vers Jim, elle porta un doigt à ses lèvres et se dirigea vers la porte, lui faisant signe de la suivre.

Ils se retrouvèrent dans la cuisine, assis de part et d'autre de la table. Dehors, un crépuscule artificiel était tombé tant le ciel était gris et bas, chargé de neige, et leurs images se reflétaient dans les vitres.

— Peut-être qu'on n'aborde pas la situation sous le bon angle, reprit Lacey, le menton calé sur sa paume, tout en contemplant pensivement Jim, en face d'elle.

— Comment cela ?

— Nous sommes partis de l'hypothèse qu'une seule personne m'en voulait. Mais j'ai identifié trois suspects.

— Dont l'un est éliminé de façon presque certaine, après notre entrevue avec les Scanlon.

— Il en reste deux, avec chacun une bonne raison de vouloir se débarrasser de moi.

Lacey se leva et se dirigea vers la cafetière, sur le comptoir. Après une brève hésitation, elle ouvrit une porte de placard, sortit les filtres et prépara du café.

Jim la regardait faire, se rendant compte qu'elle était de ces gens qui réfléchissaient mieux lorsqu'ils s'affairaient. Il voyait presque tourner les rouages dans son esprit en même temps que s'activaient ses mains.

— Je pense que le conducteur de la camionnette bleue initiale, celui qu'on voit sur la vidéo de la scène de crime et qui m'a ensuite suivie jusqu'à Frederick et à Washington, l'a fait avec une intention bien arrêtée. Le chauffeur de la camionnette d'aujourd'hui avait autre chose en tête.

Elle versa de l'eau dans la cafetière et se tourna vers lui tandis que le café passait, avec l'air d'avoir perdu le fil de ses pensées maintenant que ses mains n'étaient plus occupées.

— Je suis d'accord, dit-il, se levant pour la rejoindre près du plan de travail. Vous avez faim ? Je mangerais bien un morceau.

— Je m'en charge, répondit-elle rapidement, se dirigeant déjà vers le réfrigérateur. Du fromage et des fruits ?

— Parfait.

Il ouvrit une porte de placard et sortit deux tasses pour le café.

— J'ai réfléchi aux suspects mentionnés sur votre liste. Les plus susceptibles d'avoir eu accès aux informations de la police et d'utiliser une camionnette bleue identique à celle qui vous a suivie sont de toute évidence les Whittier.

Elle avait posé sur le comptoir deux pommes, deux poires et des oranges.

— Ils n'auraient pas eu de mal à trouver une camionnette bleue, c'est certain, convint-elle en se mettant à laver les fruits. Mais cela signifierait également que ce ne sont pas eux les responsables de l'attentat à la bombe, non ?

— À cause de la désescalade des agressions ?

— Exactement. La première était une bombe qui m'aurait tuée à coup sûr si j'étais montée dans ma voiture ce soir-là.

Il nota que ses mains tremblaient légèrement tandis qu'elle sortait un torchon propre d'un tiroir et y déposait les fruits mouillés.

— Mais les suivantes semblent plutôt avoir été destinées à m'intimider. Comme l'attaque à Frederick... Cet homme aurait pu me tirer dessus, mais il ne l'a pas fait.

— Peut-être que la camionnette bleue n'avait rien à voir avec lui, en fin de compte.

Elle sortit un morceau de fromage du bac à légumes du réfrigérateur, le posa sur le comptoir et se mit à le trancher.

— Possible.

Elle posa subitement son couteau et se retourna vers lui.

— Mais si c'est le type de la camionnette bleue qui a posé la bombe et tué Marianne et Toby, pourquoi n'a-t-il pas commis une autre vraie tentative de meurtre contre moi ?

13

— Comment vous êtes-vous procuré ces billets ? demanda Lacey en regardant avec scepticisme les billets de train que Jim avait déposés sur la table de la cuisine, au petit déjeuner, le lendemain matin.

— Quinn les a fait porter hier soir. Vous dormiez déjà.

Elle fronça les sourcils.

— Pourquoi pense-t-il que nous devons nous rendre dans le Connecticut ?

Jim s'assit à côté de la chaise haute de Katie et récupéra un morceau d'orange qui avait échappé à la petite fille et atterri sur la table.

— À défaut d'autre chose, ça permettra au moins de changer le paradigme.

— Ce qui signifie, en clair ?

Lacey se pencha pour examiner ce qui était inscrit sur les billets et releva la tête, les yeux écarquillés.

— Jim, ce train est à 7 heures, demain matin !

— Je sais. Il faut qu'on prépare nos bagages.

Un vent de révolte souffla en elle. Tout cela allait trop vite, et personne ne lui avait demandé son avis ! Un dénommé Alexander Quinn avait décrété qu'un voyage dans le Connecticut pour rencontrer les insaisissables frères Whittier était de mise, et vlan ! elle se retrouvait avec en main deux billets de train pour Stamford, ville côtière la plus proche de la propriété familiale des Whittier.

— Il faut que j'y réfléchisse, Jim.

— Je sais que je vous annonce ça de but en blanc, mais je crois que Quinn a raison. Nous sommes là, comme des cibles vivantes, à attendre que quelque chose se produise, passifs et impuissants.

Il tendit le bras et posa la main sur la sienne. Son contact chaud lui fit l'effet d'un choc électrique. C'était psychologique, bien sûr, mais ses doigts se mirent à fourmiller comme si elle avait réellement reçu une décharge.

— Ça n'est pas dans mon caractère. Et je pense que ça n'est pas dans le vôtre non plus, ajouta-t-il.

Elle eut envie de protester mais, sur ce point, au moins, il avait raison. C'était une fonceuse ; elle avait le goût du risque et mettait le paquet quand elle entreprenait quelque chose. Elle était du genre à provoquer les choses, pas à attendre qu'elles lui tombent dessus.

— Comment sommes-nous censés convaincre les Whittier de nous parler ?

— Quinn y travaille.

— Donc, on part là-bas comme ça, sans même avoir un plan ?

— Ça vaut toujours mieux que de rester ici, à nous tourner les pouces.

— Et Katie ?

Elle s'obligea à retirer la main de sa douce et chaude emprise. Elle se laissait aller à une trop grande proximité de nouveau. Ce n'était pas raisonnable... et dangereux.

— Vous vous souvenez de la famille pour laquelle j'ai travaillé, les Beckett ? Ils ont accepté de venir ici s'occuper de Katie pendant deux jours. Ils ont une fille de six ans, Samantha, qui sera ravie de s'amuser avec elle.

— Je ne connais pas ces gens.

— Mais moi, si.

Il se pencha en avant, capturant son regard.

— Je ne ferais rien qui risquerait de nuire à Katie. Je sais bien que vous ne m'accordez plus votre confiance, mais tout de même... Au moins sur ce plan-là, vous savez que vous pouvez vous fier à moi.

Son regard était toujours fixé sur elle, brûlant de vérité. Peut-être avait-il menti sur son identité et sur la raison pour laquelle il était ici, à la ferme, avec elle et Katie, mais elle avait la conviction absolue qu'il les aurait défendues, Katie et elle, dût-il y laisser sa vie.

— Oui... Je sais que vous ne mettriez pas Katie en danger, reconnut-elle d'une voix douce.

— Cade Becket est un ancien membre des SEAL, le corps d'élite des forces spéciales de la marine qui collectionne plus de médailles et d'éloges que vous ne pourriez en accrocher sur le mur de votre bureau, à l'étage. Sa femme, Julie, était agent spécial du FBI avant de quitter son poste pour travailler comme consultante pour le Bureau d'Investigation du Kentucky afin de pouvoir consacrer plus de temps à sa fille.

— Et ils ne voient pas d'inconvénient à tout plaquer pour venir garder Katie ?

— Cade travaille pour Campbell Cove Security maintenant. Venir ici fait en quelque sorte partie de son travail. Quant à Julie, elle travaille à distance par ordinateur, donc se déplacer ne lui pose pas problème. Et comme c'est elle qui fait la classe à sa fille...

Elle le scruta, les yeux plissés.

— Vous avez tout organisé, en fait ?

— Ce n'est pas moi qui ai eu cette idee, c'est Quinn. Mais plus j'y pense, plus elle me plaît. Je ne suis pas sûr que ce soit bon pour Katie de rester calfeutrée ici avec nous pour unique compagnie. Avoir une camarade de jeu pendant deux jours pourrait lui être bénéfique.

— Et, pendant ce temps-là, nous irons nous planter devant les grilles de la propriété Whittier pour crier : « Hé ho ! Nous sommes là. Nous souhaitons vous parler ! »

— Je ne pense pas que ça se passera exactement de cette façon, protesta Jim.

— Pas exactement, mais presque, assena-t-elle en attrapant

machinalement une serviette pour essuyer le jus d'orange sur les doigts de Katie avant que la petite fille se frotte les yeux.

Curieux, songea-t-elle tout à coup, comme la transition entre sa situation de tante célibataire totalement désemparée et celle de figure maternelle expérimentée semblait s'être opérée sans même qu'elle s'en rende compte, tout naturellement.

Elle n'était pas la mère de Katie. Elle ne le serait jamais — pas vraiment. Elle veillerait toujours à ce que sa nièce sache tout de Marianne et de Toby et n'oublie jamais ses vrais parents. Mais, dans les faits, c'était bel et bien elle, Lacey, qui incarnait désormais la figure maternelle pour Katie, et cela s'était passé qu'elle en ait conscience.

Une envie de pleurer l'étreignit tout à coup. Elle se leva subitement, se dirigea vers la fenêtre qui se trouvait au-dessus de l'évier et regarda la cour enneigée, s'efforçant de refouler ses larmes.

Derrière elle, elle entendit Jim prendre le relais, sortir Katie de sa chaise haute et nettoyer les vestiges de son petit déjeuner composé de céréales et de morceaux d'orange. Lorsqu'elle se fut ressaisie, elle se retourna et le regarda enlever le reste de jus d'orange sur les doigts collants de Katie avec un linge humide et poser la petite fille par terre.

— Je vais l'emmener dehors construire un nouveau bonhomme de neige, déclara calmement Jim, faisant mine de n'avoir pas remarqué l'émotion qui s'était emparée d'elle. J'ai laissé le numéro de téléphone des Beckett sur la table du salon pour le cas où vous n'auriez pas conservé mon CV. Si vous voulez les appeler…

— Merci.

Il haussa les épaules comme pour signifier que ce n'était rien du tout et sortit de la cuisine avec Katie.

Elle alla chercher le numéro et le composa. Elle avait déjà parlé à Cade Beckett lorsqu'elle avait appelé pour vérifier les références de Jim mais, cette fois, ce fut une femme qui décrocha. En arrière-plan, elle entendit le rire d'une petite fille.

— Madame Beckett ? C'est Lacey Miles à l'appareil. Jim Mercer travaille pour moi comme garde d'enfants.

Entre autres.

— Oh ! bien sûr ! Il nous a prévenus de votre appel.

La voix de Julie Beckett était basse et chaude, avec une légère inflexion du Midwest.

— Il vous a parlé de la suggestion d'Alexander Quinn, je présume ?

— Oui, mais j'avoue que j'ai du mal à comprendre pourquoi vous accepteriez de nous rendre ce service.

— C'est simple. Jim nous a expliqué votre situation. Je suis vraiment désolée pour la perte que vous avez subie.

Des larmes inattendues piquèrent les yeux de Lacey. Julie Beckett avait l'air sincèrement navrée.

— Je vous remercie.

— Quinn nous a dit que Jim et vous deviez vous absenter pour suivre une piste et que vous aviez besoin de quelqu'un pour garder votre nièce.

— Oui. Katie a deux ans — l'âge où les enfants exigent beaucoup d'attention. Et je ne veux pas courir le risque de la mettre davantage en danger.

— Je comprends tout à fait.

La voix de Julie s'était adoucie, comme si elle avait senti depuis l'autre bout de la ligne la soudaine vulnérabilité de Lacey.

— Je peux vous fournir des références, si vous voulez. Concernant mon travail au FBI, du moins.

— Quelle division ?

— Louisville, les cinq dernières années. Auparavant, j'ai été affectée à divers bureaux.

Lacey connaissait un agent au bureau de Louisville. Elle l'appellerait dans la matinée.

— D'accord. Quand pourrez-vous être ici ?

— Il faut compter environ sept heures de trajet, donc nous pensons nous mettre en route aujourd'hui. Voulez-vous que nous apportions des matelas gonflables ? Samantha adore le camping, donc ce ne serait pas un problème.

— Non, c'est une grande maison, avec six chambres. Je vais vous préparer deux chambres.

Était-elle réellement en train d'accepter de recevoir des étrangers chez elle pour garder sa nièce ?

Oui, répondit une petite voix insidieuse dans sa tête. *Parce que ce sont des amis de Jim et qu'il a confiance en eux.*

— Ce sera un plaisir de vous rencontrer. J'aime beaucoup vos reportages, et Jim ne tarit pas d'éloges sur vous.

— Il m'a également beaucoup parlé de vous, répondit-elle. Je vais aller faire quelques courses pour que vous ne manquiez de rien. Y a-t-il des aliments auxquels l'un de vous soit allergique ?

— Non, ne vous inquiétez pas, nous mangerons ce qu'il y aura, répondit en riant Julie.

Elles évoquèrent encore quelques modalités d'organisation avant de raccrocher et, en dépit des réticences qu'elle avait d'abord montrées, Lacey commença à se dire, comme Jim, que la venue des Beckett à la ferme était peut-être une vraie bonne idée.

Quand Cade et Julie Beckett arrivèrent avec leur fille, Lacey et Jim avaient préparé les lits, aéré deux chambres d'invités, et Jim avait eu le temps de se rendre en ville pour faire les courses.

Jim se réjouissait de revoir les Beckett et la petite Samantha. Il avait remplacé la nourrice qui s'occupait de leur petite fille quand elle s'était mariée et en était peu à peu venu à avoir l'impression de faire partie de la famille. Certes, il avait compris la décision de Julie de travailler depuis son domicile afin de pouvoir être auprès de sa fille, mais il ne lui en avait pas moins coûté de devoir chercher un autre emploi.

— Quand j'ai quitté le corps des marines, confessa-t-il à Lacey pendant le déjeuner. Je me suis retrouvé un peu… déboussolé. Je m'étais engagé dans les marines, pour y mener une vie aventureuse, à l'opposé de ce que je connaissais au sein de ma tribu familiale très soudée, et je pense que c'était ce dont j'avais besoin à ce moment-là. Mais, au bout de quelques années, j'ai compris que je ne serais pas heureux si je continuais. La vie de famille me manquait. Évidemment, mon frère et mes sœurs sont tous adultes aujourd'hui et, bien que nous soyons restés tous proches les uns des autres, ce n'est plus la même chose...

— Alors, vous vous êtes dit que vous occuper d'enfants pourrait vous aider à retrouver ce lien privilégié que vous aviez perdu ? suggéra Lacey en l'observant par-dessus le bord de sa tasse de ses yeux gris acérés comme si elle essayait de lire les émotions qui s'embusquaient derrière ses paroles.

C'était une sensation un peu déstabilisante mais, en même temps, étrangement bienvenue... Car sa curiosité donnait à penser qu'elle avait envie de le comprendre.

Peut-être était-ce bon signe. Si elle s'intéressait à ce qu'il éprouvait, peut-être finirait-elle par lui pardonner ses mensonges par omission.

— Plus ou moins. En tout cas, ça m'a permis de me rendre compte que ce que j'avais cherché à fuir en entrant dans les marines était en réalité la vie à laquelle j'aspirais réellement. Une maison. Une femme, des enfants, un chien dans la cour et, peut-être, un ou deux chats.

Les lèvres de Lacey s'étirèrent en un vrai sourire, tel qu'il ne lui en avait plus vu depuis ce qui lui semblait une éternité.

— En un mot, le bonheur domestique ?

— Un sentiment d'appartenance, surtout. Le sentiment d'avoir des racines quelque part, même si j'ai passé des années à bourlinguer.

Un scintillement suspect se mit à luire dans les yeux de Lacey, et elle battit plusieurs fois furieusement des paupières. Son regard s'arrêta sur sa nièce.

— C'est ce que je ressens, avec Katie, désormais.

En entendant son nom, la petite fille leva les yeux et sourit tout en mâchonnant son morceau de fromage, ce qui fit éclater de rire Lacey.

— Je sais, dit-il en posant la main sur la sienne.

Elle n'eut pas de mouvement de recul. Il y avait du progrès.

— Julie et Cade prendront bien soin d'elle. Ils sont tous

deux entraînés à gérer des situations dangereuses. Elle ne pourrait pas être en meilleures mains. Et elle adorera jouer avec Samantha.

— Mantha ! répéta Katie avec un large sourire.

Jim et Lacey l'avaient préparée à l'arrivée de leurs visiteurs, et elle les attendait avec presque autant d'impatience que Jim.

Le téléphone sonna comme ils nettoyaient la cuisine. C'était l'inspecteur Miller, de la police de Washington.

— J'ai pensé que vous aimeriez savoir... Nous avons procédé à une arrestation pour le meurtre de Ken Calvert.

Lacey agrippa le combiné tandis que son regard cherchait celui de Jim.

— Qui l'a tué ?

— Son ex-femme. Elle a avoué il y a une heure avoir engagé quelqu'un pour l'éliminer. Ils étaient en conflit au sujet de la garde de leurs deux enfants. Mme Calvert a apparemment estimé qu'il était plus simple de se débarrasser de lui que de parvenir à un accord.

— Mon Dieu ! C'est affreux.

— Oui... C'est beau, l'amour, n'est-ce pas ?

À son ton désabusé, il était clair qu'il avait dû voir plus que son lot de crimes insensés au cours de sa carrière de policier.

— Merci d'avoir appelé, dit-elle avant de raccrocher et de se tourner vers Jim. Eh bien, il semblerait que le meurtre de Ken Calvert ait bel et bien été une coïncidence. Son ex-femme a payé quelqu'un pour le tuer. Elle vient de passer aux aveux.

— Comme le disait mon père, il faut toujours s'intéresser en priorité au conjoint, déclara Jim en pliant en deux le torchon avec lequel il venait d'essuyer la table et en le posant sur le bord du comptoir. Au moins voilà une question résolue.

— Oui... Mais quelle tristesse, pour Ken et pour ces deux pauvres enfants !

Lacey regarda Katie qui, assise dans un coin de la cuisine, s'efforçait d'enlever le capuchon de son gobelet.

— Je ne saurai jamais ce qu'il voulait me communiquer, reprit-elle en soupirant. Peut-être que c'était important...

Jim posa une main réconfortante sur son épaule.

— Nous le découvrirons autrement.

Les Beckett arrivèrent à 4 heures de l'après-midi, fatigués de leur voyage mais souriants lorsque Jim vint leur ouvrir la porte. Après les embrassades des retrouvailles, Jim les présenta à Lacey et Katie.

Julie était grande et mince, avec des cheveux noirs et luisants, aux épaules, et des yeux couleur café. Elle avait le sourire facile et s'exprimait avec un léger accent du Midwest. Son mari, Cade, était grand, lui aussi, athlétique et calme, avec des yeux bleus pénétrants et des cheveux roux coupés en brosse qui lui donnaient l'air de sortir tout droit d'un camp d'entraînement de l'armée.

Ainsi que Jim l'avait prévu, Samantha et Katie s'entendirent tout de suite bien et elles ne tardèrent pas à sortir, sous la surveillance de Cade, pour jouer dans la neige.

Julie accepta une tasse de chocolat chaud et demanda, en s'asseyant à la table de la cuisine :

— Y a-t-il eu du nouveau pendant que nous étions sur la route ?

— Non, nous nous sommes simplement occupés des derniers détails, dit Jim en jetant un coup d'œil à Lacey.

Elle soutint calmement son regard, mais il voyait presque les rouages tourner derrière ses yeux. C'était comme ça qu'elle devait être lorsqu'elle flairait un nouveau sujet de reportage... Excitée et tendue à la fois, mais totalement maîtresse d'elle-même et d'un sang-froid inébranlable.

— Je connais quelqu'un à Stamford, dit Julie d'un ton dégagé dont Jim savait qu'il était tout sauf cela. Il s'appelle Mickey Grimes et il était du FBI. Il l'a quitté depuis quelques années, mais si quelqu'un peut vous décrocher un rendez-vous avec l'un des frères Whittier, c'est bien lui.

Comme si elle avait deviné les non-dits derrière les paroles de Julie, Lacey demanda :

— Il l'a quitté... pour quelle raison ?

— Disons qu'on l'a encouragé à prendre une retraite

anticipée, répondit Julie avec un bref haussement d'épaules. Il n'est pas totalement irréprochable, mais ce n'est pas non plus un monstre. Il s'occupe de la sécurité de Justin Whittier depuis deux ans. Il est loyal envers lui, mais sa loyauté n'irait pas jusqu'à couvrir un meurtre.

— Vous en êtes sûre ?

— Oui.

Julie but une longue gorgée de chocolat, comme si elle soupesait soigneusement les mots qu'elle allait formuler.

— Je sais que vous pensez que personne n'ose toucher aux Whittier, mais à l'époque où j'ai quitté le Bureau le FBI enquêtait sur eux. Il y a des choses qu'il m'est interdit de révéler, mais je peux vous dire ceci : des deux frères, Carson est celui qu'il faut avoir à l'œil. Justin a des secrets, mais ils sont de nature privée, pas criminelle. Et, d'après ce que Mickey a laissé entendre la dernière fois que nous nous sommes vus, je pense que Justin en a peut-être un peu assez d'être systématiquement associé à tous les... accrocs qui jalonnent le parcours de son frère.

— Donc, si Mickey peut arranger une rencontre avec Justin Whittier..., commença Jim.

— Celui-ci sera peut-être disposé à vous dire si les menaces qui pèsent contre vous viennent de sa famille... Histoire de se libérer d'un poids.

Julie reposa sa tasse sur la table.

— Je ferais mieux d'aller voir où en est la bande, déclara-t-elle avec un sourire enjoué qui contrastait avec le sérieux de la conversation qu'ils venaient d'avoir.

Elle tapota affectueusement l'épaule de Jim et alla chercher son manteau dans le vestibule.

— Je l'aime bien, déclara sans détour Lacey.

— Je savais qu'elle vous plairait, commenta Jim en empilant les tasses et en les mettant dans le lave-vaisselle. Elle avait de l'ambition et était promise à un bel avenir au FBI. Elle me fait penser à vous.

— C'est comme ça que vous me voyez ? releva Lacey en lui jetant un regard songeur. Une arriviste obsédée par la réussite ?

— N'est-ce pas ce que vous êtes ? Une personne ambitieuse qui s'est construit une remarquable carrière professionnelle ? répliqua-t-il en se calant les hanches contre le plan de travail, les bras croisés, le regard braqué sur elle. Ce n'est pas une critique.

— Julie a tourné le dos à cette vie-là pour être avec sa fille.

— C'est vrai.

— Dans ma chaîne de télévision, tout le monde tomberait des nues si j'agissais de cette façon pour Katie, vous savez.

Elle se leva et alla se poster à côté de lui, devant la fenêtre qui surplombait l'évier. Elle ne le touchait pas, mais était suffisamment proche pour qu'il sente la chaleur de son corps. Elle regarda la cour, où les Beckett et Katie finissaient de faire un petit bonhomme de neige à l'air un peu penché. Ils avaient ramassé presque toute la neige restante de la cour pour cela, mais ils y étaient parvenus, et Katie semblait aux anges.

— Ils sont surpris que je n'aie pas encore repris le travail, si vous voulez savoir la vérité. Je l'entends dans leurs voix quand j'appelle le bureau pour prendre mes messages. Ils sont troublés et se demandent s'ils ont bien fait de miser sur moi.

— Vous êtes prête à y retourner ?

Elle secoua la tête.

— Pas encore. Je croyais devenir folle au bout de la première semaine, mais il s'est avéré que c'était beaucoup plus supportable que je ne l'avais imaginé. Il est vrai que je menais ma propre enquête concernant l'explosion de ma voiture, donc je ne suis pas restée inactive. C'est peut-être en partie pourquoi je n'ai pas eu l'impression de tourner en rond. Mais l'effervescence continuelle de la salle de rédaction ne m'a pas manqué alors que je pensais vraiment que ce serait le cas.

— Le corps des marines ne m'a pas manqué non plus quand je l'ai quitté, contrairement à ce à quoi je m'attendais. La vie est un perpétuel changement, et ce n'est pas une mauvaise chose.

Lacey lui jeta un nouveau regard pensif puis reporta son attention sur la fenêtre, où elle suivit des yeux Katie qui tournait autour de leur bonhomme de neige bancal, l'air émerveillé.

Le train arriva à Stamford à l'heure, juste avant midi. Sur le quai bondé, un homme trapu aux cheveux noirs clairsemés tenait une pancarte indiquant : « Jim Mercer ».

— Ce doit être Mickey Grimes, dit Lacey tandis qu'ils empoignaient leurs valises.

À la demande de Jim, Julie Beckett avait appelé Grimes pour convenir d'un rendez-vous avec lui à leur arrivée à Stamford, mais celui-ci avait insisté pour venir les chercher à la gare.

Grimes leur décocha un sourire amical lorsqu'il les vit approcher. Mais Lacey perçut aussi une certaine réserve dans son expression, comme s'il se rendait compte qu'il était sur le fil du rasoir, entre travail honnête et activité illégale. Lorsqu'ils furent suffisamment proches, il déclara à voix basse :

— Justin Whitttier vous attend dans sa limousine. Il est prêt à vous parler. Mais je suis obligé de vous fouiller pour m'assurer que vous n'êtes pas armés ni équipés de micros. Il a prévu une salle où nous pourrons effectuer la fouille.

— C'est hors de question, se récria Jim d'une voix teintée de colère.

Lacey posa la main sur son bras.

— Je comprends. Je suis prête à me plier à cette requête.

Jim la regarda, la frustration se lisant dans son regard vert. Mais ce qu'il vit dans son expression dut apaiser sa colère, car il se borna à hocher la tête.

La salle en question, à quelques mètres du quai où ils avaient débarqué, se révéla n'être guère plus qu'un réduit. Grimes y entra le premier, regarda à droite et à gauche comme pour s'assurer qu'ils étaient bien seuls puis leur fit signe de le suivre.

Une odeur de détergent régnait dans le local, et Lacey en déduisit que ce devait être l'endroit où l'on stockait le matériel de nettoyage de la gare.

— Est-ce que l'un de vous est armé ?

— Non, répondit Jim.

— Si vous voulez bien lever le bas de vos chemises.

Lacey s'exécuta sans hésitation. Elle avait subi des fouilles plus humiliantes que celle-ci au cours de sa carrière de reporter, menées par des hommes nettement moins respectueux.

Jim grimaça en montrant à Grimes qu'il ne portait pas de micro.

— Justin Whittier exige-t-il la même chose de toutes les personnes qui veulent lui parler ?

Grimes ne répondit pas ; il se contenta d'incliner la tête.

— Allons-y.

À sa suite, ils sortirent de la gare et se dirigèrent vers une longue limousine noire garée dans un endroit où un panneau proclamait que le stationnement n'était pas autorisé. Mais si le personnel de sécurité l'avait remarqué, personne n'avait jugé bon de faire déplacer le véhicule. Un chauffeur se tenait debout, près de la portière du compartiment passager, attendant manifestement leur arrivée.

— Vous pouvez laisser vos bagages ici. Jaffe les surveillera, annonça Grimes tandis qu'ils approchaient.

À contrecœur, Lacey posa son sac sur le trottoir devant le chauffeur, et Jim en fit autant tandis que Grimes ouvrait la portière et leur faisait signe de monter.

Jim s'engouffra le premier et marqua une pause, bloquant le passage. Au bout de deux secondes, il entra dans l'habitacle et se retourna vers Lacey.

— Allez-y, dit Grimes fermement juste au moment où elle se demandait si elle devait prendre ses jambes à son cou.

N'ayant plus le choix, elle monta dans la limousine et s'assit à côté de Jim, qui contemplait les occupants de la banquette qui faisait face à la leur. Lacey se retrouva nez à nez avec Justin Whittier et un homme qu'elle ne connaissait pas. Mais ce qui retint son attention chez ce dernier fut le bleu qui ornait sa joue — pratiquement au même endroit que l'hématome que lui avait valu la secousse, lorsque la camionnette bleue les avait percutés.

— Mademoiselle Miles, c'est un plaisir que de vous rencontrer enfin, dit Justin Whittier d'un ton suave.

Il s'exprimait de façon distinguée, sans accent, et si cette entrevue impromptue l'importunait, il le cachait bien.

— Je crois que nous savons, vous et moi, qu'il ne s'agit nullement de plaisir, déclara-t-elle d'emblée, sans ambages.

À côté d'elle, elle sentait le corps de Jim, tendu comme s'il s'apprêtait à entrer en action à tout moment. Elle espéra que ce ne serait pas nécessaire.

— Peut-être pas, en effet. Quoi qu'il en soit, je tiens à vous présenter mes excuses de la part de mon frère, Carson. Je pense qu'il n'est peut-être pas étranger à l'accident que vous avez eu il y a quelques jours.

14

Justin Whittier paraissait sincèrement contrit, mais Jim n'était pas disposé à prendre pour argent comptant la parole d'un politicien.

— Pouvez-vous être plus précis quant au rôle joué par votre frère dans cet accident ? demanda-t-il d'une voix que la colère rendait cassante.

Pour qui se prenait cet homme pour penser qu'ils allaient avaler un bobard aussi gros ? S'imaginait-il que la démonstration de pouvoir et de richesse à laquelle il venait de se livrer allait les impressionner le moins du monde, Lacey ou lui ?

Sans doute avait-il l'habitude d'obtenir ce qu'il voulait en agitant une liasse de billets sous le nez des gens ou en leur faisant miroiter quelques avantages. À en juger par le statut qui était aujourd'hui le sien, cela marchait, apparemment.

— Un rôle involontaire, je tiens à vous l'assurer. Je voudrais également vous demander d'excuser mon frère pour la confiance mal placée qu'il porte à ses employés.

Whittier regarda l'homme qui était assis à son côté.

— Morris ? Voudriez-vous expliquer à Mlle Miles ce que vous avez fait ?

Le dénommé Morris coula un regard furieux en direction de Whittier avant de se dominer — non sans effort, visiblement — et d'afficher un air désolé.

— M. Whittier m'a demandé de trouver un moyen de vous décourager de poursuivre votre enquête sur sa candidature au

Congrès, déclara Morris d'un ton doucereux dont Jim aurait juré qu'il n'était pas coutumier.

Il avait l'accent de Brooklyn, et sa stature massive suggérait qu'il avait probablement été engagé plus pour ses muscles que pour un talent particulier.

Lacey indiqua d'un mouvement du menton le bleu qui marquait son visage.

— Vous conduisiez la Toyota Tacoma qui nous a percutés.

La seule réponse de Morris fut un hochement de tête réticent.

— Morris ne fait bien entendu plus partie du personnel de mon frère, et nous nous ferons un plaisir de prendre à notre charge les réparations de votre véhicule ainsi que les autres frais que vous avez pu être amenée à engager, étant entendu que notre nom ne doit en aucune façon apparaître en lien avec le règlement de ces montants.

— Ne vous donnez pas tant de peine. On ne peut pas m'acheter, répliqua Lacey du tac au tac. En lieu et place d'un remboursement, je préférerais que vous répondiez franchement à une question : qui a dit à M. Morris d'utiliser une Toyota Tacoma bleue pour emboutir ma voiture ?

Whittier parut véritablement stupéfait et, une fois n'étant pas coutume, Jim fut tenté de croire à sa sincérité. Il regarda Morris qui se tourna vers Mickey Grimes.

— Je crains que ce ne soit moi, avoua Grimes d'un air désolé. Voyez-vous, j'ai un ami à la police d'Arlington qui m'a parlé d'une vidéo dans laquelle on voyait une des limousines Whittier passer devant la scène de crime le soir de l'explosion de la voiture.

— Pardonnez-moi, interrompit Whittier. J'aurais dû vous dire ceci plus tôt… Je suis sincèrement navré pour le décès de votre sœur. J'ai moi-même perdu un jeune frère quand j'étais adolescent et j'en ai été terriblement affecté. Je compatis à votre douleur.

— Merci, dit Lacey d'une voix légèrement impatiente.

Elle se tourna ostensiblement vers Grimes.

— Vous disiez… à propos de la limousine ?

— Mon ami, à Arlington, se demandait si je savais pourquoi l'un des Whittier était dans le secteur ce soir-là... J'ai expliqué que M. Carson avait rendez-vous avec des donateurs dans le coin. Il a accepté ma réponse et m'a dit que c'était une simple formalité. Apparemment, la police s'intéressait également à une Toyota Tacoma bleue qui était aussi dans les parages et qu'elle soupçonnait de vous suivre depuis l'explosion de votre voiture.

— Et vous avez transmis cette information à Morris ? demanda Jim, les dents serrées.

— À M. Carson, en fait, mais Morris était présent.

— J'ai pensé que cela détournerait votre attention et que cela vous aiguillerait sur une autre piste, au lieu d'ennuyer M. Carson et M. Justin, gronda Morris, l'air de moins en moins repentant.

— Veuillez accepter mes excuses pour mon frère et pour l'attitude de son ancien employé, répéta Whittier. Vous auriez pu être gravement blessée par cette stupide manœuvre, et je ne peux que remercier le ciel que vous vous en soyez sortie sans dommage durable.

Lacey garda le silence pendant un moment, mais Jim sentait la colère vibrer en elle. Finalement, ce fut d'une voix frémissante de rage qu'elle parla :

— Ma nièce de deux ans était dans ce véhicule, monsieur Whittier. Elle aurait très bien pu être blessée ou même tuée dans cet accident. Ce qu'a fait Morris, certainement avec l'aval de votre frère, aurait pu se solder par un meurtre au premier degré. Je me demande si vous en avez bien conscience.

— Je vous assure que mon frère ignorait tout de l'initiative de son employé. Morris ne touchera plus aucun salaire de la part de la famille Whittier, pas plus qu'il ne lui sera fourni de recommandation pour un futur emploi. Et si la question nous était posée, nous informerions ses employeurs potentiels du manque de jugement irresponsable dont il s'est rendu coupable.

— Et qu'en est-il de l'agression, à Frederick ? demanda à brûle-pourpoint Lacey.

Jim la contempla, surpris. Elle observait Morris, les yeux plissés. Il soutint son regard, la fureur flambant dans ses yeux, mais il ne répliqua pas.

— Quelle agression à Frederick ? demanda Justin Whittier, visiblement sincèrement étonné.

— L'employé de votre frère ici présent...

— *L'ex*-employé de mon frère, corrigea Whittier.

— Si vous voulez. Toujours est-il qu'il m'a également agressée, à Frederick.

Jim l'examina, se demandant si elle bluffait. Mais elle avait l'air parfaitement sûre d'elle.

— Voyez-vous, il portait peut-être un masque, mais quand je l'ai frappé avec la clé à roue qui était dans mon coffre, il a laissé échapper un chapelet d'invectives à faire rougir un charretier. Il avait une voix très reconnaissable. Avec un accent de Brooklyn.

Whittier décocha un regard noir à Morris avant de se tourner vers Lacey avec une expression si impassible que Jim se demanda s'il n'avait pas rêvé.

— Je suis sûr que vous devez faire erreur. Est-ce la seule preuve que vous puissiez fournir de l'implication supposée de Morris dans cette agression ?

À la façon dont Lacey pinça les lèvres, Jim devina qu'elle était contrariée, mais elle se contenta de hocher la tête.

— Dans ce cas, vous comprenez le dilemme... En dépit de notre entretien d'aujourd'hui, il n'existe aucune preuve que Morris ait participé à cette agression dont vous avez fait l'objet à Frederick, ni qu'il ait causé ce malheureux accident. Mon frère et moi n'avons jamais entendu parler d'une Toyota Tacoma bleue. Vous voyez qu'il serait bien difficile de poursuivre Morris en justice — d'autant que je suis persuadé qu'il serait beaucoup moins enclin à confirmer à la police ce qu'il vous a révélé tout à l'heure.

Morris marmonna un vague acquiescement.

— J'ai les mains liées, sur le plan légal tout du moins. C'est la meilleure compensation que je puisse vous offrir et, en le faisant, je prends un risque, compte tenu du fait que vous êtes journaliste. J'espère que vous comprendrez le besoin impératif de discrétion, étant donné que vous ne disposez d'aucune preuve pour étayer ce que vous pourriez vouloir dévoiler.

— Elle a un témoin, déclara Jim avec force. Moi.

Le regard bleu et froid de Justin Whittier se tourna vers lui.

— Oui. Le garde d'enfants récemment engagé par Mlle Miles, proféra-t-il avec une pointe de pur dédain, ce qui ne contribua guère à apaiser la colère que Jim sentait monter en lui.

— Oui et, accessoirement, un sergent du corps des marines décoré et doté de nombreuses relations haut placées, riposta-t-il sèchement en épinglant Whittier d'un regard dur.

L'espace d'une seconde, la façade imperturbable du politicien se désagrégea quelque peu, révélant de l'inquiétude et, aussitôt après, de la colère. Mais il se ressaisit immédiatement.

— Que proposez-vous exactement ?

— La garantie d'une destruction réciproque, en quelque sorte.

Jim se pencha légèrement en avant, vers Whittier, se servant de sa taille et de la colère qui le dévorait comme d'une arme d'intimidation.

À côté de Lacey, Grimes esquissa un geste pour intervenir compte tenu de l'escalade de la tension, mais Lacey le retint fermement par le bras. Elle fit signe à Jim de continuer.

— Nous avons les informations dont nous avions besoin à propos de ce qui s'est passé sur cette route enneigée, en Virginie. Et également concernant l'agression de Frederick. Si une nouvelle menace venait à émaner de votre famille ou de ses employés, nous n'hésiterions pas à communiquer à la police ce que nous savons, y compris votre tentative d'acheter notre silence.

— Ce n'était *pas* ce dont il s'agissait, protesta Justin.

Jim l'ignora superbement.

— En échange de votre promesse qu'aucun mal ne soit fait à Mlle Miles par votre famille, ou ses affidés, nous nous engageons à ne pas révéler ces renseignements aux autorités.

— Et concernant l'enquête de Mlle Miles sur les affaires de ma famille ?

Jim haussa les épaules.

— Je n'ai pas autorité pour faire quelque promesse que ce soit en ce sens.

— Je suis journaliste, rappela sans détour Lacey. Si une affaire vous concernant, vous ou votre famille, sort, j'ai l'obligation d'en faire état, de façon exacte et impartiale. Je ne m'engagerai donc à aucune promesse qui m'empêcherait de faire mon travail dans des conditions normales.

Justin l'examina pensivement, les yeux plissés, comme s'il soupesait ses paroles. Finalement, son expression s'éclaira, et il hocha la tête.

— C'est de bonne guerre. J'espère vraiment que Carson aura retenu la leçon concernant le choix de ses employés.

Une intonation soudain coupante dans la voix, il ajouta :

— Sinon… Eh bien, il ne faudra pas qu'il compte sur mon soutien. Il sera seul.

— En avons-nous terminé ? demanda Jim, regardant non pas Justin Whittier mais Mickey Grimes.

Le visage impassible, celui-ci hocha la tête. Il ouvrit la portière de la limousine et mit pied à terre, puis attendit qu'ils sortent à leur tour. Il hocha poliment la tête à l'adresse du chauffeur qui ouvrit la portière côté conducteur et reprit sa place, au volant. Grimes les salua d'un signe de tête puis remonta à bord de la limousine, qui démarra sans un bruit.

Jim regarda leurs bagages, à leurs pieds, et poussa un profond soupir.

— Extrêmement frustrant, cet entretien, commenta-t-il.

Lacey prit son sac et le mit en bandoulière.

— Je ne sais pas. Il a tout de même fourni la réponse à nombre de questions que nous nous posions, ce qui nous évitera de nous lancer sur de fausses pistes.

Elle indiqua le quai du menton.

— Nous pourrions échanger nos billets et repartir dès aujourd'hui. Il nous suffirait d'annuler nos réservations, à l'hôtel... Et nous pourrions être de retour à Cherry Grove pour l'heure du dîner.

— Nous pourrions, convint-il. Ou bien nous pourrions trouver un sympathique petit restaurant en ville pour déjeuner et, peut-être, profiter de ce temps libre qui nous est imparti pour réexaminer votre liste de suspects à la lumière de ce que nous avons appris...

Elle le contempla, plissant les yeux, comme si elle réfléchissait aux options qui s'offraient à elle. Finalement, les plis qui creusaient son front s'effacèrent, et elle sourit.

— Oui... Ce pourrait être agréable de faire le point sur cette enquête sans devoir s'interrompre toutes les dix minutes pour s'occuper d'un enfant en bas âge.

Immédiatement, une expression coupable se peignit sur ses traits.

— Seigneur... Ça semble affreux, dit comme ça. J'adore Katie, vous le savez.

Il posa les mains sur ses épaules et se pencha vers elle.

— Bien sûr que je le sais. Mais vous avez raison. Quand on est parent, on a aussi besoin d'un répit, de temps en temps. Et c'est bénéfique, également, pour Katie d'avoir des relations avec d'autres personnes que sa famille proche. Alors, ne vous sentez pas coupable. Profitez de ce moment pour vous retrouver — être de nouveau vous-même, en dehors de Katie.

Elle pencha la tête sur le côté.

— Vous avez relevé ce conseil dans un guide d'aide à la parentalité ?

Il sourit largement.

— Peut-être bien.

Elle poussa un long soupir et lui sourit en retour.

— Il y a paraît-il un très bon restaurant de sushis sur Main Street. Vous aimez le poisson cru ?

— Ce n'est pas tout à fait aussi aventureux que certains des plats que j'ai mangés en Afghanistan, mais je suis partant.

Lacey indiqua de la tête la station de taxis un peu plus loin.

— Prenons un taxi pour aller déposer nos bagages à l'hôtel et allons déguster ces sushis.

Le Néréide s'avéra à la hauteur des avis élogieux de plusieurs collègues journalistes de Lacey. Les sushis se révélèrent frais et délicieux ; et la soupe miso, très proche des soupes miso faites maison qu'elle avait eu l'occasion de goûter lors de son dernier voyage au Japon.

Et elle était en excellente compagnie. On les avait installés à une table située près de la devanture de l'établissement, et le soleil de l'après-midi baignait le visage de Jim d'une lumière dorée qui soulignait la beauté de ses traits.

Faire semblant de ne pas le trouver irrésistible ne faisait que lui rendre les choses plus difficiles, elle en avait conscience. À un moment ou à un autre, par inadvertance, elle baisserait la garde. Et alors, il dirait ou ferait quelque chose ou, simplement, la regarderait d'une façon particulière, et elle ne pourrait que s'incliner devant l'évidence : cet homme était réellement très, très attirant.

Mais elle ne pouvait pas lui faire confiance. Impossible. Il s'était immiscé dans sa vie par le biais d'un mensonge et ne lui avait dit la vérité que lorsqu'il avait compris qu'il était découvert. Était-ce là la base d'une relation saine ?

Et, compte tenu du contexte, était-elle en position de s'engager dans une relation avec un homme, quel qu'il soit ? Elle n'avait pas encore fait le deuil de sa sœur, elle s'efforçait tant bien que mal de réunir les morceaux épars de sa vie, apprenait au jour le jour ce que c'était que de se retrouver mère de sa petite nièce orpheline. Quel homme aurait trouvé sa place au milieu d'un tel chaos ?

Jim, murmura une voix scélérate dans sa tête. *Jim voudrait être partie prenante de ce chaos.*

— Je vois cette petite ride, dit Jim en la regardant par-dessus sa tasse de thé chaud.

La délicate tasse de porcelaine paraissait ridiculement

déplacée dans sa grosse main, mais il ne parut pas remarquer cette incongruité.

— Quelle petite ride ? demanda-t-elle, s'efforçant de ne pas se remémorer la douceur de ces mains puissantes lorsqu'elles la touchaient.

— Celle qui se creuse entre vos sourcils quand quelque chose vous tracasse.

Il se renfonça contre le dossier de sa chaise et posa la tasse sur la table.

— Alors… Vous ne voulez pas dire à oncle Jim ce qui vous chiffonne ?

— Simplement le pétrin dans lequel Katie et moi nous trouvons, prétendit-elle.

C'était d'ailleurs bien cela qui aurait dû occuper son esprit, et non son ridicule béguin pour Jim Mercer.

— Donnez-vous une heure de répit, sans y penser. Vous êtes dans l'adorable petite ville de Stamford, dans le Connecticut, sans rien d'urgent à faire avant 7 heures, demain matin.

— Que suggérez-vous ? D'aller nous promener à Cove Island Park et de prendre des dizaines de selfies afin de les envoyer à nos familles et à nos amis ?

— Intéressant, que vous ayez immédiatement pensé à Cove Island Park. Vous y êtes déjà allée ? demanda-t-il.

Elle secoua la tête.

— Non. Et vous ?

— À vrai dire, oui.

Son sourire s'adoucit tandis qu'il se perdait dans son souvenir.

— Ce devait être ma quatrième année dans les marines, et ma petite sœur, Jen, venait d'entrer à Yale. À l'époque, j'étais affecté sur un bateau qui avait fait escale dans le port de New York pendant la Fleet Week. Jen venait juste de terminer ses examens et prévoyait de rejoindre une amie la semaine suivante pour partir en voyage à Londres et à Paris… C'était donc notre seule chance de nous voir. Un ami à moi qui avait de la famille dans le Bronx les a convaincus de me prêter un véhicule pour que je puisse me rendre à Stamford pour y retrouver Jen à mi-chemin entre les endroits où nous nous trouvions. Elle avait préparé un pique-nique, et nous avons passé la journée là-bas, à Cove Island Park, à nous raconter nos vies depuis la dernière fois que nous nous étions vus.

Il soupira, la douceur de son expression se changeant en mélancolie.

— Ah ! Les enfants... Ils n'appellent pas, ils n'écrivent pas...

— Où est Jen, maintenant ?

— Elle est mariée à un brillant chirurgien qui travaille à Johns-Hopkins. Elle est chirurgienne, elle aussi. Un vrai modèle de réussite.

Son sourire s'élargit, incandescent de fierté.

— Elle me téléphone environ une fois par semaine pour me le rappeler et remuer le couteau dans la plaie.

Lacey se mit à rire.

— Et les autres ?

— Richard est graphiste pour une agence de communication à Knoxville, dans le Tennessee, là où il a fait ses études. Grand fan des équipes du Tennessee devant l'éternel, ce qui n'est supportable que parce que mes Tar Heels bien-aimés et ses Vols appartiennent à deux ligues de football différentes !

Il sourit.

— Et Hallie vient juste de décrocher son master de génétique à Princeton et s'apprête à entamer sa thèse de doctorat à Harvard. Heureusement qu'il existe des bourses qui couvrent la totalité des frais de scolarité, n'est-ce pas ?

— Quelle fratrie de brillants étudiants...

Jim sourit largement.

— Oui. Ce qui a eu pour résultat de me faire passer pour le cancre de la famille ! Il n'y a bien que ma mère pour me trouver brillant et parfait.

Lacey sourit.

— C'est peut-être que vous l'êtes. Si votre frère et vos sœurs en sont arrivés là, c'est grâce à vous puisque c'est vous qui vous êtes occupé d'eux quand le besoin s'en est fait sentir, alors que vous n'étiez vous-même qu'un adolescent. Vous leur avez donné l'amour et le soutien dont ils avaient besoin pour prendre leur essor.

Jim partit d'un éclat de rire.

— Ne me mettez pas sur un piédestal. Maman était toujours là, vous savez, même si elle travaillait énormément et avait peu de temps de libre. Et Dieu sait que j'ai commis mon lot d'erreurs, moi aussi.

— Qui n'en commet pas ? Mais vous avez toujours été là pour votre frère et vos sœurs. Vous vous êtes occupé d'eux jusqu'à ce qu'ils soient prêts à voler de leurs propres ailes.

À sa surprise, elle sentit les larmes lui piquer les yeux. En partie pour Jim et la vie qui avait été la sienne, mais également pour elle. Pour les perturbations qu'elle-même avait connues au cours de la sienne et les récents difficiles changements auxquels elle venait d'être confrontée.

Katie connaîtrait-elle la même réussite que le frère et les sœurs de Jim ? Elle l'espérait. Elle espérait qu'elle serait capable de donner à Katie autant d'amour et de soutien que Marianne et Toby l'auraient fait s'ils avaient vécu.

Jim tendit la main par-dessus la table et prit la sienne. Elle aurait dû se dégager, elle le savait, mais elle ne parvint tout simplement pas à s'y résoudre.

— Pourquoi ne pas louer une voiture ? Nous pourrions pousser jusqu'à Cove Island Park.

Sa voix était séduction pure.

Maintenant. C'était *maintenant* le moment de retirer sa main et de décliner son offre. En dépit du beau soleil qui brillait dans le ciel, la journée était froide. Et s'il était bien une chose dont elle n'avait pas besoin, c'était de passer encore un moment agréable, seule avec Jim Mercer. Point. Point *final*.

Mais lorsqu'elle ouvrit la bouche, ce fut pour s'entendre dire :

— D'accord. Allons-y.

Le sourire que Jim lui décocha fut si large qu'il creusa de charmantes fossettes dans ses joues et alluma une étincelle malicieuse dans ses yeux. Son estomac se contracta sous l'effet de l'impatience.

— Vous ne le regretterez pas, vous verrez.

Mais elle se disait déjà le contraire.

La journée était beaucoup plus froide que la tiède journée de mai où Jim et sa sœur Jen avaient pique-niqué ensemble et marché le long du rivage tout en bavardant à bâtons rompus pour échanger des nouvelles de leurs vies. Mais Jim et Lacey avaient apporté de chauds manteaux et de grosses chaussures de marche, donc ils supportèrent bien la fraîcheur de l'air dans le soleil déclinant de l'après-midi.

Tandis qu'ils marchaient sur la grève, Jim prit la main de Lacey, s'attendant qu'elle se rétracte. Mais elle mêla les doigts aux siens et se rapprocha imperceptiblement de lui jusqu'à ce qu'il sente sa chaleur malgré la brise vive qui ridait la surface de l'eau.

Finalement, elle pressa brièvement sa main, s'arrêta et se retourna pour le regarder. Avec sa haute taille, il bloquait le soleil qui lui faisait plisser ses yeux gris, mais la lumière baignait encore suffisamment le visage de Lacey pour lui donner cet éclat doré qui la faisait ressembler à une déesse de la mer surgie des profondeurs de l'eau.

C'était une image affreusement romantique, songea-t-il. Mais il ne la regrettait pas, pas plus que sa main dans la sienne qui le faisait se sentir heureux et en paix en dépit des turbulences dans lesquelles ils étaient pris.

— Mieux vaut faire demi-tour si nous voulons avoir le temps de nous pencher sur l'enquête, déclara-t-elle.

N'y avait-il pas une pointe de déception dans sa voix ?

— Oui... Je sais.

— Mais je suis contente que nous soyons venus ici, dit-elle, renversant la tête en arrière et offrant son visage à la caresse de la brise qui fit voler ses mèches dorées et scintillantes derrière elle. Cet endroit a quelque chose d'un peu magique, vous savez...

— Je sais.

Il ne put s'empêcher de porter une main à sa joue et de

presser la paume sur sa peau fraîche, laissant ses cheveux s'enrouler autour de ses doigts.

— Comme si tout pouvait arriver.

Elle s'était rapprochée de lui — son corps n'était plus qu'à quelques centimètres du sien. Son regard quitta ses yeux pour descendre jusqu'à sa bouche.

— Absolument tout.

Il s'inclina vers elle, sa bouche s'abaissant lentement vers la sienne pour lui laisser le temps de reculer si elle le souhaitait. Mais, au lieu de s'éloigner, elle combla la distance qui les séparait et pressa ses lèvres douces et chaudes contre les siennes.

Magique, songea-t-il, faisant en silence écho à ses paroles tandis que son baiser se faisait plus insistant et que sa langue s'insinuait entre ses lèvres, goûtant la saveur du thé et du wasabi sur sa langue. Elle referma les bras autour de son cou, se pressa plus étroitement contre lui, comme si elle cherchait à ne faire plus qu'un avec lui... Exactement comme lui avait envie de se fondre en elle.

C'était parfait. C'était... tel que cela devait être. Il eut l'impression que toutes les pièces manquantes à son puzzle personnel se mettaient subitement en place et qu'il était de nouveau totalement lui-même — tel qu'il ne l'avait pas été depuis la mort de son père. Était-ce possible ? Ou, trompé par l'ardeur de son désir, se laissait-il illusionner sur la profondeur de la connexion qui existait entre eux ?

Ils se connaissaient depuis quelques jours seulement, pas quelques mois. Il fallait du temps pour qu'un tel sentiment se construise, se développe jusqu'à devenir une relation durable.

Et pourtant, lorsque les doigts de Lacey s'enfoncèrent dans ses cheveux pour le retenir tandis qu'elle répondait avec ferveur à son baiser, il songea que rien au monde n'aurait pu être plus juste, plus durable, plus parfait que d'être avec Lacey Miles chaque jour de sa vie.

Ce fut lui qui rompit le contact le premier, submergé par les émotions qui tourbillonnaient en lui — des émotions auxquelles il n'osait pas croire et qu'il ne parvenait pas à faire cadrer avec la réalité de sa vie. Ni de celle de Lacey.

Elle leva les yeux vers lui, l'air légèrement interloquée, comme si les émotions qui pulsaient encore dans le cœur de Jim résonnaient aussi en elle.

— Je pense que nous devrions trouver un train pour rentrer ce soir, murmura-t-elle.

Il hocha la tête.

— Oui... Vous avez raison.

Ils revinrent lentement vers le parking réservé aux visiteurs, sans se toucher, en maintenant entre eux suffisamment de distance pour qu'il ne sente même pas la chaleur de son corps entre lui et la brise marine. Mais il n'en percevait pas moins sa présence — comme une trépidation régulière dans sa poitrine. Elle était *en* lui, d'une certaine façon – une partie de lui dont il ne parviendrait peut-être plus jamais à se couper.

Il n'aurait su dire si cette idée l'excitait ou le terrifiait.

15

Il était minuit passé lorsque Jim gara la jeep dans l'aire de stationnement gravillonnée, sur le côté de la ferme. La maison était plongée dans l'obscurité à l'exception d'une lumière qui brillait dans le salon, dorée et accueillante.

Lacey avait prévenu Cade et Julie Beckett de leur retour le soir même et, apparemment, ils les avaient attendus.

— Votre voyage s'est bien passé ? demanda prudemment Cade comme s'il pressentait que leur retour prématuré pouvait être signe de bonnes comme de mauvaises nouvelles.

— Si l'on veut, répondit Lacey, étouffant un bâillement. Il nous a au moins permis d'établir que les Whittier ne sont pas responsables de l'explosion de ma voiture.

— Mais ? s'enquit Julie.

— Mais ils ont aussi fourni des explications pour deux incidents qui se sont produits au cours de ces dernières semaines.

— Ce qui veut dire que nous ne sommes pas plus avancés concernant ceux qui sont derrière cet attentat, et qu'une grave menace pèse toujours sur Lacey et Katie, gronda Jim.

Lacey résista à l'envie de prendre son poing serré dans sa main pour apaiser son évidente tension. La situation avait rapidement évolué entre eux à Cove Island Park, d'un point de vue physique mais aussi émotionnel. Et c'était le lien émotionnel qui se développait entre eux qui lui faisait terriblement peur.

— Eh bien, j'ai peut-être une nouvelle piste, annonça Julie en sortant son téléphone et en faisant glisser son doigt sur l'écran.

— Pendant que vous étiez partis, j'ai appelé un ami à moi, Lanny Copeland, qui est agent spécial au bureau de Richmond. Je me souvenais vaguement d'un avis de recherche qu'il avait émis voilà quelques mois concernant un groupe de jeunes hommes venus du Kaziristan qui a subitement disparu des écrans radars juste avant que leurs visas d'étudiants viennent à expiration.

— Une cellule dormante ? demanda Jim, les muscles jouant sous la peau de sa mâchoire comme si cette nouvelle l'avait soudain mis en alerte maximum. La somnolence qu'éprouvait Lacey l'abandonna, remplacée par de la curiosité et un léger sentiment d'alarme.

— On ne les considérait pas exactement comme des terroristes potentiels. Ils avaient tous l'air d'être des étudiants normaux, occidentalisés, ne montrant aucun signe de radicalisation. C'est seulement le fait qu'ils se soient tous évaporés dans la nature juste avant leur retour programmé au Kaziristan qui a mis la puce à l'oreille de Lanny. Ah ! voilà..., acheva-t-elle en tendant son téléphone à Lacey. Quelque chose vous paraît-il familier sur cette photo ?

L'image montrait la façade d'appartements à loyer modéré. On y voyait deux portes, portant les numéros 314 et 315, ainsi que le parking, devant le bâtiment. Dans les places situées en face des deux logements, deux véhicules étaient garés, une fourgonnette noire qui semblait avoir plus de vingt ans et une camionnette bleue, plus récente.

Un frémissement parcourut l'épine dorsale de Lacey.

— C'est la camionnette.

— Depuis que vous m'en avez parlé, cela n'a pas cessé de me tracasser. Cela me disait quelque chose, mais je n'arrivais pas à me rappeler quoi jusqu'à ce que, soudain, le souvenir de cet avis de recherche me revienne. Heureusement que j'avais gardé cette photo... J'ai vérifié et j'ai vu que cette camionnette correspondait en tout point à la description que vous m'en aviez faite. Une Tacoma bleue avec une marque de choc sur l'aile avant gauche.

Jim se pencha par-dessus l'épaule de Lacey pour mieux voir l'image. Sa proximité et la chaleur qui se dégageait de lui apaisèrent un peu la tension nerveuse qui s'était emparée d'elle.

— Dois-je appeler Quinn ? demanda-t-il à Lacey.

— C'est déjà fait, déclara Cade.

Il jeta un coup d'œil à Lacey.

— Désolé d'avoir pris cette décision de façon unilatérale. Ça peut paraître présomptueux mais...

— Non, plus nous serons nombreux sur le pont, mieux ce sera.

Cette disparition subite des ressortissants kaziris juste avant l'expiration de leurs visas pouvait très bien signifier qu'Al-Adar disposait de cellules dormantes aux États-Unis, exactement comme avaient commencé à le redouter les autorités.

— Il demande des renforts à Washington, mais ils ne seront sûrement pas là avant demain matin, acheva Cade en leur jetant un regard ennuyé.

— Il y a encore une chose, reprit Julie, s'adressant à Lacey.

Son expression était également pleine de compassion, mais Lacey y décela aussi de la colère.

— J'ai appelé Lanny à propos de la camionnette. Je lui ai expliqué pourquoi j'y avais pensé, et il m'a fait part d'un élément que le FBI n'a pas encore transmis aux autres agences. Il semble que quelque chose ait disparu en même temps que les étudiants kaziris se sont volatilisés.

— Quoi donc ?

— Deux douzaines de boîtes de vis et de billes d'acier manquent dans l'entrepôt où travaillait l'un d'eux.

Les genoux de Lacey se mirent à flageoler.

— Oh !

Jim passa un bras autour de ses épaules et la fit asseoir dans l'un des fauteuils situés en face du canapé. Lacey pressa les mains l'une contre l'autre, prise d'un frisson.

— À peu près au même moment, il s'est produit un incident sur un chantier dans le sud du Maryland. Un incendie s'est déclaré dans un dépôt d'explosifs utilisés pour faire sauter de gros rochers sur des sites de construction de routes. Il y avait de l'orage cette nuit-là, et il n'est pas impossible que la foudre ait frappé le site, mais le FBI a ouvert une enquête. Le vigile chargé de la surveillance a reçu un choc à la tête, mais il peut avoir été provoqué par des débris dus à l'explosion. Et comme il ne se souvient de rien...

— On a conclu à une cause accidentelle ?

— On a conclu à l'absence de preuves matérielles d'un incendie d'origine volontaire, mais le FBI n'écarte pas la possibilité d'une intervention humaine parce que l'explosion n'a pas été d'une aussi grande ampleur que les quantités d'explosifs stockées là le laissaient craindre, selon les experts... ce qui a conduit les enquêteurs à se demander si une grande partie des stocks n'avait pas été dérobée *avant* l'incendie.

— Je vois, dit Jim en fronçant les sourcils. Sait-on de quel genre d'explosif il s'agissait ?

— Du Semtex, répondit Julie en portant le regard vers Lacey. Est-ce celui qui a été utilisé pour faire sauter votre voiture ?

— Je ne sais pas. La police ne m'a pas communiqué cette information.

— Il est relativement facile de se procurer du Semtex, donc ce serait assez logique.

— La bombe dans la voiture était également remplie de billes d'acier et de vis, ajouta Lacey.

— Ce que l'on trouve aussi sur un chantier de construction.

— Ça fait beaucoup de coïncidences, souligna Cade.

— Écoutez, on ne va pas résoudre le mystère des étudiants kaziris ou des explosifs volés ce soir, déclara Jim, sa main chaude fermement pressée sur l'épaule de Lacey. Je suggère que nous allions tous nous coucher et que nous reprenions tout ça de zéro demain, à tête reposée, d'accord ?

— Nous pensons qu'il serait sage que Julie emmène Samantha et Katie dans le Kentucky dès demain matin. Mieux vaut éloigner les enfants avant qu'il y ait du grabuge.

— Lacey devrait peut-être se joindre à elles, suggéra Jim.

— Hors de question, protesta-t-elle en secouant la tête.

C'est moi qu'ils visent, pas Katie ni Julie et Samantha. Ils nous prendraient en chasse.

— Ce n'est pas pour me défiler au moment où il va y avoir de l'action, mais je crois que Lacey a raison, renchérit Julie. Il est préférable pour les filles qu'elle reste ici. Mais, avec un peu de chance, d'ici à demain matin, les renforts dépêchés par Quinn seront à pied d'œuvre.

— Alors, au lit, tout le monde, dit Jim en imprimant une brève pression sur l'épaule de Lacey. Nous risquons d'avoir une longue journée demain.

Comme Cade et Julie se dirigeaient vers la chambre d'invités, Lacey accompagna Jim tandis qu'il faisait le tour de toutes les portes et fenêtres pour s'assurer qu'elles étaient bien fermées. Lorsqu'il éteignit les lumières du salon, plongeant la pièce dans l'obscurité, le monde, au-delà de la fenêtre, parut tout à coup d'une luminosité irréelle, le manteau de neige qui couvrait le sol jetant un éclat artificiel sur le paysage alentour.

— Voyons les aspects positifs, murmura-t-elle. Il ne sera pas facile de nous prendre par surprise avec toute cette neige.

— Ce sera le mot de la fin, déclara Jim, sa voix résonnant d'un écho grave et solennel dans la nuit.

Le téléphone sonna juste au moment où Jim commençait à glisser doucement dans un sommeil réparateur, après la tension de cette longue journée. La stridence de la sonnerie le tira en sursaut de sa somnolence.

Le numéro qui s'affichait sur l'écran lui était inconnu, et il faillit refuser l'appel, mais il se ravisa en voyant qu'il s'agissait d'un indicatif local. Il décrocha d'une pression de l'index.

— Je sais qu'il est tard, annonça sans préambule une voix féminine à l'autre bout de la ligne. Je ne vous aurais jamais appelé si vous ne m'aviez pas demandé de vous prévenir au cas où je remarquerais quelque chose de bizarre.

Il essaya d'identifier la voix, qui lui semblait familière.

— Qui est à l'appareil ?

— Oh ! Oui, pardon… C'est Charlotte. Du café-restaurant, en ville. Je vous ai parlé de ce type qui était venu fouiner par ici, et vous m'avez donné votre carte…

— Bien sûr, dit-il en se redressant en position assise et en se passant les doigts dans les cheveux pour achever de se réveiller. Tout à fait, Charlotte. Il s'est produit un fait nouveau ?

— Eh bien, je ne sais pas trop, déclara-t-elle, l'air nerveux, comme si elle avait appelé sur un coup de tête et qu'elle se demandait maintenant si elle avait bien fait. Ce n'est sans doute rien. Vous savez ce que c'est dans les petites villes comme celle-ci… Tout ce qui sort de l'ordinaire prend des allures de conspiration internationale. J'ai sûrement eu tort de vous déranger aussi tard…

— Charlotte, reprit-il patiemment. Dites-moi pourquoi vous avez jugé bon de m'appeler.

— En fait, avec le recul, je me dis que c'est idiot. Et je ne l'aurais même pas vu, d'ailleurs, si je ne m'étais pas relevée pour vérifier que j'avais bien éteint le four, en bas, dans la cuisine du restaurant.

— Qu'avez-vous vu ?

— C'était juste un peu étrange, vous comprenez ? Dans une petite ville comme la nôtre, il n'y a pas beaucoup de trafic, surtout à cette heure de la nuit. Mais, pendant que j'étais en bas, j'ai vu quatre camionnettes passer, en file indienne… Presque comme un convoi, vous voyez ? C'était si inhabituel que je suis sortie pour les regarder. Elles ont toutes tourné au bout de la grand-rue en direction de la ferme. Comme il ne passe pas grand monde par là, je me suis dit…

Sa voix s'interrompit soudainement. Jim contempla son téléphone et constata qu'il n'avait plus de signal.

Nom d'un chien ! Que se passait-il tout à coup ?

Il sauta à bas du lit, sortit un jean de la commode, l'enfila, désormais totalement éveillé et en alerte. Quatre camionnettes se dirigeant de nuit vers la ferme… Et il n'avait plus de réseau ! Peut-être était-ce une coïncidence.

Mais peut-être pas.

Il actionna l'interrupteur, s'attendant presque que le plafonnier ne marche pas. Mais la lumière inonda la pièce, le faisant cligner des yeux, et il éprouva un bref instant de soulagement.

Ouvrant la porte de la chambre, il écouta les bruits familiers de la nuit. Le bourdonnement du réfrigérateur et le doux murmure de l'air chaud soufflé par les bouches du système de chauffage… Les craquements et grincements divers d'une vieille maison passant doucement en mode nocturne.

Il ne voulait pas réveiller Lacey, mais il devait savoir si son téléphone captait un signal. À son grand soulagement, il vit la lumière briller au-dessous de la porte. Grattant brièvement sur le battant, il souffla :

— Lacey ? C'est Jim.

Il y eut un long moment de silence avant qu'elle finisse par répondre, à voix basse :

— Entrez.

Elle était au lit mais éveillée, habillée d'un T-shirt à manches longues. Elle contemplait, sourcils froncés, son téléphone.

— Je n'ai plus aucune barre.

Il s'avança rapidement vers elle.

— Moi non plus.

— C'est étrange, non ? Il m'a semblé entendre votre téléphone sonner tout à l'heure.

— En effet.

Il lui relata l'appel de Charlotte.

— Nous avons été coupés en pleine conversation, expliqua-t-il. Il ne faut pas très longtemps pour venir de la ville jusqu'ici, n'est-ce pas ?

De son lit, Lacey coula un regard en direction de la fenêtre qui donnait sur le côté de la maison et l'endroit où on garait les voitures.

En trois pas, Jim combla la distance qui le séparait de la fenêtre, veillant à se poster sur le côté. Il écarta imperceptiblement un coin du rideau mais, avec la lumière allumée, il avait du mal à voir quoi que ce soit au-dehors, malgré l'effet de luminescence créé par la neige.

— Vous devriez peut-être ét…

Subitement, la pièce fut plongée dans le noir.

— … eindre, acheva-t-il.

— Je n'ai *pas* éteint, précisa Lacey, sa voix toute proche, derrière lui.

Dans l'aire de stationnement, il n'y avait que sa jeep et le Ford Explorer des Beckett. Mais le terrain était très étendu autour de la ferme avec, par endroits, des bosquets d'arbres et de buissons qui pouvaient fort bien cacher les quatre véhicules.

— Peut-être que c'est l'ampoule qui a grillé, suggéra Lacey d'une voix un peu tremblante.

Jim alla jusqu'à la porte, passa la tête dans le couloir et constata que tout était plongé dans l'obscurité alors qu'il avait laissé sa chambre allumée.

Lacey se rapprocha de lui, ses cheveux blonds accrochant des reflets du halo lactescent de la neige, au-dehors.

— J'imagine que ça ne peut pas être une branche qui aurait cédé sous le poids de la neige et heurté la ligne électrique…

— Si seulement ça pouvait être ça, répondit-il sombrement.

— Mieux vaut prévenir Cade et Julie.

— Nous sommes là, dit la voix de Cade depuis le couloir.

Il s'avança, utilisant l'application lampe de poche de son téléphone pour éclairer le chemin. Julie était sur ses talons. Déjà habillée d'un jean et d'un pull, elle avait un Ruger rangé dans son holster de ceinture et semblait prête à passer à l'action.

Jim se reprocha d'avoir quitté sa chambre sans prendre son Glock.

— Je reviens tout de suite.

Quelques instants plus tard, il était de retour, le Glock coincé à l'arrière de son jean.

— Vous m'avez dit que vous saviez tirer, n'est-ce pas ? demanda-t-il à Lacey.

— Oui, mais je n'ai pas d'arme.

— Cade en a apporté une supplémentaire, annonça-t-il avec assurance en adressant un sourire à son ancien employeur. Je me trompe ?

— Bien sûr que non.

Cade sortit de la chambre de Lacey et s'enfonça dans l'obscurité.

Jim activa l'application lampe de poche sur son propre téléphone, qui éclaira l'expression tendue et soucieuse de Lacey, et il ne put s'empêcher de poser la main sur son bras.

— On va découvrir ce qui se passe et y mettre un terme.

— Nous sommes quatre, avec deux enfants, rappela-t-elle d'une voix où perçait une note de désespoir. On est armés, mais... s'ils sont là, quelque part, en train de placer des explosifs pour tout faire sauter, des pistolets ne nous serviront à rien.

La réalité, c'était que, leurs moyens de communication étant hors-service et l'électricité coupée, il était trop tard pour quitter la maison.

Lacey avait dû deviner ses pensées en l'observant à la lumière de l'appli de son téléphone, car elle poussa un bref gémissement de consternation.

Cade reparut, une deuxième arme à la main.

— C'est un Smith & Wesson SD40. Dix cartouches dans le chargeur, une dans la chambre de tir. Vous saurez vous en servir ?

Elle prit l'arme avec une certaine circonspection. Elle avait avoué à Jim qu'elle avait été bonne tireuse, mais qu'elle n'aimait manifestement pas manier des armes à feu. Mais si elle devait en utiliser une pour défendre Katie, elle le ferait sûrement sans hésitation.

— Oui, assura-t-elle.

— Bien. Julie et moi allons prendre les fenêtres nord et est. Vous, vous vous posterez au sud et à l'ouest, décréta Cade en indiquant le couloir du menton. Prévenez si vous voyez du mouvement.

— On devrait peut-être aller à l'étage ? suggéra Lacey tandis qu'ils se dirigeaient vers l'arrière de la maison. On aurait un meilleur angle de tir.

— Bonne idée.

Jim la suivit jusqu'à l'étroit escalier situé au fond de la maison qui avait autrefois été celui du personnel. Moins ornementé et majestueux que l'escalier principal donnant sur le salon, il craqua sous leurs pas lorsqu'ils s'y engagèrent.

— Du bureau, la vue est dégagée vers l'ouest, nota Lacey comme ils remontaient le couloir de l'étage. Je vais me poster là. Cette chambre-ci est orientée au sud.

Devoir se séparer d'elle ennuya Jim, mais ils avaient chacun une tâche à accomplir. Il entra dans la pièce qu'elle lui avait indiquée et se dirigea vers la fenêtre dépourvue de rideaux qui ouvrait sur la cour arrière et les champs, au-delà.

Si le sol avait été piétiné autour de la maison, dans le jardin, une étendue uniformément blanche et lisse s'étendait au-delà. Si quelqu'un s'était approché de la maison en venant de là, il aurait vu ses empreintes dans la neige.

Mais ça ne signifiait pas qu'il n'y avait personne. De l'endroit où il se trouvait, le débord du toit du porche lui masquait en partie la vue.

Il retourna dans le couloir, cherchant une pièce ne présentant pas cet inconvénient. Mais il n'avait pas fait trois pas que la voix de Cade venant du rez-de-chaussée l'interrompit, pressante.

— Je vois des ombres qui se déplacent à l'est. Au moins cinq.

— Au nord aussi, lança Julie. J'en compte trois de ce côté.

— Et quatre qui viennent de l'ouest !

Lacey jaillit du bureau, les yeux agrandis par l'appréhension.

— J'ai aperçu quatre hommes vêtus de blanc, presque invisibles dans la neige.

— Le toit du porche me bloquait la vue au sud, dit Jim, l'entraînant vers l'escalier principal. Mais je suppose qu'ils doivent couvrir ce côté-là aussi.

Lacey trébucha sur la première marche, et Jim dut la retenir pour l'empêcher de chuter et de rouler jusqu'au bas de la cage d'escalier. Elle s'accrocha à lui, ses yeux gris scintillant de peur dans la pénombre.

— On est piégés ici, n'est-ce pas ?

Il acquiesça, incapable de lui mentir.

16

Lacey avait été prise sous le feu de tirs croisés en Afghanistan; elle s'était retrouvée empêtrée en plein cœur d'une émeute à Baltimore alors qu'elle interviewait les protestataires lors d'une manifestation qui avait dégénéré ; elle avait été partie prenante d'une prise d'otages dans l'une des prisons les plus dangereuses du monde. Elle s'était crue assez coriace pour affronter pratiquement tout.

Mais en songeant à Katie dormant dans son lit à barreaux au rez-de-chaussée, elle connut la peur — une peur plus viscérale que tout ce qu'elle avait pu connaître.

Et lorsque, arrivée en bas, elle se trouva nez à nez avec Julie Beckett, elle vit le reflet de sa frayeur dans son regard. D'un ton pressant, Julie lui demanda :

— Quel est l'endroit le plus sur dans cette maison ?

— La question est : un tel endroit existe-t-il s'ils s'apprêtent à tout faire sauter ? souligna Jim, la main fermement refermée sur l'épaule de Lacey.

— Nous avons des enfants ici... Il faut qu'on trouve le moyen de les évacuer ! s'exclama Julie avant de pivoter vers son mari. Cade, il faut qu'on les fasse sortir. Est-ce qu'on peut faire diversion, le temps de les mettre à l'abri ?

— Non, répondit Cade, le regard braqué sur un point derrière eux.

Lacey et les autres se retournèrent. Des flammes commençaient à lécher le porche de bois. Une odeur d'essence parvint aux narines de Lacey au même moment.

— Bon sang ! ils mettent le feu à la maison ! gronda Jim.

L'air commençait déjà à sentir la fumée. Lacey fit volte-face et remonta en courant le couloir jusqu'à la chambre de Katie. Elle se précipita vers le lit à barreaux et prit sa petite nièce endormie dans ses bras.

Les flammes qui embrasaient l'extérieur de la ferme projetaient un halo orangé, tremblotant, dans la pièce sombre. Éperdue, Lacey s'efforça de dépasser sa terreur pour imaginer une solution au piège de feu dans lequel ils étaient coincés.

Garder la tête froide. Réfléchir.

Voyons... La chaleur montait, c'était une loi physique. Donc, pas question de se réfugier à l'étage. Peut-être le sous-sol leur offrirait-il une certaine protection. À l'origine, il avait constitué les fondations de la bâtisse édifiée avant-guerre, avant que la ferme actuelle s'y substitue. Une solide construction comme celle-ci devait certainement avoir été prévue pour résister au feu... Non ?

Mais le sous-sol les protégerait-il si la maison s'embrasait au-dessus ? Ou se transformerait-il en un nouveau piège dont ils ne pourraient plus s'échapper ?

Jim la rejoignit sur le seuil de la chambre de Katie.

— Julie est allée chercher Samantha. Cade est en train de passer des serviettes de toilette sous l'eau pour nous permettre de protéger nos voies respiratoires. Les fondations de cette maison doivent être en pierre, non ?

— Oui, mais...

— Il n'y a pas de mais. Le feu encercle déjà totalement le bâtiment. Il n'y a pas de brèche. On a vérifié.

Il effleura le visage de Katie, puis celui de Lacey.

— C'est notre meilleure chance. Allons-y.

Serrant le petit corps de Katie contre elle, elle lui emboîta le pas.

— Je te dis que quelque chose ne va pas… Ce n'est pas normal.

Charlotte Brady n'avait pas pu se rendormir après avoir appelé Jim Mercer. La conversation avait été brutalement coupée, et quand elle avait rappelé elle était tombée directement sur la messagerie vocale.

— Il n'a pas dû apprécier que tu lui téléphones au milieu de la nuit, voilà tout, marmonna son mari, George, contre son oreiller. Pas plus que je n'apprécie, moi, que tu m'empêches de dormir avec ces bêtises.

— Ces camionnettes en file indienne, traversant le village de nuit… C'était déjà bizarre. Et, comme par hasard, tout à coup, alors que je préviens cet homme qu'il se passe quelque chose d'étrange, la communication est coupée ?

Elle se redressa dans le lit et tendit la main vers son téléphone.

— J'appelle Roy.

— Il va être ravi que tu le sortes du lit au milieu de la nuit pour rien, lui aussi, maugréa George.

— Peut-être. Mais il me connaît et il sait que je ne suis pas du genre à le déranger pour rien.

C'était l'un des avantages d'avoir un frère qui se trouvait être le shérif du comté.

Comme George l'avait prévu, Roy ne fut pas particulièrement enchanté d'être réveillé à 2 heures du matin. Mais il écouta avec intérêt ce que Charlotte avait à lui dire. C'était peut-être un shérif de campagne, mais il savait ce par quoi Lacey Miles était passée ces dernières semaines.

Ce qu'il savait aussi, c'était qu'il ne disposait pas de suffisamment d'hommes pour faire face à une attaque d'envergure contre la ferme — ce que laissait supposer le passage de ces quatre camionnettes.

— J'appelle la police d'État. Ils nous enverront rapidement des renforts.

En raccrochant, Charlotte se demanda, la mort dans l'âme, si elle n'avait pas trop tardé à avertir son frère.

— On a deux appels signalant un incendie à la vieille ferme Peabody par le 911…

Roy Dobbins s’apprêtait à poursuivre en édictant ses instructions, mais l’opérateur l’interrompit.

— Des voisins nous ont prévenus directement… mais il semble que toute la maison soit déjà en flammes. J’ai dépêché deux camions sur les lieux.

— Envoyez aussi tous les adjoints disponibles, ordonna Roy en enfilant son pantalon d’uniforme.

Derrière lui, sa femme, Addie, sortait du lit pour foncer vers la cuisine préparer du café.

— Et appelez la police d’État et des comtés environnants. Ce n’est peut-être pas un incendie ordinaire.

Le temps qu’il ait fini de s’habiller, Addie avait fait le café. Elle en transvasa deux grandes tasses dans une bouteille thermos et se hâta d’aller la lui donner tandis qu’il se dirigeait vers la porte.

— Rentre sain et sauf, chéri, d’accord ?

Il l’embrassa sur la joue et sortit dans le froid de la nuit, remontant le col de sa veste d’uniforme. Il régla le chauffage au maximum et alluma la radio, ce qui lui permit de découvrir qu’un adjoint approchait déjà du lieu de l’incendie.

— Toute la ferme est en feu, annonça l’adjoint Breyer d’une voix forte pour surpasser le ronflement des flammes et le gémissement des sirènes qui s’entendaient dans le récepteur radio. Il y a une foule d’empreintes dans la neige, autour de la maison, mais on n’a pas encore pu approcher. Les pompiers arrivent juste.

— Et les occupants de la maison ?

— On n’a vu personne.

Un sentiment d’alarme étreignit la poitrine de Roy.

Les deux enfants pleuraient, leurs sanglots étouffés par le bruit des flammes et de la charpente en bois, au-dessus de leurs têtes. Cade avait bouché l’interstice au-dessous de la lourde porte en chêne en haut de l'escalier avec des serviettes mouillées, mais le feu ne tarderait pas à les dévorer, elles aussi, comme il consumait en ce moment les poutres et les parquets du rez-de-chaussée.

La seule lumière, dans le sous-sol, était celle qu'émettait le téléphone de Cade, en mode torche, ce qui suffisait tout juste à éclairer une partie de l'espace. Mais Lacey se tenait suffisamment près de Jim pour qu'il puisse discerner le désespoir absolu de son expression tandis qu'elle pressait un linge mouillé sur le visage de Katie pour la protéger de la fumée qui, inexorablement, s'épaississait, rendant l'atmosphère de la cave de plus en plus irrespirable.

Le hurlement des sirènes, au-dehors, leur parvenait, assourdi par les murs épais des fondations, mais Jim savait que les pompiers allaient rechercher des survivants. Ils avaient peut-être encore une chance d'être sauvés.

Sauf si la maison s'écroulait sur eux avant… Ce qui, malheureusement, semblait bien parti pour se produire.

— Y a-t-il une autre sortie ? Une brèche, quelque part, dans les fondations par où nous pourrions nous sortir de là ? demanda-t-il à Lacey.

Elle tourna la tête vers lui, le regard troublé.

— Quoi ?

— C'est une maison ancienne. Peut-être qu'une partie de ce sous-sol a été restaurée récemment. Il y a peut-être une autre issue.

Elle le contempla pendant quelques instants comme si elle n'avait pas compris sa question, puis son visage s'éclaira d'un coup.

— Le tunnel !

Cade Beckett s'avança d'un pas.

— Quel tunnel ?

— Quand les ouvriers renforçaient les fondations, ils ont découvert un ancien tunnel. Il est par là, derrière cette dalle dans le mur. Je ne sais pas s'il conduit quelque part, mais il a été conservé parce qu'il a été considéré comme un ouvrage historique. Les historiens de la région pensent que la maison d'origine appartenait au Chemin de fer clandestin[1]. Je me souviens que Marianne et Toby étaient tout excités à l'idée de vivre dans un endroit qui avait joué un rôle aussi important dans l'histoire.

— Et vous êtes sûre qu'il n'a pas été comblé ?

— Oui. Comme je l'ai dit, c'est une sorte de monument historique. Les architectes se sont assuré que sa structure était solide et ne mettait pas en danger la stabilité de la maison, et il est resté en place.

— Allons-y, décréta Julie, se dirigeant déjà vers la dalle.

Cade l'attrapa par le bras.

— Attends une seconde. C'est...

— Attendre quoi ? Que la maison nous tombe sur la tête ? Écoute !

Elle leva la tête vers le plafond, où le grondement du feu s'intensifiait.

— Il n'y a pas une seconde à perdre. Allons-y, bon sang ! Vite !

La dalle qui obturait l'entrée du passage était en pierre, et Cade et Jim durent s'y mettre à deux pour la faire bouger. Ils ne réussirent à la tirer que d'une trentaine de centimètres, mais cela leur suffit à se faufiler de l'autre côté.

— Remettez-la en place derrière nous, les exhorta Lacey. Ça empêchera peut-être les flammes et la fumée d'envahir le tunnel si la maison s'effondre sur le sous-sol.

À peine s'étaient-ils exécutés que le sol trembla sous leurs pieds et qu'un grand fracas retentit comme les poutres cédaient en même temps que les flammes atteignaient la cave où ils se trouvaient quelques instants auparavant. Mais le feu demeura contenu de l'autre côté de la lourde dalle de pierre. Seules filtrèrent par les interstices quelques volutes de fumée qui se

1. Réseau clandestin permettant aux esclaves noirs américains de se réfugier de l'autre côté de la ligne de démarcation entre les États esclavagistes du Sud et les États abolitionnistes du Nord. (N.d.T.)

déformèrent, s'étirèrent avant de s'enrouler en spirale vers le plafond voûté.

À côté de Jim, Lacey tremblait furieusement tout en serrant sa nièce en pleurs contre elle. Jim les enveloppa toutes les deux de ses bras et déposa un baiser sur le front de Lacey.

— Ça va... Nous sommes sains et saufs pour le moment.

— Vous sentez ça ? dit soudain Julie, dressant la tête et scrutant la bouche noire du tunnel devant eux. De l'air... Il y a un courant d'air froid. Ça veut dire qu'il doit y avoir une issue !

Alexander Quinn avait depuis bien longtemps appris à se fier à son instinct, même lorsque ce qu'il lui soufflait semblait irrationnel. Cela lui avait sauvé la vie à plus d'une reprise, notamment lors d'un attentat en Irak en 2003 et au cours d'une embuscade, alors qu'il était pris dans les tirs d'un sniper au Yémen, quelques années plus tard — entre autres.

Ce soir, bien que Cade Beckett lui ait assuré que l'arrivée des renforts pourrait attendre jusqu'au lendemain, l'instinct de Quinn lui avait soufflé qu'il devait se rendre sans délai à Cherry Grove, en Virginie. Ce qui voulait dire qu'il fallait mobiliser tous les techniciens disponibles pour préparer en un temps record l'un des deux hélicoptères de Campbell Cove Security.

L'appareil était un CH-53E Super Stallion modifié et équipé pour transporter une équipe d'assaut parée au combat. Quinn avait réquisitionné ses meilleurs éléments pour cette mission, conscient que l'ennemi serait armé et très dangereux.

Heureusement, c'était également le cas de ses agents.

Son pilote posa le Super Stallion dans un champ plat à environ un kilomètre au nord de la ferme de Cherry Grove peu après 2 heures du matin. Au grand dam de Quinn, la lueur orangée qui teintait l'horizon enneigé ne laissait présager rien de bon... Étaient-ils arrivés trop tard pour porter secours à ses agents en péril ?

Mais ils avaient une autre mission à accomplir, déjà approuvée par le commandant de la police d'État de Virginie, qui se trouvait être un vieil ami de Quinn, de l'époque où il appartenait à la CIA.

Ethan Tolliver avait été attaché du FBI à l'ambassade de Turquie avant de quitter le Bureau et de commencer à travailler pour la police d'État, et il leur était souvent arrivé de prendre un verre ensemble et de se raconter leurs aventures lorsqu'ils étaient en poste là-bas tous les deux, dans les années 1990.

— Je vais prévenir toutes les forces de l'ordre qui sont sur place que vous arrivez sur zone par hélico, lui avait assuré Tolliver après que Quinn lui eut relaté les événements depuis leur décollage du Kentucky. On a un nombre indéterminé de cibles non identifiées dans le secteur. Toi et ton équipe, essayez de les coincer, et nous, nous ferons notre possible pour faire sortir tes agents de cette maison.

Quinn contempla une nouvelle fois la sinistre lueur rougeâtre qui embrasait le ciel, puis aboya ses ordres à ses hommes :

— Ils doivent toujours être dans le coin. Retrouvez-les et ramenez-les-moi. Vivants plutôt que morts, précisa-t-il en vérifiant le chargeur de son Ruger. On a des questions à leur poser.

Malgré l'impression qu'ils marchaient depuis des heures, Lacey constata en jetant un coup d'œil à sa montre qu'il ne s'était écoulé qu'une demi-heure depuis qu'ils s'étaient engagés dans le tunnel. À chaque pas, ils se rapprochaient de la source d'air glacé qui semblait s'insinuer en elle, pénétrer jusqu'à ses os, la faisant claquer des dents.

Mais l'issue n'était toujours pas en vue. Elle ne savait d'ailleurs pas où débouchait ce passage souterrain — s'il débouchait quelque part. Devraient-ils creuser la terre, déloger des blocs de pierre pour se frayer un chemin hors du tunnel si l'air s'engouffrait par une simple fissure dans la roche ? Ou ouvrirait-il sur les champs enneigés où ils seraient à découvert, sans protection aucune ?

— Je crois qu'on y arrive, annonça Cade en braquant le

faisceau de lumière de son téléphone vers le boyau obscur, devant lui.

De fait, Lacey aperçut un escalier de pierre très raide qui conduisait à un trou dans le plafond du tunnel.

— Attendez, lança-t-elle tandis que les autres pressaient le pas en direction des marches salvatrices.

— Ils sont peut-être restés, là, quelque part, à l'extérieur, à l'affût... pour s'assurer que nous sommes bien morts dans l'incendie.

— Elle a raison, souligna Jim en changeant Katie de bras et en la serrant plus étroitement encore contre lui. S'il s'agit, comme nous le pensons, d'une cellule dormante d'Al-Adar, ils ne s'en iront pas avant d'avoir acquis la certitude qu'ils ont bien accompli leur mission.

— Ils voudront avoir confirmation que je suis bien morte, acquiesça Lacey. Plus ça va, plus je suis sûre qu'ils sont là et qu'ils attendent de voir nos corps extraits des cendres.

— Mais on ne peut pas rester plantés dans ce tunnel glacial, protesta Julie en refermant les bras autour de Samantha.

La petite fille avait cessé de pleurer, mais elle avait toujours l'air terrifiée. Lacey aurait bien voulu qu'ils puissent gérer la situation sans affoler les enfants, mais ils ne pouvaient s'offrir ce luxe-là. Le temps pressait.

— Jim et moi allons sortir et voir comment les choses se présentent, suggéra Cade.

— Et votre téléphone ? Est-ce qu'il capte du réseau, maintenant ?

Cade baissa les yeux.

— Non, mais c'est peut-être dû à l'épaisseur des murs de pierre. Je regarderai, une fois dehors...

— À moins qu'ils ne brouillent le signal, s'ils sont toujours là, souligna Julie.

— De toute façon, il faut qu'on tente notre chance, dit Jim en se retournant vers Lacey. Vous et Julie, vous restez ici avec les enfants. Cade et moi, on y va.

Elle secoua la tête.

— Ce n'est à aucun de vous de courir ce risque à ma place. C'est après moi qu'ils en ont. Je ne peux pas vous envoyer droit dans la gueule du loup pendant que, moi, je reste tapie ici, en sécurité.

— Lacey...

— Laissez-la y aller, intervint Julie. C'est son combat tout autant que le nôtre — sinon davantage. Je m'occuperai des filles.

— Non, réfuta fermement Jim en secouant la tête. Vous ne pouvez pas vous sacrifier ainsi. Pensez à Katie... Elle a besoin de vous vivante.

— Elle a besoin de nous deux vivants. Je ne peux pas accepter que vous preniez tous les risques à ma place. Si quelque chose vous arrivait alors que je suis planquée ici... — Non, je viens. On va trouver un endroit où se mettre en sécurité. Et, ensuite, on reviendra chercher Julie et les filles.

Elle déposa un bref et fervent baiser sur la joue de Katie, le cœur si chargé d'émotion qu'elle crut qu'il allait exploser.

Jim ferma les yeux pendant un long moment, l'expression douloureuse, puis il embrassa lui aussi Katie sur le sommet du crâne et transféra la petite fille dans les bras de Julie.

— Prenez bien soin de ma petite puce.

— Et vous tous, faites attention, répondit Julie en levant le visage vers son mari qui s'inclinait pour l'embrasser. Tout ira bien avec ces demoiselles ici... Nous attendons déjà votre retour.

Jim gravit le premier l'escalier et marqua une pause comme il arrivait au sommet. Les yeux à hauteur du sol, il scruta les alentours puis pivota lentement sur lui-même jusqu'à avoir inspecté le terrain à 360°. Il redescendit d'une marche.

— Je ne vois aucun mouvement, mais ça ne veut pas dire qu'ils ne sont pas là.

— Faites attention en sortant, OK ? l'exhorta Lacey du bas de l'escalier, attendant son tour.

Lorsqu'elle le vit disparaître par la petite ouverture, elle s'engagea à son tour dans l'escalier.

L'usure et l'humidité avaient rendu les marches glissantes. Elle avait chaussé des baskets et non des bottes quand Jim l'avait réveillée, ne pensant pas devoir crapahuter dans les bois enneigés. Tant pis... C'était toujours mieux que d'être pieds nus.

Comme Jim, elle marqua un temps d'arrêt avant d'émerger de l'ouverture. Par chance, le tunnel débouchait dans les bois, ce qui leur conférait une certaine protection même si le feuillage n'était pas aussi dense qu'il l'aurait été à la belle saison. Des conifères et des buissons rendaient les bois cependant relativement impénétrables.

Le revers de la médaille, c'était que cette configuration favorisait également leurs ennemis.

Sitôt qu'elle fut sortie, Jim passa un bras protecteur autour d'elle, lui communiquant sa chaleur. Les yeux constamment en mouvement, il la garda serrée contre lui tandis qu'ils attendaient que Cade les rejoigne.

— Savez-vous où nous sommes ? demanda celui-ci lorsqu'il fut sorti à son tour.

— Je pense que nous sommes toujours sur les terres de la ferme puisque la société de sauvegarde historique n'a pas signalé à Marianne et Toby que la propriété du tunnel était partagée... Donc, on doit être dans les bois, à l'extrémité sud de la propriété. Cherry Grove doit se situer à environ un kilomètre et demi d'ici, vers l'est — si tant est que vous puissiez déterminer où se trouve l'est au milieu de ces bois.

— Du réseau ? demanda Jim.

— Non, toujours pas, répondit Cade en fronçant les sourcils. C'est bizarre... Ces brouilleurs n'ont pas une très grande portée.

— Ce qui veut dire qu'ils ne sont pas loin, conclut à voix basse Lacey, les cheveux se dressant sur la nuque.

— Pas loin du tout, confirma Jim d'une voix étranglée, le regard arrêté sur un point derrière elle.

Lacey se retourna et vit trois hommes en combinaisons de camouflage blanches qui s'avançaient précautionneusement vers eux. Chacun était armé d'un fusil de chasse, mais Lacey remarqua qu'ils n'avaient pas l'air à l'aise avec leurs armes.

Brûler les gens pendant leur sommeil est davantage dans vos cordes, hein, espèces de lâches !

Jim et Cade dégainèrent leurs pistolets en un clin d'œil, mais ce n'était que reculer pour mieux sauter. Ils étaient dans l'impasse. Et les fusils permettant un tir beaucoup plus ajusté à cette distance, la balance ne penchait pas en leur faveur.

Elle empoigna elle aussi son SD40 d'emprunt et visa les hommes qui approchaient.

Tout à coup, les bois s'illuminèrent d'une lumière aussi vive que le plein jour. Leurs assaillants s'immobilisèrent, se demandant ce qui se passait tandis qu'une douzaine d'hommes émergeaient du couvert des arbres, un peu partout, également habillés de blanc, l'arme au poing.

— Bon sang ! qu'est-ce que c'est que ça ? s'exclama Lacey en regardant les nouveaux venus encercler les trois hommes en leur hurlant en kaziri de baisser leurs armes.

— Ça, c'est la raison pour laquelle il s'avère toujours payant d'avoir Alexander Quinn pour patron, déclara Cade Beckett avec un large sourire.

17

— Voilà le risque qu'on court quand on recrute des jeunes occidentalisés, observa Quinn avec un sourire dur en se détournant du moniteur sur lequel on voyait les occupants de la salle d'interrogatoire n° 4 des locaux de la police d'État de Virginie. Ils ne sont pas fichus de tenir leur langue.

— Alors, comme ça, c'est Ghal Rehani qui voulait la peau de Lacey ? résuma Jim, incrédule. Tout ça parce qu'elle l'avait insulté publiquement, à l'antenne, en le traitant de « seigneur de guerre autoproclamé » ?

— Je pense que c'est le qualificatif « autoproclamé » qui l'a piqué au vif, déclara Quinn. Je viens de recevoir un appel d'un vieil ami de la police fédérale. Ils ont appréhendé Rehani il y a une heure.

Jim secouait toujours la tête.

— Ça ne va pas être facile d'annoncer à Lacey que sa sœur et son beau-frère sont morts parce qu'un Oussama ben Laden de quartier s'est senti offensé par le portrait qu'elle a brossé de lui.

Quinn hocha la tête, la mine sombre.

— Ce serait bien s'il fallait un peu plus que des arguments de cour d'école primaire pour pousser un homme au meurtre, hein ? Tu as fait du bon travail, Mercer. Je crois que ton embauche sera un réel atout pour Campbell Cove Security.

Il marqua une pause comme il arrivait devant la porte du bureau.

— J'espère que cette mission ne t'aura pas dissuadé de rester parmi nous.

— J'ai beaucoup de décisions à prendre, répondit Jim.

Ce n'était pas exactement la réponse qu'attendait son patron, mais il ne pouvait s'avancer davantage tant qu'il n'aurait pas eu une conversation avec Lacey et qu'il ne saurait pas quels étaient ses projets pour elle et Katie.

Il la trouva dans le bureau du commandant, endormie, allongée sur le côté sur un petit sofa, Katie pelotonnée dans les bras. Elle était échevelée, avait des traces de fumée sur le visage, les yeux cernés. Mais il n'avait jamais rien vu d'aussi beau que le mouvement régulier de son torse qui se soulevait et s'abaissait au rythme de sa respiration. Car il avait été à deux doigts de perdre tout cela ce soir.

À son bureau, le commandant qui s'était présenté comme étant Ethan Tolliver quand le shérif du comté lui avait amené Jim, Lacey, Katie et les Beckett, leva les yeux des documents devant lui. Il porta l'index à ses lèvres et fit signe à Jim de s'asseoir sur une chaise, face à lui.

— La nuit a été longue, dit-il à voix basse.

— Vous n'avez pas idée à quel point.

— Où allez-vous aller en sortant d'ici ? Avez-vous un endroit où dormir ?

— Mon patron nous a réservé des chambres dans un hôtel du coin.

— J'imagine que vous avez tout perdu dans l'incendie.

Les yeux de Jim dérivèrent vers Lacey et Katie.

— Pas tout, non.

Tolliver suivit son regard.

— Non, pas tout, en effet.

— Quand pensez-vous pouvoir nous libérer ? J'ai bien besoin d'une bonne douche chaude et d'environ une semaine de sommeil.

— Je suis en train de m'occuper de la paperasse... Je remettrai moi-même les documents à l'accueil pour que vous puissiez partir bientôt. J'apprécierais en revanche que vous restiez par ici pendant quelques jours, jusqu'à ce que nous ayons bouclé l'enquête.

Jim porta de nouveau le regard sur Lacey.

— Je n'avais pas l'intention de m'éloigner.

Un coup frappé à la porte tira Lacey du sommeil. Elle se redressa et arrêta son regard encore assoupi sur Jim.

— Salut.

— Salut, répondit-il en souriant.

À la demande de Tolliver, un jeune policier en uniforme entra et jeta un bref coup d'œil à Lacey et Jim avant de reporter son attention sur le commandant.

— Un agent du FBI demande à vous voir.

Tolliver soupira.

— J'ai fait partie des forces fédérales. Le devoir m'appelle..., grommela-t-il en franchissant la porte.

Lacey caressa les boucles de Katie et étouffa un bâillement.

— Que se passe-t-il, maintenant ?

— La police d'État va bientôt nous laisser partir. Quinn nous a retenu des chambres d'hôtel.

— Et concernant les types qu'ils ont arrêtés ?

— Quinn pense qu'ils ont tous été capturés, d'après le décompte qu'on leur a fourni. On ne sait pas de façon certaine combien d'hommes étaient postés côté sud, puisque le toit du porche m'empêchait de bien voir, mais on suppose qu'ils étaient au plus quatre. On en avait dénombré douze par ailleurs. Et ils en ont coincé seize, donc ça colle.

— Est-ce qu'ils ont parlé ?

— L'un d'eux a dit tout ce qu'il savait. Son histoire est en cours de vérification, mais ça a l'air vrai.

Lacey fronça les sourcils.

— Pourquoi voulaient-ils m'abattre ? Est-ce que c'est à cause du reportage que j'ai fait sur Tahir Mahmood, où je mettais sa mort en doute ?

Jim secoua la tête.

— Non. C'est à cause d'un reportage d'il y a deux ou trois mois portant sur l'émergence d'hommes forts dans les parties reculées du Kaziristan, des hommes qui faisaient peu à peu tous allégeance à Al-Adar dans l'espoir d'améliorer les conditions de vie dans leurs villages.

La ride qui creusait le front de Lacey s'approfondit.

— Pourquoi diable aurait-on mis un contrat sur ma tête pour cette raison ?

Il se cuirassa pour lui annoncer la triste et abjecte vérité. Après tout, mieux valait qu'elle l'apprenne par lui plutôt que de la bouche d'un inconnu.

— Tu as vexé Ghal Rehani en le traitant de seigneur de guerre autoproclamé.

Elle le contempla pendant quelques instants, de la perplexité dans le regard. Puis, tout à coup, elle comprit.

— Oh ! mon Dieu ! Non, ce n'est pas vrai ? Il a posé une bombe dans ma voiture parce qu'il était... *vexé* ?

— Je sais, c'est hallucinant. Mais ces gens sont des hallucinés. Des fous dangereux.

Elle se leva subitement, bousculant un peu Katie qui se mit à pleurer. Mettant la petite fille dans les bras de Jim, elle quitta le bureau.

Jim résista à l'envie de la suivre. Elle avait besoin de temps pour assimiler ce qu'elle venait d'apprendre. La vanité et l'orgueil mal placé d'un petit homme pénétré de son importance avaient coûté la vie à sa sœur et à son beau-frère et volé à sa nièce la vie qu'elle aurait dû mener, auprès de ses parents. Elles avaient rendu le monde plus mesquin, plus inhospitalier, et rien de ce que pourrait dire ou faire Jim ne changerait cet état de choses.

Il embrassa tendrement Katie sur la joue, lui murmura des paroles de réconfort jusqu'à ce que, finalement, elle enroule ses petits doigts potelés autour de son cou et se pelotonne contre lui tandis qu'il la berçait doucement.

Lacey se planta debout, dehors, dans l'aube glaciale, et regarda les étoiles dans le ciel avec l'envie de hurler à l'adresse de l'univers tout entier. Mais sa voix restait bloquée dans sa gorge, et les larmes qui lui piquaient intensément les yeux ne coulaient pas, refusant obstinément de jaillir et de lui offrir un semblant de soulagement.

Le monde était fou, complètement fou. Et les hommes qui le peuplaient étaient mesquins, cruels, vénaux — grotesques. Pour certains d'entre eux, les morts ne comptaient pas, et les vies étaient brutalement interrompues sans même une raison digne de ce nom.

Ce n'était pas juste.

Et tout cela était arrivé par sa faute.

Elle entendit la porte s'ouvrir derrière elle, puis des pas qui approchaient. Elle s'attendit à entendre la voix de Jim, mais c'était Julie Beckett qui venait la rejoindre. Elle aussi leva la tête pour contempler le ciel.

— Quel monde pourri, dit Julie.

— Oui, pourri jusqu'à la moelle.

— Sauf lorsqu'il ne l'est pas.

Julie reporta son regard sur Lacey.

— C'est tellement facile de se laisser emporter par le mal et la folie auxquels nous sommes confrontés tous les jours quand on exerce des professions comme les nôtres. Vous, en tant que journaliste. Moi, en tant que policière.

— Je pensais pouvoir être utile, faire une différence, justement par mon travail, vous savez ? répondit Lacey en repoussant ses cheveux en arrière, avec le sentiment qu'elle portait en elle toute la souffrance du monde. Je m'imaginais que mon travail était important.

— Il l'est. Vous rapportez la vérité, aussi ignoble et implacable qu'elle soit. Ça compte, ça compte beaucoup.

Lacey secoua la tête.

— Vous croyez ? Quand je pense que c'est un choix de mots malencontreux qui a abouti à l'assassinat de ma sœur et de mon beau-frère...

— Non, la contra fermement Julie.

Elle prit le bras de Lacey et l'obligea à lui faire face. Les yeux de Julie luisaient de colère dans la pénombre.

— Un homme stupide et mauvais a ordonné à d'autres hommes aussi stupides et mauvais que lui de vous tuer. Ça, c'est la réalité. Je suis terriblement navrée pour votre sœur et votre beau-frère — plus que je ne saurais le dire. Mais si vous pliez devant cet homme et si vous endossez une responsabilité qui ne vous incombe pas, qui gagne au bout du compte ? Pas vous. Pas Katie. Ni Marianne ni Toby. C'est Ghal Rehani qui triomphe si vous validez sa façon de voir les choses. Ne faites pas ça, Lacey... Je vous en conjure.

— Elle a raison.

La voix grave de Jim résonna dans l'obscurité. Il sortit de l'ombre, près de la porte, tenant Katie enveloppée dans ses bras.

— Il ne faut pas renoncer. Pas céder un pouce de terrain.

Lacey ferma les yeux.

— On est autorisés à partir ?

— Oui. Quinn m'a donné les clés de nos chambres.

Il regarda Julie.

— Etonnamment, nos véhicules n'ont pas été touchés par l'incendie. Il s'est occupé de les faire amener dans le parking... Cade a les clés de la voiture, précisa-t-il à l'adresse de Julie.

— Attendez, lança Lacey comme Julie esquissait un pas pour s'éloigner. Est-ce que vous pouvez emmener Katie ? Il y a un endroit où j'aimerais me rendre avant d'aller à l'hôtel.

Jim fronça les sourcils.

— Vous tombez de fatigue, Lacey. Ça ne peut pas attendre demain ?

Elle secoua la tête avec détermination.

— Non. Je veux que vous me conduisiez quelque part... S'il vous plaît.

Ce qu'il lut dans son regard dut le convaincre, car il n'insista pas et déposa Katie dans les bras de Julie.

— Julie va t'emmener jouer avec Samantha un moment, ma puce... D'accord ?

Les yeux à demi fermés, Katie hocha la tête, se bornant à émettre un vague grognement de protestation quand elle changea de bras. Le mot magique « Samantha » avait fait son effet.

Lacey les regarda s'éloigner jusqu'à ce que Julie disparaisse derrière l'angle du bâtiment puis elle se tourna vers Jim.

— Merci d'avoir accepté. Je sais que vous devez être épuisé, vous aussi.

— Nous le sommes tous. Mais je ne pourrai pas fermer l'œil tant que je ne vous saurai pas en sécurité, à l'hôtel.

Elle posa la main sur son bras, la laissa glisser jusqu'à ses doigts, qu'elle serra brièvement entre les siens.

— Je vais conduire, ce sera plus simple.

Il lui tendit les clés de la jeep et la suivit jusqu'au parking.

Le cimetière était petit et caché derrière une vieille église en pierre, à huit kilomètres de la ferme. Lacey gara la jeep devant le portail en fer forgé qui en gardait l'entrée.

Jim hésita à l'accompagner mais, d'un geste, Lacey l'invita à la suivre. Elle le prit par la main et le guida parmi les allées et les rangées de pierres tombales.

La tombe devant laquelle elle s'arrêta était récente, et sa pierre polie luisait, se distinguant de ses voisines marquées par l'usure du temps. Les doigts de Lacey se crispèrent autour des siens, et il tint sa main bien serrée, cherchant à lui communiquer toute la force dont il était capable.

— Je m'étais juré de venir un jour ici lui annoncer que nous avions trouvé ses assassins, murmura-t-elle d'une voix si étouffée qu'elle ne perturba en rien le silence du cimetière. Mais je n'imaginais pas un dénouement aussi insensé.

— La plupart des meurtres le sont.

Elle leva les yeux vers lui.

— C'est tellement injuste.

— C'est vrai.

— Pour Ken Calvert, aussi. Tout ce qu'il voulait, c'était

profiter de ses enfants, lui aussi, les voir plus souvent… Et maintenant, il est mort. Tout ça est tellement stupide.

— Oui, je sais, acquiesça encore Jim.

— Je crois qu'il avait eu vent de la vendetta de Ghal Rehani et qu'il voulait m'avertir. L'Asie centrale était sa spécialité. Il a dû vouloir me donner une longueur d'avance, même s'il s'agissait certainement d'informations classifiées.

Elle contempla la tombe de sa sœur pendant de longues secondes.

— Il serait peut-être encore en vie s'il n'avait pas cherché à me rencontrer.

Jim aperçut les larmes qui s'accumulaient dans les yeux de Lacey, avant de déborder et de rouler, en traînées argentées, sur ses joues.

Un sanglot lui échappa, suivi d'un autre. Puis d'un autre encore. Jim l'attira à lui et la tint blottie dans ses bras, la tête au creux de son épaule tandis qu'elle donnait libre cours à son chagrin.

Lorsque ses pleurs se furent taris, elle demeura lovée contre lui, la respiration revenant peu à peu à la normale. Le froid commença à traverser leurs couches de vêtements, et Jim lui pressa gentiment l'épaule.

— On va nous retrouver congelés ici.

Elle hocha la tête, essuya brièvement ses yeux.

— Ça ne vous ennuie pas de conduire pour le retour ?

— Bien sûr que non.

Ils ne parlèrent pas durant le trajet jusqu'à l'hôtel. Lacey avait l'air vidée de toute son énergie, et Jim ne savait pas quoi dire pour la rasséréner. Il espéra qu'être là, près d'elle, suffirait. Il espéra que, lorsqu'elle reprendrait pied, elle voudrait l'avoir à ses côtés.

Il gara la jeep dans le parking de l'hôtel et coupa le contact.

— Nous sommes arrivés.

Elle redressa la tête, qu'elle avait gardée calée contre la vitre pendant tout le trajet de retour.

— Oh !

Il fit le tour de la voiture pour venir lui ouvrir la portière. Glissant la main dans la sienne, tendue, elle mit pied à terre et resta serrée contre lui tandis qu'ils s'enregistraient à l'accueil. Sa chambre était adjacente à celle de Lacey, nota-t-il avec soulagement. Il n'aurait pas supporté d'être éloigné d'elle, ce soir.

Ni, peut-être bien, aucun autre soir, d'ailleurs, désormais.

Parvenue devant sa porte, elle la déverrouilla et poussa le battant, révélant une pièce spacieuse, dotée de deux grands lits. Elle ôta sa veste et la jeta sur l'un des lits, plissant le nez en humant l'odeur de fumée qui en émanait.

— Vivement que j'ai pris une douche.

— Ça ira, vous êtes sûre ? Voulez-vous que j'aille chercher Katie chez les Beckett ?

— Non. Laissons-la dormir.

À contrecœur, il recula dans le couloir, la regarda refermer la porte et *l'exclure*. Puis, d'un pas traînant, il se dirigea vers sa chambre, quelques mètres plus loin.

La douche chaude lui fit un bien fou, l'eau emportant en tourbillonnant dans le siphon toute la saleté et la suie dont il était couvert. Mais il eut beau se frictionner, il continua à sentir la fumée. L'odeur âcre le poursuivait. Ce serait probablement le cas pendant les quelques prochains jours, songea-t-il, résigné. Mais c'était un moindre mal… Au moins aucun d'eux n'avait-il souffert d'intoxication par inhalation de fumée. Les secouristes s'en étaient immédiatement assurés sur place — en portant une attention toute particulière aux enfants. Dieu merci, tout allait bien de ce côté-là.

Quant à savoir comment Alexander Quinn s'était arrangé pour lui procurer des vêtements propres, qui plus est exactement à sa taille… Mystère. Mais il se félicita que son patron soit aussi plein de ressource. Il passa donc un caleçon propre et hésitait à enfiler un T-shirt lorsqu'on frappa à la porte. Il alla ouvrir, s'attendant à trouver Quinn sur le seuil.

Mais c'était Lacey.

Elle aussi s'était douchée et était habillée d'un short et d'un

T-shirt à manches longues propres. Ses cheveux humides cascadaient sur ses épaules, et son visage était exempt de toute trace de maquillage.

— Je vous aime, déclara-t-elle à brûle-pourpoint.

Interdit, il la dévisagea, persuadé d'avoir mal compris.

— Rassurez-vous, je ne m'attends pas que vous me disiez la même chose, ni même que vous éprouviez des sentiments pour moi. Ce n'est pas un problème. Mais, après tout ce qui est arrivé, je ne pouvais pas ne pas vous dire ce que je ressens. Il y a tant de choses que j'aurais voulu dire à Marianne et Toby... Et maintenant, je n'en aurai plus jamais l'occasion — en tout cas, pas ici-bas. Je ne voulais pas commettre la même erreur avec vous.

Elle esquissa un mouvement comme pour tourner les talons et s'en aller, mais il saisit sa main et l'attira à lui.

— Moi aussi, je vous aime. Et ce n'est pas un problème si vous ne savez pas quoi faire de mes sentiments ni des vôtres. Je n'attends pas de vous des serments ni des projets pour le moment. J'avais seulement besoin, moi aussi, de vous dire que vos sentiments sont partagés.

Elle combla le peu de distance qui les séparait, passa les bras autour de sa taille et pressa la joue contre son torse. Il la tint enlacée, déposant de fervents petits baisers sur ses cheveux humides.

— Je vous aime, Lacey. Et j'aime aussi Katie. Et, quoi qu'il puisse arriver, cela ne changera pas. Vous comprenez ?

Lorsqu'elle leva son visage vers lui, elle souriait à travers ses larmes.

— Oui. Je comprends. Je comprends même très bien.

Il baissa lentement la bouche vers la sienne. Le moment n'était pas le mieux choisi, mais dissimuler plus longtemps ce qu'il éprouvait pour elle était au-delà de ses forces. Par ses lèvres et sa langue, ses mains courant sur sa peau et ses cheveux, il lui communiqua toute la gamme des émotions qu'elle faisait naître en lui — l'amour, l'attachement, le désir, l'engagement... Tout cela mêlé en un capiteux élixir.

Elle lui retourna son baiser et, à chaque langoureux effleurement de lèvres, à chaque mouvement de sa langue dansant avec la sienne, il comprit que l'amour qu'il lui portait lui était rendu avec la même passion.

Finalement, elle se détacha de lui, mettant fin au baiser, et le contempla avec la première étincelle de joie qu'il ait jamais vue luire au fond de ses yeux gris.

— Je vais dormir avec vous ce soir, Jim Mercer. Simplement dormir, précisa-t-elle, ses lèvres encore gonflées par leur fougueux baiser s'incurvant imperceptiblement. Désolée.

Il prit sa main et l'entraîna vers le plus proche des lits.

— Ne le soyez pas. Je ne le suis pas. Pas du tout.

Épilogue

Quatre mois s'étaient écoulés.

Laps de temps pendant lequel Lacey avait été bien occupée à gérer son emploi du temps allégé à la télévision et à s'efforcer d'adapter son appartement d'Arlington à la vie avec une petite fille de deux ans. Et puis, bien sûr, il y avait Jim, une constante dans sa vie désormais, ainsi qu'il l'avait promis. Katie et lui avaient contribué à guérir bon nombre de ses blessures, celles qui l'avaient marquée à jamais au tragique décès de sa sœur et quelques autres qu'elle n'avait même pas eu conscience d'avoir et qui lui venaient d'une vie menée tambour battant, constamment sur le fil du rasoir, à courir après quelque chose qu'elle ne parvenait pas clairement à déterminer.

Elle avait fini par le trouver, pourtant, là où elle n'aurait jamais songé à chercher — en elle. Dans l'adoration absolue qu'elle portait à sa nièce et l'amour de plus en plus profond, de plus en plus grand, qu'elle éprouvait pour l'homme qui lui avait montré que l'amour véritable n'était pas quelque improbable et inaccessible conte de fées, mais une présence, une authentique attention de tous les instants, concrète et réelle, dans les bons moments comme dans les mauvais. Ils s'étaient mariés deux semaines plus tôt dans une petite chapelle un peu désuète perdue au fin fond des Smoky Mountains. La famille de Jim était présente, aussi affectueuse et accueillante que l'était Jim, et Katie avait pris sa mission de demoiselle d'honneur très au sérieux et fleuri consciencieusement la nef de la chapelle d'un tapis de pétales de rose si épais qu'elle s'était retrouvée à court de munitions à mi-parcours.

Elle était donc désormais Mme Mercer. Lacey Miles-Mercer. Et celui lui plaisait énormément.

C'était Jim qui l'avait convaincue qu'il était temps de retourner à Cherry Grove. Même si la maison n'était plus là, il restait les terres de la ferme, et elle avait certaines décisions à prendre concernant la propriété.

— Tout a l'air si différent aujourd'hui, commenta-t-elle comme ils traversaient le centre du village.

— Et, cependant, tout est exactement pareil, dit Jim en souriant tandis qu'ils passaient devant le café-restaurant et qu'il saluait de la main Charlotte Brady, qui balayait le trottoir devant l'entrée.

L'hiver était fini, et le printemps battait son plein, les arbres déployant leur tout nouveau feuillage vert tendre et les fleurs débordant des pots et des jardinières devant les pimpantes maisons qui s'alignaient le long de la rue principale.

L'estomac de Lacey se contracta comme ils tournaient dans l'allée qui menait à la ferme. Ici aussi, la végétation renaissait, l'herbe des prés était verte et luisante. Marianne et Toby avaient prévu d'acheter un jour des chevaux pour les faire paître dans les champs, se souvint Lacey. Et peut-être une vache laitière et quelques chèvres et poulets pour compléter leur approvisionnement en nourriture.

Tout lui semblait à la fois familier et étranger, mais l'impression qui prédominait, au fur et à mesure qu'ils avançaient, était qu'elle rentrait à la maison.

Elle n'avait vécu ici qu'un mois, mais ce court laps de temps avait laissé en elle une empreinte plus forte qu'elle ne l'aurait cru, découvrait-elle non sans surprise.

Absorbée dans ses pensées, elle ne remarqua pas aussi vite qu'elle l'aurait dû que les ruines noircies de la maison qu'elle s'attendait, la boule au ventre, à voir se dresser devant elle n'étaient plus là.

À leur place, se trouvait une nouvelle maison en cours

d'édification, autour de laquelle s'affairaient des ouvriers, occupés à reconstruire la structure qui avait quelques mois plus tôt été dévorée par les flammes.

— Mais que... Qu'est-ce que... ? commença Lacey en contemplant, médusée, l'ossature de la nouvelle bâtisse avant de reporter son regard sur Jim.

Il lui sourit, ses yeux verts scintillant de malice.

— Surprise ! s'exclama-t-il.

— Mais... Comment... Je n'ai même pas encore touché le chèque de l'assurance.

— Tu comptais utiliser cette somme pour les études de Katie, donc je me suis dit que je pourrais peut-être trouver un autre moyen de rebâtir la maison.

— Mais quel autre moyen ?

— Quand je t'ai enlevée lors de notre petite fugue nuptiale, le mois dernier, il y avait encore des choses que tu ne savais pas sur moi. Par exemple, que j'avais récemment vendu un terrain, en Caroline du Nord, que j'avais acquis après ma première année dans le corps des marines. Comme je n'avais pas l'intention d'aller à l'université à ce moment-là, ma mère m'avait donné la somme que mon père et elle avaient mise de côté pour mes études, et je m'en suis servi pour acquérir un terrain sur lequel je pensais construire une maison quand je quitterais les marines. Il est resté inutilisé pendant longtemps... jusqu'à ce qu'un promoteur décide un jour qu'il le voulait absolument pour le diviser en plusieurs lots, expliqua Jim, un large sourire aux lèvres. J'en ai tiré une petite fortune... Plus de cinq fois ce qu'il m'avait coûté.

— Et... Tu t'es servi de cet argent pour reconstruire la maison ?

— C'était le rêve de ta sœur. Ça devait être la maison de Katie. Je sais que tu as d'autres projets maintenant, d'autres rêves, mais je me suis dit que cela permettrait au moins à Katie d'avoir un endroit qui la relierait à ses parents. Si tu ne veux rien en faire, il sera toujours possible de louer les champs en terres agricoles. Et nous pourrions garder la maison comme résidence secondaire... Ou la louer, elle aussi.

Elle le contempla, tellement étreinte par l'émotion qu'elle avait du mal à parler.

— C'est incroyable. Comment fais-tu ?

Il lui effleura tendrement la joue.

— Comment je fais... quoi ?

— Comment fais-tu pour savoir ce dont j'ai envie avant même que je le sache moi-même ?

Il se pencha vers elle pour l'embrasser... d'un long et tendre baiser si prometteur que la tête se mit à lui tourner. Son cœur se dilata d'amour.

— C'est simple. C'est parce que je t'aime.

Sur la banquette arrière de la voiture, Katie commençait à s'agiter.

— À la maison ! lança-t-elle avec force.

Lacey déposa un dernier et doux baiser sur les lèvres de Jim puis se tourna vers la bâtisse qui était en train de renaître de ses cendres.

— Oui, mon bébé, confirma-t-elle. On est à la maison.

Vous avez aimé ces deux romans ?
Retrouvez sur Harlequin.fr les premiers volets de votre série
« Mission protection » :

1. *Un garde du corps pour Noël*
2. *La proie du souvenir*
3. *La fiancée fugitive*
4. *Un garde du corps pour Katie*